시나브로

삶의 지혜

시나브로 쓴

삶의 지혜

구산 **김진항** 지음

시나브로 읽다 보면
어느새 도움 될 만한 것을 발견할 것이다.

좋은땅

서문

시나브로 쓴 이 글들은 그간 나의 삶에 활력소가 되었고, 나의 삶을 기름지게 했다. 일삼아 쓴 것이 아니라서 누구나 부담 없이 읽어 소소한 재미를 느낄 수 있을 것이라는 생각에 정리했다. 나에게 글쓰기는 놀이다. 작가들은 글이 고통의 산물이라고 하던데, 그들에게는 그게 직업이기 때문이다. 생각나면 쓰고, 아니면 말고 시나브로 쓰니 스트레스가 없다. 그저 재미로 하니 바로 놀이다. 나의 글쓰기 놀이는 20년 전으로 거슬러 올라간다. 한직에서 근무할 때 퇴근하면 아무도 없는 덩그런 빈방에서 앞이 보이지 않는 앞날을 생각하며, 그렇지만 누구에게도 말할 수 없는 불만이 뇌압을 증가시키고 있을 때 탈출구로 블로그에 글을 쓰기 시작했다.

누가 읽어 주기를 바라고 쓴 것이 아니니까 그냥 생각나는 대로 썼다. 지금 그때 쓴 글들을 찾아보면 오탈자도 많고 글솜씨도 부끄러울 만큼 형편없었다. 그러한 시간이 흘러 세월을 거치는 동안 글쓰기는 나의 힘든 마음을 치유하는 약이 되었고 부수적으로 글쓰기는 습관이 되었다. 작가처럼 잘 쓰려는 생각이 없으니 그저 머리에 떠오르는 대로 적어 내려갔다. 다음에 읽을 기회가 되면 눈에 띄는 오탈자를 고쳤다. 돈을 벌어야 하는 직업이 아니니까 이런 것들이 전부 놀이가 되었다. 이런 짓거리가 오래되니 습관으로 굳어져, 이제는 글제가 떠오를 때, 바로 적지 않으면 마음이 불편하다. 신문이나, 방송에서 또는 친구들과 대화에서 머리를 툭 치는 생각들이 있다. 그런 생각들의 제목을 치면 그다음 얘기가 머리보다 손이 먼저 자판을 두드리고 있다. 오랜 습관의 결과이지 싶다. 그저 아무 대가를 바라지 않고 내가 좋아서 하는 짓이다 보니 글쓰기는 재미있다.

이 나이에 이런 나만의 놀이가 있다는 것이 큰 행운이다. 20여 년 전 글을 쓰지 않고 술을 퍼 마셨으면 지금 이 세상에 없거나 치매환자가 되었을 것이다. 글을 쓰다 보니 관심 주제가 생기고, 관련 책을 찾게 되고, 읽으면 뭔가 생각이 나고, 그 생각을 적어 두는 삶은 심심하지 않았다. 이렇게 재미있게 논 결과물 중에서 다른 사람에게 도움이 되겠다고 생각하는 것들을 추렸다. 기한이 정해져 있는 것도 아니니까, 오늘 못 하면 내일 하고, 그저 시나브로 정리했다. 글자체도 그날그날 생각났던 것들을 아무 생각 없이 시나브로 적었던 것들이고 한가한 지금 그렇게 놀이로 적어 둔, 긴장감 없는 글들이 다른 사람들의 삶에 도움이 되는 지혜로 태어난다면 좋겠다는 생각으로 정리했다.

그렇게 글 창고에 쌓인 것들 중에서 전략 이론에 관한 글을 빼고 남은 것들을 모아 보니 살아가는 데 지혜가 될 만한 것들이 있었다. 보통 사람들에게 내 생각을, 보고 들은 것들을 정리해서 보여 주는 것도 의미가 있고 어쩌면 그들의 삶에 도움을 줄 수도 있겠다는 생각에서 원고를 추렸다. 2부로 나누어서 제1부는 세상의 이치를 쉽게 설명하려고 "세상은 이렇더라!"로 정하고, 제2부는 살아오면서 일상에서 얻은 경험들을 모아 "일상에서 얻은 지혜"로 정하여 편집하였다.

시나브로 쓴 글이다 보니 글 꼭지마다 기승전결 형태로 중복되는 부분이 있다. 이론서라면 당연히 중복 부분을 제거하고 모서리를 깎고 다듬어서 논리적 전개의 체계를 잡아야 하겠지만 편하게 읽는 에세이는 그럴 필요가 없다고 생각했다. 시나브로 쓴 글이니 시나브로 읽어 주면 좋겠다는 생각을 하고, 한 꼭지를 읽어도 독립적으로 이해가 될 수 있는 것이 좋겠다는 생각에서 그냥 두었다. 요즘처럼 바쁘기도 하고 책읽기를 별로 좋아하지 않는 세대들이 한 페이지, 또는 반 페이지만 읽어도 그 한 꼭지에 담긴 지혜를 얻어 갈 수 있다면 좋겠다는 생각이다.

이 책을 침대 머리맡 또는 책상 모서리에 던져두었다가 눈에 들어오면 무심히 집어 들고 아무 페이지나 열어서 읽다가 그냥 다시 던져두고 보는 그런 책이 되었으면 좋겠다. 그렇게 시나브로 읽다 보면 실생활에 제법 도움이 될 만한 것을 발견할 수 있을 것이라는 생각으로 책을 만들었다. 많은 사람들이 이 책을 통하여 삶의 지혜를 얻어서 개인적으로는 더 슬기롭게 살아가기를 바라고 사회적으로는 성숙한 사회가 되어 갈등과 기회비용이 줄어드는 효과를 볼 수 있었으면 한다.

끝으로 이 책을 만들면서 감사할 일들이 많다. 내가 이렇게 건강하게 글을 쓸 수 있는 것에도 감사하고 주변에서 나의 삶을 도와준 가족, 친지, 친구, 지인 등에 무한히 감사한다. 나의 생에 큰 어려움을 준 사람마저 지금 시간에는 감사한 마음이 든다. 그런 일이 없었더라면 이렇게 재미있는 글쓰기 습관이 들지 않았을 것이기 때문이다. 하늘에서 무한 에너지를 보내 주는 태양, 3분만 없어도 살 수 없는 공기와 같은 공짜로 있는 것들에도 감사한다. 만일 이 책을 손에 들고 읽어 주고 공감해 주는 사람이 있다면 더더구나 감사할 일이다.

2021년 12월

인왕산이 바라보이는 광화문 사무실에서

저자 적다.

목차

1부: 세상은 이렇더라!

우주

자연

인 간

사회

2부: 일상에서 얻은 지혜

삶과 생각

말과 행동

건강

행복

인간관계

1부

세상은 이렇더라!

세상이 돌아가는 이치를 알고 이를
삶에 적용하면 지혜롭게 살 수 있다.

우주

세상은 무엇으로 만들어졌나?

우리가 사는 이 세상에 존재하는 모든 것, 저 광대무변한 우주로부터 우리가 육안으로 볼 수도 없는 미세한 존재까지 그것이 살아 있건 죽어 있건, 그것은 기(에너지)로 되어 있다. 그 기, 다시 말해 기운 또는 에너지가 다양한 형태로 존재하는 것이 이 세상이다. 생각도 에너지요, 말소리도 에너지고 물도 나무도 돌도 에너지다. 다만 응축의 정도에 따라 모습과 성질이 다르게 표현되고 존재할 따름이다.

서양 학자 부르노와 아인슈타인도 같은 생각을 했다. 부르노(1548~1600)는 단자론을 주장하였는데, 단자론이란 "신은 하나이므로 그 신에서 변화한 바의 만물은 일(一)이라는 존재의 양면에 불과하다. 그러므로 만물의 생명은 신이 주재하는 것이다. 따라서 만물은 분열에 분열을 가하여서 극미(極微)의 것이 되면 여기에서 물심

양면성(物心兩面性)을 띠게 된다. 단자는 그 상태에서 신을 나타내는 것인즉 단자란 것은 바로 우주 자체의 영사경이다."라고 주장하였다.

또한 세상이 낳은 천재적 물리학자 아이슈타인은 1905년, E = mc2 방정식을 발표하고 물질과 에너지가 동일한 것이라고 주장하였다. "물질과 에너지는 다만 형상을 바꾼 것일 뿐이다. 그러므로 물질이 소멸할 때는 눈에 보이지 않는 에너지로 변화 하는 것이다."라고 하였다.

세상을 움직이는 법칙

세상을 움직이는 것은 음약의 법칙으로 세상만사 원리의 기본 중의 기본이다. 언제 어느 곳에서나 적용된다. 음은 형(形)이고 양은 상(象)이다. 만물의 형태는 음이 양을 품고 있는 모양새다. 만물이 성장을 한다는 것은 양이 확산하여 양을 싸고 있는 음을 키우는 것이고, 소멸한다는 것은 반대로 음이 양을 압축하는 것이다. 그러니까 양의 기운이 강하면 성장하고 음의 기운이 강하면 소멸한다.

이러한 현상을 가장 잘 설명하는 모습이 사계절의 변화다. 계절에 따라 변하는 식물의 모습을 보면, 그것도 일년생 식물을 보면 가장 이해가 쉽다. 만물이 생장하는 봄과 여름은 양의 기운이 강하여 그 양을 감싸고 있는 음이 확장된다. 그러므로 봄에 씨앗이 발아하여 싹이 나고 그 양의 기운이 증대됨에 따라 양을 감싸고 있던 음이 점점 확대되는데 그것이 식물이 자라는 모습이다. 반대로 가을과 겨울에는 강한 음의 기운이 양의 기운을 압축한다.

가을에 열매를 맺는 것은 양의 기운을 음이 응축하는 것인데 그 응축된 기운이 양의 덩어리다. 열매의 한가운데에 생명의 핵이 자리한다. 그것이 씨앗의 눈이다. 양의 기운이 다하면 음이 양을 압축한다. 겨울에는 가을에 양을 포위한 음의 세력이 더욱 강해져서 양을 더욱 압박한다. 이렇게 강하게 압박하는 것은 용수철의 원리와 같이 봄이 되면 강한 양의 기운 발산을 돕기 위한 것이다. 겨울을 지나지 않은 무의 씨는 장다리가 되는 이치는 여기에서 연유한다. 뿌리 식물인 백합꽃을 겨울에 피우려면 뿌리를 냉장시설에 보관하였다가 온실에서 키운다. 이것은 원예가들이 인위적으로 음양의 이치를 적용한 결과다. 이렇게 압박을 받아 응축된 씨가 봄이 오면 그 기운을 확산시켜 싹이 나서 자란다. 음이 확장되는 모습이다. 이렇게 세상의 원리는 음과 양의 기운이 마치 사인 커브처럼 변한다.

사람이 태어나 성장하는 과정도 마찬가지다. 사람은 음의 기운을 가진 난자가 양의 기운을 가진 정자를 감쌈으로써 생명이 잉태된다. 이 생명은 자궁에서 양의 기운이 확산되면서 아기가 성장하여 세상에 나오게 된다. 이렇게 세상에 나온 아기는 목·화의 기운을 받아 성장하고 금의 기운이 들어오면 장년이 되고, 음의 기운이 나타나면 성장을 멈추고 궁극적으로는 음의 기운이 가장 강한 수의 기운이 양을 완전하게 응축하면 죽음에 이른다.

우주의 크기

우주가 얼마나 큰지 아는 사람은 아무도 없다. 그 크기와 능력은 인간으로서는 알 수 없는 무한대의 영역이다. 그렇다면 우리가 인간의 능력으로 관측 가능한 우주의 크기는 얼마일까?

이에 대해 아주 간략하게 재미있게 설명한 글이 있다. 빛은 1초에 300,000km를 달린다. 빛이 지구로부터 달까지 가는 데 걸리는 시간은 1.28초이며, 지구로부터 태양까지는 약 8분이 걸린다. 태양에서 태양계 끝에 있는 명왕성까지 가는 데는 5시간 반이 걸리며, 은하계의 끝에서 다른 끝까지 가는 데는 약 10만 광년이 걸린다.[1]

은하계에서 또 다른 은하계로 추정되는 안드로메다대성운까지는 약 190만 광년이 걸리며, 지금 우리의 능력으로 관측 가능한 우주의 크기는 약 50억 광년이다. 우리의 관측 능력 밖은 생각하지 않더라

1 1광년이란 빛이 1년 동안 가는 거리.

도 관측 능력 내에서만 50억 광년이다. 감이 오지 않는 크기다.

우주의 정신

우리 인간이 가지는 가장 중요한 요소는 정신을 가지고 있다는 것인데 같은 맥락에서 유기체의 원천인 우주는 당연히 정신을 가져야 하고 그것이 우주정신이다. 우주가 정신을 가진다고 전제하면 우리 인간의 정신문화에서 생기는 의문은 모조리 풀린다.

우주는 완벽성을 추구한다. 그렇다면 정신도 완벽하여 오행의 모든 작용이 완전하게 이뤄진다는 것이다. 한동석 선생은 그의 역저 《우주 변화의 원리》에서 우주정신과 인간정신을 비교하면서 가장 큰 차이는 우주는 그 방대한 프레임 덕분에 완전성을 유지하는 데 반해 인간의 정신은 인간 체구의 협착성 때문에 불완전하다고 하였다.

우주정신이 완벽하다는 전제하에 우주정신이 추구하는 목표는 '아름다움'이다. 그 아름다움을 추구하는 데 요구되는 것이 '진과 선'이다. 그러니까 우주정신을 '진선미'라고 해도 무리가 없다. 이 우주정신 진선미가 추구하는 가치이고 그 방향으로 가는 것이 순방향이다. 만일 우주정신에 반하는 방향으로 가면 마찰이 생기고 스트레스가 생긴다. 전지전능한 우주가 우주의 정신에 반대방향으로 나아가는 것을 곱게 보겠는가? 그러니까 우주정신이 진선미에 부합하는 행위를 하면 타고난 라이프 사이클을 즐길 것이고 운이 항상 함께할 것이다.

인간의 뇌에서 우주의 뇌로

인간의 뇌는 인간의 진화와 더불어 궤를 같이한다. 즉, 생리적 욕구를 관장하는 원뇌는 파충류가 사고하는 수준의 뇌이고 다시 진화하여 개나 고양이 정도의 지적 수준을 가진 포유류의 뇌로 진화하였으며 매슬로우가 말하는 인간 최고 수준의 욕구를 관장하는 신포유류 뇌로 진화한 것이다. 그러니까 우리의 뇌는 원뇌작용이 이뤄지고 나면 포유류의 뇌가 작용하고 포유류의 뇌가 관장하는 욕구가 충족하면 신 포유류의 뇌 즉 인간의 뇌가 관장하는 욕구를 통제한다.

그렇다면 이렇게 3단계까지 진화한 뇌는 다음 단계인 4단계의 뇌로 발전할 가능성은 충분하다. 그런데 《뇌내 혁명》의 저자 하루야마 씨는 이 4단계의 뇌는 '우주의 뇌'가 될 것이라고 말한다. 여기서 아주 재미있는 사실을 발견할 수 있다. 3단계의 뇌인 인간의 뇌는 상호 경쟁하고 갈등하는 지구적 차원의 사고를 하는 데 비해 4단계인 우주의 뇌는 '서로 사랑하고 타인을 배려'하는 상생의 사고를 지배한다고 한다. 하루야마 씨는 현재 인간의 두뇌 외부를 감싸고 있는 제3의 인간 뇌의 두께는 겨우 3mm이므로 제4의 뇌가 탄생할 수 있다고 주장하고 있다.

20세기의 역사가 상호 경쟁과 갈등의 역사라면 21세기는 분명 상생의 역사가 될 것이라는 것을 주장하는 사람이 많다. 분명히 세상이 그러한 방향으로 나아가고 있다는 것이 감지된다. 기업 경영도 상생하는 브랜드가 뜨고 있다. 그 대표적 기업형태가 환경보호 차원의 활동을 하는 기업들이 각광을 받기 시작했고 기업 이익의 사회적 환원이나 사회적 봉사활동을 하는 기업이 점점 증가하는 추세다.

아마 앞으로 어떤 분야에서건 우주의지가 반영된 행동이 지도자로서의 덕목이 될 것으로 보인다. 자기중심적 이기주의를 바탕으로 한 경쟁은 이제 더 이상 지도자로서 인정받기가 어려울 것이다. 자기 자신보다는 남을 배려하고 모든 것을 사랑하는 상생의 정신이 지도자의 핵심가치로 떠오를 것이다.

우주의지와 인간의 의지

우주가 의지가 있느냐 없느냐 하는 문제는 철학의 근본 문제다. 결론부터 말하면 세상은 우주를 본뜬 프랙탈의 집합이므로 분명 우주는 의지가 있다. 우주의 축소판인 우리 인간이 의지를 가지고 있다는 것은 곧 우주도 의지가 있다는 증거다.

우주는 무변광대하며 태초에 무극이 태극으로 변하여 양과 음이 생겼으며 이들이 발전하여 146억 년 전에 우주가 만들어졌다고 한다. 이 음양의 충돌을 서양학문에서는 빅뱅이라고 한다. 그러므로 이 우주는 양과 음으로 구성되어 오행의 원리에 의해서 작동하고 있는데, 이 우주의 작동 원리가 곧 우주의지인 것이다.

《우주 변화의 원리》의 저자 한동석 선생은 우주는 무목적적 목적을 가지고 있다고 했다. 우주의 목적은 공욕이라는 의미다. 이렇게 보면 우주의 의지는 진, 선, 미를 추구하고 있다는 결론에 도달한다.

진(眞)이란 진실을 말한다. 우주의 모든 작용은 원인과 결과가 과학적으로 작동되고 있다. 음과 양은 언제 어떠한 상황에서도 균형을 이루고 있고 명명백백한 상태로 작동한다. 그러므로 모든 우주의 작동은 진실 그 자체인 것이다.

선(善)은 착하다는 것이다. 우주는 인간과 달리 무목적적 목적, 즉 공욕을 추구하고 있으므로 모든 것이 선하다. 사사로운 욕구를 추구하는 인간과는 다르다. 악의 문제는 사사로운 이익을 추구하다가 나 아닌 남에게 해악을 끼침으로써 생긴 것이다. 따라서 우주는 선을 추구하는 실체다.

마지막으로 미(美)는 아름다움이다. 아름답다는 것은 곧 균형을 말한다. 우주는 음과 양이 균형을 이루고 있으므로 그 자체가 균형이고, 균형은 곧 아름다움이다. 그래서 인간의 인위적 작위가 가해지지 않은 자연은 아름다움이다.

우주의 축소판인 인간이 사욕에 집착하는 이유는 인간의 정신을 담고 있는 형구, 즉 우리의 몸이 너무 작기 때문이다. 그러므로 우리 인간도 자신의 몸을 초월하면 공욕을 추구할 수 있다. 그렇게 되면 우주의 의지와 같은 주파수로 동조할 수가 있는데, 이렇게 되면 우리 인간도 우주의 무한한 능력을 발휘할 수 있다.

우주의지와 창조적 아이디어

지금의 과학과 기술로 불가능한 건축물이나 역사적 유물들이 많다. 예를 들어 경주 석굴암은 현대 건축 기술로는 축조가 불가능하다고 한다. 그리고 봉덕사 신종(일명 에밀레종)도 마찬가지로 주조가 불가능하다고 한다. 일반론적으로 생각해 보면 말이 안 된다. 그 당시 과학 수준으로 도저히 불가능한 것들이 현존하고 있는데, 무엇으로 어떻게 설명이 가능한가?

《카르마 경영》의 저자 이나모리 가즈오에 의하면 그가 제정하고 수여하는 '교토상' 수상자들을 만나서 "어떻게 그들이 인류사의 새로운 지평을 열만한 성과를 달성했는가?" 하고 질문했을 때, 그들은 공통적으로 창조적인 아이디어(영감: inspiration)를 마치 신의 계시처럼 받은 순간이 있었다는 사실이다. 그 창조의 순간은 남몰래 연구를 계속하다가 잠깐 쉬는 시간에 찾아오기도 하고, 때로는 꿈속에 찾아오기도 한다는 것이다.

그는 이러한 현상을 이렇게 설명하고 있다. 이 우주의 어딘가에는 '지혜의 창고'가 있어 신은 무엇인가를 얻고자 올바른 생각을 가지고 열심히 노력하는 사람에게 그 지혜의 창고를 열어 준다는 것이다. 그는 세계 최초의 세라믹 기술을 개발하였는데, 자신은 지식은 물론 기술, 경험, 설비 등 모든 것이 부족했던 그가 세라믹 기술을 개발한 것은 위에서 설명한 방법 외에는 달리 설명할 수가 없다고 했다.

그렇다! 인간이 집중적으로 몰두하면 창조적 영감을 얻을 수 있다. 아마 기도 또한 마찬가지일 것이다. 단지 조건이 있는데, 몰두나 기도가 우주의지와 같은 맥락이어야 한다. 우주의지란 이기적이 아니고 이타적이며 세상을 위하는 마음이며, 사랑과 진실, 그리고 조화가 우주의 의지다. 따라서 모두를 생각하고 이타심과 사랑의 마음으로 노력을 지속하면 자연스럽게 우주의 흐름을 타게 되고 그렇게 되면 추구하는 영감이 떠오르게 된다. 이나모리 가즈오가 말한 '지혜의 창고'에 이르게 되는 것이다.

우리는 흔히 무아지경에 빠진다고 하는데, 그런 경우에는 자신의 의지로 되는 것이 아니고 우주의지에 의해 이루어진다. 다시 말해 지극히 몰두하면 자신의 몸이지만 자신의 의지에 의해 통제받지 않고 자신의 의지를 대신해서 우주의지가 자신의 몸을 통제하게 되는 것이다.

라이프 사이클과 우주 변화 사이클

라이프 사이클에 대해서 가장 보편적이면서도 광범위하게 그리고 철학적으로 설명한 사람은 11세기 중국에서 살았던 소강절이다. 소강절은 우주 삼라만상의 모든 것은 일정한 라이프 사이클을 가지고 있다고 보고, 우주도 지구와 같이 봄, 여름, 가을, 겨울의 사계절을 가지면서 순환한다고 주장했다.

소강절은 우주 변화의 기본을 우리가 살아가는 지구상에서 일어나는 1년의 변화를 기준으로 설명한다. 동양철학의 보고인 주역은 이 우주 삼라만상은 무변광대한 우주로부터 아주 미세한 원자까지 동일하게 작동하는 원칙이 있다고 본다. 그래서 우주에 존재하는 모든 사상(事像)은 소우주로 표현한다. 이러한 원리를 이용하여 우리 인간이 가장 피부로 느끼는 시, 일, 월, 년의 변화를 이용하여 우주의 변화 사이클을 추정한 것이다.

가장 작은 단위로 변화를 측정한 것이 시(時)다. 시는 지금 우리가 사용하는 24시간 기준이 아니고 12시간 기준이다. 이것은 지지(地支)로부터 가져온 셈법으로 자, 축, 인, 묘, 진, 사, 오, 미, 신, 유, 술, 해로 정한다. 그러니까 지구 자전 360도의 1/12 동안 변화인 30도 간격으로 변화의 차이가 일어난다고 보는 것이다. 작은 변화이지만 자세히 보면 지구가 돈 30도의 변화를 감지할 수 있다.

다음은 일(日)이다. 하루가 지남에 따라 변화하는 것을 말한다. 지금은 지축이 경사진 관계로 1년이 365와 1/4일이지만 원래 지구가 태양 주위를 도는 데 걸리는 시간은 360일이다. 지구가 태양 주위를 1도 도는 동안, 자전하여 한 바퀴를 돈 만큼의 변화가 일어난다는 것이다. 이때 지구는 스스로 360도를 돌았으며 밤과 낮이 한 번 바뀌는 변화를 겪었다.

이어서 월(月)이다. 월의 변화는 지구가 하루에 360도 회전하는 것을 한 달간 30회 하면 10,800도 회전한다. 이 정도의 기간이면 상당히 변화한다. 특히 달(moon)이 한 라이프 사이클을 가지는 기간이다. 계절의 변화만큼은 아니더라도 상당한 변화가 일어날 수 있는 기간이다. 아마도 음의 기운이 크게 작용하는 것으로 이해된다.

마지막으로 연(年)이다. 변화의 한 주기를 만드는 완성의 라이프 사이클이다. 매월 10,800도씩 회전한 지구가 12개월 동안 회전하면

129,600도를 회전하게 되는 것이다. 지구가 태양 주위를 한 바퀴 돌면서 129,600도를 자전했으니 상당히 많이 변했을 것이다. 변하고 변해서 태양을 중심으로 하여 한 바퀴 돌았으니 지구가 자전으로 하루가 변하여 새로 하루를 시작하는 것과 같이 일 년을 다시 시작하는 것이다.

소강절은 이러한 지구의 자전도수를 이용하여 원, 회, 운, 세를 산출하였다. 즉 지구의 자전 1도를 우주의 1년으로 계산하여 세는 30년, 운은 360년, 회는 10,800년, 원은 129,600년으로 정하였다. 그러니까 우주의 작은 변화는 30년을 주기로 나타나며, 중간의 변화는 360년을 주기로, 대변화는 10,800년을 주기로, 마지막으로 129,600년을 주기로 순환한다고 보았다.

이것은 태양계의 상위 체계인 우주에 같은 원리로 적용한 것이다. 즉, 지구의 자전도수를 1년의 시간으로 환산하여 우주에 적용한 것이다. 우주가 한 바퀴 순환하는 데 걸리는 시간은 지구의 시간으로 129,600년이라고 했는데 이러한 주장을 과학적으로 뒷받침하는 근거가 있다. 지구과학을 연구하는 학자들에 의하면 빙하기가 거의 10만 년 주기로 나타났다는 것이다. 우주의 겨울이 약 10만 년 주기로 나타났다는 것을 증명하는 것이다. 빙하기라고 하면 극지방의 기후를 예상하기 쉬운데 그렇게 추운 것이 아니고 빙하기의 온도는 다른 시기보다 평균 4~5도 정도 낮다고 한다. 그러니 빙하기가 온다고 해도 지구상의 생물이 멸종하거나 하지는 않는다.

소강절의 주장에 계절까지 적용하여 보면 좋을 것 같다. 지구의 1년이 사계절로 나뉘어져 있는 것처럼 우주의 1년도 사계절로 되어 있을 것이다. 이를 준거로 하여 한 달의 지구 자전 도수 10,800에 3개월을 곱하여 32,400도수를 산출할 수 있다. 즉, 우주는 32,400년마다 우주의 봄, 여름, 가을, 겨울의 계절로 변화할 것이다. 봄에는 목의 기운이, 여름에는 화의 기운이, 가을에는 금의 기운이 그리고 겨울에는 수의 기운이 나타날 것이고 각 계절의 사이에는 토의 기운이 나타날 것이다. 이러한 기운이 나타나는 시기를 알아 두면 역사를 이해하는 데 더 도움이 될 것 같다.

우리 인간이 사는 시간이 우주의 변화 사이클의 시간에 비해 너무 미미하므로 미래를 예측하는 것이 쉽지는 않겠지만, 만일 우주 변화의 시작점이나 변곡점을 안다면 그로부터 기산하여 미래를 예측하는 데 도움이 될 것이다.

예를 들어 지금은 많은 역학자들이 선천이 끝나고 후천에 들어섰다고 한다. 봄과 여름은 양(陽)의 시기이고 가을과 겨울은 음(陰)의 시기다. 그러니까 양의 시대가 끝나고 음의 시대가 시작된 것이다. 중・후・장・대 제조업이 사라져 가고 컴퓨터 중심의 IT 산업이 부상하고 있고, 남성의 시대가 사라져 가고 여성이 사회의 중심 역할로

부상하고 있다. 이것이 음의 기운이 지배하는 현상이다. 지금 세계적으로 여성의 활동상이 두드러지게 나타나는 것은 우연이 아니고 우주의 기운이 가을로 접어들고 있다는 것을 보여 주는 현상이다.

이러한 현상은 사회 전반에 나타날 것이다. 강압보다는 타협이, 완력보다는 협상력이, 무리보다는 합리가, 불의보다는 정의가 요구되는 세상으로 변모해 갈 것이다. 용광로처럼 들끓는 갈등의 시대가 점점 사라지고 순리가 승리하는 세상이 될 것이다. 따라서 앞으로 지도자는 하드파워보다는 소프트파워를 가진 사람이 될 것이다.

현재 보이는 것이 전부가 아니다

보통의 사람들은 현재 보이는 것이 전부인 양 생각한다. 그러나 세상은 그렇지 않다. 지금 보이는 것의 반대편에는 그것의 존재를 위해 상응하는 그 무엇이 반드시 존재한다. 이것은 우리가 거울에 무엇을 비치면 등거리에 같은 상이 보이는 것과 같다. 세상에 존재하는 모든 것은 음과 양으로 구성되어 있고 그렇게 되어야 존재할 수 있다.

나무는 땅속에 나무의 크기에 비례하는 뿌리가 있다. 오늘 저녁의 즐거운 술자리는 내일 아침의 속 쓰림과 같이 존재하고, 오늘의 승진은 내일의 퇴진과 같이 존재한다. 산을 올라가면 반드시 내려와야 하는 것도 마찬가지다. 그뿐일까? 지금의 고난은 후일의 영화와 같이 존재하고, 우리가 활동하는 낮은 우리가 잠들어 쉬는 밤과 함께 존재한다. 모든 것이 다 이런 이치와 원리에 의해서 작동하고 존재한다.

모든 것은 에너지가 충만하면 다른 형상으로 변하게 되어 있다. 그것은 양의 에너지가 변하는 만큼 비례로 음의 에너지가 변하기 때문이다. 컵에 물을 부으면 물이 차는 에너지가 증가하는 반면에 물 컵의 공간 에너지는 줄어든다. 즉, 한쪽의 에너지가 증가하면 반대쪽의 에너지가 감소하여 균형을 이룬다. 그것들이 균형을 이뤄야 하는데, 한쪽의 에너지가 차면 다른 형상으로 변해서 새로운 음과 양의 구조를 형성하게 된다. 그러니 현재 당장 일어나고 있는 사상들의 그 반대편에 놓인, 또는 놓일 것들을 생각해야 한다.

운명과 인과응보

운명이란 사람이 어떻게 할 수 없는 것, 신 또는 절대자가 정해 준 것 등으로 이해하고 있다. 만약, 사람이 태어나면서 운명대로만 살아간다면 사람의 노력은 전혀 필요가 없다고 생각할 수 있다. 과연 그럴까? 우선은 그런 것 같지만 열심히 노력하는 사람이 대개 성공하고 게으른 사람은 성공하지 못한다.

그렇다면 운명을 바꾸게 하는 것은 무엇일까? 좋은 일을 하면 좋은 결과가 나오고 나쁜 일을 하면 나쁜 결과가 나온다는 인과응보다. 운명보다는 인과응보의 영향이 더 크게 작용하므로 운명을 어떻게 타고났든지 상관없이 좋은 일을 하면 좋은 결과가 나타나고 나쁜 일을 하면 나쁜 결과가 나타난다. 그런데 나쁜 짓하는 놈이 좋은 집에서 호의호식하는 것은 어떻게 설명이 되냐고? 인과응보법칙이 작동하는 기간과 관계가 있다.

사람이 한평생을 살아가면서 적용되는 인과응보법칙은 소주기로서 20년 내지 30년 정도다. 그런데 운명은 인과 응보법칙의 대주기가 결정한다. 사람은 죽어 다시 태어나는 윤회가 이뤄지는데, 전생에서 또는 전 전생에서 했던 일의 결과가 인과응보로 나타나 운명을 결정하게 된다. 선을 쌓아 한생을 마감하면 다음 생에서는 더 좋은 운명을 타고날 것이다.

동서양의 표현방식

같은 지구에 살면서 왜 동양과 서양은 서로 다르게 생각하고 행동할까? 반대편에 있어서 그런 것일까? 굳이 그렇게 하지 않아도 전혀 문제가 없는데 어떤 힘이 그렇게 작용한 것일까?

현상적인 측면에서 정반대로 표현하는 것들을 살펴보면,

하나, 손가락으로 수를 셀 때 동양 사람은 엄지부터 세는데, 서양 사람들은 새끼손가락부터 센다.

둘, 연필을 깎을 때 동양 사람은 칼을 바깥으로 밀어내는데 서양 사람들은 안으로 끌어당긴다.

셋, 숟가락으로 밥을 먹을 때 동양 사람은 안으로 끌어당기는데 서양 사람들은 바깥으로 밀면서 밥을 뜬다.

넷, 수직 방향을 말할 때 동양 사람은 '아래 위'라고 하는데 서양 사람들은 '위아래(Up & Down)'라고 한다.

다섯, 수평 방향에서도 동양 사람은 '앞뒤'라고 하는데 서양 사람들은 '뒤 앞(Back & Forth)'이라고 한다. 이외에도 이런 것들이 많다.

그리고 언어도 동양 사람들은 동사 위주로 표현하는데 서양 사람들은 명사 위주로 표현한다. 그래서 영어를 번역할 때 애를 먹는 경우가 대개 여기서 연유한다. 예를 들면 '버스를 타다, 택시를 타다.'라고 할 때 그들은 간단히 'Bus it, Taxi it'라고 한다. 그리고 더 재미있는 것은 '임시로 약속하다'는 관용구로 'Pencil in'이라는 말이 있다. 연필은 썼다가 쉽게 지우거나 다시 지울 수 있다. 그런 의미에서 나중에 계획이 바뀌는 일이 있더라도 일단은(연필로 써서) 약속을 잡아 둔다는 뜻으로 쓰인다.

이렇게 차이가 나는 이유를 설명하기란 쉽지 않다. 그러나 동양학의 관점에서 보면 이해가 간다. 우주의 모든 것은 음과 양으로 구성되어 있고 그것은 목화토금수라는 오행의 원칙에 의해서 움직인다는 것이다. 지구를 이 원리에 대입하면 동양은 양의 세계이고 서양은 음의 세계이다. 따라서 동양의 행동에 대해서 서양에서 반대로 나타나는 것은 서양이 음의 세계이기 때문이다. 동양이 동사 위주의 사고를 하는 것은 움직임은 양이기 때문이고, 서양이 명사 위주로 사고하는 것은 사물은 음이기 때문이다.

사물에 이름을 붙이는 방식도 다르다. 사물에 어떤 이름을 붙이는가 하는 문제는 그 사회의 인식문화와 깊이 연결되어 있다. 서양 사람들은 '기능성 지향' 이름 붙이기를 하는데, 우리는 '목적 지향성' 이름을 붙인다.

서양 사람들은 '의자 벨트(Seat Belt)'라고 하는데, 우리는 '안전벨트'라고 부른다. 그러니까 서양 사람들은 '의자에 붙어 있는 벨트'라는 말이고 우리는 '안전을 위해 매는 벨트'라는 의미다. 우리가 안경이라고 부르는 물건을 서양 사람들은 그냥 유리(Glass)라고 부른다. 안경이라는 것은 눈을 위해 사용하는 유리라는 의미인 데 비하여 서양 사람들은 눈에 필요한 것이건 아니건 그냥 유리일 뿐이다. 이런 사례를 찾아보면 무수히 많다. 다른 말로 하면 서양 사람들은 재료 중심으로 이름을 붙이고 우리는 그 물건이 수행하는 목적 또는 역할 중심으로 이름을 붙인 것이다.

자 연

자연의 변화

제행무상(諸行無常)이라는 말이 있다. 쉽게 풀어쓰면 모든 것은 변한다는 말이다. 그렇다면 변하는 것과 변하지 않는 것은 어떻게 구분할까? 이것을 절대적 차원에서 구분은 불가능하고 다만 상대적 차원에서는 가능하다. 상대적 개념을 확정하기 위해서는 어떤 조건이 필요한데 절대적 상황에서는 모든 것이 변하지만 일정한 시스템 내에서는 변화하는 것과 변화하지 않는 것이 있다. 즉, 변화하지 않는 것은 '본질'이고 변화하는 것은 그 본질을 추구하는 방법이다.

본질이 변하지 않기 위해서는 표피적인 것은 주변 환경에 따라서 변해야 한다. 사람이 태도를 바꾸면 변했다고 난리다. 그런데 무엇이 변했는가가 문제이지 사실 모든 것은 변해야 하고 변하지 않으면 존재할 수 없다. 세상은 그 자체가 잠시도 가만히 있지 못하고 변하고 있다. 그 변화의 물결 속에서 같이 변해야 궤를 같이하고 같이 갈 수 있다. 다만 저 밑바닥에 있는 기본과 원칙만 변하지 않고 있을 뿐이다. 그런데 그 기본과 원칙은 보통 사람들의 눈에는 잘 보이지 않는 것이기 때문에 그것이 변화를 하는지 안 하는지 알기 힘들다.

보통 사람들이 알 수 있는 것은 겉으로 드러난 것들이다. 겉으로 드러난 것들은 둘러싸고 있는 환경의 변화에 맞춰서 변해야 한다. 쉬운 예로 계절이 바뀌면 옷을 바꿔 입어야 한다. 만약 변화에 맞는 옷으로 바꿔 입지 않으면 문제가 생긴다. 문제의 핵심은 그 변화하는 환경에 얼마나 알맞게 변하는 가이다.

나무가 겨울인데도 무성한 잎을 달고 있으면 겨울을 넘기지 못하고 동사한다. 청춘남녀가 사랑해서 결혼을 했는데, 연애시절과 같은 사랑을 해 주지 않는다고 달달 볶는다면 그것은 잘 못된 것이다. 결혼을 하고 나면 두 사람만의 문제가 아니고 가족 간의 관계로 발전하고 아이들이 태어나면 두 사람 간의 관계와 역할이 재설정된다. 그에 맞는 행동 범위에서 사랑을 하고 그 사랑이 결실을 맺도록 노력하는 것이 맞다.

균형이 세상을 유지한다

균형은 세상을 유지하는 이치다. 사람들이 좋아하고 싫어하는 최상위 기준을 생각해 보면 균형이다. 무엇이든지 밸런스가 잡혀 있으면 아름답다. 세상은 언뜻 보면 불균형한 것처럼 보이지만, 그 판을 조금만 키워 보면 균형적이거나 아니면 균형을 향해 움직이고 있는 중이다. 우리가 흔히 자연스럽다고 하는데 그 말은 곧 균형을 이루고 있다는 것이다. 아름다움이란 역시 균형을 이루고 있을 때이다. 균형을 이루고 있으면 자연스럽고 그 자연스러움은 곧 아름다움이다. 아마 인류가 살아오면서 자연스러움은 안정적이라서 편안함을 느꼈을 것이고 그것을 좋아하는 마음이 생겨 곧 미적 감각으로 발전한 것으로 판단된다. 미인이란 눈, 코, 귀, 입이 균형 있게 자리 잡은 얼굴에 신체 구조가 균형이 잡혀 있는 것을 말한다.

우주 작동의 기본 이치도 균형이다. 엄청난 속도로 움직이는 우주는 균형이 맞지 않으면 금방 파멸된다. 이 거대한 진리와 원칙을 거역하면 상응한 대가를 받게 된다. 무리수를 써서 밸런스를 파괴한 사람은 그 무리수에 비례한 벌을 받게 된다. 순간적, 국부적으로 유지되는 불균형은 시간이 지나면서 균형이 잡힌다. 사람의 마음도 자연, 즉 우주의 원리에 지배를 받기 때문에 균형이 맞지 않는 것을 보면 불편해한다.

균형의 핵심은 음양 관계다

모든 것은 양자 간의 균형이 깨어졌을 때에는 변화가 일어난다. 좋은 것이 있으면 나쁜 것이 있고, 높은 곳이 있으면 낮은 곳이 있다. 이처럼 모든 것은 상대적으로 균형 있게 구성되어 있다. 그러니 지금 당장 좋다고 너무 좋아해서는 안 된다. 지금 당장 좋은 상황이라면 시간의 패러다임 안에서 과거 또는 미래의 어떤 시간에 지금 좋은 상황만큼의 나쁜 상황이 있었거나 있을 것이다. 아주 쉬운 예로 밤에 즐겁고 신나게 술 마시고 놀았으면 그 이튿날 아침에는 속이 쓰리고 졸리고 피곤하다. 반대로 열심히 힘들게 노력한 후에는 그에 상응하는 과실이 기다리고 있다.

세상을 움직이는 힘은 음과 양의 기운에서 나온다. 그 기운은 변화 발전하려는 힘과 균형을 이루려는 힘이다. 균형을 이루고 있는 것은 더 큰 발전을 위해 불균형 상태로 변하고 불균형 상태는 다시 균형을 이루기 위해 움직인다. 달은 만월이 되기 위해 움직이지만 다 차면 기운다. 그 반대도 마찬가지다. 우리의 마음도 마찬가지다. 한 가지를 이루고자 애를 써서 달성하고 나면 균형이 잡혀 영원히 평화로워야 하는데, 더 큰 욕심이 생겨 또다시 불균형 상태가 된다. 이는 영원히 반복하는 과정이다.

역사를 움직이는 힘 중에서 영향력이 큰 것이 이념인데, 그 이념이 한쪽으로 지나치게 치우치면 진자의 운동처럼 반대편으로 움직이려는 힘이 강하게 작용한다. 앞에서 말한 것처럼 음과 양의 균형을 맞추려는 강한 힘이 한쪽으로 치우친 진자를 중앙으로 오게 하려고 강한 인력이 작용한다. 그런데 그 진자는 강한 반동에 의해 반대편으로 기울게 되는데 이러한 작용의 반복으로 힘의 균형을 이룰 때까지 계속되어 마침내 균형을 이룬다.

그런데 문제는 이렇게 한 번 균형을 이루고 있으면 그대로 있어야 하는데 왜 그렇지 못한가?

그것은 그 시스템 내에서는 균형을 이루었겠지만 그 시스템 외연의 더 큰 시스템에서 보면 불균형상태가 되어 있는 것이다. 그러니 그 큰 시스템이 균형을 이루려고 하다 보면 또다시 변화할 수밖에 없는 것이다. 그러니 만물은 영원히 변하는 것이다.

궁극적으로 균형이 양이라면 불균형이 음이다. 균형과 불균형이 균형을 이루기 위해서라도 세상은 변해야 한다. 다시 말해서 균형을 이루고 있는 것을 보면 불균형이 가만히 있지 않는다. 균형과 불균형이 균형을 이뤄야만 태극이 만들어지니까. 설사 그렇게 태극이 만들어지면 그것은 완벽한 균형인데, 그에 대응하는 완벽한 불균형이 또다시 만들어지는 것이다. 세상에서 균형이 이뤄지는 시간은 한때다. 균형을 이루고 있을 때가 가장 좋은 때인데, 그때는 잠시 잠깐이다. 다시 말해 그 태극을 이루는 상태인 그때는 변화하는 과정에 있는 한

때일 뿐이다.

세상만사는 나선형으로 발전한다

우리가 사는 이 세상은 어디로 가고 있는가? 인류문명은 지금까지 발전해 왔는데, 언제까지 계속 발전할까? 그리고 사람은 왜 죽으며, 그 잘나가던 노키아 같은 회사는 왜 망했을까? 지금 우리 주변에 일어나고 있는 분노나 열광은 언제까지 지속될까?

이러한 문제를 생각해 보는 것을 우리는 철학이라고 부른다. 동서양의 많은 철학자들이 나름의 주장을 폈지만 그래도 가장 보편적이고 가장 쉽게 이해되는 것은 세상만사는 가만히 있지 못하고 변한다는 사실이다. 사실 우리가 겪는 것들을 보면 모두가 음양의 움직임이다. 움직이는 것은 정지하려고 하고, 정지하고 있는 것은 움직이려고 한다. 이것은 크게 보아서 그런 것이고 그 음에서 양으로, 다시 양에서 음으로 변하는 더 구체적인 절차는 오행의 원리에 의해서 변화한다. 그러므로 '세상만사의 변화가 어떻게 되는가?'에 대한 답은 나선형으로 발전한다는 결론에 이른다. 이 원리는 저 무변광대한 우주로부터 미물에 이르기까지 생명이 있는 모든 것에 적용이 된다.

세상만사는 음과 양으로 이뤄져 있어서 음이나 양이 혼자 존재할 수는 없다. 우리가 싫어하는 악(惡)마저도 선(善)을 존재시키기 위해 있다. 그러니까 선을 추구하려면 그에 잠재하고 있는 악마저도 인정하지 않을 수가 없다. 세상만사는 주어지는 조건하에서 상대적일 뿐이고 절대적인 것은 없다는 의미다.

그리고 세상만사는 다섯 가지 기운으로 구성되었으며 그 다섯 가지 기운의 상호작용에 의해서 변화한다. 그 변화는 상생과 상극작용을 하는데 만물의 근원은 수(水)를 시작으로 변한다. 이 다섯 단계는 솟아오르는 기운인 목(木), 활활 타오르는 기운인 화(火), 중화 조절하는 기운인 토(土), 수렴하는 기운인 금(金), 그리고 저장하는 기운인 수(水)로 이뤄진다. 수에서 시작하여 차례로 상생작용을 하고 한 단계 건너서는 상극작용을 한다.

상생작용을 통해서는 전진을 하고 상극작용을 통해서는 발전을 한다. 전진이란 그저 앞으로 순조롭게 나아가는 것이고 발전은 앞을 가로막는 장애물을 극복하고 나아가는 것을 말한다. 역사의 발전, 즉 세상만사는 전진과 발전을 통해 앞으로 나아가고 있다. 식물은 사계절을 거치면서 목화토금수의 기운으로 생장수장(生長收藏)하는 것을 쉽게 감지할 수 있다. 그리고 다음 해에는 늘어난 씨앗으로 다시 같은 과정을 반복하면서 확대발전한다. 이러한 과정은 나선형으로 발전하는 모습을 보인다.

부드러움이 강한 것을 이기는 이유

강한 것이 약한 것을 이기는 것이 세상의 이치인데, 흔히들 부드러움이 강한 것을 이긴다고 한다. 부드러움이 강한 것을 이긴다는 것은 공간적 차원에서 겉으로는 부드러운 것이 내면은 단단하다는 외유내강을 말한다. 세상의 이치가 그렇다. 겉이 부드러우면 속이 단단하고 겉이 단단하면 속은 무르다. 복숭아는 겉은 무르고 속은 단단한 반면 밤이나 호두는 겉은 단단하고 속은 무르다. 그래야 음양의 조화가 맞아서 존재 가능하다.

시간적 차원의 경우, 평소 부드럽고 유연하지만 결정적 시간과 장소에서 강한 집중력을 발휘할 수 있다. 평소 긴장하고 있으면 결정적 순간에 힘을 집중할 수가 없다. 이것은 '공격의 원칙' 중의 하나인 "절약과 집중"과도 맥이 통한다.

부드러움이 강한 것을 이긴다는 말이 모순되는 것 같지만 부드러움의 이면에는 강함이 도사리고 있고, 부드러움의 다음에는 강함이 준비되고 있기 때문에 결정적 순간에는 강한 힘을 발휘할 수 있어서 부드러움이 강한 것을 이길 수 있는 것이다.

신은 한 사람에게 모든 것을 다 주지는 않는다

만유인력을 발견한 아이작 뉴톤은 과학 천재지만 단순한 현실문제에서는 젬병이었다. 개와 고양이를 기르고 있었던 그는 담벼락에 고양이가 다닐 수 있는 구멍을 하나 뚫어 주었다. 그런데 개는 덩치가 커서 그 구멍으로 다닐 수가 없었다. 뉴톤은 그 옆에 다시 큰 구멍을 하나 더 뚫었다. 그것을 보고 하인이 말했다. "아니, 주인님, 작은 구멍을 좀 더 넓히면 되지 왜 또 구멍을 뚫으셨어요?" 하고 물었다. 뉴톤은 아무 말도 못했다.

뉴톤은 비록 과학 분야에서는 천재이지만 현실 생활에서는 그렇지 못했다. 신은 한 사람에게 모든 것을 다 주지 않는 법이다. 유능 무능의 문제도 상대적이라는 얘기다. 그 당시 상황에서 유능하게 보일 뿐이지 상황이 달라지면 능력도 달라질 수밖에 없다. 그것이 자연의 이치다. 잘하는 것이 있으면 반드시 못하는 것이 있다. 그래야만 존재가 가능하다. 음과 양이 결합해야 하나의 존재성을 가지니까….

그러니까 자신이 잘났다고 뻐길 것도 없고, 못났다고 기죽을 것도 없다. 남의 유능함을 부러워할 것도 남의 무능을 무시해서도 안 된다. 결국 모든 능력을 다 합치면 같아진다. 다만 그 당시 상황에서 그 능력이 표현되고 있었을 뿐이다.

공룡은 먹이가 없어 사라졌다

공룡은 중생대(2억 5100만 년 전~6550만 년 전) 동안 번성하였지만 중생대 끝 무렵에 갑자기 멸종하였다. 그 원인에 대해서는 아직 확실하게 알려지지 않았지만, 현재 널리 받아들여지고 있는 원인의 하나는 백악기 말에 일어난 대규모 조산운동의 지질학적 순환으로 공룡의 주요 서식지였던 저지대의 면적이 감소하고 기후가 변함으로써 공룡의 주요 먹이인 식물의 진화적 변화를 촉진시켰다는 것이다.

다른 하나는 소행성과 지구가 충돌하면서, 지구의 대기는 거대한 먼지구름으로 가득 차게 되었고, 이러한 먼지구름이 약 3년 동안 계속 떠 있게 되었는데, 이때의 먼지구름은 태양빛을 가로막아, 식물들의 광합성을 방해하였고 이러한 방해는 당시의 먹이 연쇄를 파괴하여 결국 이러한 먹이 연쇄의 파괴가 공룡 및 다른 많은 다른 생물들의 멸종을 가져왔다는 것이다.

두 가지 원인 중에서 공통적인 요인은 공룡의 먹이 문제다. 공룡은 많이 먹어서 그 몸집이 커졌고 그 몸집을 유지하려니 더 많이 먹어야 했다. 공룡의 개체 수는 늘어나는데 먹이인 식물은 자연 현상에 의해서 감소하였다. 그 결과 공룡이 이 지구상에 사라지게 된 것으로 보인다.

여기서 주목할 것은 비록 자연현상에 의해서 식물이 감소했지만 신진 대사가 크지 않은 다른 동물들은 사라지지 않았다는 것이다. 엄청난 식물을 먹어야 유지되는 공룡만이 사라진 것이다.

우리네 삶도 마찬가지다. 끝없는 욕망을 채우기 위해 더 많은 재화를, 더 편리함을 찾아 애를 쓴다. 공룡과 같이 우리네 삶의 몸집도 한 번 커지면 그 몸집을 유지하기 위해서는 많은 신진대사가 필요하고 그 신진대사를 위해서 많은 재화가 필요하다. 많은 사람들이 이런 삶을 살다 보니 부익부 빈익빈 현상이 심화되고 사회적 갈등이 더 커진다.

혁명은 왜 봄에 일어나는가?

봄의 기운이란 솟아오르는 기운이다. 주역에서는 봄을 목(木)으로 분류한다. 봄엔 목 기운이 충만한 계절이므로 그 기운을 가지고 만물은 춥고 어두운 겨울의 잠에서 깨어나고 초목은 목의 기운으로 대지를 뚫고 올라온다.

봄은 영어로 Spring이다. Spring은 봄이라는 뜻과 누르면 튀어 오르는 용수철이라는 의미가 있고 물이 솟아오르는 샘이라는 뜻도 있다. 정말 신기하지 않은가? 교통통신이 되지 않았던 그 옛날 옛적에

봄을 동서양이 같은 의미로 이해했다는 사실 말이다. 4월을 뜻하는 영어 April의 라틴어 어원은 Aperire(새 세상을 연다)에서 유래했다고 한다. 봄의 한가운데 있는 달이 4월이니까 서로 의미가 통한다.

인류의 역사를 보면 봄은 혁명의 계절이다. 우리나라의 3 · 1운동과 4 · 19혁명, 5 · 16군사혁명 그리고 5 · 18이 봄에 일어났다. 녹두장군 전봉준의 동학혁명도 1894년 4월의 일이고 1980년에는 '서울의 봄'도 있었다. 외국의 경우도 마찬가지다. 두브체크가 민주 노선을 제안하는 강령을 발표한 프라하의 봄은 1968년 4월이다. 볼셰비키 혁명의 불을 당긴 러시아 페트로그라드의 노동자 봉기도 1917년 3월에 일어났다. 프랑스혁명을 촉발한 '전국 신분회'도 1789년 5월에 일어났다. 이처럼 세계의 역사를 바꾼 혁명은 대부분 봄에 일어났다.

봄에 혁명이 일어나는 이유는 봄의 기운과 혁명의 기운이 서로 상승작용을 한 결과라고 본다. 봄에는 만물이 목의 기운이 충만하여 솟아오르려고 하는데 이에 편승하여 억제 받고 있던 사람의 마음이 용수철처럼 튀어 오르는 혁명의 기운이 용솟음친 것이다.

모든 혁명은 '앙시앵 레짐(낡은 체제)'에 대한 반작용이다. 낡은 체제의 억압으로부터 축적된 에너지가 분출하는 것이 혁명이다. 봄도 마찬가지다. 겨울 동안 음의 기운이 양의 기운을 압축하고 있었는데, 봄이 되니까 압축되었던 양의 힘이 분출한다. 억압하면 압축된 기운이 압박하는 장치나 체제를 뚫고 솟아오르는 것이 세상의 이치다. 그러므로 봄의 현상과 혁명의 현상은 닮은꼴이다. 그래서 혁명은 주로 봄에 일어나는 것이다.

머리 나쁜 개미가 먼저 탈출한다

밑에 구멍을 뚫은 유리상자 위에 전등을 켜 두고 벌과 개미를 상자에 넣어 놓으면 누가 먼저 탈출할까? 일반적으로 개미보다는 벌의 지능지수가 높다고 한다. 그래서 벌이 먼저 탈출할 거라고 생각하지만 실제로는 머리가 나쁜 개미가 먼저 탈출한다.

왜 그럴까? 벌은 밝은 쪽으로 나가야 한다는 본능(인간으로 말하면 고정관념)에 사로잡혀 계속 상자 윗부분으로 탈출을 시도하고 있는 데 반해, 개미는 이리저리 돌아다니면서 구멍을 찾아 헤매다가 구멍을 발견하자마자 바로 탈출한다.

머리가 아무리 좋아도 고정관념에 사로잡혀 있으면 기존 관념과 다른 환경에서는 해결 능력이 떨어진다. 만약 벌에게 고정관념을 타파하는 교육과 훈련을 시키면 분명 개미보다 더 빨리 유리 상자를 탈출할 것이다. 그러나 곤충은 본능적으로 행동하기 때문에 교육훈련이 가능할지는 모르겠다.

인간

사람이란?

사람은 만물의 영장이라고 한다. 이 세상에 존재하는 피조물 중에서 가장 영특하다는 뜻이다.

성경에서는 하나님이 흙으로 자신의 형상대로 빚은 다음 영혼을 불어넣었다고 하고, 주역에서는 사람이 우주의 축소판으로 음으로 육신을 만들고 양으로 정신을 만들었다고 한다. 하나님을 우주로 대치하면 동서양의 생각이 같은데 다만 표현만이 다를 뿐이다. 아마도 음의 세계인 서양에서는 물질 위주로 설명을 하다 보니 그렇게 되었고 양의 세계인 동양에서는 정신 위주의 설명이다 보니 그렇게 되었을 것으로 본다.

좀 더 현실적인 차원으로 돌아와 보자. 사람은 육신과 정신으로 이뤄져 있다. 음과 양이 조화를 이뤄서 만들어진 것이다. 그것이 세상을 이루는 불변의 진리다. 육신은 정신이 머무는 곳으로 정신을 담는 그릇이다. 따라서 사람이란 육신이 아니고 정신이다. 마치 물이 그릇에 담겨 있을 때 그릇은 별 의미가 없는 것처럼 말이다. "사람답게 살아라! 훌륭한 사람이 되어라!"라고 말할 때 사람은 정신을 지칭하지 육신을 말하는 것이 아니다. 이렇게 보면 정신이 육신보다 더 중요한 것이 분명하다.

그릇이 깨지면 그 내용을 담을 수 없으니까 튼튼한 그릇이 필요하고 이왕이면 예쁜 그릇에 담기면 그 내용물이 좋아 보인다. 그러나 그 그릇과 내용물은 상호 균형이 맞아야 좋다. 사람도 마찬가지다. 육신이 부실하면 그 정신도 나약하고, 반대로 정신이 맑지 못하고 탁하면 그 육신에 병이 생긴다. 육신과 정신은 음과 양의 관계이므로 상호 적절한 균형을 이뤄야 한다. 만일 육신만 건강하다면, 어쩌면 사람은 영원히 살 수도 있다. 육신을 이루는 기관들과 조직은 사용 기간이 정해져 있어서 그런 일은 절대 있을 수 없다. 모든 것이 그렇듯이 그 사용 기간이 넘으면 더 이상 기능이 작동할 수 없게 되어 있다. 정신은 그릇이 깨어지면 날아갔다가 새로운 그릇이 만들어지면 거기에 담기어 다시 살아간다.

결론적으로 사람은 정신과 그 정신을 담는 그릇인 육신으로 이뤄져 있다. 양이 항상 음의 주인이 되는 우주의 원리에 부합한다. 그러니 정신이 주가 되고 육신은 부가 되는 것이다. 정신을 담는 육신이 건강하여야 하지만 사람이 사람답게 살려면 정신이 먼저다. 양자는 서로 균형을 이뤄야 한다. 육신이 너무 호화로우면 정신이 피폐하기 쉽다. 정신의 불꽃이 활활 타오를 수 있을 조건을 만들 수 있는 육신이면 족하다.

사람의 생명

생명이란 정신을 담고 있는 육신을 활동하고 유지하게 하는 기운을 말한다. 사람이 살아 있다는 것은 몸을 유지하는 기운 즉, 생명력이 있다는 것이고 죽었다는 것은 몸이 기운을 잃어 더 이상 양인 정신을 담지 못하다는 뜻이다. 몸이 생명력을 유지하기 위해서는 지속적인 에너지(기)를 공급받아야 하는데 그것은 음식물을 분해하여 얻는다. 세상에 존재하는 모든 것은 기(에너지)의 존재방식의 차이일 뿐 그 근원은 동일하기 때문에 우리는 장기가 분해할 수 있는 것을 먹어서 에너지화하여 신체 각부에 제공하여 생명을 유지한다.

음식물도 에너지로 구성되어 있기 때문에 분해하면 에너지를 얻을 수 있는 것이다. 세상에 존재하는 모든 것은 기(에너지)의 존재방식의 차이일 뿐 그 근원은 동일하다. 우리가 무슨 음식을 먹든 그것은 우리의 장기가 분해하여 에너지화할 수 있는 시스템에 의해서 에너지화하는 것이다. 만약 우리가 이 우주에 두루 퍼져 있는 에너지를 바로 얻는 방법이 있다면 음식물을 먹어 소화하는 불편한 과정을 거칠 필요가 없다. 기공이 바로 그것이다. 마치 자동차가 내연 엔진 대신 가는 전기 자동차처럼 말이다.

이러한 생명은 "사이클"을 가지고 있다. 태어나면 반드시 소멸하게 되어 있다. 단지 그 기간에 차이가 있을 뿐이다. 동양학의 관점에서 생명이란 기(氣)의 오행순환의 과정(木-火-土-金-水)을 거치면서 순환한다. 이 한 사이클이 일반적 기준에서 생명이다. 이런 관점에서 생명의 길이를 파악하는 방법은 목(木)의 길이 즉, 성장의 길이를 알면 알 수가 있다.

사람의 정신

음양의 법칙을 사람에게 대입해 보면 양은 정신이고 음은 육신이다. 우리가 흔히 사람이라고 하면 육신을 말하는 경우가 많은데, 이것은 병원에서 생사를 판단할 때 기준일 뿐, 진정으로 사람은 육신이 아니고 정신이다. 육신은 정신을 담고 있는 그릇이며 정신이 작용하도록 기계적 역할을 한다.

그런데 그 정신이라는 것이 아주 복잡하다. 육신은 눈으로 볼 수 있는 것들이기 때문에 공감대를 얻기가 쉽지만 정신은 그렇지 못하다. 그리고 정신을 이해하기 어렵게 만드는 것은 정신에 대한 표현이 너무나 많아서 구분하기가 쉽지 않다.

이러한 정신은 '혼령'과 '생각'으로 구성되어 있고 혼령은 영을 혼이 감싸고 있는 모습이다. 사람이 죽으면 혼비백산(魂飛魄散)한다고 하는데, 이때 혼에는 정신이 가지고 있던 생각이 떨어져 나가 버린 상태다. 그러니까 사람이 죽으면 이 세상에서 경험한 온갖 생각은 다 버리고 순수한 영혼만 날아갔다가 인연이 닿으면 다시 인간의 육신을 얻어 환생한다는 것이 불교의 윤회론이다.

인간의 몸은 양인 정자를 음인 난자가 외부에서 둘러싸고 압축한 힘에 의해서 만들어진다. 다시 말해, 금의 기운으로 정자를 포위한 난자는 수의 기운을 받아 더욱 압축을 한다. 이렇게 압축 받은 수의 기운은 용출하는 목의 기운으로 변하여 양이 음을 확장함으로써 몸이 만들어지고 자궁 안에서 자랄 수 있는 한계에 이르면 세상으로 나온다.

이 세상에 나온 육신은 음을 확대하는 화의 기운을 받아 성장하다가 화의 기운이 다하면 육신은 성장을 멈추고 금의 기운을 받아 거칠고 딱딱해진다. 금의 기운이 다시 수의 기운으로 바뀌어 새로운 생명의 핵으로 압축하면 한생을 마감하게 된다. 이처럼 사람도 만물이 변화하는 것과 같은 절차로 목화금수의 라이프 사이클을 거치면서 살아가게 하는 에너지가 생명이다.

육신과 정신 그리고 생명을 컴퓨터에 비유하면 육신은 하드웨어, 정신은 소프트웨어, 생명은 컴퓨터를 작동하게 하는 전기다. 요컨대 정신은 소프트웨어고 생명은 에너지다.

사람의 의식

의식은 뇌 회로에 새겨야 할 것을 정하는 일을 한다. 생존과 번영 같은 일상에 유용한 행동이 뇌의 회로에 새겨지면 그것은 우리가 더 이상 접근할 수 없도록 무의식의 세계로 침잠한다. 그 새겨진 기억을 손상시키지 않게 하려는 의도에서 그렇게 한다.

이렇게 무의식화된 기억은 유전자로 압축되어 영혼 속에 존재하다가 정(精)으로 난자를 만나면 새 생명에 잠입하여 이어진다.

사람의 마음

마음을 이해하려면 생각과의 관계를 알아보는 것이 쉽다. 생각은 마음에서 생성된 파동이 응집과 확산을 거듭하는 것이라고 한다. 그리고 자신의 행동에 맞는 이야기를 꾸며내게끔 설계된 기계(DNA)에 의해 만들어진다. 그러므로 마음은 생각이 일어나는 근원적인 장소, 자리를 말한다. 생각이 화초라면 마음은 밭에 해당한다. 밭이 기름지면 좋은 화초가 자라는 것처럼 마음이 기름지면 좋은 생각이 난다.

그렇다면 마음을 어떻게 하면 기름지게 할 수 있을까? 좋은 경험을 많이 하게 하면 된다. 좋은 경험은 밭에 넣는 좋은 거름과 같다. 이를 컴퓨터에 비유해 보면 마음은 플랫폼이고 경험은 데이터이며 사고방식은 운영 체계에 해당한다.

그러면 이러한 마음은 어디에 있을까? 마음을 동양에서는 심(心) 자로 적고 서양에서는 Heart(♡)로 표시한다. 그런데 이것들을 보면 동서양 모두 심장을 가리키고 있다. 마음 心 자는 심장, 쉽게 말해 염통의 모양을 나타내고 있고 영어의 Heart 모양도 심장을 닮았다. 심장은 실제로 방이 두 개인 2층 집과 비슷하다. 아래층에 해당하는 것이 심실이고, 위층에 해당하는 것이 심방이다. 그러므로 심장은 오른쪽에 우심방과 우심실, 왼쪽에 좌심방과 좌심실이 있다. 심(心) 자는 심장의 네 부분을 네 개의 획으로 아주 잘 나타내고 있다. Heart(♡) 역시 심(心) 자처럼 심방과 심실까지 구분하여 표지하고 있지는 않지만, 좌우로 구분되어 있는 심장을 나타내고 있다.

'마음이 아프다.'라는 말을 '가슴이 아프다.'라고 말하기도 한다. 그러고 보면 마음과 가슴이 같다는 뜻이 된다. 왜? 마음이 아프다는 것을 가슴이 아프다고 했을까? 이 말은 마음이 가슴의 언저리에 있다는 의미가 아닐까?

마음의 근원이 뇌일까 심장일까? 하는 문제는 동서양을 막론하고 각각이다. 서양에서 최고의 철학자는 플라톤과 아리스토텔레스인데 플라톤은 뇌를 마음의 근원으로 생각했는데, 아리스토텔레스는 심장을 마음의 근원으로 보았다. 동양에서도 마찬가지로 전한시대의 의서인 황제내경에서는 정신작용의 근원인 마음은 심장에서 일어난다고 보았고 도교 수행자들은 뇌가 백 가지 정신이 모인 곳으로 봄으로써 플라톤적 사고를 하고 있다. 그러나 현대 과학은 해부학 발달의 영향으로 마음은 뇌에서 나온다고 본다.

그러면 마음과 생각은 어떤 관계일까? 정신과 마음이 같은 것이 아니라면 정신작용의 주 메커니즘인 뇌가 마음까지 관장한다고 보기는 어렵다. '마음은 생각이 일어나는 근원적 장소'라고 하는데, 마음이 밭이라면 생각은 거기서 자라나는 풀이나 나무다. 또한, 마음이 주인이라면 생각은 스쳐 가는 손님[客]으로 비유하기도 한다. 한 발 더 나가면, 생각이란 마음에서 생성된 파동이 응집과 확산을 거듭하는 것이라고 한다.

해부학자들의 얘기를 들어 보면, 심장과 뇌는 밀접한 관계를 가지고 있다고 한다. 심장의 박동은 뇌의 주요기능인 지각, 감정, 인지활동에 영향을 주는데 교감신경 또는 부교감신경을 작동시킬지 여부를 결정한다고 한다. 그리고 심장에는 대뇌에서 보이는 것과 같은 뉴런이 4만 개나 있으며 학습, 기억, 느낌, 감지작용을 한다고 한다.

그렇다면 심장 역시 뇌와 같은 작용을 한다고 보는 것이 타당하지 않을까? 특히나 태아는 6 내지 8주 사이에 심장이 완성되고 뇌는 20주 후에는 완성된다고 한다. 이렇게 보면 생각의 근원인 마음은 심장 뉴런에서 작용한다고 보는 것이 맞지 않을까? 조물주는 생각의 발인 심장을 먼저 만들어 놓고 나서 생각을 피어나게 하는 뇌를 만들지 않았을까? 자연은 언제나 최적의 결과를 내려고 하니까 뒤를 앞보다 먼저 만드는 일은 없을 테니까 말이다.

따라서 마음은 선천적 본능적으로 만들어진 유전적 요소로서 사단칠정이 이에 속할 것이고 생각된다. 사단은 측은지심, 수오지심, 사양지심, 시비지심인데 모두 심(心)으로 끝난다. 이를 풀어쓰면 불쌍한 마음, 부끄러운 마음, 양보하는 마음, 옳고 그름을 따지는 마음인데, 마음 대신 정신을 붙이면 즉, 불쌍한 정신, 부끄러운 정신, 양보하는 정신, 옳고 그름을 따지는 정신으로 표현이 되는데 어울리지 않는다. 그리고 칠정은 희(喜), 노(怒), 애(哀), 구(懼), 애(愛), 오(惡), 욕(慾)인데 여기에도 끝에 심(心) 자를 붙이면 괜찮은데 정신을 갖다

붙이면 이것도 어우러지지 않는다.

이에 비해 정신은 후천적으로 얻은 경험을 뇌의 사고 작용을 통해 얻어진 결과물로 볼 수 있다. 그러니까 심장에서 작용된 마음을 기반으로 하여 뇌에서 만들어진 정신이 교호작용을 거쳐 외부로 나타나는 것이 인간의 행위다. 그러므로 마음 상태에 따라 같은 상황이라도 다른 정신적 결과로 나타나는 것이다.

사람의 수명

수명은 그 유기체가 성장하는 기간의 5배라는 것이 통설이다. 목-화-토-금-수(木-火-土-金-水)의 5개 과정을 거치니까 최초 단계 목(木) 시간의 5배가 되는 것이다. 단 하루를 사는 하루살이도 이 단계를 거친다. 이것을 가장 쉽게 관찰할 수 있는 것이 일년생 식물이다. 봄에 싹이 나서 여름에 성장하여 가을에 여물고는 겨울에는 그 씨앗을 저장하는 사이클을 갖는다. 사람은 생물학적 구조에서 보면 25년 성장한다고 하는 것이 의학계의 설명이다. 그렇다면 사람은 25년 * 5 = 125년이 기본적 수명이 된다. 자신의 몸을 무리하지 않게 사용하고, 외부의 공격을 받지 않는다면 125세까지는 살 수 있다는 논리다.

그런데 그보다 일찍 죽는 것은 자신의 몸을 무리하게 사용했거나 적절한 섭생을 하지 못한 관계로 질병 또는 육신의 기관이 고장 나게 만들어서 그렇게 된 것이다. 진정으로 오래 살고 싶으면 무리를 하지 않아 정신적·육체적으로 스트레스를 받지 말고, 섭생을 잘하고 위생관리를 잘해서 병에 걸리지 않으면 된다. 이 세상에 불로초는 없으며 미라를 만든다고 다시 부활하는 법은 절대 없다. 그러니 오래 살겠다고 욕심을 부리면, 그 욕심이 스트레스를 만들어 자신의 주어진 생명마저 단축하게 될 것이다.

그러면 영생을 하는 방법은 없는가? 있다. 다만 육신과 분리된 정신은 영생이 가능하다. 종교적 해석에 의하면 육신은 멸하지만 정신은 남아서 천국을 가거나 극락을 간다는 것이고, 불교의 윤회론에서는 극락에 가지 못하는 정신은 다른 육신을 빌려서 다시 태어난다고 한다. 그런데 윤회론의 주장처럼 정신이 다시 다른 육신을 가지고 태어난다면 같은 사람이 되어야 하는데 그것을 확인할 방법이 없다. 물론 이 경우에는 사람을 육신으로 보는 것이 아니고 정신으로 보는 전제가 있다.

그런데 그 정신마저 전생을 살았다는 흔적이 없으니 윤회를 한 것인지 아닌지 구분하는 것이 쉽지 않다. 그러나 이 윤회설을 이해할 수 있는 단서가 하나 있기는 하다. 정신(精神)이란 신(神)에 경험이 축적되어 있는 상태를 말하는데 생명이 다하면 신(神)은 육신에서 이탈하여 우주로 비상한다는 논리다. 다시 말하면 사람은 정신과 정신을 담고 있는 육신으로 이뤄져 있는데, 육신의 수명이 다 하면 정신은 육신에서 이탈하여 우주로 비상한다는 것이다. 그렇게 비상하는 신(神)은 라이프 사이클 동안 겪은 경험을 털어 낸 것이라고 한다.

그러므로 사람이 새로 태어나도 그가 전생을 기억하지 못하고, 새로운 육신의 라이프 사이클에 맞추어 경험을 쌓아 새로운 정신이 만들어져 한생을 영위한다. 세상에는 우연 또는 돌연변이가 있어서 태어나면서 모든 것을 아는 생이지지(生以知之: 배우지 않아도 태어나면서 모든 것을 아는 것)하는 사람도 있다고 한다. 역사적으로 매월당 김시습이나 근래에 신의(神醫)라고 일컬어졌던 인산 김일훈 선생이 이에 해당된다고 한다. 그런데 확인할 길은 없다.

우리가 흔히 일컫는 영혼은 영이 중심에 있고 혼이 둘러싸고 있다고 한다. 음양의 관점에서 보면 영은 양에 해당하고 혼은 음에 해당된다. 그리고 혼비백산이라는 말도 사람이 죽으면 혼은 하늘로 날아가고 백은 땅으로 흩어진다는 의미다. 여기서 혼은 정신에 해당하고 백은 육신에 해당하니 양인 혼은 양의 세계인 하늘로 비상하고 음인 육신은 음인 땅으로 흩어진다는 것이다. 이 말은 우리의 일상생활 용어이므로 학문적 차원에서 혼(魂)은 정신에서 경험이 이탈된 신(神)이다.

인간의 본질이 육신이 아니고 정신이라고 생각하면 우리가 죽는다는 것을 두려워할 필요가 없다. 이생에서 삶이 좋은 평가를 받으면 천당이나 극락을 갈 것이고, 그 수준이 낮으면 다시 돌아와서 새로운 몸을 받아 '영혼 성장 수업'을 하면 되는 것이니까 그리 걱정할 일은 아닌 것 같다. 다만 선업을 쌓지 못하고 악행을 저지르면 다음 생에서 고달픈 라이프 사이클을 겪게 되거나 그것보다 더 나쁘면 축생으로 태어나기도 한다니, 죽음을 걱정하지는 않더라도 악행을 해서는 안 될 것이다.

125세 천수를 다하려면

사람이 오래 사는 것이 축복인지 아닌지는 잘 모르겠다. 그럼에도 불구하고 많은 사람들이 오래 살기를 바란다. 이런 문제는 철학적 문제로 접근해야 한다. 즉, 사람을 정신적 존재로 보느냐? 육체적 존재로 보느냐?에 따라 전혀 다른 맥락에서 논의가 되어야 하기 때문이다. 여기서 사람의 수명을 얘기하는 맥락에서는 육체적 존재로 한정한다. 사람의 핵심인 정신을 담고 있는 육체의 존재 여부를 가지고 수명을 이야기 한다. 정신적으로는 영생이 가능하지만, 그 정신을 담고 있는 육신의 소멸을 '한 생명이 끝나는 것'으로 정의한다.

천수를 누리려면 건강하게 태어나서 육신이 상하지 않도록 사용하면 된다. 그런데 이게 쉽지 않다. 먼저 건강하게 태어나려면 부모를 잘 만나야 한다. 부의 정자와 모의 난자가 결합을 하는 환경과 부모의 정신적 육체적 건강이 완벽해야 한다. 옛날에 왕실이나 대갓집에서는 부부의 합방 일을 택일하고 합방하기 전에는 부부가 기도를 하면서 몸과 마음을 정갈하게 하였다고 한다. 정자와 난자가 결합하고 그에 영혼이 깃드는 과정은 약간의 기운 차이에도 전혀 다른 결과를 가져온다.

그렇게 잉태가 되고 나면 산모는 영양은 물론이고 태아가 스트레스를 받지 않도록 몸과 마음가짐을 평온하게 하고 언행을 조신하게 하는 태교가 필요하다. 음식도 가려 먹고 생각도 올바르게 해야 태아가 건강하고 완전하게 자랄 수 있다. 이런 과정을 거쳐서 태어난 아기는 건강하고 강한 생명력을 지닌다. 그렇지 못하면 태어날 때부터 자신의 수명을 살 수 있는 생명력이 부족하게 된다.

태어나면 모의 자궁과는 전혀 다른 외부환경에 적응을 해야 하는데, 이 과정에서는 아이의 신체적 부위가 제 기능을 잘할 수 있게 건강하게 양육되어야 한다. 부모의 사랑과 적절한 영양, 외부 공격으로부터 완벽한 방어가 이뤄져야 한다. 정신적 육체적 강건함으로 구비할 수 있도록 성장하여 25세가 되면 완벽한 성체가 된다. 이 과정이 오행으로 보면 목(木)의 기운이 작동하는 기간이다. 계절에 비유해보면 봄에 해당한다. 목의 기운이 화의 기운으로 넘어가는 과정에 두 기운 간의 조화를 위해 토의 기운이 작용한다. 인간에게는 5년 정도다.

다음부터는 왕성한 생명력을 활용하여 한 인간의 인생에서 가장 활발한 활동을 하게 되는데, 이때 육신이 너무 스트레스를 받거나 무리하지 않게 사용해야 한다. 모든 것은 내구연한이 있는데 자신의 육신을 무리하게 사용하면 반드시 탈이 나게 된다. 육신이 극복할 수 있는 외부 공격에 대해서는 그것을 극복하고 나면 면역력이 키워지지만 그 도를 넘으면 큰 병에 걸린다. 그렇게 되면 부여된 기본적 수명을 채울 수가 없다. 이 기간은 오행의 화(火)의 기간이다.

아주 조심해야 할 시기다. 인간의 나이가 이제 55세가 되었다. 계절로 보면 여름에 해당한다.

여름 다음에는 결실을 맺는 가을이 오는데 인생도 결실을 맺어야 한다. 그런데 뜨거운 여름에서 가을로 넘어가려면 그 열기를 식혀야 하는데 그 필요한 기간이 오행에서는 토(土)에 해당한다. 인간에게는 56세부터 65세의 기간이다. 화의 기간에 이뤄 놓은 것을 결실로 이어지도록 화의 기운을 관리하는 기간이다. 정신적으로도 그렇고 육체적으로 그렇다. 화의 시기보다 조금씩 기운을 줄여야 한다. 이러한 과정을 거치고 나서 맞는 것이 가을인데 인간에게는 66세부터 95세에 해당한다. 오행에서는 금(金)의 기운이 작용하는 시기다. 자신이 노력한 모든 것에 대한 결실을 맺는 기간이다. 이 기간 중에 무언가 새로운 것을 하겠다고 하는 것은 과욕이다. 반드시 화를 부른다.

가을이 지나면 겨울이 온다. 오행에서는 수(水)의 기운이 작동하는 기간이다. 수의 기운은 양의 기운을 음의 기운이 압축하여 다음 생애 주기를 위해 생명의 핵을 만드는 기간이다. 인간에게는 96세부터 125세의 기간이 해당한다. 인간에게는 이제 100년을 같이 한 정신을 압축하고 압축하여 다음 생에서 힘차게 태어나도록 하는 기간이다. 육체적 기능은 미약하고 그저 퇴행하는 기간을 서서히 조절하도록 관리해야 한다. 이렇게 인간의 한 주기가 끝이 난다.

이 처럼 완벽한 생애 주기를 이루려면 태어난 후에도 적절한 섭생과 외부의 공격으로부터의 방호력 그리고 자신의 정신을 담고 있는 그릇인 육신이 상하게 않게 스트레스를 받지 않아야 한다. 그렇게 하는 방법은 자연의 순리에 따르면서 무리를 하지 말아야 한다. 욕심을 부리지 말고, 너무 많이 먹지 말고, 항상 움직이되 몸을 너무 많이 쓰지 말고, 목표하는 것의 80%에 이르면 그칠 줄 알면 가능하다.

육신은 정신적 스트레스를 받으면 상하고, 무리하게 쓰면 일찍 망가진다. 이 정신적 스트레스와 육신의 무리한 사용은 모두가 '욕심과 유혹'을 이겨 내지 못한 결과다. 더 좋은 것, 더 많은 것을 구하려고 '무리'를 하고, 그것이 안 되어 안달하고 애를 쓰면 스트레스를 받게 되고, 이 스트레스로부터 자기 방어를 위해 분비하는 맹독성 아드레날린의 분비로 몸이 망가진다. 스트레스가 암의 원인이라고 강력하게 주장한 사람은 《뇌내 혁명》의 저자 하루야마 시게오다.

그래서 선현들은 자연과 더불어 유유자적 하려고 애를 썼다. 많은 선현들이 순리에 따라서 살고, 욕심을 버리고, 겸손하게 살라는 교훈을 주었다. 이런 교훈들은 맞는 말이라고 생각이 되면서도 '정말 그럴까?'라고 생각하고 확신을 가지기가 힘들다. 선현들은 그 이치를 스스로 깨달아 알려 주었지만 원인과 결과 간의 연결 고리가 세세하게 설명이 되지 않아 의문이 있었다. 그런데 생리 의학 부문에서 노벨상을 받은 도쿄공업대학 오스미 요시노리 명예교수가 이를 과학적으로 증명했다.

그는 평생 외길 연구 인생의 결과, 세포에서 오토파지(Autophasy: 자가포식)가 작동하는 원리를 발견하였다. 오토파지란 세포가 자기 안에 쌓인 단백질 노폐물을 청소하는 기능인데, 이 기능이 제대로 작동하지 않으면 몸에 노폐물이 쌓여 암이 되기도 하고 치매와 파킨슨병을 일으킨다고 한다. 좀 더 구체적으로 살펴보면, 자가 포식 작용이 고장 나면 세포 노폐물이 쌓이고 넘쳐서 세포의 신진대사에 장애가 발생하고 노폐물이 세포 밖으로 나가면 암 유전자 변이를 일으켜 암이 생긴다. 또한, 쓸데없는 단백질이 쌓여 치매나 퇴행성 신경질환을 유발한다고 한다.

문제는 왜 세포 내에 불필요한 단백질 찌꺼기가 쌓이는가 하는 것이다. 그 원인은 두 가지가 있는데, 하나는 세포가 스트레스를 받거나 세균에 감염되는 것이 원인이다. 그러니까 세포내에 단백질 찌꺼기가 쌓이지 않게 하려면 스트레스를 받지 않거나 세균에 감염되지 않도록 하면 된다. 나머지 하나는 과잉 칼로리를 섭취하면 세포 노폐물이 처리가 안 되어 쌓인다고 한다.

따라서 건강해지려면 섭취 칼로리를 줄여야 한다. 많은 사람들이 더 맛있고 좋은 것을 많이 먹으려고 애를 쓰는데, 이 논리에 비춰보면 식탐은 죽음을 재촉하는 길이다. 그러니까 오래 살고자한다면 거친 음식을, 그것도 조금만 먹는 것이 좋다. 이런 저런 이유로 위가 가득차고 목까지 차올라야 수저를 놓는 사람들이 많은데…… 위 용량의 80% 정도만 채우는 것이 최선이라고 본다.

사람이 적게 먹어 섭취한 칼로리가 부족하여 세포가 적당히 굶으면, 세포는 자기 생존을 위해 세포 내 노폐물을 소각해서 에너지로 재활용한다. 그런데 칼로리 공급이 과잉상태가 되면, 노폐물을 재활용할 이유가 사라지면서 자가 포식 활동이 뜸해지고 노폐물이 적체된다. 이러한 원리로 칼로리 과잉은 암을 유발할 수 있고 세포 노화가 빨라진다. 적절히 굶주려야 생존력이 강해진다. 개가 아프면 아무것도 먹지 않고 며칠 있으면 낫는 것과 같은 원리다.

오스노 교수가 발견한 이 세포의 오토파지의 작용은 우주 원리가 세포에서도 그대로 적용된다는 것을 증명한다. 우주 변화의 원리가 우주에서 미세한 세포에 까지 프랙탈 현상으로 적용이 되는 것이다.

그러니 결론은 나왔다. 사람이 타고난 125세까지 살고자 한다면 자신의 육신에 무리를 가하지 말고 칼로리 섭취를 적당하게 하라는 것이다.

그렇게 하려면 욕심을 버리고 유혹을 이겨 내는 자기 통제력 강화가 온전한 수명을 누리는 길이다. 그렇지만 그런 무미건조한 삶을 살기보다는 굵고 짧게 살겠다는 사람은 아무렇게 살아도 상관이 없다. 분명한 것은 아무렇게나 자기 하고 싶은 대로 살면 자신의 생명을 단축하는 것은 괜찮지만 타인에게 스트레스를 주어서 타인의 수명까지 단축한다는 데 문제가 있다.

완벽한 자기 통제를 하고 산다는 것은 쉬운 일이 아니므로 항상 적당한 선에서, 조금 부족한 듯한 삶이 타고난 수명을 다 살 수 있게 한다는 것이다. 너무 좋은 집에서, 너무 좋은 옷을 입고, 너무 맛이 있는 음식을 많이 먹으면 오래 살지 못할 것이라는 결론에 도달한다. 그러니 오래 살고 싶으면 좋은 집, 좋은 옷, 좋은 음식을 먹기 위해 돈 벌려고 아웅다웅하기보다는 검소한 의식주에 만족하고 자기 몸이 스트레스받지 않고 각종 장기가 혹사당하지 않도록 하는 것이 장수하는 비결이다. 결국 마음의 문제이며 모든 것은 80% 선에서 만족하고 여유자적 하는 정신 자세가 자기 수명을 다 누리는 길이다.

사람에 대한 평가

처음 만난 사람에 대한 평가는 0.5초 만에 결정된다고 한다. 뇌 과학자들의 연구 결과이니 믿어도 될 것이다. 현생인류 역사의 99%가 수렵 생활이었으니, 생존을 위해 발달된 DNA가 몸속에 내재되었기 때문이라고 본다. 그렇게 판단한 사람이 시간이 지나면서 관계가 형성되고, 그 과정에서 알게 되는 모든 정보가 그 사람이 서 있는 무대 배경이 된다.

보지 못한 그 사람의 과거는 스토리로 그려지고, 그렇게 그려진 무대 배경은 나만의 판단으로 나날이 그리고 그려, 색깔을 입혀서 바라보게 된다. 내가 그 사람의 무대 배경에 그려 넣는 그림은 감정의 물감으로 그린다는 사실이 중요하다. 그러니 내가 다른 사람에게 보이는 모습은 나를 보는 사람이 그의 감정으로 그린 무대의 배경 앞에서 있는 모습이다.

살아온 과거가 어떻게 투영되었는가가 중요하고 나이가 들수록 상대의 감정 물감이 밝은 색이 선택되도록 말과 행동을 조심해야 한다. 자리가 탐나서, 드러나는 치부에도 얼굴 빳빳이 세우는 사람들의 무대 배경은 검고 우중충한 색으로 채색될 것이다. 공인으로서 성공하고 싶으면 대중의 감정을 움직일 수 있는 진솔한 감동적 스토리가 많아야 한다. 그러면 대중은 그를 자신들이 아름답게 그려놓은 무대의 배경 앞에 세워 두고 평가할 것이다.

사람의 뇌는 쓸수록 발달한다

인류가 이 세상에 처음 태어났을 때는 본능적 수준의 뇌인 파충류 수준의 뇌(뇌간)를 가지고 있었다. 유인원 이전 시대에 해당한다. 그러다가 다른 동물과 달리 생각이라는 것을 하게 되어 뇌가 그 생각의 방향으로 진화하였다. 그래서 그다음의 단계가 개나 고양이 뇌(대뇌 연변계) 수준의 단계로 발전하였다. 아마도 이 단계는 유인원시대부터 선사시대까지로 추정된다. 거의 동물 수준이다. 오로지 생존과 번식을 위해 생각하고 그 생각대로 행동한 시기다.

집단적 생활을 하게 되자 사회적 활동이 증가하고 그에 따라 생각을 더 많이 하게 되었다. 그 결과 인간은 오늘의 사회를 형성하는 수준의 뇌인 인간의 뇌(대뇌 신피질)로 발달하였다. 이것은 뇌의 마지막 외피를 감싸고 있는 대뇌 신피질로 부르는데 그 두께는 겨우 3mm 정도밖에 안 된다고 한다.

그러니까 당장 눈앞의 이익만 챙기는 사람은 사람의 뇌인 대뇌 신피질이 작동하지 않고 인간의 뇌 발달 두 번째 단계인 대뇌 연변계까지만 작동하고 있다는 증거다. 따라서 자신이 인간이라고 생각하고 더구나 지도자의 반열에 놓인다고 생각한다면 제3단계인 대뇌 신피질을 작동시켜야 한다. 그래야 인간의 수준에 이르는 것이다.

사고의 과정은 대뇌 신피질에서 일어난다. 그것도 시간적, 공간적으로 확대하여 생각하는 전략적 사고는 온전히 대뇌 신피질만이 가능하다. 지금 우리 주변에서 행동하는 사람들이 어느 단계의 뇌를 사용하고 있는지를 보면 그 사람이 파충류 수준인지 개나 고양이 정도의 동물 수준인지 사람의 수준인지 평가할 수 있을 것이다. 그러므로 전략적 사고를 많이 하면 할수록 사람대접받는 데 전혀 문제가 없을 것이다.

인간이 가장 알고 싶은 세 가지

첫째, 나의 생존을 위협하려는 주변의 움직임은 무엇인가?

둘째, 내가 느끼는 현상들에 대한 원인과 결과를 설명해 주는 인과관계는?

셋째, 나와 관계하는 사람의 마음은?

이것들은 현생 인류인 우리가 겪은 99.9%의 역사인 아프리카 사바나에서 얻은 습관이라고 한다. 아마도 원시인류가 생존하는 데 꼭 필요한 행위로써 습성화된 것이다. 습관이 유전인자화하는 데는 적어도 큰 변동 없는 시간이 400년은 필요하다고 한다. 지금도 우리는 원시인들과 마찬가지로 위 세 가지를 알고자 노력하고 있다.

전략과 사람의 심리

전략이란 기본적으로 힘이 모자라니까 머리로 꾀를 내서 경쟁에서 이기려는 방법이다. 그 경쟁은 지극히 사소한 것으로부터 국가의 운명을 결정짓는 전쟁까지를 포괄한다.

전략은 머리를 써서 꾀를 생각해 내는 것이므로 그 주체는 사람일 수밖에 없으며, 조직이 전략의 주체가 될 수도 있지만, 그 조직을 움직이는 주체는 결국 사람이다. 전략은 그 사람의 두뇌작용의 결과물이다. 이때 심리가 크게 영향을 미치는데 명석함이나 지식 또는 지혜도 그 사람의 심리를 바탕으로 작용한다.

그러므로 경쟁 상대의 수장이 또는 경쟁 상대의 집단이 갖는 심리를 파악하는 것은 전략 수립에 아주 중요하다. 심리란 사고와 행동방식의 배경으로 작용하기에 그것을 안다면 사고와 행동방식을 추론할 수 있다. 미국이 이라크전에서 고전한 이유가 이라크 사람들의 심리를 잘 몰랐기 때문에 그들의 사고방식과 행동양식을 이해할 수 없었고 결과적으로 작전은 성공적이지 못했다.

심리를 더 적극적으로 말하면 사람의 마음을 움직이는 기제다. 그러므로 경쟁 상대의 심리를 파악하는 것은 아주 중요하다. 예를 들어 '후광효과'에 크게 매몰된 사람이라면 이를 이용할 전략을 구사할 수 있다. 고정관념이 강한 사람과 세상의 변화에 적극 적응하려는 융통성 있는 사람은 경쟁 상대로서 판이한 전략적 대상이다.

전략은 긍정적 사고를 딛고 선다

전략이란 약자가 강자를 이기기 위한 방법이다. 약자가 강자를 이기려면 먼저 이길 수 있다는 긍정적 사고가 있어야 이기는 방법을 생각하게 된다. 우리 속담에 "호랑이에게 물려가도 정신만 차리면 산다."라는 말이 있다. 이 말을 자세히 음미해 보면 살아야겠다는 생각과 동시에 살 수 있다는 긍정적 사고가 근저에 자리하고 있으면 살 수 있다는 뜻이다. 아무리 어려운 상황에서도 이길 수 있다는 생각을 가지고 최선을 다하면 그 방법이 나타난다. 만약 이길 수 없다는 절망적인 생각을 하게 되면 전략은 디디고 설 기반이 없어진다.

성공한 사람은 항상 긍정적 사고를 바탕으로 살아가는 사람이다. 역경을 헤치고 소기의 목적을 달성하기 위해서는 그 상황에 맞는 전략이 반드시 필요한데, 그 전략을 구상하려고 할 때 긍정적 사고가 밑거름이 된다.

1991년 일본 최대의 사과 생산지 아오모리현에 엄청난 태풍이 몰아쳐서 마을 전체가 쑥대밭이 되었다. 이 여파로 수확을 앞둔 사과의 90%가 다 떨어져 버렸다. 마을 사람들은 하늘을 원망하며 한숨만 쉬고 있을 때, 농부 한 사람이 "괜찮아."라고 말했다.

'뭐가 괜찮다는 거냐?'라는 시선으로 바라보는 마을 사람들에게, 그 농부가 하는 말이 "우리에겐 아직 떨어지지 않은 10%의 사과가 있잖아.", "그걸로 어쩌려고?"라고 다른 농민이 물었다. "우리가 말이야, 만약 이 '떨어지지 **않은** 사과'를 '떨어지지 **않는** 사과'로 만들어 팔면 어떨까? 예를 들면, 수험생 같은 사람들에게 시험에서 떨어지지 않게 해 주는 '합격사과'를 만들어 팔면 말이야."

절망에 잠겨 있던 마을 주민들은 그 제안에 동조하여 종전의 박스 단위 포장 대신 '한 개씩 낱 개'로 포장하여 '초속 40m의 초초(超超) 강력 태풍에도 떨어지지 않았던 바로 그 사과!

내 인생에 어떤 시련이 몰아친다 해도 나를 떨어지지 않게 해 줄 그 사과 '합격사과'라는 재미있고 감성적인 이름을 붙였다.

이것을 본 사람들은 "뭐야, 이건?" 하면서 동시에 "재미있는데!"라는 반응을 보였다. 그리고 왠지 이 사과를 하나 받으면 행운이 올지도 모른다는 생각이 들었다. 더욱 놀랍고, 재미있는 것은 이 사과의 값을 10배로 책정했는데도 불구하고 다 팔렸다. 할 수 있다는 긍정이 바탕이 되었다.

기만은 원시적 심리 때문에 가능하다

기만이 성공하는 것은 우리가 가지고 있는 원시인 심리와 크게 관련이 있다. 현생 인류는 약 20만 년 전에 지구상에 등장한 이래 99% 이상을 수렵채취시대에 살았으며, 안정된 삶이라고 볼 수 있는 농경사회로 접어든 지는 13,000년 정도에 불과하다. 따라서 인간은 그러한 생존환경에 적합하도록 뇌의 작동방식이 진화되었다.

많은 의사결정이 객관적인 분석과 합리적인 판단이 이뤄지지 못하는 것은 이러한 인간의 '원시인 심리'가 작용한 탓이다. 인간은 워낙 불안하고 어려운 수렵채취시대를 오래 살았기에 21세기인 현대에도 원시인 심리가 작용하여 의사결정에 크게 영향을 미치고 있는 것이다.

그중에서 대표적인 원시인 심리는 다음과 같다.

첫째, 감정이 우선이고 이성은 나중이다.

대체로 인간은 대상에 대해 감정 체계가 먼저 반응하고 이성 체계는 이를 사후적으로 검증하는 역할을 한다. '맞다, 틀리다', '옳다, 그르다'보다는 감정적으로 '좋다, 나쁘다', '유쾌하다, 불쾌하다'는 기준으로 먼저 판단한다.

이러한 심리가 형성된 것은 위험이 도처에 깔린 원시시대에 살아남기 위한 방편으로 감정적 반응에 기반한 즉각적인 행동이 필요했기 때문이다. 도처에 위험이 존재하는 환경에서 살아남기 위해 두려움에서 시작한 감정 체계가 먼저 뇌에서 발달하고, 이후에 사회 속에서 남을 설득하기 위해 이성 체계가 발달하였다. 바꾸어 말하면 이성적 반응을 하려면 상황에 대한 심층적 분석이 필요하고 그것을 분석할 지적 역량이 있어야 한다.

그리고 그 대응에 많은 시간이 걸리기 때문에 위험하고 불안한 상황에서는 대응책으로써는 적절하지 못한 것이다. 이처럼 감정 반응이 우선하게 되면 두려움이나 혐오의 감정을 일으키는 것은 무의식적으로 회피하고, 쾌감을 주는 것에는 관심을 기울이게 된다.

그러므로 사람들은 자신의 인지(믿음과 의견 등)에서 일관성을 찾으려고 하는 경향이 있는데, 만약 어떤 정보가 자신의 기존 인지가 충돌을 일으켜 '인지 부조화'가 발생하면 그 정보를 무시하거나 아니면 새로운 정보를 찾아서 그 정보를 부정하려고 한다. 이를 인지 심리학에서는 '확증편향'이라고 지칭한다. 이러한 예는 신문이나 방송 또는 정치인들을 선호하는 경향에서도 자주 나타난다. 이럴 경우 객관성을 담보하기 어렵고 자기주장만이 크게 나타난다.

둘째, 지금 내 눈앞에 있는 것이 중요하다.

인간은 일반적으로 현재 상태를 기준으로 어떻게든 그것을 유지하려 하며, 미래의 큰 이득보다 당장의 작은 이득에 더 큰 가치를 부여한다. 이는 장래에 무슨 일이 생길지 모르는 불안한 상황에서 당장 먹을거리를 확보하고, 이를 지키는 것이 중요했던 원시시대의 생존방식이 반영된 것이다.

수렵채취시대에는 매일 굶주림과 싸워야 했기 때문에 현재 굶주림을 채울 수 있는 먹잇감을 찾고 그것을 잃지 않는 것이 중요하다. 예를 들어 한 달 뒤에는 이미 굶어 죽은 후일 수도 있기 때문에 한 달 뒤에 얻을 먹을거리는 관심 밖의 일이다. 비록 21세기 오늘날에도 불안한 삶을 살아가는 사람은 이와 별반 다르지 않다.

셋째, 남을 따라 하는 것이 안전하다.

의견을 제시하거나 행동을 할 때 자신의 생각과 다르더라도 권위자나 다수를 무의식적으로 따라하려는 성향이 존재한다. 인간은 모방 성향이 동물보다 더 강한데 아마 거울 뉴런의 효과 때문인 것으로 판단된다.

이것 역시 불안한 환경에서의 생존전략으로 진화된 것이지 싶다.

집단을 따르지 않은 자는 무리에게 배척당하거나 위험을 피할 수 없게 되어 생존이 불가능하게 된다. 동시에 자신의 행동에 확신이 서지 않을 경우 남이 하는 대로 하는 것은 심리적 안정을 얻을 수 있다.

결론적으로 '원시인의 심리'는 위험하고 불확실한 상황 속에서 안전과 생존을 지키기 위해서 발달한 심리 기제다. 이렇게 진화한 인간의 심리를 당장 어떻게 바꿀 수 없다. 상대적이기 하지만, 경험(직접, 간접)이 적은 사람일수록 원시인 심리에 더 빠져 있다고 본다.

이러한 원시인 심리, 즉 당장의 이해관계에 집중되어 있는 이 심리는 전략이 추구하는 전체성과 미래성을 고려하는 데 취약하다. 그러므로 전략가는 이 전체성과 미래성을 고려할 수 있는 상대적 역량으로 전략을 만들어 성공할 수 있다. 만약 이 세상의 모든 사람이 원시인 심리를 탈피하고 전체성과 미래성을 고려한 사고를 가지고 살아간다면 그들에게 기만성을 적용하기란 불가능할 것이며 전략은 설 자리조차 없을 것이다.

상상력과 감정이입 능력

상상력은 우리가 세상을 다각적으로 파악할 수 있도록 해 준다. 나와 타인의 삶이 어떻게 서로 다를 수 있는지를 고려할 수 있게 해 주어 역지사지가 가능하게 해 준다. 그리고 그뿐만 아니라 미래 벌어질 일들을 예상할 수 있게 해 준다. 그것은 바로 전략에서 반드시 요구되는 전략적 상황판단을 가능하게 하는 절대적 수단이다.

상상력이 마음, 즉 생각에 깃드는 것임에 비하여 감정이입은 가슴에 깃드는 것이다. 따라서 감정이입은 타인이 어떻게 느끼고 있는지를 느낄 수 있도록 해 준다. 다시 말해 다른 사람의 감정으로 들어가서 그들의 내면 깊은 곳의 반응을 경험하는 것이다. 이 역시 역지사지를 가능케 해 주는 중요한 수단이다.

상상력이 객관적 실체와 겉으로 드러난 것들을 그려 보는 능력이라면 감정이입으로 얻을 수 있는 것을 극히 내면적인 심리의 문제다. 전략 대상 객체의 감정을 파악하는 것이므로 이것은 경쟁의 대상이 어떻게 행동할 것인가를 예측할 수 있다는 측면에서 대단히 중요하다.

상상력이 전략환경을 판단하고 경쟁 상대를 피상적으로 파악하는데 요구되는 능력이라고 한다면 감정이입 능력은 경쟁 상대의 행위를 예측할 수 있게 해 준다. 그러므로 상상력은 좀 더 과학적이고 객관성을 띄지만 감정이입은 주관적인 성격을 띤다. 그리고 상상력은 직접 또는 간접 경험이 도움을 주지만 감정이입은 어느 정도 타고나야 한다. 그리고 후천적으로는 훈련이 필요한 것이다. 그러므로 훌륭한 전략가가 되기 위해서는 풍부한 상상력과 감정이입 능력이 좋아야 한다.

숨은 장점을 볼 수 있어야 성공한다

세상의 이치는 상대적이다. 따라서 전략가는 고정관념을 탈피하고 새로운 프레임을 만들 수 있어야 한다. 그러기 위해 판을 키워 보는 습관과 새로운 환경이나 변수를 수용할 수 있는 사고의 융통성을 가져야 한다. 모든 것은 주어진 상황에서의 문제일 뿐, 상황을 재정의 하면 달라진다.

3M의 'Post It'는 실패로부터 얻어 낸 대 성공이다. 접착제를 연구개발하였는데, 접착력이 떨어져 실패한 것으로 판명이 났다. 그런데 접착이란 것이 '영구히 단단히 붙어 있는 것이어야만 하는 것'이 아니다. 무엇인가를 임시로 붙여 두었다가 떼었을 때 흔적이 남지 않으면 좋은 경우도 있다. 약한 접착제가 임시로 붙일 필요가 있는 상황에서는 오리려 장점이 된다. 즉, 약한 접착력을 장점으로 활용한 것이 바로 Post It이다.

실패한 접착제가 이렇게 대박을 치게 한 것은 전략적 사고의 결과다. 단점의 반대편에는 언제나 장점이 자리하고 있음을 알아야 하고 그 장점을 볼 수 있는 것이 통찰력이다.

수순이 중요하다

수순이라는 말은 바둑에서 나오는 말이다. 바둑의 행마 시에 바둑돌을 어디부터 놓는가를 이르는 말이다. 이를 다른 업무에 비유적으로 사용하여 수순이라는 말을 흔히 사용한다. 무슨 일을 처리할 때 어떤 순서로 일을 하는가는 대단히 중요하다. 기계를 조립할 때에는 언제나 같은 순서로 조립하는 것이 가장 좋을지 모르지만…. 인간사에 있어서 일어나는 일은 그 상황이 워낙 복잡한 카오스 상태이기에 수순은 그 일이 처한 상황에 따라 달라질 수 있다.

수순은 전략의 구성요소인 목표, 개념, 수단의 차원에서 보면 개념 단계에 해당된다고 할 수 있다. 다시 말해 '어떻게'에 해당하는 일부다. 시간을 기다리면 저절로 될 것을 먼저 서두르면 비용을 지불해야 하는 경우가 많다. 이런 때는 기다리는 것이 전략이다.

성질이 급한 사람은 그리 급할 것도 없는데, 먼저 말을 꺼내는 바람에 많은 비용을 지불하는 경우를 흔히 본다. 부부간에도 마찬가지다. 예를 들어 백화점에 갔을 때 상대방부터 사고 싶은 물건을 고르게 하고 나면 선택의 폭이 넓어지고 약간 비싼 것을 고르더라도 갈등이 적다.

어떤 사안을 설명할 때에도 평상시 시간적 여유가 있을 때는 서론, 본론, 결론에 도달하여 절차를 중시하면서 차근차근 설명하는 것이 좋다. 그러나 긴박한 상황에서는 결론부터 설명하고 거꾸로 그런 결론에 도달하게 된 이유나 경위를 설명하는 것이 옳다. 언제나 그 사안을 둘러싸고 있는 상황이 가장 중요하다. 그 상황을 충분히 고려하여 최선의 대안을 찾아낼 수 있는 수순으로 일을 처리해야 한다.

훈수꾼에게는 수가 잘 보인다

우리 속담에 "귀싸대기 맞아 가면서 훈수 둔다."라는 말이 있다. 장기나 바둑을 둘 때 곁에서 훈수를 잘하는 사람이 있다. 훈수를 두면 상대 선수가 극도로 싫어한다. 그래서 어떤 경우에는 주먹다짐까지 벌어진다. 그럼에도 불구하고 훈수를 한다. 싫은 소리를 듣거나 맞아 가면서도 훈수를 두는 것은 두 가지 이유가 있다.

우선 장기나 바둑의 대국을 곁에서 보면 수가 잘 보인다. 그리고 그 보이는 수를 표현하지 않고 참기가 힘든 것이 인간의 본성이다. 아마 상당한 정도의 수양이 된 사람이라야 보이는 수를 그냥 가슴속에 품고 두 선수의 플레이를 즐길 수 있을 것이다.

왜 대국하는 선수에게는 잘 보인지 않는 수가 훈수꾼에게는 잘 보이냐는 것이다. 결론부터 말하면 훈수꾼은 선수보다 판을 키워서 보고 있기 때문이다. 그러니 수가 더 잘 보이는 것이다. 대국을 하고 있는 선수는 자신의 입장에서만 판을 보고 있다. 그에 비하여 훈수꾼은 양개 선수의 입장을 동시에 고려한 판에서 대국을 보고 있는 것이다. 그러니 수가 잘 보일 수밖에 없지 않겠는가? 부가하여 승패에 상관없으니 아주 냉정하고 객관적인 상황에서 판단하니까 수가 더 잘 보이는 것이다.

전략은 이 훈수꾼이 하는 대로 따라하면 된다. 즉, 자신의 입장에서만 대국을 보지 말고 상대 선수의 입장까지 고려하여 판을 키워서 판 전체의 대국을 보는 눈을 가지면 된다. 그리고 승패에 집착하지 않고 객관적 차원에서 승패를 초월하여 판을 읽으면 최선의 수가 보인다.

전략가는 고독하다

전략가는 고독한 결정을 내려야 한다. 그 결정이 보통 사람의 시각에서는 이해되지 않는 경우가 대부분이기 때문이다. 전략가는 궁극적으로 큰 가치를 생각하기에 보통 사람보다 상대적으로 큰 틀에서 생각하고 결정한다. 지금 당장은 손해일 것 같지만 나중에 보면 이익이 되고 지금의 기준으로 보면 우유부단하고 답답한 대응이 나중에 보면 옳은 결정을 해야 한다. 그러므로 전략가의 사고 수준을 이해하지 못하는 보통 사람은 전략가의 행태를 비난하거나 원망한다.

따라서 전략가는 그런 비난과 원망을 그대로 감수해야 한다. 때가 되면 그 비난과 원망이 잘못으로 판정날 것이기 때문이다. 그런데 문제는 그런 비난과 원망에 대해 해명을 하고 싶은 유혹이 심하다. 그러나 그 유혹을 못 이겨 속마음을 이야기해 버리면 그것은 더 이상 전략이 아니고, 애초의 전략적 시도는 물거품이 되어 버린다.

전략이란 원래 기만성을 기본적인 속성으로 하고 있고 그 기만성은 간접성, 은밀성, 창의성이 담보하도록 되어 있다. 기만을 통해 자신의 의도를 달성하려는 전략적 행위를 유혹에 못 이겨 발설해 버리면 그것은 더 이상 전략이 될 수 없다. 아들을 훌륭하게 키우기 위하여, 고생을 하게 만드는 아버지는 그것을 이해 못 하는 아들에게 아버지의 속마음을 털어놓지 못한다. 그렇게 되면 아들은 그 고생을 하지 않으려 할 것이기 때문이다.

아버지만 믿고 과수원에서 일할 생각은 않고 매일 게으름을 피우면서 노는 일에만 골몰하는 아들을 두고 눈을 감으려니 걱정이 되어 과수원에 큰 금 덩어리를 묻어 놓았으니 내가 죽거든 찾아서 쓰라는 거짓 유언장을 남겼다. 아버지가 죽자마자 그 금덩어리를 찾기 위해

온 과수원을 팠으나 금덩어리는커녕 실반지 하나 나오지 않았다. 그런데 그해 가을 과일이 주렁주렁 열려 대풍을 맞았다. 아들에게 과수원을 열심히 가꾸면 큰 수확을 얻는다는 교훈을 주려고 그런 거짓말을 한 것이다.

국가적 대사나 큰 조직에서 전략가는 최측근까지 기만해야 한다. 심복이라고 해서 전략적 복심을 털어놓으면 그 순간부터 그 전략은 폐기된다. 우리의 역사에서 성공한 역사는 자신의 측근을 어떻게 기만했느냐에 달려 있었고 실패한 역사는 그 전략을 알아 버린 측근에 의한 배신에서 비롯되었다. 전략가의 결정은 보통 사람들의 생각으로는 이해할 수가 없는 것들이기 때문에 비난과 원망의 대상이 된다.

전략가는 항상 큰 틀에서 생각하고 그 일의 원인과 결과를 알며, 그 사태가 어떻게 전개될지를 예측할 수 있는 능력이 있는 사람이다. 그런 사람의 생각과 행동을 당장의 이익에 혈안이 되어 있는 보통 사람들의 생각으로는 이해가 안 되는 것이다. 그러니까 전략가는 보통 사람들을 끌고 가는 리더의 자리에 오르는 것이고 그 리더는 항상 외로운 전략적 결정을 해야 한다.

따라서 보통 사람보다 차원이 다른 생각을 하는 전략가는 항상 외롭고 고독하다. 그리고 전략적 대가가 큰일일수록 그 전략적 복심을 이해하지 못하는 사람들로부터 오해와 비난, 원망을 크게 받는다. 그럴 때 자기 확신을 믿고 굳건하게 버틸 수 있는 정신적 자세를 키워야 한다. 그렇게 하기 위해서는 자기 수양과 세상의 이치를 꿰뚫어 보는 혜안이 필요하다.

운전 중에 대화를 할 수 있는 이유

초보 운전 때는 너무 긴장하여 등에 땀이 흐르고, 운전을 하고 나면 엄청나게 피곤하다. 그런데 좀 숙달이 되면, 운전에 필요한 여러 가지 동작을 물 흐르듯이 자연스럽게 하면서 옆자리에 있는 사람과 대화를 즐기기도 한다. 특히, 고속도로를 달리는 운전은 엄청나게 위험하므로 신경이 크게 쓰이는 일인데 대화를 하면서도 운전이 가능할까?

야구에서 타자가 공을 쳐내는 것이 과학적으로는 설명이 되지 않는다고 한다. 투수가 마운드에서 공을 던져서 캐쳐미트에 도달하는 시간이 타자가 투수가 던진 공을 눈으로 보고, 시신경을 통해서 판단하여 팔로 치라는 명령을 내려 배트를 휘두르는 데 걸리는 시간보다 짧다고 한다. 그런데 어떻게 공을 칠 수 있는가?

그 이유는 의식과 무의식의 관계에서 설명이 가능하다. 사람의 뇌는 아주 영특한 동시에 게을러서 그렇게 된 것이라고 한다. 처음에는 의식의 세계에서 활동이 이뤄지지만 동일한 동작이 반복 숙달되면 그것을 무의식의 세계로 넘겨주고 의식은 새로운 것을 수행한다는 것이다. 그러니까 반복적인 것은 무의식 세계에 맡겨 두고, 의식은 목적을 제시하기만 한다는 것이다. 무의식의 세계로 넘어가면 의식의 세계에서 이뤄지는 절차에 걸리는 시간이 생략되므로 반응이 빨라져서 타자가 공을 칠 수 있는 것이다.

완벽한 기계와 같은 스윙을 하는 골프 선수도 자신의 스윙을 의식하면 망가진다고 한다. 많은 시간 같은 동작을 반복하면서 만들어진 무의식의 상태가 그 완벽한 스윙을 만들어 주는 것이다. 우리가 '훈련을 하는 것은 의식의 세계에서 무의식의 세계로 이전시키기 위한 것'이라고 정의해도 무방하다. 같은 동작을 반복해서 무의식의 영역으로 넘어가면 뇌는 관여하지 않게 되며 조건 반사적으로 반응하게 되어, 아주 빠른 시간에 반응하고 훈련한 대로 자연스러운 동작이 된다. 다른 말로 하면 반복동작을 통해서 원하는 행위가 이뤄지면 뇌는 더 이상 관여하고 싶지 않은 것이다. 영특하고 게으른 뇌가 불필요한 것에 관여할 이유가 없는 것이다.

그러므로 운전이 조금 숙달되면 액셀러레이터를 밟고 있다가 상황을 보고 적절하게 브레이크를 밟고, 아주 자연스럽게 핸들을 조작하는데, 그런 동작들은 아무 생각 없이 자연스럽게 할 수 있는 것이다. 그러니까 머리는 옆 사람과 대화를 하는 데 집중하면서도 운전을 할 수 있는 것이다. 이를 음미해 보면 인간의 몸이 '최상의 시스템'이라는 것에 다시 한번 감탄한다. 통상적이고 일상적인 것은 무의식의 상태에서 실행하게 하고 의식은 더 진취적인 것을 하는 것이다.

충격적 사건의 기억이 지워지지 않는 이유

충격적 사건이 기억에서 지워지지 않는 것은 편도체에 기억되기 때문이다. 보통 기억은 '해마'라고 불리는 뇌 영역에 의해 굳어진다. 하지만 교통사고나 강도 사건처럼 갑작스러운 상황에서는 '편도체'라는 독립적이고 부차적인 기억 트랙을 따라 기억을 저장한다고 한다.

편도체 기억의 특징은 쉽게 지워지지 않으며 카메라 플래시가 터지듯 불현듯 다시 떠오른다.
강간 피해자나 참전 용사들이 종종 이러한 증상을 보인다. 그래서 힘들어한다.

비밀 누설 욕구를 참는 이유

그 이유는 평판 때문이다. 사람들은 비밀을 누설함으로써 발생할 장기적이고 부정적인 결과를 원치 않는다. 가령, 친구가 당신을 믿을 수 없는 사람이라고 안 좋게 볼 수도 있고, 가까운 사람이 상처를 받을 수도, 공동체에서 추방당할 수도 있다.

사람들이 평판에 신경을 쓴다는 것은 대부분의 사람들이 생판 모르는 타인에게는 비밀을 쉽게 털어놓는다는 사실에 의해서 증명이 된다. 생판 모르는 사람은 그 비밀과 관련하여 스토리를 연결 짓지 못하기 때문이다.

자기가 사용하는 브랜드를 옹호하는 이유

사람들은 자신이 가지고 있는 물건이나 자기가 사용하는 브랜드를 열렬히 옹호한다. 왜 그럴까? 사람들은 자신이 남보다 더 유능하고 똑똑하다고 인정해 주기를 기대한다. 이 연장선상에서 사람은 자기의 선택행위가 훌륭하다고 인정을 받고 싶어 하고 그 훌륭한 선택은 자신이 유능하고 똑똑해서 그렇다는 것을 은연중 과시하고자 하는 욕구에서 비롯된다.

이러한 현상을 가장 잘 이용하는 분야가 홈쇼핑이다. 쇼 호스트들이 마지막에 "정말 잘하셨다. 지혜로운 선택이다. 좋은 상품 구매하신 것을 축하한다."는 멘트를 꼭 날린다. 홈쇼핑 고객들은 자신이 듣고 싶은 말을 정해 놓고 그 말이 나오기를 바라고 시청하고 있다고 한다. 그러므로 자신이 선택한 행동이 잘된 것이라는 멘트를 듣고 확인을 받으면 기분이 좋아지기 때문이다.

그리고 이와 유사한 것이 자기가 가지고 있거나 살고 있는 곳을 선호하고 옹호하는 경향이다.

이런 경우도 자신이 그것을 소유하게 된 행위에 정당성을 인정받고 싶어 하고 자기가 그곳에 살게 된 것을 합리화하려는 심리가 작용한 결과로 여겨진다. 그러므로 자신이 소유하거나 살고 있는 곳은 단점보다는 장점을 보려는 경향이 높아진다.

그리고 다른 또 하나의 이유는 이미 익숙해진 것을 벗어나는 데 대한 두려움이다. 익숙해진 것을 벗어나려면 새로운 변화를 받아들여야 하는데, 세상은 언제나 변화를 추구하려는 힘에 반대로 작용하는 반작용의 관성이 있다. 그 반작용에 대하여 두려움이 생기는 것이다. 이러한 것들이 자기 소유와 자신이 사는 것에 대한 것을 옹호하게 만든다. 그런 결과가 애착과 애향심이다.

잃어버린 것을 더 높게 평가하는 이유

잃어버린 것의 무게는 같은 크기로 얻은 것보다 정서적으로 '약 두

배'나 무겁다고 한다. 학문적으로는 '손실회피'라고 한다. 그러면 왜 그렇게 느끼는 것일까? 오랜 시간 인간은 살아오면서 많은 위험에 노출되었다. 그러므로 실수를 저지른 사람들은 자신의 유전자를 다음 세대에 물려주지 못하고 죽었다. 오로지 신중한 사람들만 살아남아 유전자를 후손에 물려주었다. 그러니까 우리 인간의 유전자는 '신중한 자세'를 가지고 있다.

이러한 손실회피를 전략적으로 활용하려면 사람이 느끼는 그 손실회피 편향을 고려해야 한다.

마케팅과 같은 분야에서는 상대가 얻을 가치보다는 잃을 가치를 알려 줌으로써 관심을 끌 수 있다. 실례로 유방암 조기 검진 캠페인을 함에 있어서 팸플릿 A와 B 두 가지 내용으로 여성들에게 발송했다. A는 긍정적 어프로치로서 "매년 유방암 검사를 하십시오. 그로써 암을 조기에 발견해서 제거할 수 있습니다." B는 부정적 어프로치로서 "만약 당신이 매년 유방암 검사를 하지 않으면, 당신은 발병 가능성이 있는 암을 조기에 발견해서 제거하지 못하는 위험을 감수하게 됩니다." 그 결과 팸플릿 B를 받은 사람들이 더 많을 관심을 보이면서 전화를 걸어왔다.

같이 들어도 다른 말을 하는 이유

우리는 흔히 같은 시간, 같은 장소에서 들은 같은 이야기를 시간이 지나면 다르게 이야기한다. 그것이 몇 사람의 입을 거쳐서 돌아오면 아주 다른 내용으로 변질된다. 같이 공부한 학생들마저 같은 강의시간에 들은 내용을 다르게 이해하고 다르게 표현한다. 민・형사 소송에서 원고와 피고의 이야기는 상반되며 증인들 간에도 그 관련 내용의 진술이 다르다.

왜 그럴까? 사람이 나빠서 진실을 이야기하지 않아서 그럴까? 그럴 수도 있겠지만, 더 근본적인 이유는 우리 뇌의 작용 때문이다. 사람의 뇌는 무엇이든지 받아들일 때 학습된 자기만의 관점으로 그 내용을 '선택적'으로 받아들인다. 그리고 그 받아들인 내용을 해마가 기억을 하게 되는데, 지식이나 정보도 음식물을 위가 소화시켜 필요한 기관에 보내듯이 관련된 뇌 중추신경과 연결하여 기억의 창고에 저장한다.

그러므로 받아들인 정보를 저장하는 창고가 어떤 상태냐에 따라 기억이 달라질 수 있다. 그 정보와 유사성이 큰 기억창고가 있는 사람의 뇌와 그렇지 못한 뇌는 기억을 하는 데 차이가 날 수 있다. 예를 들어 음악적 감수성이 예민한 사람은 음을 한 번만 들어도 기억을 하는 데 비하여 그렇지 못한 사람은 그냥 지나가는 바람 소리같이 흘려

보내는 것이다.

우리가 공부를 하는 것도 그 다양한 정보를 저장할 창고와 그 창고 내의 선반을 만드는 것이라고 볼 수 있다. 우리 인간의 뇌는 감각기관을 통해서 들어오는 수많은 정보를 취사선택하여 필요하다고 생각하는 것을 나중에 꺼내 쓰기 쉬운 창고에 체계적으로 저장해 두는 것이다. 만약 그렇지 않고 모든 정보를 다 기억하려고 한다면 머리는 터져 버리거나, 아니면 그 기억창고가 넘쳐서 그 이후에 입수한 정보는 하나도 기억하지 못할 것이다.

그러니까 공부를 잘하고 싶다면 공부를 하고 난 후, 일정 시간 머리를 쉬게 하여 입수한 정보를 정리할 시간을 주어야 한다. 그것이 수면인데, 요즘 학생들 공부하는 것을 보면 잠을 도통 자지 않는다. 그렇게 되면 많은 정보가 머리에 들어왔다가 채 정리되지도 못하고 그냥 흘러가 버린다. 정보도 음식물처럼 적정량이 있는 것이다. 무작정 구겨 넣는다고 해서 무제한으로 들어가는 것이 아니다.

그리고 그 기억창고에 저장하는 방법도 정보의 전체 내용을 통째로 저장하는 것이 아니다. 그 입수한 정보 중에서 키워드만 저장한다. 그 이유는 앞에서도 말한 바와 같이 뇌의 용량의 한계 때문이기도 하고 현명하면서도 게으른 뇌의 특성이기도 하다.

우리가 가지고 있는 이러한 뇌의 특성 때문에 같은 이야기를 같은 장소에서 같이 들어도 각기 다른 이야기를 하는 것이다. 먼저 받아들이는 방식이 달랐고, 그것을 기억하는 방식 또한 다르며 그 기억을 재생할 때에도 키워드를 재조합하여 스토리를 만드는 과정에서 그 사람만이 가지는 특성과 경험 속에서 재창조되어 나온다. 그래서 같은 이야기를 들어도 다른 말을 하는 것이다.

고향이 편하고 좋은 이유

고향에 가면 무언가 꼭 집어서 말할 수는 없지만 그저 심신이 편안함을 느낀다. 그리고 같은 고향 사람들을 만나면 쉽게 감정이입이 되고 동질감을 느끼게 된다. 그래서 생각하는 바가 같고 좋아하는 바가 같은 경우가 많다.

왜 그럴까? 그러한 현상은 뇌의 발달과 연관이 있다고 한다. 사람이 태어날 때 부모님으로부터 뇌신경의 모든 것을 유전적으로 물려받는 것은 아니란다. 어린아이는 어른과 비슷한 숫자의 신경세포를 가지고 있지만, 서로 간의 연결성은 완성되지 않은 상태다. 마치 서울과 부산을 연결하는 큰길은 유전적으로 타고나지만, 막상 부산에 도착하면 신경세포는 주변 세포와 무차별로 연결되어 있다. 이 중 적절한 시냅스도 있고, 연결되어서는 안 되는 시냅스도 있다는 것이다.

그리고 이 시냅스의 연결이 완성되는 '결정적 시기'가 있는데, 오리는 태어난 지 몇 시간, 고양이는 4주에서 8주, 원숭이는 1년 그리고 인간은 약 10년까지 유지되는 이 결정적 시기에 자주 사용되는 시냅스는 살아남고, 사용되지 않는 시냅스는 사라진다는 것이다.

그러므로 사람은 태어난 후 10년 동안 주변의 환경을 경험하면서 그 환경에 맞는 뇌가 만들어진다고 봐야 한다. 다시 말해 뇌는 미완성 상태로 태어나서 주변 환경에 맞게 최적화되어 비로소 뇌가 완성되는 것이다. 그러므로 사람은 태어나서 10년 동안 겪은 주변 환경이 그 사람의 뇌를 결정하는 것이다.

그러니 자신이 태어나 어린 시절을 보낸 고향에 가면 그렇게 편할 수가 없는 것이다. 자신의 뇌가 완성된 환경에 들어가니 편한 것이 너무나 당연한 것이다. 다른 말로 하면 맞춤 구두를 신은 것처럼 말이다. 그러니 어린 시절 일 년이 멀다하고 이리저리 옮겨 다닌 아이들에게는 뇌의 신경 시냅스가 연결되는 데 얼마나 많은 혼란을 주었을까 싶다. 이런 측면에서 고향이 없는 사람들은 불쌍하고, 고향이 있어도 가지 못하는 실향민들의 향수의 절실함을 이해할 것 같다.

부가하여 사람들은 '엄마의 손맛'을 못 잊고 그리워한다. 이것도 마찬가지 어린 시절 엄마가 만들어 준 음식에 대한 맛 신경이 완성된 결과라고 생각된다. 분명 모든 어머니가 훌륭한 요리사가 아닐 텐데도 많은 사람들이 엄마가 만들어 주신 음식을 최고로 생각한다.

뇌 발달 과정을 봐도, 우주의 신비가 느껴진다. 기본 사양만 만들어 주고 나머지는 현장의 환경과 적합한 선택 사양으로 만들어지게 만든 그 섭리에 다시 한번 감탄한다. 만약 뇌가 완성된 사양으로 만들어져서 세상에 태어난다면 사람이 주변 환경에 적응하는 데 얼마나 힘이 들까?

멍청한 결정을 내리는 이유

《스웨이》의 저자 브래프맨 형제는 이렇게 말한다. 사람들이 멍청한 결정을 내리는 이유는 경제 활동과정에서 '손실회피'와 '가치귀착'이 그 원인이라고 한다. 손실기피란 인간은 손실에 따른 고통을 동일한 크기의 이득으로부터 얻는 기쁨에 비해 두 배나 더 강렬하게 느끼며, 이로 인해 합리적 판단을 그르치는 경우가 많다고 했다.

도요타 사태에 대하여 그들은 분석하기를 도요타 경영진은 처음 문제가 발생했을 때 섣불리 잘못을 시인하면 리콜 비용 등 큰 손실을 볼 것을 우려해 정면 돌파를 피했다. 비용이 들더라도 소비자의 신뢰를 지키는 것이 가장 중요한 가치였지만 눈앞의 손실이 더 커 보이는 인간의 '손실기피 성향'이 도요타 경영진의 이성을 마비시킨 것이라고 분석하였다.

이러한 손실기피의 성향은 개인도 마찬가지다. 브리티시 컬럼비아대 대니얼 퍼틀러 교수가 식품점의 계란 판매를 연구한 결과 계란값이 내릴 땐 소비가 약간 늘어나지만, 값이 오를 때 평소보다 2.5배 소비가 줄어든다는 것을 발견하였다. 또한, 주식투자자들이 주식을 샀다가 주가가 떨어져 손실이 나는 상황에서 쉽게 빠져나오지 못하는 것도 '손실기피 성향'에 '집착'이라는 심리가 더해진 결과라는 분석을 하고 있다.

다른 하나인 '가치귀착'의 사례는 폴란드에서 이민 온 네이선 핸드워커는 1910년대 후반 뉴욕의 코니아일랜드에서 핫도그 장사를 시작하면서 경쟁자의 절반 가격에 팔았다. 핫도그의 맛은 다른 가게에 비해 손색이 없었지만, 사람들은 '가격이 싼 제품은 뭔가 문제가 있을 것'으로 짐작하고 사 먹지 않았다. 핸드워커는 궁리 끝에 가까운 병원의 의사들에게 부탁해 흰 가운 차림으로 가게를 찾아와 핫도그를 먹게 했다. 그러자 그 모습을 본 사람들이 몰려와 핫도그를 사 먹기 시작했고, 명물이 되었다. 사람들이 의사들이 먹는 제품이니 믿을 수 있고 건강에 좋을 것이라는 생각에 더 이끌린 결과라고 분석하고 있다.

아는 것을 모른 체하기 어려운 이유

아는 것을 모른 체하고 지나가기란 정말 어렵다. 모른 것은 그냥 지나가기는 쉽지만 아는 것을 모른 체하고 그냥 지나가기란 정말 어렵다. 나이가 많아지면 잔소리가 많아지는 이유다. 자신의 경험에 비춰서 젊은 사람들에게 뭔가 가르치고 싶은 것이다. 그게 요즘 유행하는 "나 때는 말이야!" 원인이다.

똑똑한 사람들은 대체로 걱정이 많다. 한 번 더 생각해 보고 이리저리 재 봐서 한발 앞서가려니 궁리가 많다. 그리고 언제나 이겨야 직성이 풀린다. 이겼다고 해서 끝나는 것이 아니다. 누가 언제 그 승리를 빼어 갈지 모르기 때문이다. 총명하면서도 걱정까지 없어 항상 행복하게 웃는 그런 사람이 있다면 좋은 것만 부여한 것이 되는데, 음양의 법칙에 맞지 않아 이런 경우는 없다.

공연히 참견하지 않아도 될 일에 끼어든다든지, 술자리에서 언성을 높여 가면서 그 짧은 지식을 자랑하는 경우를 자주 보는데, 자신의 존재감을 나타내기 위한 욕심의 발로다. 아는 것을 분명히 표출해야 할 때가 있긴 하다. 그것은 공익을 위한 것일 때다. 사사로운 이익을 위해서는 아는 체를 할 필요가 없지만, 공공의 이익을 위해서는 자신이 아는 것을 나타내어 공공의 이익을 지키거나 증진시키는 데 보탬이 되도록 해야 한다.

다만 자신의 이익이나 뽐냄을 위해 공연히 하는 척하지 않는 것이 좋다. 사사로운 모임에서 아는 체하지 않고 목소리도 낮추고 남의 이야기를 들어 주는 것이 좋다. 설사 그 사람의 이야기가 틀렸더라도 고치려고 애쓰지 말고 그냥 그 사람의 생각이려니 하고 들어 주는 여유를 가지는 것이 좋다.

아는 것을 아는 체하는 것은 전술적이고 아는 것을 모른 체 지나가는 것은 전략적이다. 아는 것을 아는 체하는 것은 당장 자신의 총명함을 과시하기 위함이요. 아는 것도 모른 체하고 지나가는 것은 후일 역사가 그의 인격을 알아주기를 바라는 것이다.

자살하는 이유

자살은 왜 하는가? 이유는 개인적 성격, 그 사회가 가지는 자살에 대한 인식 등의 다양한 이유가 있겠지만 가장 근본적 이유는 눈앞의 고통을 이겨 낼 수 있다는 희망이 없어서 그 고통을 회피하는 수단으로 자살을 선택하기 때문이다. 그렇다면 아무리 어려움에 처해도 희망을 잃지 않으면 자살을 하지 않을 것이라는 가설이 성립한다. 가까운 사람들이 손을 내밀어 도와주고 용기를 주고 따뜻한 위로와 격려가 도움이 되겠지만, 그보다 더 중요한 것은 본인 자신이다. 세상을 긍정적으로 보는 습관을 길러야 한다. 적수공권으로 이 세상에 태어나 한평생을 살아가면서 힘든 고비를 겪지 않는 사람은 없다.

그래도 그 순간을 넘기면 해결이 된다. 그래서 "이 또한 지나가겠지!"라는 말이 있다. 일체유심조라는 말이 있듯이 마음먹기에 달려있다. 그런데 이런 말들이 '사고의 습관'이 되어 있지 않으면 잘되지 않는다. 그 힘든 고통을 전략적으로 사고하면 자살예방의 특효약인 '희망'을 발견할 수 있다. 지금 당하고 있는, 죽을 것 같은 고통을 내 인생의 판을 키워 멀리 크게 보면 해결책이 보인다.

이것은 전략적 사고의 장점 중의 하나인 긍정성이다. 큰 고통일지라도 크게 생각해 보면 미미한 것이고 멀리 생각해 보면 지금보다 나아질 것이라는 것을 알 수 있다. 세상은 사인커브 형태로 변하므로 죽고 싶을 만큼 힘든 고통의 시간은 더 내려갈 수 없는 바닥이므로 나아질 일만 남았으니 그게 바로 희망이다.

초심을 잃는 이유

사람들이 처음 뭔가를 시작할 때는 순수하고 의욕적이다. 그런데 시간이 지나면서 그 상황에 익숙해지면 욕심이 생긴다. 그 욕심이 문제를 일으킨다. 그 욕심을 채우려고 무리를 하기 시작한다. 무리는 필연적으로 사고로 연결되고 사고관리가 제대로 되지 않으면 위기로 발전한다. 위기관리가 잘못되면 핵심가치가 손상을 입게 되어 생존 자체가 어려워진다. 초심을 생각하고 초심으로 돌아가겠다고 생각하는 사람은 아주 건전한 사람이다. 그런데 상당히 많은 사람들은 그렇지 못하다.

그러면 사람은 왜 초심을 잊어버리는가? 그게 세상의 이치이기 때문이다. 가만히 있는 것은 없다. 모든 것은 변하고 그래야만 존재가 가능하다. 변하되 어느 방향으로 변하는가의 문제다. 좋은 방향으로 변해야 한다. 초심의 기본 정신이 현재 상황에 맞게 조화를 이뤄야 한다. 변화를 추구하되 사욕을 배제하고 순리에 따르면 문제가 없다. 무리수를 두는 사람들은 그 대가를 받게 되어 있다. 자연의 이치는 한 번도 어긋나지 않는다.

다음에 일어날 것을 모르면 힘들다

사람이 힘들다는 것은 뇌와 근육에 걸리는 부하 때문이다. 근육에 걸리는 부하는 물리적 무게이고, 뇌에 걸리는 부하는 정보 수집과 처리 때문이다. 따라서 다음에 일어날 것들을 안다면 뇌가 정보를 수집하려고 애를 쓰지 않아도 되므로 편안하다.

이것은 초행길이 멀게 느껴지고 차가 막힐 때, 그 이유를 모르면 더 힘든 이유이기도 하다. 잘 아는 길은 생각할 필요도 없이 그냥 가면 된다. 뇌가 다음에 나타날 길을 알기 때문에 미리 판단하여 몸에 행동지령을 사전에 내린다. 차가 막힌 이유를 알면 언제 풀릴지 짐작할 수 있어 더 이상 머리를 쓰지 않아도 되기 때문이다.

외국어가 어려운 이유도 마찬가지다. 외국어는 익숙하지 않으니 다음 말이 예측되지 않는다. 그래서 뇌가 할 일이 많아지니 힘이 든다. 모국어는 지금 들리는 말 다음에 무슨 말이 나올지 예측이 가능하기 때문에 뇌를 굴리지 않아도 된다. 우리말이라고 해도 수준이 다른 사람들과는 소통이 잘 안된다. 사고 패턴이 다르기 때문에 그다음 단어 예측이 어려워서 그렇다. 하물며 문화가 다른 외국어는 지금 들리는 말의 다음 말에 대한 예측이 안 되므로 알아듣기 힘들다.

상대의 말을 쉽게 이해하는 것은 '순간적으로 다음 말을 예상하고 뇌는 그것을 받아들일 준비를 하고 있기' 때문이다. 수많은 반복 연습을 통해서 그 말의 패턴을 수용하는 태세가 뇌에 자리 잡고 있는 것이다. 마치 투수가 무슨 공을 던질지를 알고 있어야 포수가 공을 잘 잡을 수 있는 것처럼, 세상사 모든 것이 이처럼 예측 가능해야 이해도 쉽고 편하다.

매일 새로운 패러다임의 안경을 쓴다

사람은 자신이 서 있는 곳에서 세상을 바라보고 살아간다. 산에 서 있는 사람은 산에서 세상을 보고, 바다에 서 있는 사람은 바다에서 세상을 본다. 높은 지위에 있는 사람은 그곳에서 세상을 바라보고, 낮은 지위에 있는 사람은 낮은 곳에서 세상을 바라본다. 부자는 부자의 눈으로 세상을 보고, 가난한 자는 가난의 눈으로 세상을 본다.

같은 공기를 호흡하며 살아가더라도 사람마다 다 다른 생각을 갖고 사물을 대하는 태도, 문제 해결방식이 다른 것은 그 사람이 가지고 있는 패러다임의 차이이다. 같은 사람이라도 시간에 따라 세상을 보는 눈이 시시각각 달라진다. 하루 중에도 배가 고플 때와 부를 때 음식을 보는 시각이 달라진다. 손가락을 조금만 베어도 몹시 불편하고 그것 때문에 생각하고 일처리 하는 방식이 달라진다. 이 처럼 다치지 않았을 때와 다친 후의 세상은 다르다.

또한, 사람이 살아가는 모습은 밑그림에 새로운 패러다임을 덧씌운다. 그 덧씌움의 농도에 따라 세상을 보는 패러다임은 변한다. 그러니까 세상을 보는 방식이 사람마다 다르다. 농사꾼은 농사꾼의 눈으로, 군인은 군인의 눈으로, 학자는 학자의 눈으로 살아가면서 우리가 경험하는 수많은 이벤트가 패러다임의 중첩으로 나타나게 되는데 만년에는 아름다운 색깔의 균형 잡힌 색깔의 패러다임을 가진 시선을 가지는 것이 성공한 삶의 모습이다.

돈이 들면 같이, 돈이 들지 않으면 다르게

사람들은 남들이 하는 것을 때로는 따라하면서 영향을 받고, 때로는 다르고 싶어서 남들의 선택에 의해서 영향을 받는다. 다른 사람이 벤츠를 타면 자기도 벤츠를 타고 싶어 한다. 같은 수준으로 올라가고 싶어서 그렇다. 부자라는 정체성을 보여 주기 위한 것이다. 그런데 이것은 비용이 든다.

그런데 같아지고 나며 차별화하고 싶어 한다. 벤츠를 타되 색상은 다른 것을 선택한다. 이는 비용은 들지 않는다. 이런 현상은 여성들의 패션에서 특히 더 두드러진다. 고급 브랜드를 구매해서 같은 수준이 되고 싶어 하고, 같은 브랜드의 다른 색상이나 디자인은 차별화하고 싶어 한다. 선택에 제약이 따르는 결정에서는 같아지고 싶고, 선택이 자유로운 결정에서 달라 보이고 싶어 한다.

이처럼 우리는 선택을 함에 있어 외적 관찰에 의해 확실한 정체성을 확신할 수 있는 것은 타인으로부터 포지티브 영향을 받고, 이에 비해 브랜드 내의 차별성은 네거티브 영향을 받는다. 이처럼 사람은 자신의 정체성 확보를 위해서 때로는 같아지려고 하고, 때로는 달라지려 한다. 가난한 사람은 부자와 같아지려고 하고, 부자는 차별화하려고 한다. 잘나 보이고 싶은 욕심 때문이다.

훈련된 대로 산다

민족 고유의 설이 지나니 비로소 새해가 되었다는 기분이 든다. 양력으로 새해가 된 지 한 달이 지났지만 어딘가 아직도 새해가 되었다는 기분이 들지 않은 것은 생활 습관의 탓이다. 일제 강점기 시절, 일본 침략 세력이 양력설을 쇠라고 그렇게 강요해도, 군사정부 시절, 세계적 기준에 맞춘다는 의미에서 설을 명절에서 제외하고 공휴일을 주지 않으면서 신정에 긴 공휴일을 배정하면서 강요해도 되지 않았다. 결국은 1984년 설 명절을 인정하고 설 명절에 공휴일을 부여하였다.

양력설이 여러 가지로 편한 줄을 안다. 특히 국제화된 오늘날에는 더욱 그렇다. 그럼에도 불구하고 많은 사람들이 그렇게 하지 않는다. 양력설에 조상님께 제사를 지내면 조상님이 싫어하실 것 같은 기분이 든다. 그렇게 훈련이 되어 있기 때문이다.

우리 삶의 모든 것이 그렇다. 생각은 있는데 잘되지 않는다. 담배를 끊고 싶은데 그게 마음대로 안 된다. 대화에서 촉새처럼 나서려고 하지 않는데 여럿이 모여서 대화를 나누다 보면 나도 모르게 촉새처럼 나서서 잘난 체하고 있다. 술을 마실 때 마다 오늘은 조금만 마셔야지 하는데 다음 날 아침 골이 패일정도로 마신다. 지각을 하지 않겠다고 시말서를 쓰고 나서도 걸핏하면 지각을 한다.

이보다 더 심각한 것이 운동이다. 몸을 움직여 하는 것은 심리적인 것보다 더 심하다. 야구 타자가 타석에서 안타를 치고 싶지 않은 선수가 어디 있겠나? 그러나 안타 확률은 높지 않다. 타율이 3할 넘으면 훌륭한 선수다. 골프 황제라는 타이거 우즈 역시 자신이 원하는 곳으로 공을 보내지 못한다. 축구 선수는 누구나 골대 앞에서 볼을 골대 안으로 넣고 싶은데 헛발질을 한다. 이러한 예를 들려면 한이 없다. 왜? 우리 삶이 모두 그러하니까.

이것은 사람 개인만이 그런 것이 아니다. 조직이나 집단에서도 동일하게 나타난다. 같은 운전을 하면서도 나라마다 교통사고 비율이 다르다. 이것은 지역마다 다르게 나타나기도 한다. 모든 사람들이 행정기관까지 교통사고를 방지하고자 그렇게 노력하는데도 말이다. 거리가 지저분한 것을 좋아할 사람이나 나라는 없다. 깨끗하게 하려고 노력하지만 나라마다 지역마다 그 깨끗함의 정도는 다르다. 공무원들의 부정부패 역시 있어서는 안 되는 일이지만, 서슬 퍼런 사법당국이 있지만 그래도 부정부패는 만연하고 그 정도 역시 나라마다 지역마다 다르다.

정치인들의 언행이 국민의 상식을 어긋나게 나타나는 현상은 그들이 그렇게 훈련이 되었기 때문이다. 사고를 치고 난 후, 진심 어린 사과를 했으면 그냥 해프닝으로 끝이 날 문제였는데, 도도하게 자기주장만 내세우도록 평소 훈련이 된 관계로 입에 발린 사과와 미적 거림으로 행동하다가 실형을 선고받는다. 남에 대한 배려 훈련이 전혀 되어 있지 않고 오직 자기중심의 사고방식으로 훈련이 되어 있었던 결과다. 그 이유는 의식이 무의식을 통제하지 못하기 때문이다. 무의식은 반복적인 훈련을 통해서, 의식이 우리의 뇌 깊숙한 곳까지 침잠한 상태다. 그러니까 훈련의 목적은 의식을 무의식화하는 작업과정이라고 해도 무방하다.

생각은 의식을 통해서 움직이므로 옳고 그름을 알고 뇌가 의식을 하고 난 후 동작을 몸의 각 부위에 지시하여 움직임이 일어난다. 그런데 훈련된 동작은 뇌의 의식작용 없이 자발적으로 일어난다. 왜냐하면 동일 상황, 조건하에서 해야 할 동작이 반복적인 훈련을 통해서 몸에 익숙해지면 게으른 뇌는 더 이상 그것을 생각할 필요가 없기 때문이다. 따라서 무의식의 세계에서 일어나는 동작은 의식을 거쳐 일어나는 동작보다 빠르고 강력하다. 그러니까 의식 세계가 무의식 세계를 따라잡을 수 없으므로 생각하는 대로 되지 않는 것이다.

습관은 이렇게 생긴다

사람이 어떤 행동을 하면 뇌세포들이 자극을 받아 새로운 전기회로가 생긴다. 숲을 걸으면 오솔길이 나는 것과 비슷하다. 같은 행동을 반복하면 뇌는 '오솔길을 편히 갈 수 있는 포장도로로 만들자'라고 생각한다, 전기 회로의 종류가 바뀌는 것이다. 이렇게 포장도로로 바뀐 전기 회로는 뇌 깊숙이 있는 '기저핵'에 저장되어 몸이 알아서 하는 '습관'이 된다.

그러므로 기존의 습관을 바꾸는 것은 쉽지 않다. 뇌는 지극히 게으르고 효율성을 추구하기 때문에 이미 난 길로 가려고 한다. 우리 몸에 나쁜 습관일지라도 뇌의 입장에서는 새 길을 내는 것보다는 이미 나 있는 편한 포장도로를 가려고 한다. 좋은 습관을 가지려고 하는 것은 뇌 전두엽의 역할이다. 전두엽은 판단을 하는 뇌로서 모든 것을 합리적 기준에 의해 선택하고자 한다.

새로운 습관을 만드는 데는 보통 두 달 정도(60일) 걸린다. 그런데 아주 빠르면 20일 만에도 습관이 드는가 하면 200일이나 걸리는 경우도 있다. 이러한 습관도 반복적 행동에 의해 만들어지지만 훈련의 결과와는 약간 뉘앙스가 다르다. 훈련은 같은 행동을 빠르고 정확하게 하려는 목적에서 시도되는 것이지만, 습관은 사람의 생활 태도와 관련이 있는 것으로 우리 삶의 한 행태다.

쾌락적 중추가 이긴다

본능적 욕구 충족이 이뤄질 때 쾌락적 중추는 작동한다. 우리 뇌의 가장 밑바닥에 위치하고 있는 원뇌의 작용이다. 이 원뇌는 진화가 전혀 되지 않은 뇌로서 파충류도 가지고 있다고 해서 파충류 뇌라고 부른다. 이에 비해 이타적 중추가 작동하는 뇌는 가장 많이 진화가 된 뇌로서 사고를 하는 대뇌 신 피질인데 뇌의 가장 바깥 부분에 위치하고 있다. 다른 동물에서는 볼 수 없는 인간만이 가진 뇌다. 사람만이 할 수 있는 '타인을 이롭게 하여 만족감을 느끼는' 신경다발이다.

인간은 보상을 기대하고 행동하는데, 본능적 행동은 쾌감을 얻기 위한 것이고 인간적 행동은 타인으로부터 인정을 받거나 자아실현을 통한 만족감을 얻기 위한 것이다. 매슬로 욕구 단계로 설명이 가능하다. 생존의 욕구나 안전의 욕구 같은 하층에 위치한 욕구가 충족되면 쾌감중추가 작동한다. 이에 비하여 이타중추는 존중의 욕구나 자아실현의 욕구가 충족되어야 작동한다. 따라서 쾌감중추는 이타중추보다 더 중요한 핵심적 가치인 생존과 번식에 직결되어 있다. 그러므로 쾌감중추와 이타중추가 경쟁하면 언제나 쾌감중추가 승리한다.

보상 활동과 같은 좋은 일을 하는 것을 유도하기 위하여 돈을 주면 장기적으로는 그 사업 자체가 망한다. 친한 친구관계에서 이사를 도와주었다고 돈을 주면 친구관계가 거래관계로 변한다. 이타중추가 작용하는 관계에서는 거래에서 등가관계가 성립되지 않는다. 그 차이나는 만큼의 양이 우정이나 의리와 같은 인간관계가 메운다.

이에 비하여 쾌감중추는 등가관계가 이뤄진다. 봉사활동에 돈을 주면 이타중추의 작동은 멈추고 돈에 대한 욕구가 발동하여 쾌감중추로 변한다. 공무원들이 봉사활동에 대한 실적을 올리기 위해 활동비를 주는 정책을 시도하는데, 그 해 당장은 지표상으로 일정 성과를 올릴 수 있지만, 봉사활동 시스템을 파괴하는 행위다. 만일 그렇게 해서 자신이 재직하는 시기에만 성과를 보려고 했다면 그것은 지극한 이기주의의 발로다.

최종 결정은 감정의 뇌가 한다

남이 보기에 저건 아닌데 하는 결정을 흔히 본다. 심각한 결정을 할 때 곁에서 누가 조언하면
'아닌 거 나도 알아! 그런데 싫어!' 하면서 이성적 판단 기준보다는 감정적 판단 기준을 선택한다. 이런 현상은 감정이 격해지면 더 심하다.

왜 그런 결정을 내릴까? 아마도 뇌 구조와 관련이 있는 듯하다. 사

람의 뇌는 세 겹으로 되어 있다. 맨 안쪽에 뇌간이 있다. 생명을 좌지우지하는 뇌다. 오장육부를 통제하는 기능을 한다. 그래서 생명의 뇌라고 한다. 본능적 기능을 담당하고 있다. 가장 먼저 만들어졌다. 진화론적으로 보면 약 5억 년 전에 만들어졌는데, 파충류의 뇌 수준이다. 그래서 파충류 뇌라고 부르기도 한다.

그 위에 있는 뇌가 감정의 뇌다. 변연계라고 부르는데, 2억~3억 년 전에 만들어졌다고 한다. 오감을 통해 들어오는 각종 자극에 대하여 좋고 싫음의 느끼는 기능을 한다. 특이하게도 여기에는 기억과 관련한 기능을 하는 해마와 편도체가 포함되어 있다. 진화적 측면에서 보면 두 번째다. 포유류의 뇌가 이 수준이라서 포유류 뇌라고 부르기도 한다.

마지막으로 바깥을 싸고 있는 뇌는 사고 기능을 담당한다. 의학용어로 대뇌 피질이라고 부른다. 인간만이 가지고 있는 뇌라서 인간의 뇌 또는 이성의 뇌라고 부른다. 인류라고 분류되는 기준이므로 1,000만 년 정도의 역사를 가질 것이다. 이처럼 인간의 뇌는 장구한 역사를 가지고 진화하였다.

이렇게 놓고 보니까 역할의 중요성이 눈에 들어온다. 맨 안쪽에 있는 생명의 뇌 판단이 최우선이다. 죽느냐 사느냐의 직접적인 문제이므로 좌고우면할 것이 없다. 무조건 안전한 쪽을 택한다. 그런데 그

다음 단계부터가 문제다. 오관으로 감지된 것들이 나의 생존과 번영에 도움이 되도록 판단해야 하는데, 감정과 이성, 어느 쪽이 옳은 방향이냐 하는 문제다. 단순하고 직접적인 문제는 감정적 판단이 우선한다.

진화적 DNA가 호, 불호의 경험을 축적해 두었기 때문에 생존에 유리한 쪽으로 결정한다. 그런데 문제는 경험이 문제다. 그 경험은 개인적이고 주관적이다. 같은 것을 경험해도 당시의 환경과 주체자의 기질에 따라 다르게 기억된다. 그것이 결정적 순간의 판단 기준이 된다. 음식 선택 기준이 대표적이다. 같은 음식이라도 사람마다 좋아하는 음식이 다르다.

그런데 생존과 번영에 관련이 있지만 당장 피부에 와닿지 않는 일을 결정하는 일, 선거에서 누구에게 투표할 것인가? 또는 환경보호 등의 문제가 이에 속한다. 지금의 행위가 어떤 방식으로 나에게 영향을 미칠까? 하는 문제를 이성적으로 판단하는 문제다. 관련 지식과 합리적 판단에 대한 지식이 요구된다. 지적활동에 비례하여 올바른 판단을 내릴 확률이 높다.

그런데 가장 큰 문제는 이성적으로 옳다는 걸 알면서도 감정적 결정을 하는 경우가 흔하다는 것이다. 대개 상대 인물에 대한 감정 때문이다. 느낌이 좋아서, 잘생겨서, 사람이 좋아 보여서 또는 과거 마음에 들지 않았던 사람과 흡사해서, 딱 꼬집어 말할 수는 없지만 왠지 마음에 들지 않아서 등등의 이유를 가지고 결정한다. 특히 미운 사람이 관련된 일이라면 손해가 뻔히 보여도 손해 보는 쪽을 택한다. 감정의 뇌가 이성의 뇌보다 우선하기 때문이다.

외로움은 구속을, 구속은 자유를 찾는다

외로우면 어딘가에 소속되고 싶고, 소속되면 구속이 싫어 자유를 찾게 된다. 자연의 법칙이다. 혼자 있으면 외롭거나 두려워서 누군가를 찾아 집단을 만든다. 그 기본이 가족이고 최대가 국가다. 그런데 어떠한 시스템이든지 소속되면 그 시스템의 요구에 따르거나 규칙을 지켜야 한다. 이때 자유가 유보당한다. 혼자서 느끼는 외로움을 치유한 대가다.

외로울 때 좋은 사람을 만나면 한없이 좋지만, 좋은 만큼 자유는 구속당한다. 아무리 사랑한다고 하더라도 자기 맘대로 할 수는 없다. 길을 가다가 모르는 사람을 만나 말을 섞기 시작하면 이런저런 이야기를 하면서 심심한 것은 달랠 수 있지만 그 이후의 행동은 그 사람과의 관계 속에서 제약을 받게 되어 상대의 생각과 행동은 나의 생각과 행동에 영향을 미친다. 그래서 혼자 결정할 때보다 상당한 제한이 발생한다. 상대의 입장을 배려해서 행동해야 하기 때문이다.

그렇게 하지 않으면 그 관계는 끝나게 된다.

친구도 마찬가지고 각종 친목 모임도 마찬가지다. 어떤 조직의 일원으로서 참가하여 활동하려면 거기서 얻는 혜택만큼 자신의 자유를 유보할 각오를 해야 한다. 한 국가의 국민이 되고자 하면 그 나라가 요구하는 의무 사항을 준수해야 한다. 국가로부터 보호를 받는 대가다.

오로지 자유만을 원하면 아무도 없는 무인도에 가서 사는 것이 최선이고, 더불어 살고자 하면 자유를 유보할 각오를 해야 한다. 규칙을 지키고 그 시스템 운영에 필요한 비용을 부담해야 한다. 내 마음대로가 아닌 상대와의 상생을 위해 나의 자유를 유보해야 한다.

망각이 나쁘기만 하지는 않다

우리는 무엇이든지 많이 기억하면 좋다고 생각하기 쉽다. 공부하는 학생들에게는 특히 그렇다. 그러나 우리가 살아가면서 보고 듣고 경험하는 모든 것을 기억한다면 너무 힘들어 살아갈 수 없을 것이다. 필요하지 않은 것은 잊어버리는 망각이라는 기제가 없다면 정말 큰일이다. 그래서 기억도 망각도 모두가 축복인 동시에 재앙이다.

기억도 망각도 좋을 때가 있고 나쁠 때가 있다. 그러면 언제 좋고 언제 나쁜가? 우리가 생존하고 번영하는 데 도움이 될 때는 좋고 그렇지 못할 때는 나쁘다. 즉, 기억이 우리가 살아가는 데, 또는 더 잘 사는 데 도움이 되는 것은 더 많이 기억할수록 좋다. 그렇지 못하고 기억하는 것이 괴롭고 힘들게 하는 것은 망각이 좋다. 그래서 자연은 쓸모 있는 것은 기억하게 하고 쓸모가 없는 것은 망각하도록 만들었다. 이것은 마치 우리가 집 안에서 필요한 것은 장롱에 보관하고 필요 없는 것은 쓰레기통에 버리는 것과 같은 이치다.

이러한 것이 제대로 되지 않으면 병이 된다. 기억해야 할 것을 기억하지 못하는 치매 같은 병이 대표적인데 이는 주로 뇌가 고장이 난 것으로 육체적 병이고, 망각해야 할 것을 망각하지 못하는 망상, 집착 같은 병은 스트레스 등이 원인이 된 정신적 병이다. 그러므로 기억도 망각도 상황에 따라 좋을 수도 나쁠 수도 있지만, 좋고 나쁜 판단의 근거는 유기체인 인간의 핵심적 가치인 생존과 번영에 도움이 되느냐 여부다.

자기 목소리로 얘기하는 것이 최고다

윌리엄 글래서 박사의 저서 《어떤 학생이나 성공할 수 있다》에 보면 "읽는 것의 10%, 듣는 것의 20%, 보는 것의 30%, 보고 듣는 것의

50%를, 다른 사람과 이야기한 것의 70%, 직접 경험한 것의 80%, 다른 사람에게 가르친 것의 90%를 배운다."라고 되어 있다.

우리가 그냥 책을 읽으면 그 책의 10% 정도 배운다는 것이다. 그것보다는 남에게 듣는 것이 낫다는 것이고, 학교에 다니면서 책을 보고 강의를 들으면 50%를 배운다고 하니 그냥 학교에 다니면 그 내용의 절반만 배운다는 뜻이다. 그런데 그 배운 내용을 다른 사람과 이야기를 하면 70%를 배운다고 하니 토론식 교육이 효과가 있다는 의미다.

그런데 남에게 가르쳐 보면 거의 완벽하게 그 내용을 알 수 있다. 왜? 그 내용을 자기 것으로 소화하여 자기의 목소리로 이야기해야 하므로 거의 완벽하게 내용을 이해하게 되는 것이다.

페널티 킥의 진실

페널티 킥을 할 때, 중앙으로 차는 것이 가장 확률이 높은 데 왜 유명한 선수는 코너로 찰까?

여기에는 아주 심각한 심리적 이유가 있다. 페널티 킥 지점으로부터 골문까지는 11m이고, 골문의 크기는 가로 7.32m, 세로 2.44m이다. 키커가 찬 공은 통상 시속 130km로 날아간다. 이 속도는 골키퍼가 공의 방향을 감지하고 잡는 것은 불가능한 속도다. 따라서 골키퍼는 키커와의 심리적 경쟁을 통해 어느 한쪽을 결정하고 몸을 날린다. 만약 골키퍼가 방향을 잘못 추정하는 경우 골의 성공 확률은 90%로 높아진다.

가장 바람직한 슈팅은 골키퍼가 방향을 제대로 잡고도 막을 수 없도록 충분히 힘을 실어 코너를 향해 차는 것이다. 그런데 문제는 조금만 잘못 차도 골문을 벗어날 가능성이 크다. 이러한 위험을 줄이기 위해 다소 속도를 줄이거나 혹은 코너에서 조금 안쪽으로 공을 차면 골키퍼가 막아 낼 확률이 커진다.

통계는 골키퍼가 몸을 날리는 방향을 보여 주고 있는데, 오른쪽으로 날리는 경우가 57%이고 왼쪽으로 날리는 경우는 41%라고 한다. 그러니까 제자리에 가만히 서서 공을 막고자 하는 확률은 2%밖에 안 된다. 그리고 코너로 차는 킥보다 중앙으로 차는 킥의 성공 확률이 7%나 높다고 한다. 그럼에도 불구하고 모든 페널티 킥의 17%만이 중앙을 향한다는 것이다.

두 가지 이유가 있는데, 하나는 골키퍼를 향해 공을 차는 것은 이상해 보일 뿐만 아니라 상식에 어긋나는 아이디어라는 것이다. 그리고 다른 이유는 이것이 더 그럴듯한 이유인데, 치욕에 대한 두려움 때문이다. 만에 하나라도 중앙으로 킥을 해서 실패를 한다면 그것은 선수로서의 명예에 치명적이다. 코너를 향해 어렵고 기술적인 킥으로 성공을 하면 엄청난 명성을 얻을 것이고 설사 실패하더라도 그 놀라운 테크닉에 찬사를 보낸다. 그리고 실패는 오로지 운이 없어서라고 이해를 받을 수 있다. 그러므로 코너를 향해 멋진 킥을 시도하는 것이다.

분명 확률적으로 보면 중앙으로 킥하는 것이 옳은 일인데 코너로 킥을 하는 이유는 공적 이익보다 사적 이익에 우선을 두는 인간 속성 때문이라고 보는 것이 맞다. 공적 이익과 사적 이익이 충돌하는 상황에서 어떻게 할 것인지 질문을 받으면 대부분 사익을 선호한다는 것을 인정하지 않으려 한다. 그렇게 인정하면 사회적으로 지탄을 받게 되기 때문이다. 그러나 역사적으로 대부분의 사람들은 다른 사람들의 이익보다 자신의 이익을 우선한다. 주역에서는 인간의 형구가 협착하여 사사로운 이익에 우선한다고 설명한다.

절반은 나를 비난한다

살다 보면 자신의 의도와 상관없이 비난받는 일도 있다. 그도 그럴 것이 자신의 진정한 의도가 완전히 표현되기도 힘들 뿐만 아니라, 사람마다 저마다의 세상이 있기에 같은 사물이나 문제라도 보는 관점이 모두 다르다. 나를 기준으로 둘러싸고 있는 사람들은 대개 나를 좋아하는 사람들이다. 좋아하는 사람들이니까 가까이 온다. 그러나 세상의 이치는 좋아하는 사람과 비난하는 사람이 반반으로 균형을 이룬다. 만일 수적으로 대등하지 않다면 질적으로라도 균형을 잡는다.

따라서 모든 조직은 절대 단일 색깔일 수가 없다. 같은 색으로만 구성될 수가 없는 것이 이치다. 음과 양이 결합해야만 존재할 수 있기 때문이다. 겉으로 보이는 것은 항상 주류다. 리더로부터 인정을 받고 총애를 받으니 활개를 치고 다닌다. 반대로 주류 경쟁에서 밀려난 비주류는 자신의 생각을 숨기고 움츠린다. 불만을 속으로 삭이면서 때를 기다린다. 마치 나무가 가을을 지나 겨울을 맞아 새봄을 기다리는 씨앗처럼 기운을 압축하고 또 압축한다.

시간은 흐른다. 리더는 반드시 정해진 임기가 있고, 서슬 퍼렇던 기세는 시간이 가면서 긴장도가 떨어진다. 강한 구심력은 임기 중반이 되면 원심력과 균형을 이룬다. 그러다가 시간이 흐르면 원심력이 구심력보다 점점 커진다. 임기 말이 되면 구심력은 제로 상태가 되고, 압축된 비주류의 에너지가 솟아오른다. 마치 봄이 되면 새싹이 대지를 뚫고 나오는 것처럼, 비주류가 주류가 되기 시작하는 순간이다.

이 사실을 받아들이고 이해하는 것이 좋다. 사실 인간이기에 자신을 비난하는 말을 들을 때나 기사를 보면 기분이 좋지 않다. 그럴 때

'세상의 절반은 내편이야. 그리고 나머지 절반은 나를 비난하겠지. 그래야 균형이 맞는 것 아니겠어!'라고 생각하고 허허로운 웃음으로 날려 버리는 것이 좋다.

그러나 그 비난이 반드시 나쁜 것만은 아니다. 입에 쓴 약이 몸에 좋다고, 그 비난이 나 자신을 연마하는 연마제가 될 수 있다. 나 자신을 좋아하는 사람들에게만 둘러싸여 좋은 말만 듣는다면 나 자신을 그르칠 수 있다. 대개 독재자들 주위에는 그 독재자 비위에 맞는 말만 하는 사람들로 둘러싸여 있다. 그래서 독재자 자신은 절대 독재를 한다고 생각하지 않는다.

나에 대한 비난이 나를 이롭게 하는 약이 될 수 있다는 사실을 이해하고 겸허히 받아들이면 좋은 결과를 얻을 수 있다. 자신이 처한 환경과 경험을 바탕으로 사고하므로 나와 다른 생각을 가진다고 해서 걱정할 필요가 없다. 그 다름을 인정하고 좋은 평가에 현혹되지 말고, 비난에 우울하지 않는 것이 좋다.

걱정은 죽음에 대한 공포 때문이다

죽음이 두렵지 않으면 모든 걱정은 없어진다. 걱정을 한다는 것은 미래에 대한 무지와 문제의 해결 방법이 없기 때문이다. 그런데 그 죽음에 대한 공포가 생존과 번영을 추구하도록 한다. 그것이 원동력이 되어 인류의 문명이 이렇게 발전한 것이다. 왜 사람은 죽음에 대해 두려워하는가? 미래를 모르기 때문이다. 죽은 후의 세상에 대한 무지가 죽음을 두려워하게 만든다. 세상의 모든 종교는 이 죽음에 대한 공포를 이용하고 있다.

사람은 정말 죽는가? 절반은 맞고 절반은 틀린 말이다. 사람을 어떻게 규정하는가에 달려 있다. 사람을 정신으로 보면 죽지 않는 것이고 사람을 육신으로 보면 죽는 것이 맞다. 정신이 사람인가? 육신이 사람인가? 이에 대한 분명한 답을 내리지 않고 우리는 그저 살아가고 있다.

철학적으로 정의하면 정신이 맞다. 육신은 그 정신을 담고 있는 그릇이다.

우리가 물을 원하면 그 물에 어떤 그릇에 담겨 있는지는 문제 삼지 않는다. 그 물의 질만 따질 뿐이다. 사람도 마찬가지다. 우리가 사람을 평할 때 그 육신을 평하지 않는다. 그 사람의 가치와 인품을 평한다. 미인 대회나 육체미 대회에서만 육신을 평한다. 사람이 죽고 난 다음에도 그 사람에 대한 평가를 하는 것을 보면 정신이 사람이라는 철학적 해석이 맞는다. 다만 병원에서 생사를 판단할 때에는 육신의 '활동 정지' 여부를 보고 결정한다.

아마도 그릇이 깨지면 물이 흘러 버리듯, 사람도 사람의 본질인 정신을 담고 있는 육신이 부서지면 정신이 날아가 버린다. 그렇다고 해서 사람이 없어지는 것은 아니다. 영혼으로 존재하다가 자신이 원하는 육신을 찾아서 다시 환생한다. 내가 아는 도사는 다시 환생한 영혼은 육신을 빌어서 이 세상에서의 경험을 무의식계에 저장했다가 계속 환생하면서 영생한다고 한다. 재미있는 것은 전생에서 하고 싶던 원을 다시 태어나서 그 경험을 한다고 한다.

불면증을 해결하는 방법

인간은 본능적으로 자신을 둘러싼 모든 일들을 합리적 인과관계로 해석하려는 습관을 가지고 있다. 아무리 상처가 깊은 일이라도 이유가 분명하면 잠을 잘 잔다. 반대로 아무리 사소한 일이라도 이유가 분명치 않으면 잠을 자지 못한다. 그러니 그 원인을 알아야 잠을 잘 수 있다. 특히, 자존심을 건드리면서, 설명까지 되지 않는 일을 겪으면 정말 밤새 잠을 이루지 못한다.

갑자기 일을 당하고 나면 그 일에 대한 합리적 설명을 필요로 한다. 그래서 그 한정된 정보를 가지고 자신의 머리로 이리 해석하고, 저리 해석하고 하다가 밤을 샌다. 그런데 그것이 자존심을 상하게 하는 일이라면 더욱 심하다.

이런 경우에 상담사가 필요하다. 상담사는 이야기를 듣고 객관적인 입장에서 설명이 가능하기 때문이다. 그런데 실제로는 상담사가 그 일을 그리 잘 알지 못한다. 고민이 있는 사람이 다 설명하고 답을 내는 것을 그저 동의만 해 주면 된다. 고민의 당사자는 스스로 내린 답에 대한 확신이 필요한 것일 뿐이다.

잠이 오지 않을 때 가장 쉬운 방법은 자기 합리화이다. 여우는 키가 작아서 닿지 않는 포도를 딸 수 없는 이유를 그 '포도는 실 것이라고 합리화'시켰다. 안 되는 것을 억지로 애를 쓰면서 잠을 못자는 것은 그만큼 손해다. 그래도 안 되면 '세상은 다 그런 것이여….' 그리고 만사는 다 새옹지마라고 위안을 삼으면 된다. 세상의 근본 이치로 그 당한 사태를 설명하는 것이 가장 손쉬운 방법이다.

자만은 파멸의 씨앗이다

사람은 무슨 짓을 하든지 처음에는 조신한다. 그러다가 주변 환경이 조금 익숙해지고 일이 손에 좀 익으면 안심단계에 접어든다. 이 단계에서 조심해야 한다. 욕심이 서서히 고개를 들기 시작한다. 그렇게 되면 자만심이 생긴다. 이 자만심을 경계해야 한다. 자만심을 자각하면 초심의 환경을 만들어 돌아가야 한다.

그런데 쉽지 않은 일이다. 스스로 깨달으면 최상이지만 그것이 안 되면 주변의 충고나 고언을 들어야 한다. 이도저도 안 되는 사람은 자만이 오만으로 넘어간다. 오만의 단계에 들어가면 구제 불능이다. 오만은 사고를 부르고, 사고는 위기로 이어져 자멸한다. 그러므로 안심단계에서 욕심을 부리면 화를 부를 것이고 욕심을 자제하면 발전할 것이다.

경쟁 상대를 무너뜨리려면 자만심을 갖도록 칭찬하고, 오만해질 때까지 기다리면 된다. 그러면 반드시 자멸한다. 그런데 세상에 공짜는 없기에 눈꼴신 오만을 보아 넘길 인내심은 지불해야 한다.

행복이란?

사람의 모든 행위는 행복해지기 위한 것이다. 그런데 그 행복이라는 것은 뇌가 느끼는 감정이다. 어떤 행위로 인해 뇌가 행복하다고 느껴야 한다. 그러므로 뇌가 정상으로 작동하지 않으면 행복을 느낄 수 없다. 아름다운 것을 보면 기쁘고, 맛있는 것을 먹으면 즐겁고, 아름다운 음악을 들으면 흥겹다. 향기로운 냄새를 맡아도 그렇고, 부드러운 감촉을 느껴도 마찬가지다. 그런데 이 다섯 가지 감각으로 느껴지는 것은 결국은 뇌의 변연계에 있는 감각중추다. 느껴야 그렇게 되는 것이다.

그러면 누가 이렇게 만들어 놓았나? 그것은 모든 유기체가 갖는 근본 목적인 생존과 번영을 성취하기 위한 DNA의 전략이다. DNA는 인간의 생존과 번영에 유익한 것에 대해서 상으로 주는 것이 행복감이고, 벌로 주는 것이 불쾌감이다. DNA는 근 20만 년간 인간이 생존과 번영하는 과정을 통해서 유익한 것에 대해서는 행복감을 느끼도록 짜 놓은 전략이다.

아름답고, 향기롭고, 맛있고 부드러운 것은 생존과 번영에 유리한 것이고, 그 반대의 것은 모두가 생존과 번영에 해로운 것이기에 그렇게 반응하는 것이다. 이처럼 직접적인 것은 말할 것도 없고 간접적인 것도 같은 맥락인데 오랜 기간 동안 인간이 살아오면서 터득한 지혜가 DNA화되어 작동하고 있다. 그 두 가지 목표 생존과 번영을 달성하는 데 필요한 행위를 할 때 행복감을 느끼도록 진화한 것이다. 그렇게 하지 않았더라면 모든 유기체는 존재할 수 없었을 것이다.

《행복의 기원》이라는 책을 쓴 연세대 심리학과 서은국 교수는 뇌는 경쟁에서 살아남은 조상이 물려준 '사회 생존의 지침서'라고 말한다. 그는 이어서 말하기를 "행복감이라는 '뇌 속 전구'는 호모사피엔스를 가장 필요한 자원으로 유인하기 위한 신호였다. 음식을 먹을 때, 데이트를 할 때 우리는 행복감을 경험해야 한다. 그래야만 또 사냥을 나가고 짝짓기를 할 테니까."

진화론의 주된 논리다. 그렇다. 생존과 번영에 요구되는 행위를 했을 때 행복감을 느껴야 그 행위를 즐겨 하고 반복할 테니까. 반대로 고통의 느낌 역시 마찬가지다. 고통은 생존에 해가 되는 행위를 하지 못하게 하는 기제다. 그러니까 행복감은 생존과 번영을 위한 장려 기제이고 고통은 금지 기제다. 예를 들어 남을 위한 배려나 봉사활동을 하면 행복해지는 것도 서로 협력함으로써 생존에 유리한 면이 있기에 그렇게 느끼도록 만들어진 것이다. 이를 통해서 좋은 평판을 얻으면 많은 사람들로부터 우호적인 도움을 받을 수 있고 본인이 아니더라도 자신의 후손이 그렇게 대접받을 수 있다.

이러한 것은 원시인 사회로 갈수록 더 쉽게 이해가 된다. 지금도 동물적 세계에서는 쉽게 볼 수 있다. 지금 우리가 이것을 쉽게 이해할 수 없는 것은 우리의 생활이 복잡해진 탓이다. 인간의 모든 행위가 생존과 번영을 위한 것인데, 사회가 발전하면서 분화 발전한 관계로 지금 현재의 행위가 원초적 목적과 연결되어 있는 관계를 알아차리기가 어려워진 까닭이다.

돈을 버는 것도 결국은 생존하는 데 필요한 것을 구매하기 위한 것이고 번영(번식)하기 위해, 짝짓기 상대를 구하고 그 행위를 위해 필요한 것들이다. 그리고 높은 직위나 숭고한 예술 활동까지도 돈을 벌거나 자신의 매력을 발산하여 짝짓기를 고르는 데 유리한 행위와 연결이 되어 있다.

그런데 문제는 재물이라는 것이 생존과 번영에 필요한 적절한 수준이면 좋은데, 인간의 욕심이 작동하여 너무 넘치는 수준까지 차지하려는 데서 불행의 씨앗이 싹튼다. '사자는 자기 먹을 만큼만 사냥'을 하지만, 인간은 저장하는 방법을 개발한 덕에 더 많은 것을 사냥한다. 그 저장해야 할 것을 관리하는 데 또 다른 노력이 들며, 저장품은 그것을 탈취하는 것이 사냥하는 것보다 쉽기 때문에 싸움이 벌어진다.

그러므로 가장 행복한 삶은 생존과 번영에 필요한 가장 적절한 수준만큼만 가지는 것이다. 더 많은 것을 가지고자 하는 욕망을 자제하는 것이 행복해지는 길이다. 과유불급이라는 명언이 여기서도 맞아떨어진다.

행복의 원천은 느낌

우리가 행복하다는 것은 느낌이 좋다는 의미다. 그 느낌이라는 것은 뇌의 작동에 의해서 일어나는 정신 작용이다. 그러니까 행복하려면 뇌가 좋은 느낌을 갖도록 하면 된다. 뇌가 좋은 느낌을 갖게 하려면 뇌와 연결된 감각기관을 자극하면 된다.

가장 먼저 생각해 볼 수 있는 것이 오관이다. 눈으로 보고, 귀로 듣고, 입으로 먹어 보고, 코로 냄새를 맡아 보고 그리고 손으로 만져 보면서 느끼는 느낌들이 내가 좋아하는 것이면 행복하고 그 반대면 불행하다. 이것들은 어디까지나 본능적으로 개인적 감각기관에 관한 것이다.

그리고 욕구가 충족되면 행복하다. 먼저 생존의 욕구, 안전 욕구, 소속 욕구, 인정 욕구, 자기실현 욕구가 그것이다. 이러한 욕구도 만족하다고 느끼면 행복하다. 인간 활동의 모든 것은 이것들을 충족시키려고 하는 행위들이다. 좋다고 느끼는 판단의 기준은 그 사람 스스로 만들어 가지고 있다. 돈이 많으면 좋다고 느끼는 사람이 있는가 하면, 누가 인정해 주면 좋다고 느끼는 사람이 있다. 인간은 만족이 없는 유기체이므로 진정으로 행복하고 싶다면 그 판단의 기준을 조정하면 된다.

그러면 그 판단의 기준을 어떻게 정하면 좋을까? 목표 지점으로부터 역으로 산정하는 후보계획 방법이다. 사람이 죽을 때 어떠한 상태가 가장 행복한 것인가?를 정하고 그에 맞춰서 지금의 삶의 판단 기준을 만들면 된다. 즉, 행복한 죽음이 기준이 된다. 행복한 죽음이란 세상에 태어나서 뭔가 인류를 위해 도움이 되는 일을 하여 흔적을 남길 것, 많은 사람들이 진정으로 그의 죽음을 애도할 것, 자식들이 재산상의 문제로 갈등이 없을 것, 눈을 감기 전에 후회할 것이 없을 것으로 요약할 수 있다.

모든 사람들이 이러한 범주에 들 수는 없을 것이지만 그렇게 되기 위해 노력은 할 수 있을 것이다. 이것을 목표로 현실적 목표를 순차적으로 세워서 살아가면 된다. 너무 높은 목표를 세우지 말고, 자신이 실현 가능한 목표를 세워야 한다. 조금 불편한 것을 당연한 것으로 받아들이고 나보다 주변을 포함하여 전체적 차원에서 조화로운 삶에 목표를 두고 만족을 느끼며 살아가면 쉽게 행복할 수 있다.

비단 옷을 입어야 만족한다면 그만큼 행복은 저 멀리 있을 것이고, 진수성찬이어야 만족한다면 그 또한 행복은 멀리 있을 것이다. 옷은 옷의 목적만 달성하면 검박하게 입고, 밥은 건강을 유지하는 데 족하면 된다. 이러한 것을 좋게 느끼면 그게 바로 행복으로 연결된다. 비교 우위의 DNA가 활동하는 것은 이성으로 억제하고 자기 주관을 뚜렷하게 가지고 살아가면 된다. 남들이 뭐라고 해도 흔들리지 않으려면 확고한 철학과 소신을 가져야 한다.

행복은 편도체 자극의 결과다

행복하다는 말을 다르게 표현하면 행복감을 느낀다고 표현하는 것이 더 정확하다. 눈으로 보아서 즐기는 시각, 코로 냄새를 맡아서 즐기는 후각, 입으로 씹어서 즐기는 미각, 귀로 들어서 즐기는 청각 그리고 손으로 만져서 느끼는 촉각이 그것들이다. 이러한 감각은 뇌의 감각중추에 전달되어 변연계의 편도체에 도달하면 그 기쁨을 느끼게 되는 것이다. 예를 들어 아름다운 여성을 보는 것은 뇌의 후두엽에 있는 시각중추지만, 그녀를 아름답다고 느끼는 것은 편도체다.

이처럼 우리가 기쁨을 느껴 행복해하는 것은 어떤 자극을 받든지 궁극적으로는 변연계의 편도체가 자극되어 나타나는 결과인 것이다. 극단적 방법으로는 전기 자극이나 화학 물질로 편도체를 자극해서 행복감을 느낄 수도 있다. 그러나 이러한 방법으로 편도체를 자극하면 순간적으로 행복감을 느낄지 모르나 사람이 피폐해진다. 요컨대, 우리 인간이 행복감을 느끼는 것은 뇌의 변연계를 흥분시켜 편도체를 자극하면 된다. 인간의 욕구는 행복해지고 싶어서 편도체를 자극하는 데 필요한 것을 찾는 것이라고 해도 무방하다.

욕구에도 낮은 수준의 단계부터 높은 수준의 단계가 있다. 조직심리학자 에이브러함 매슬로는 이 욕구를 생리적 욕구부터 최고 단계인 자기실현의 욕구까지 5단계로 나누어 설명하고 있다. 아래 단계의 욕구는 동물적이라서 실제 접촉을 통해서 달성되고 위 단계의 욕구를 충족하는 방법은 정신적인 분야다.

정신적 욕구는 스스로 터득해서 얻은 결론에 의해 그 욕구를 만들고 그 욕구를 채우면 행복해진다. 그러므로 동물적 수준이 아니고 인간적 수준에 이르면 스스로 행복해질 수 있다는 결론에 도달한다. 수준이 낮은 사람은 생리적 또는 본능적 활동을 해야 행복해지고 수준이 높은 사람은 정신적 활동을 많이 해야 행복해진다.

인간적 수준의 사람은 자신의 생각이 만든 욕구를 자신이 판단한 욕구 충족 수준에 의해 편도체를 자극할 수 있다. 그것은 인류의 보편적 가치에 의해 판단된 올바른 욕구이어서 행복감에 젖을 수 있다. 자신의 생각이 만든 욕구가 남을 해치거나 인류의 보편적 가치에 위배되면 그것이 나쁜 자극으로 전달되어 편도체의 안쪽 부분을 자극한다. 그렇게 되면 행복할 수가 없다. 편도체는 바깥 부분은 행복 관련 부분이고 안쪽 부분은 공격성 관련 부분으로 구성되어 있기 때문이다.

그러니 사람은 스스로 행복해질 수도 있고 불행해질 수도 있다. "모든 것은 마음먹기에 달렸다."라는 말은 막연한 이야기가 아니라 뇌의 구조를 연구해 보면 이 말이 맞다. 결론적으로 행복해지려면 뇌의 변연계에 있는 편도체 바깥쪽을 자극하는 활동을 많이 하면 된다. 그런데 꼭 유념해야 할 것은 지금 편도체의 바깥쪽을 자극하는 활동이 나중에 편도체의 안쪽을 자극하는 활동으로 되돌아오는 부메랑이 되지 않게 해야 한다.

행복해지는 방법

행복해지는 법이 어떤 사람에게는 아주 쉽고 어떤 사람에게는 절대 불가능하다. 왜냐하면 자신의 마음에 달려 있기 때문이다. 자신 속에 있는 마음을 주인인 자신이 마음대로 움직일 수 있는 사람은 행복해지는 법이 쉬울 것이고 자신이 주인인 마음을 마음대로 하지 못하는 사람은 어려울 것이다.

먼저 해야 할 것은 기대수준을 낮추는 것이다. 주변의 모든 사람들에게 특히 가까운 사람에게 거는 기대 때문에 불행해지는 경우가 많다. 아무것도 기대하지 않았는데 뭔가가 생기면 행복하다. 그것이 물질적인 것도 좋고 정신적인 것도 좋다. 그래서 미리 저 사람이 나에게 이렇게 해 줄 거라고 기대하지 않는 것이 좋다.

이것은 주변 사람들에게만 해당하는 것이 아니다. 자신에 대한 기대도 마찬가지다. 자신의 능력에 맞는 목표를 설정하고 그것을 달성할 때마다 행복감을 느끼는 것이 좋다. 그래서 목표는 손을 뻗으면 닫을락 말락 하는 목표가 좋다. 너무 큰 목표를 세웠다가 실패하여 속상하면 크게 스트레스가 되어 불행해진다. 그러니 목표는 작게 단계적으로 계속 세워 나가는 것이 좋다.

두 번째는 현재에 충실하는 것이다. 현재 이곳, 이 시간에 충실하는 것이 가장 좋다. 파랑새를 찾아 온 세상을 다 돌아다녀도 찾지 못했는데 집에 돌아오니 집 앞마당 감나무 위에 파랑새가 앉아 있었다는 얘기처럼 행복은 바로 이곳에 있는 것이다. 시간적으로도 그렇다. 과거에 매여 사는 것은 아무 의미가 없다. 과거의 영화를 회상해도 별 도움이 되지 않고 과거의 잘못을 후회해도 스트레스만 받을 뿐 별로 도움이 되지 못한다. 또한 미래의 문제를 미리 당겨서 걱정하는 것 역시 어리석은 짓이다. 그것보다는 현재 이 시간, 이 장소에서 최선을 다해 보고 그 성취를 느껴 보는 것이 가장 행복하다.

셋째로 남이 감동할 뭔가를 해 주는 것이다. 상대가 기뻐할 뭔가를 해 주면 상대가 좋아하는 것을 보고 내가 더 큰 즐거움을 느낄 수 있다. 그런데 그런 감동을 주는 방법으로는 너무 잘해 주는 것도 바람직하지 않다. 상대가 기대하는 것보다 조금만 더 잘해 주는 것이다. 《감동예찬》의 저자 히라노 히데노리는 101%가 좋다고 한다. 상대가 생각하고 기대하는 것보다 조금만 더 주면 상대는 감동한다. 그 1%는 아마 마음과 정성이 효과를 나타내지 않을까 싶다. 선물을 할 때에도 그 사람만을 위한 것을 마련한다든지, 세상에 하나밖에 없는 것을 어렵게 골라서 선물하는 것처럼….

마지막으로 '시작은 음'으로 대하고 '끝은 양'으로 대하면 행복하다. 이게 무슨 말인가 하면 시작을 할 때는 심사숙고하고 준비를 철저히 하고 최선을 다하라는 말이다. 그렇게 하려면 힘이 드니까 음이라는 것이다. 그런 다음 끝에 가면 결과가 나타날 것인데, 고생해서 얻은 결과니까 만족스럽다. 혹시 시운이 맞지 않아서 실패를 하더라도 긍정적으로 받아들이면 된다. 결과를 양의 마음으로 받아들이면 행복하다. 우선 최선을 다했으니 자기만족하고 실패했더라도 그건 재도전하는 데 교훈이라고 생각하면 된다.

작은 감동의 연속이 행복이다

어떻게 하면 행복할까?라는 생각에 사람은 생의 대부분을 보낸다. 행복해지고자 많은 일을 하고, 어떤 사람들은 해서는 안 될 짓까지도 한다. 사람이 행복해진다는 것은 감동을 받을 때인데, 감동은 기대한 것보다 더 많거나 클 때 느낀다. 그러므로 사람들은 대체로 크고 많은 감동을 바란다. 높이 승진하기를 바라고, 돈이 많기를 바란다. 달고 기름진 음식을 원하고, 그것도 많이 먹었으면 하고 원한다.

그러나 진정으로 인생이 오래도록 행복하려면 사소하고 작은 감동이 연속적으로 일어나는 것이 좋다. 한 번 크고 많은 감동을 받았다면, 그다음엔 그보다 더 크고 많은 감동을 받아야 하는데 그러기가 쉽지 않다. 그리고 세상의 이치는 크고 많은 좋은 것을 받았다면, 그에 비례하여 좋지 않은 것이 닥치게 마련이다.

그러니 자그마한 감동이 잔잔한 물결처럼 일어나는 삶이 행복한 삶이다. 길가에 핀 자그마한 풀꽃을 보고 기쁨을 느끼고, 장미 한 송이에 감동하고, 값은 싸지만 정성이 깃든 작은 선물에 감동하는 삶이 바로 행복한 삶이다. 이러한 것들은 작은 감동이기에 그에 비례하여 나타나는 좋지 않은 것도 아주 작아서 그것을 이겨 내는 데 별로 힘이 들지 않는다. 크게 한 번 번쩍이는 감동보다는 들꽃처럼 자잘한 감동이 쉬지 않고 일어나는 삶을 사는 것이 진정으로 행복한 삶이다.

행복감의 지속 시간

행복하다고 느끼는 감정은 얼마나 지속될까? 사람마다 또는 심리적 충족도의 차이가 있긴 하겠지만 하버드대학교의 심리학 교수 댄 길버트는 복권이 주는 행복의 효과 측정을 통해 감정의 지속 시간은 평균적으로 3개월이라는 결과를 얻었다고 했다.

이것은 행복의 반대되는 불행에서도 마찬가지다. 아무리 힘든 일을 당해도 대개 3개월 정도 지나면 평상심으로 돌아온다. 우리는 100일을 아주 중요시하는데, 아마 이 실험치와 무관치 않은 것 같다. 아기가 태어나면 100일 잔치를 거창하게 하고, 새로운 임지에 부임하면 100일을 기념하는 파티를 하곤 한다. 아마 100일 잔치는 새로운 환경에 성공적으로 적응했다는 사실을 축하하는 것이 아닌가 생각한다. 단군 신화에도 곰과 호랑이가 쑥과 마늘을 가지고 동굴 속에 들어가 100일 동안 기도하면 인간이 된다는 하늘의 계시를 받고 시도했지만, 곰만 성공하여 웅녀가 되었다고 전해온다. 여기서도 100일이고, 종교 시설에 가 보면 100일 기도 문구가 눈에 많이 띈다.

여러 각도에서 검토해 보건대, 평균 3개월이면 사람이 그 새로운 환경에 적응하여 평상심에 이르게 된다는 말이다. 로또에 당첨되어 돈이 많이 생기면, 또는 비싼 집을 사서 살게 되었다면, 대개 3개월 정도 지나면 그 새로운 환경이 이제는 너무나도 당연시되는 정상적 상태가 되는 것이다. 아마 이것도 진화론으로 설명할 수 있다. 3개월이 지나도 새로운 환경에 적응하지 못한 인간은 절멸해 버리고 평균 3개월이 지나면 평상심이 되는 인간만 살아남아 후손을 남겼기 때문에, 그 유전자가 우리 몸에 흐르고 있기 때문이다.

사실인지는 모르지만 재미있는 일화가 하나 있다. 권위주의 정권 시절인 5공화국에서는 국민들의 관심을 끌기 위하여 국가적 이벤트 행사를 자주 했다. 어떤 연구 결과인지는 모르겠지만, 한국인의 관심이 지속되는 시간은 71일이라는 결론이 나왔다고 한다. 그래서 대개 70일 정도의 간격으로 스포츠 행사나 국가적 이벤트를 벌렸다고 한다. 여기서 재미있는 결론을 하나 유추할 수 있다. 서양 사람들에게는 평균 3개월이지만, 빨리빨리 문화의 한국인 삶에서는 71일이 더 근접한 팩트일 수도 있겠다는 생각이 든다. 다시 말해 한국인을 대상으로 행·불행의 감정 이벤트를 실험한다면 평균 70일이지 않을까?

지금을 사는 것이 행복해지는 방법이다

행복해지는 것에 관한 책들은 한결같이 과거나 미래를 살지 말고 현재를 살아가라고 충고한다. 과거에 대한 생각은 후회와 미련이요, 미래에 대한 생각은 걱정과 근심이다. 그러니 공연히 지나 버린 것을 부여잡고 후회하는 것은 부질없는 짓이요, 아직 닥치지도 않은 미래를 생각하면서 미리 겁을 먹거나 걱정하는 것도 부질없는 짓이다.

과거나 미래는 오로지 생각 속에만 존재하는 것이다. 공연히 쓸데없는 걱정을 하지 말고 현재를 즐기는 것이 현명하다. 책을 읽을 때는 그 내용을 즐기고, 밥을 먹을 때는 밥맛을 즐기고, 운동을 할 때에는 거기서 얻어지는 상쾌함을 즐기고, 어려운 문제에 봉착하면 그 문제를 푸는 재미를 즐기고, 모든 것에 대하여 즐기는 면만 생각하고 살면 행복만이 있다.

구설수라는 것이 있다. 누가 당신에 대해서 '좋지 않게 말하더라.'라는 말을 들었을 때 사실 아무 대책이 없다. 달려가서 따질 수도 없고, 설사 달려가서 따진다고 해도 '그런 일 없다.'고 잡아떼면 아무 방법이 없다. 뒷소리하는 위인이 정직하게 인정할 리도 없고, 차라리 안 들은 것만 못한데, 전하는 사람은 그것이 잘한 일이라고 생각하니, 유일한 방법은 '한쪽 귀로 듣고 한쪽 귀로 흘려버리는 것'이다. 물론 그게 그리 쉬운 일은 아니지만 말이다.

미래에 관한 것도 마찬가지다. 예를 들어 골프를 하러 가기로 했는데, 일기 예보에 의하면 비가 올 것 같단다. 무조건 비가 오지 않을 거라고 생각하고 그날을 기다리면 된다. 비가 오고 안 오고는 어찌할 수 없는 일이다. 비가 오지 않을 거라고 생각하다고 비가 오면 할 수 없고, 비가 가볍게 오면 비를 맞으면서 운동하면 되는 것이고, 비가 너무 심하게 오면 운동을 취소하면 되는 것이다. 비가 오면 어떡하나 하고 걱정해 봐야 달라지는 것은 아무것도 없고 그저 스트레스만 받을 뿐이다. 그 걱정을 미리하지 말고 그날이 현재가 되었을 때 최선의 대안을 찾아서 행동하면 된다.

그러니 어찌 할 수 없는 과거나 미래에 대한 생각은 아예 떨쳐 버리고 오직 현재에 일어나는 일만 즐기면서 살면 행복은 그대의 것이다.

생각을 바꾸면 바로 행복할 수 있다

달라이라마는 그의 《행복론》에서 "쾌락과 행복은 어떻게 다른가?"

하는 질문에 답하기를 "행복은 타인과 더불어 같이 좋은 것이고, 쾌락은 자신 혼자만 좋은 것."이라고 말했다. 다시 말해서 자기가 아무리 좋더라도 타인이 불편해하거나 싫어하는 것이라면 행복하지 않다고 했다.

우리가 느끼는 행복이란 도대체 어떻게 만들어지는가? 행복하다는 것은 두뇌가 느끼는 작용이기 때문에 행복하다는 말보다는 '행복감을 느낀다.'라는 말이 더 적절하다. 돈이 많다고 해도 그것을 두뇌가 느끼는 방식에 따라 다르다. 두뇌작용이 되지 않는 사람은 돈이 아무리 많이 쌓여 있어도 그것은 단지 종이 뭉치일 뿐이다. 맛있는 음식을 먹으면 그것이 혀의 감각을 통해서 미각을 느끼게 되고 뇌신경에 전달되어 뇌가 행복감을 느끼게 되는 것이고, 좋은 옷을 입으면 그 옷이 시각과 촉각을 통해서 뇌에 전달되어 행복감을 느끼게 되는 것이다.

행복감이라는 것은 훈련의 결과에 의해 결정된다. 예를 들면, 홍탁(홍어와 막걸리)을 처음 먹는 사람은 그것을 먹고 절대 행복감을 느끼지 못한다. '뭐 이런 냄새나는 것을 먹는가?' 하고 의아해한다. 그러나 그 맛에 길들여지고 나면 그 이상한 냄새와 톡 쏘는 맛을 즐기게 된다. 그래서 맛에 길들여지고 나면, 홍탁을 먹는다는 생각만으로도 즐겁다.

이렇듯 생각이 모든 것을 결정한다. 그래서 불교에서는 '일체유심조'라고 한다. 그런 거창한 말을 빌리지 않더라도 생각을 바꾸면 불행이 행복으로 바뀔 수 있다. 우리가 불행해지는 대부분은 자신의 기준에 의해 살지 않고 남의 기준에 맞춰 살아가겠다고 생각하면서 불행해지기 시작한다. 남이 이런 것을 하니까 나도 해야 한다. 남이 이만큼 가지니까 나도 가져야 한다. 이처럼 남과 비교하다 보면 평생 행복해질 수 없다.

뒤집어 생각해 보면 불행이 행복으로 바뀔 수 있다. 어느 날 아침 산책 중 비가 왔다. 절반쯤 돌았을 때 비가 내리기 시작했다. 뛰어간들 20분은 족히 걸려 어차피 옷이 젖기는 마찬가지다. 그런데 생각을 바꿔서, 지난주 운동할 때 모자가 땀이 젖어 얼룩이 졌다. "아! 차라리 잘되었다. 비 맞은 김에 모자는 빨면 되고, 비 오는 새벽길 걷는 기분이나 느껴 보자."라고 생각하는 순간 빗물이 전혀 성가시지 않았다.

이런 일이 가능한 것은 우주 삼라만상의 법에 음과 양이 함께하기 때문이다. 불행한 쪽에서 뒤집어 보면 행복한 쪽이 보인다. 그러니 행복해지는 비결은 행복한 쪽을 보려는 생각에서 찾을 수 있다. 결국은 물질에서 만족을 구하려면 그 과정이 복잡하다. 물질을 가지고 감각기관을 자극하여 그 자극이 뇌신경까지 전달되어 뇌가 행복하다고 판단해야 하지만, 정신적 만족은 뇌를 바로 자극하기 때문에 간단하고 별로 노력이 들지 않는다. 다만 평소의 훈련이 필요할 뿐이다. 이 훈련만 되어 있으면 행복해지는 것은 뇌 속에서 초고속으로 일어난다. 눈 깜짝할 사이에 행복해질 수 있다.

가지면 무조건 행복할까?

원하는 것을 다 가지면 행복할까? 얼른 '예!'라는 답이 잘 나오지 않는다. 원하는 것을 가지면 행복할 때도 있지만 그렇지 않을 때도 있다. 있어서 행복할 때도 있고 없어서 행복할 때도 있다.

지위나 재물을 가지면 행복하기도 하지만, 그것들이 걱정이나 근심을 끌어오면 행복하지 않다. 신문지상을 장식하는 많은 얘기들은 나랏일을 하거나 하겠다고 덤비는 사람들이 가지고 있는 돈 때문에 힘들어한다. 보통 사람이라면 문제가 되지 않을 것들이 그들이 누리는 지위 때문에 욕을 먹고 그 돈 때문에 지위가 날아갈까 봐 걱정한다.

우선 돈이 많으면 선택의 폭이 넓어지니까 좋다. 원하는 것을 구할 때 선택지가 넓어져서 여유가 있다. 의식주를 해결하고 취미 생활을 할 때에도 선택지가 넓어서 참 좋다. 그런데 돈 많은 분을 옆에서 지켜보니 돈 때문에 생기는 문제도 상당하다. 많은 사람들이 찾아와서 기부를 해 달라, 지원해 달라 하는데, 지원해 줄 수 있으면 좋은데 그렇지 못할 때는 거절하는 데 애를 먹는 것을 보았다. 돈이 아무리 많더라도 달라는 사람들에게 흡족하게 해 줄 수는 없는 법이다.

거절을 하고 나면, 그 사람과 관계가 소원해지기 십상이다. 지원을 받고자 하는 사람은 어렵게 도와주십사 하고 입을 떼었는데, 지원해 주지 않으면 서운한 마음이 생긴다. 누구나 자신의 입장에서 생각하니까, 관계가 예전으로 돌아가기기 쉽지 않다. 돈이 없었더라면 생기지 않았을 일이고 거절을 하는 수고를 하지 않아도 되었을 것이다.

다리 밑에서 거지가 아들과 함께 불구경하면서 하는 말이 "아들아! 우리는 저렇게 타 버릴 집이 없으니 얼마나 다행이냐!"라고 했다고 한다. 그렇다. 집이 없어 다리 밑에서 노숙하는 불편함 때문에 불행하지만 탈집이 없으니 화재 걱정은 하지 않아도 되는 다행함은 있다. 세상은 다 그렇듯이 좋은 점과 나쁜 점을 함께한다.

어차피 채울 수 없는 욕심이라면 조금 불편하더라도 적당히 가지는 것이 행복에 가까이 가는 길이다. 《토지》의 작가 박경리 선생이 죽기 직전에 "버리고 갈 것만 남아서 행복하다."라고 한 말이 생각난다. 죽기 전에 너무 많은 것이 있다면 그것이 아까워서 힘이 들 것이다. 남이 탐을 내면서도 가져갈 수 없는 것을 많이 가지고 있는 사람이 진정 행복한 사람이다.

감사하며 살아야 할 이유

세상은 감사하면서 살아가야 한다고 하는 말이 그저 공허하게만 들리기 쉬운데, 그것은 감사하며 살아가면 행복해진다는 논리적 비약을 보통 사람들은 알아듣기 힘들기 때문이다.

주로 종교에서 이런 활동이 많이 이뤄지는데, 이러한 종교적 이야기가 잘 먹혀 들어가는 층이 여성들이다. 여성들은 대체로 사고 체계가 논리적이라기보다는 감성적이기에 종교 지도자들의 이야기에 토를 달지 않고 액면 그대로 잘 받아들인다. 그런데 이러한 사실에 논리적 다리를 놓을 수 있는 사실이 책을 통해서 이해가 되었다.

인간은 저 먼 우주에서 빅뱅이 일어나던 시기에 어떤 유전인자가 지구까지 날아와 진화하여 인간이 되었다고 한다. 그런데 우리 몸속에 있는 DNA는 우주의 의지를 기억하고 있다고 한다. 그래서 우주의 의지대로 생각하고 생활하면 행복해지게 DNA가 조작되어 있다고 한다. 그리고 우주의 의지는 우리가 감사하고 이타적인 삶을 사는 방식과 같다고 한다. 그러니 감사하는 마음을 가지면 우리는 행복해지는 것이고 그렇게 함으로써 우리의 뇌에 행복감을 느끼게 되어 있다는 것이다.

이것은 개인적 신체에도 감사하는 마음을 가지면 뇌에서 몰핀이 나와 - 소위 말하는 엔도르핀이 나와 - 건강해지고 병도 낫는다고 한다. 그러니 사람이 감사하는 마음을 가지고 남을 생각하는 생활 자세를 갖는 게 중요하다. 이것을 전략적 차원에서 보면 간접접근 전략에 해당한다. 나 자신의 당장의 동물적인 이익에 집착하다 보면 우선은 쾌감을 느낄지 모르지만 그것이 행복감으로까지 연결되지는 못한다.

따라서 우리는 살아가면서 인생에서도 간접 접근전략을 구사하는 것이 유리하다. 그것이 우주의 의지와도 합치되는 삶이고, 우리 인생의 가치를 고양하는 길이니까. 그리고 궁극적으로는 자기실현의 욕구를 실현하여 역사에 기억되는 사람으로 남을 수 있다.

습관화된 거짓말은 거짓말 탐지기도 허사다

사람은 기본적으로 거짓말을 하면 마음이 불편하다. 그래서 얼굴이 붉어지고, 눈동자가 흔들리고, 말의 톤이 달라지거나 조리가 없고, 호흡이 가빠지고 맥박이 빨라지고, 땀이 나게 되어 있다. 이러한 현상을 기초로 거짓말 탐지기는 만들어졌다. 왜 그런가 하면 거짓말이 양심과 충돌하여 의사결정을 하는 데 교란이 일어나서 사고 체계에 과부하가 걸리기 때문이다. 사람은 어떻게 하든지 자신의 행동을 합리화할 수 있어야 안정을 찾는데, 자신의 거짓말을 양심과 충돌시키면서 합리화시키는 과정에서 많은 에너지를 소모하므로 신체에 그런 현상이 일어나는 것이다.

그런데 거짓말을 반복적으로 하면 그 불편함이 사라진다. 훈련처럼 반복을 통해 양심이 무디어져서 감각이 약해져 버리기 때문이다. 이 정도 수준이 되면 거짓말 탐지기가 무용지물이다. 누구나 처음에는 행동 전에 대뇌 사고 체계가 작동하도록 되어 있다. 그러나 반복되면 사고과정을 생략하고 바로 행동으로 넘어간다. 뇌는 전체 에너지의 20%에 해당하는 많은 에너지를 쓰기 때문에 가급적 절약해야 한다는 원칙이 몸에 배어 있다. 그러므로 반복적인 일들은 사고과정을 거치지 않고 조건 반사적으로 행동화되어 버린다.

거짓말하는 습관이 몸에 밴 사람은 자신을 위해 거짓말을 할 필요가 있는 상황이 되면 아무 거리낌 없이 얼굴색 하나 변하지 않고 천연덕스럽게 거짓말을 할 수 있다. 이는 마치 숙달된 운전기사가 핸드폰으로 친구하고 잡담을 하면서 고속도로를 달리는 것과 같다.

망각은 신의 선물이다

솔로몬의 반지에 새겨진 유명한 "이 또한 지나가리라!"라는 말은 망각이라는 신의 선물이 있어서 가능하다. 힘들어 못 견딜 것 같지만 시간이 지나면서 잊혀지고, 그 괴로운 일도 예쁘게 포장되어 하나의 추억으로 남는다. 우리 속담에도 "세월이 약이다."라는 말이 있다. 그 약효가 망각에 의해 발휘된다.

기억이 긍정의 편에 있다면 망각은 부정의 편에 자리하고 있다. 이렇게 기억은 양으로, 망각은 음으로 놓여 있어 음양의 조화와 균형을 이루고 있다. 기억은 공부, 시험과 연결되고 망각은 노화, 치매와 연결되다 보니 망각에 대한 인식이 부정적이다. 망각이 괴로움을 잊는 데만 좋은 것이 아니라 공부하는 데도, 생활하는 데도 좋게 작용하기도 한다.

공부하면서 개념을 파악하려면 패턴을 찾아야 하는데, 일정한 방향을 잡고 있는 줄거리 외의 잡다한 것들은 망각하는 것이 좋다. 그래야만 패턴을 파악하고 전체를 이해하여 핵심을 요약해 낼 수 있다. 이를 잘하지 못하면 시험에서 매번 떨어진다. 시험에 합격하는 사람은 기억력 못지않게 망각력도 좋은 것이 틀림없다.

일상생활에서도 마찬가지다. 운전과 같은 지식을 숙달이 된 후에도 모두 기억하고 있다면, 생각이 너무 복잡해서 살아가기가 힘들 것이다. 현명하게 효율화된 우리의 두뇌는 불필요한 것들은 모두 망각으로 처리해 버린다. 그래야만 에너지도 절약하고 학습 능력도 높인다. 또한, 괴로운 일이나 역겨운 일 등은 망각을 통해 정서적 안정을 유지하게 만든다.

컴퓨터도 주기적으로 쓸데없는 자료를 소거해 줘야 한다. 그렇게 하지 않으면 느려 터져서 일을 할 수가 없다. 우리 인간의 뇌는 최적의 시기에 망각 기능을 자동적으로 작동시켜 효율성을 최대로 유지한다. 따라서 망각은 하나의 축복이다.

머리 좋은 사람과 똑똑한 사람의 차이

머리가 좋다고 똑똑한 것은 아니다. 역설처럼 들린다. 그런데 실제 그렇다는 것이다. 지능이 높다는 것이 똑똑한 것과 상관이 없다는 것이 학자들의 연구결과다. '똑똑하다' 또는 '바보 같다'는 말은 지능보다는 상식과 더 관련이 있다. 상식은 진화적으로 익숙한 것이다. 지능이 높은 사람일수록 상식을 따를 가능성이 더 낮다. 지능이 높다는 것은 인지 검사나 일반지능을 측정한 결과로서 과학적 의미를 갖는다.

아인슈타인 박사나 호킹 박사가 일상생활에서는 실수를 많이 하고, 학문적으로 많이 공부한 사람들이 실생활에서는 사기를 당하거나 실패하는 사례가 많은 것은 상식이 부족해서다. 우리가 흔히 똑똑한 사람을 지능이 우수하다고 생각하는 것은 착각이다. 중학교 정도 졸업한 사람들이 대학을 졸업한 사람들보다 어려운 여건하에서 더 잘 살아가는 것은 똑똑하기 때문이다. 다시 말해 상식에 해박하다는 것이다.

지능이 우수한 사람은 한 분야를 깊이 파고드는 경향이 있음에 반해, 그렇지 못한 사람은 실생활에 필요한 분야에 집중하기 때문에 상식에 밝고, 그 결과 어려운 상황을 잘 헤쳐 나가는 똑똑함을 보여 준다. 그러니까 머리가 좋은 사람은 한 분야를 많이 알고, 똑똑한 사람은 넓게 많이 안다. 따라서 똑똑한 사람이 세상을 더 잘 산다.

역시 세상은 공평하다. 머리가 좋은데 똑똑하기까지 하다면 너무 공평하지 못하다. 세상은 판을 키워 보면 궁극적으로 공평하고, 각각의 국면은 그 공평한 모습으로 균형을 잡아 간다.

목표 지향형 남성과 관계 지향형 여성

우리가 일상생활에서 나타나는 인간의 행동이나 심리는 대부분 인류가 최초에 겪은 수렵채취시대에 생존하기 위해서 만들어진 DNA 때문이다. 지금 이렇게 눈부신 발전을 이룩한 인류문명은 그리 오래되지 않았다. 최재천 교수의 〈여성의 수다〉라는 글을 보면 남자와 여자의 특성을 잘 이해할 수 있다.

"인간 존재의 역사 20만 년 중 99%는 이른바 수렵채집 생활을 하며 살았다. 수렵 즉 사냥은 근육의 힘이 필요했기 때문에 자연스레 남성들이 맡게 됐다. 사냥이란 게 낚시만 해 봐도 알지만 날이면 날마다 잡히는 게 아니었다. 그래서 허구한 날 빈손으로 돌아올지 모르는 남정네들을 생각하며 여성들은 집 주변에서 견과류와 채소를 채집해 안정적으로 저녁상을 차렸던 것이다.

수렵은 다분히 목표 지향적인 행위이다. 사슴을 사냥하려면 바다로 갈 게 아니라 사슴들이 출몰하는 초원으로 가야 한다. 운 좋게 사슴 한 마리를 잡으면 그 무거운 걸 둘러메고 객쩍게 이리저리 돌아다닐 게 아니라 곧바로 귀가해 고기를 다듬어야 한다.

반면 여성들이 너무 목표 지향적으로 행동하면 곤란하다. 냉이 캐러 나간 아낙네가 냉이만 달랑 캐서 돌아오면 그날 저녁엔 냉이만 먹어야 한다. 그래서 여성들은 대개 냉이 한 바구니를 옆에 낀 채 마을을 한 바퀴 돌고 귀가한다. 마을을 돌며 동네 아낙네들을 만나면 질펀하게 수다를 떤다. 수다는 흔히 쓸데없는 말이라 여기지만, 여성들은 언뜻 쓸데없어 보이는 수다를 통해 정보를 교환한다. 달래, 냉이, 씀바귀가 늘 동일한 시기와 장소에 나타나는 게 아니기 때문에 채집에는 정보의 수집이 무엇보다 중요하다. 동물을 사냥하던 남자들은 숨소리조차 내지 않으려 했지만 식물을 채집하던 여성들은 늘

재잘재잘 수다를 떨었다."

부가적으로 여자는 멀티태스킹이 되는데, 남자는 안 된다. 여자들은 핸드폰으로 유튜브를 보면서 티비 드라마를 동시에 본다. 부부싸움을 하다가 '띵똥' 하고 초인종이 울리면, 현관에 나가서 요구르트 아줌마와 수다를 떨다가 안방으로 돌아와서는 다시 부부싸움 모드로 돌아온다. 그런데 남편은 상황 끝이다. 남자는 싸움을 중단했다가 다시 싸움 모드로 복귀가 불가능하다. 따라서 꽁무니를 뺀다.

왜 그럴까? 이것도 현생 인류의 조상들이 아프리카 사바나에서 살았던 원시인 생활 습관에 기인한다. 그 당시 남자는 사냥을 나가고, 여자는 아이들을 돌보면서 가사를 했다. 남자가 사냥을 나간 사이 집에서 아이를 키우면서 가사도 해야 하는 여자는 아이를 돌보면서 동시에 다른 일도 해야 하고 이웃 아낙네와 친교도 해야 한다. 그런 과정에서 멀티태스킹 습관이 자리 잡아 유전인자화하여 전승된 것이다.

여성이 강해졌다

요즘 세상 돌아가는 것을 보면 여자들 세상이다. 집에서도 그렇고, 밖에서도 그렇다. 요즈음 거리를 걷다 보면 남자들은 어깨 힘이 쭉 빠져서 흐느적거리면서 걷고 있는데 여자들은 고개 빳빳하게 세우고 당당하게 걷는다. 길을 가다 마주치면 예전에는 여자들이 양보하고 다소곳했는데 지금은 먼저 가로질러 간다.

길거리에서 술 취한 여자들 모습을 자주 보게 되고 담배를 피우는 여자들도 늘었다. 초중등학교 선생님은 여자가 대부분이고 반장도 당연히 여학생 몫이다. 공무원 시험에서 여성 합격자 비율이 높아진 것은 말할 것도 없고 외무고시에서는 여자 합격률이 65% 이상이란다. 완력이 강한 남자들의 직업으로 적합한 군인, 소방관에도 여성 비율이 증가하고 있고 심지어는 고공에서 일하는 타워크레인 기사도 여자가 상당수라고 한다.

그냥 우연일까? 우리 주변으로 시각을 끌어와 보자. 초중등학교 선생님의 90%가 여성이고 반장도 대부분 여학생이다. 대부분의 가정에서 TV 리모컨은 아내의 손에 쥐어졌고, 가정의 중대사도 아내가 결정한다. 휴가 여행도 모계 중심으로 간다. 휴가철에 남편 쪽 친척들과 휴가를 떠나는 경우는 거의 없다. 아내 쪽 가족들과 같이 간다. 그러다 보니 아내의 생각대로 모든 것이 움직인다. 그래야 갈등이 일어나지 않는다. 명절에도 마찬가지다. 요즘은 여자들이 거실에 모여 앉아 술판을 벌이고 남자들은 침대에서 자거나 방 안에서 스포츠 중계를 본다. 예전에는 남자들이 술판을 벌이면 여자들은 주방에서 안주 만들어 나르는 것이 일이었는데…. 이제 남자들은 손님들이 돌아간 다음, 설거지를 하거나 최소한 청소기라도 돌려야 한다.

음식점이나 술집에서 여자들만의 음주 모습을 보는 것은 너무 흔하다. 큰 소리로 떠들면서, 주변 사람이 있건 없건 아랑곳하지 않는다. 예전에는 여자들이 공공장소에서 술을 마시는 것은 상상도 못하는 일들이었다. 남녀 동석 모임에서는 여자들이 더 목소리를 높이고 화제를 끌어가고 남자들은 그저 기가 죽어 가만히 듣기만 한다. 젊은 부부들이 아이를 데리고 외식하는 모습을 보면 남편은 아이와 씨름하면서 밥을 먹는 둥 마는 둥 하는데, 아내는 고고히 품위 있게 밥을 먹는다. 길을 가는 부부의 모습도 아이는 남편 차지다.

TV 드라마는 세상의 변화를 대개 3내지 5년 앞서간다. 몇 년전 KBS에서 방영한 일일 드라마 〈내일도 맑음〉에 보면 쩔쩔 매는 두 가장이 있다. 처형 돈을 빌려서 학원을 하다가 말아먹고 처가살이하는 남자는 맨날 장모한테 괄시받고 아내한테 구박받는다. 온갖 수모를 다 받고 상가 경비로 근무를 한다. 회사 이사로 근무하다가 잘린 다른 가장은 아내가 일을 하겠다니까 집안 살림을 한다. 밥하고 빨래하고 청소하고 그런데 온갖 구박은 다 받으면서 찌질하게 산다.

거실에서 가족들이 모여 앉아 차를 마시거나 담소할 때 중앙의 상석에 아내가 앉고 남편은 옆에 앉는다. 이제 그것이 너무나 자연스러운 그림이 되어 버렸다. 등장할 때마다 앞치마를 입고 있다. 그것을 보고 자라는 아이는 당연히 엄마는 밖에 나가서 일하고 아빠가 앞치마 입고 집안일하는 것으로 알 것이다. 그래서 그런지 온갖 TV 프로는 남자들이 음식 만드는 것으로 가득하다. 남자들이 요리를 배우고 집에서 밥 짓고 요리하는 것을 자랑으로 떠든다. 그러한 내용들이 자연스럽게 드라마 속에 녹아들었다. 남자가 앞치마 입고 부엌에서 일하는 것이 너무나 자연스러운 세상이 되었다.

요즘 방영되는 드라마를 살펴보면, 주연은 여자고 남자는 조연이다. 20세기의 정반대다. SBS의 극단적 갈등의 대명사 〈펜트하우스〉, KBS의 〈빨강구두〉, SBS의 〈아모레 파티〉 등 모든 드라마가 스토리의 핵심에 여자가 주인공으로 스토리를 전개하고 있다. 또 극본을 쓰는 작가 역시 모두 여자라는 점이다. 이처럼 여자가 세상의 중심에 섰다.

왜 이런 현상이? 누가 시킨 건가? 여성시대의 도래는 결론부터 말하면 '음의 시대'가 시작되었기 때문이다. 이런 현상은 시킨다고 되는 일이 아니다. 눈에 보이지 않는 힘에 의해서 되고 있는 것이다. 계절의 변화가 누구의 명령이나 지시에 의한 것이 아닌 것처럼, 자연스러운 변화인 것이다. 세상의 변화는 모두 그 원인이 있으며 변화의 원리대로 변한다. 즉, 우주의 계절이 여름에서 가을로 넘어갔기 때문이다. 잘 아는 바와 같이 봄과 여름은 양의 기운이고 가을과 겨울은 음의 기운이다. 그러니 여성의 기운이 강화되는 것이다.

이러한 세상의 변화를 정치, 경제, 사회, 문화 등 전 분야에 적용을 먼저 하는 사람이 승자가 될 것이다. 세상의 근본적 변화를 알 턱이 없는 자들이 페미니즘이 어쩌고저쩌고하는 것은 웃기는 소리다. 세상이 근본적으로 양에서 음으로 바뀌었다는 것을 인정하고 인간의 갈등이 최소화되는 방향으로 조절되는 것이 필요하다.

왜 산에는 남자만 살까?

TV에 산에서 사는 사람에 대한 프로그램이 많다. 지상파도 있고 종편도 있다. 그런데 한결같이 산에서 자기 혼자 살아가는 사람은 거의 다 남자다. 왜 그럴까? 산에 들어간 사람들이야 나름대로 그 이유가 있다. 몸이 아파서, 사업실패로, 친구에게 배신을 당해서 등등…. 어찌됐건 산에서 혼자 사는 사람은 거의 대부분 남자들이다.

먹이 채취나 사냥을 해야 하는 남자는 혼자 조용히 다녀야 한다. 같이 몰려다니면 소란스러워 사냥감이 달아날 가능성이 크고, 사냥을 하고 난 후에도 몫이 적어질 수도 있다. 오늘날에도 남자들을 대개 혼자 등산하는 사람들이 많다. 옆도 돌아보지 않고 그저 바쁜 걸음으로 걸어간다. 지나가는 사람과 눈도 맞추지 않는다. 아는 얼굴을 만나도 정식으로 통성명을 하지 않은 사람과는 눈인사도 하지 않는다. 운동을 하러 왔으니 그 목적 달성을 위해 정한 목표를 향해 올라갈 뿐이다. 이렇게 오랜 세월 산에서 혼자 일을 하고 처리하는 데 익숙한 습관이 DNA화되어 산속에서 혼자 사는 데 불편함을 느끼지 못한다.

100일은 지나야 적응한다

아기가 태어나 100일이 되면 100일 잔치를 한다. 그리고 새로운 조직에서 들어가서 100일이 되면 백일 기념행사를 하기도 한다. 단군 신화도 곰이 굴에 들어가 100일 동안 쑥과 마늘을 먹고서 사람이 되었다고 한다. 그 곰이 웅녀가 되어 단군을 낳았다는 것이다. 그러니까 신화에 의하면 우리는 곰의 자손들이다.

왜 이처럼 100일을 중시할까? 99일이나 101일은 왜 안 되는가? 100이라는 숫자가 완전을 의미하는 것으로 이해되기도 하지만, 그냥 한 백 일쯤 되면 새로운 환경에 적응했다는 생각으로 기념하는 것은 아닌 것 같다. 그것은 아마도 인체의 변화와 깊은 관련이 있는 듯하다.

Karam, J. A.의 주장에 의하면 사람의 몸은 전체 세포의 약 1%가 매일 새로운 세포로 교체된다고 한다. 그러니까 아이가 세상에 태어나서 100일이 되면 엄마 배 속에서 만들어진 세포는 다 사라지고, 세상에 나와서 만들어진 새로운 세포로 완전히 대체되는 시점이다. 즉,

아이는 바깥 세상에 적응된 새로운 세포로 몸이 구성된 것이다. 따라서 세상에서 적응할 최소한의 능력을 갖추었으니 축하할 일이 아니겠는가? 그리고 새로운 직장이나 새로운 동네로 이사한 후 100일도 같은 맥락에서 이해될 수 있다.

우리의 몸은 겉보기에는 가만히 있는 것 같지만, 계속해서 꾸준히 늙은 세포는 죽고 새 세포가 생긴다. 단지 처음 설계된 형상대로 그 시스템을 유지하고 있기 때문에 같은 사람으로 보이는 것뿐이다. 사실은 어제 만난 그 친구가 엄밀하게 말하면 오늘은 다른 사람인 것이다. 단지 그 변화가 크지 않아서 그렇지…. 이렇게 같은 형상으로 프로그램된 것을 유지하지 못하면 문제가 생긴다. 몸에 이상이 생긴 것이다.

유전자는 스스로 자신을 파괴하는 세포자살 과정을 통해 개체 전체를 항상 건강하게 유지하고 있다. 세포자살은 세포가 노화되어 기능을 하지 못하거나, 병원균 등에 감염될 경우 자살유전자가 작동하여 스스로 자신을 파괴한다. 만약 자살해야 할 세포가 자살하지 않을 경우, 암세포로 변하여 개체 전체의 생명을 위협한다. 의학자들에 의하면 우리의 몸은 평상시에는 세포 내에 10여 개의 자살 유발 단백질과 자살 억제 단백질이 서로 결합하여 균형을 유지하고 있다고 한다.

만물은 변한다는 철학자 명제가 여기에도 적용된다. 우리의 몸은 하루에 1%씩 변하여 100일 만에 전체가 다 변하는데 여기에 큰 의미가 있다. 조금씩 천천히 하루에 1%씩 변하니까 몸에 무리가 생기지 않는다. 그 변화가 한꺼번에 일어난다면 어떤 일이 일어나겠는가? 이처럼 우리의 삶에 100일은 큰 의미가 있다.

사회

미래를 예측하는 방법

미래를 안다면 그에 대한 대처를 잘할 수 있으니까 개인이나 나라나 다가올 미래를 알면 좋다. 고래로 우리 인간은 미래를 알기 위해 많은 노력을 해 왔다. 그러나 알아야 할 미래가 더 많아짐에 따라 그 미래를 더 알기 어렵게 되었다.

수렵시대에 인간은 알아야 할 미래가 그리 많지 않았다. 기상의 변화가 가장 중요했고, 어디에 먹잇감이 있고 어디가 안전한지만 알면 되었다. 그러다가 농사를 짓기 시작하고부터는 미래에 대해 알아야 할 것들이 조금씩 많아졌다. 기상의 변화는 말할 것도 없고 곡식이 언제 익을 것인지, 풍년이 들것인지 흉년이 들 것인지, 저장해 둔 곡식을 누가 빼앗아 가지는 않을지 등등, 알아야 할 것들이 더 많아졌다. 오늘날에는 주가는 어떻게 변할지? 석유값은 오를지 내릴지? 등

등, 세상이 발전하면 할수록 미래에 알아야 할 것들이 점점 많아진다.

미래를 예측하는 방법은 경험에서 아는 것과 공부를 통해서 아는 것, 그리고 신의 계시에 의해서 아는 것 등이 있다. 이 중에서 보편적으로 알려진 사실은 미래예측이라고 하지 않는다. 봄이 지나면 여름이 오는 것과 같은 것은 상식으로 치부한다. 오랜 경험을 통해서 일반화되었기 때문이다. 그런데 우리가 알고자 하는 것은 더 고차원적인 미래다. 단기간에 반복적이지 않은 것이 알고 싶다. 상식의 범위를 넘어서 특수한 사람만이 아는 것을 알고 싶어 한다. 이러한 미래를 알기 위하여 서양에서는 신탁에 의존하여 국가의 존망을 점치기도 하였고, 동양에서는 하늘에 기도하여 국가의 운명을 예측하기도 했다. 나라마다 민족마다 그 미래를 예측하는 방법은 달라도 그 욕구는 한결 같았다.

21세기 첨단 문명이 판을 치는 오늘의 서울에서도 무당과 점집이 성행하는 것은 다가올 미래를 알고자 하는 인간의 욕망이 엄청나게 크다는 것을 짐작케 한다. 과학의 승리라고 말하는 오늘날에도 많은 사람들이 점술가를 찾거나 역술가를 찾는 것이 현실이다. 〈관상〉이라는 영화가 인기리에 상영되었고, 이를 기회로 우리나라 대표 신문에서 마저 관상에 대한 이야기가 한 면을 차지한 적이 있다. 보도에 의하면 지금도 우리나라의 점술시장이 4조 원대를 형성하고 있다고 한다.

그러면 우리는 미래를 어떤 방법으로 예측할 수 있는가? 동양과 서양은 그 원리를 찾는 학문방식에서 차이를 보인다. 동양은 연역적 방법으로, 서양은 귀납적 방법으로 한다. 이를 해석하는 방법에는 차이가 있을 수 있지만, 동양은 양(陽)의 세계이어서 정신문명 위주이고, 서양은 음(陰)의 세계여서 물질문명 위주다. 다른 말로 하면, 동양의 학문방식은 전체적인 기본 원리를 터득하여 그 원리를 세상만사에 적용시키는 것이고 서양의 학문방식은 직접 관찰한 물질 하나 하나의 성질을 파악하여, 거기서 공통적 특성을 추출하여 내재한 원리를 파악하는 것이다. 그러므로 동양학은 사변적, 초월적인 반면에 서양학은 실질적이고 구체적이다. 그러므로 사람들에게 결과를 이해시키는 데는 서양학이 더 피부에 와닿는다.

동양학은 원리를 적용하다 보니 긴 시간을 대상으로 세상의 변화를 관조하는 형식이다. 따라서 세상의 변화를 순환적 원운동으로 보고 있다. 그 대표적인 것이 윤회론이다. 이것이 가능한 것은 세상 변화의 기본 원리를 이용하여 추론한 결과다. 이에 비하여 서양은 구체적인 물질의 변화를 보고 감지하는 방법이므로 짧은 시간을 대상으로 한다. 아무리 긴 시간을 관찰하더라도 인간 수명의 범위 내로 한정되며, 한 사람이 그런 연구에서 활용할 수 있는 그 시간은 더 짧을 수밖에 없다. 그 결과 서양학에서는 변화가 원 운동의 부분인 직선으로 이뤄진다고 본다.

결과적으로 동양의 미래예측 방법과 서양의 그것이 다른 것 같지만 실제는 그렇지 않다. 긴 시간의 원운동도 짧은 시간에서는 직선운동이 된다. 거시적으로는 원운동이지만 미시적으로는 직선운동인 것이다. 지구가 둥글지만, 우리가 실제 육안으로 느끼는 것은 평면인 것과 같다. 그러므로 동서양의 미래예측의 방법론은 배타적이 아니고 상호보완적이다. 원래 동양과 서양은 양과 음의 보완적 관계로 이뤄졌는데, 최근의 역사가 경쟁적 관계로 발전하다 보니 상호 비교하고 평가하여 우열을 가리는 경향이 많았다.

누구나 궁금하고 알고 싶어 하는 미래예측은 거시적 차원에서는 연역적 방법인 기본 원리를 적용하고, 미시적 차원에서는 귀납적 방법인 추세분석을 적용하여 미래를 예측하는 것이 올바른 방법이다. 이제 동서양 학문방식의 균형된 사고로 상호 융합 시스템을 만들어 미래를 예측하는 방향으로 발전시켜야 할 시대가 되었다.

거시적 미래예측은 어렵다

20세기 초 세계적 석학들의 모임인 로마클럽이 20세기를 예측하였는데 그 정확도가 30% 미만이었다고 한다. 이처럼 미래예측은 어려운 과제다. 동서양 학문의 미래예측 방법은 전혀 다르다. 동양학은 형이상학적 연역방법을 쓰고 서양학은 형이하학적 귀납적 방법을 쓴다.

동양학의 미래예측은 우주 변화의 원리를 이용한다. 세상만사는 음과 양으로 구성되어 있으며 오행의 기운에 의해서 변화가 일어나는데 그 변화는 원 운동으로 이뤄진다. 그리고 모든 것은 나름의 라이프 사이클을 가지고 있다. 그런데 서양은 학문의 방법이 귀납적인 것과 궤를 같이하여 미래예측을 트렌드 분석에서 구한다. 귀납이란 다수의 개별적인 사례에서 공통된 보편적인 법칙을 유도해 내는 것을 의미한다. 즉 '많은 것들이 그러하니까 그것도 그럴 것이다.'라는 추론이다. 요즘 유행하는 빅 데이터가 그것의 절정이다. 그런데 이 귀납적 방법은 단기적인 예측에는 아주 쓸모가 있지만, 자익 예측은 어렵다.

장기적인 예측은 동양의 연역적 미래예측 방법이 좋다. 즉 세상의 모든 것, 즉 우주 삼라만상은 주역에서 말하는 기본 원리로 작동한다는 것이다. 그 변화하는 주기를 이해하면 지금의 상황이 앞으로 어떻게 변할지 알 수 있다. 조짐을 보고 본체가 올 것을 알아내는 방법이다.

지구의 역사를 오행의 변화에 따라 분석해 보면 지구에 생명이 탄생한 시대는 수의 시대다. 태초에 지상에는 자외선이 강하여 생명이 존재할 수 없었다. 그러므로 최초의 생명은 물속에서 만들어졌다.

이렇게 만들어진 박테리아는 산소를 배출하게 되고 물에서 만들어진 수증기가 하늘로 올라가 성층권을 형성하게 됨에 따라 자외선의 양이 줄어들고, 지상에는 산소가 충만하게 되어 생명체가 번성하게 되었다.

문명은 오행의 상극작용에 의해서 발전한다. 따라서 수를 극하는 것은 토이므로 최초 인류가 등장하기 전인 선사시대는 토의 시대다. 토는 그 성질상 혼자 독립적으로 존재하므로 약육강식의 시대로 힘이 센 공룡의 시대가 되었다. 이러한 선사시대 다음은 토를 극하는 기운인 목의 시대가 열린 것이다. 목의 시대는 목의 기운을 받아 나무가 자라듯 모든 기운이 마구 뻗고 발현하려는 성질을 가지고 있다. 역사적으로 인류 4대문명이 발달했으며 동양의 역사로는 3황 5제 시대에 해당한다. 최초로 인류의 문화가 형성되고 사상이 확립된 시기이다. 다음은 목을 극하는 금의 기운이 충만한 철기시대로 르네상스까지의 기간을 말한다. 이 시기는 모든 것을 수렴하고 저장하는 시기이다. 중세의 암흑기로 대변된다. 다음은 금을 극하는 화의 시대로 변했다. 산업혁명이 일어나고 화력이 세상의 주 기운으로 활동한다. 증기기관의 발명으로 산업화가 일어나고 원자력의 시대까지 발전하였다.

오행 상극의 한 사이클을 거치고 나서 다시 수의 시대가 되었다. 즉 정보화시대가 된 것이다. 이전 시대가 상원시대 또는 선천개벽의 시대라고 한다면 이 새로운 수의 시대는 후천개벽의 시대이다. 구체적으로 수의 시대의 시작은 하원 갑자년인 1984년부터다. 따라서 수의 시대는 수의 성질을 닮아 창의적이고, 유화적이고, 화합하는 그런 시대적 특성을 갖는다. 남성이 지배하던 화의 시대에 비하여 수의 시대는 여성성이 활발하게 발현하는 시대이다. 화의 시대에서는 학문이 분화하는 경향이었는데 수의 시대에서는 학문의 융·복합이 이뤄지고 있고 정보가 물처럼 흐르는 인터넷이 발달하고 창의력이 발전하여 각종 앱이 폭발적으로 개발되었다.

이러한 현상은 이제 자동차도 스스로 알아서 원하는 목적지만 입력하면 운행되는 시대가 멀지 않았다. 우주적 사고가 확산되어 우주의 절대의지인 진선미를 추구하게 되고 사랑과 자비가 넘쳐나게 될 것이다. 그 조짐들이 나타나고 있는데, 기부문화, 사회적 기업, 자원봉사활동 등의 가치가 상승하고 있다. 또 하나 특징적인 것은 우주가치의 보편화와 인터넷문화의 융합으로 옳고 그름에 대한 집단이성이 발전할 것이다.

여성의 시대가 올 것이라고 몇십 년 전, 남성이 주도권을 잡고 있던 화의 시대에 예측을 할 수 있었던 것은 동양학이다. 서양의 귀납적 예측 대상 기간이 짧은 대신 정확도가 높다. 따라서 앞으로 미래 예측은 통섭의 시대에 맞게 장기 예측은 동양의 연역적 방법으로 하고 그 범위 안에서, 단기 예측 방법인 서양의 귀납적 방법인 경향분석으로 보완하면 이 복잡한 세상에서 미래예측의 정확도를 더 높일 수 있을 것으로 확신한다.

미시적 예측과 조짐의 관계

조짐이란 좋거나 나쁜 일이 생길 기미가 보이는 현상으로 전조, 징후, 낌새와 같은 의미로 쓰인다. 개미가 줄지어 이사를 가면 '비가 온다.'고 하고, 배에서 살고 있던 쥐들이 배에서 내려오면 '그 배가 침몰 것이다.'라고 한다. 숲속에 사는 인디언들은 태풍이 올 것을 미리 알고 대비를 한다고 한다. 그러면 미물인 개미와 쥐가, 숲속에 사는 인디언들이 어떻게 미래에 일어날 일을 알고 그에 대비를 할까?

미래에 일어날 모든 일들은 단서나 프랙탈 조각을 보여 준다. 이 프랙탈이란 '부분은 전체를 닮아 있다.'는 개념이다. 그러므로 관련된 한 조각을 보고도 전체의 상황을 알 수 있다는 것이다. 따라서 조짐이라는 것은 프랙탈 현상 자체라고 할 수 있다. 미래의 일어날 어떤 일이 발생하기 전에 그 어떤 조각 사건이 발견되는 것을 단서 또는 프랙탈 조각이라고 하는 것이다. 미국의 보험설계사 하인리히가 연구하여 발표한 1:29:300의 법칙은 이 조짐을 통계적으로 처리한 것으로, 재난관리 분야에서는 금과옥조처럼 여겨지는 법칙이다.

우리는 어림짐작으로 살아간다

우리의 뇌는 '어림값'이라는 수단을 써서 정보를 처리한다. 이러한 이유는 생물학적 차원의 필요에 따른 것이다. 통상 우리의 뇌가 받아들이는 정보량은 우리가 의식할 수 있는 정보량보다 훨씬 많다. 이렇게 지나치게 입력되는 정보를 받아들일 수 있게 하는 방법은 받아들인 정보 중에서 '규칙성과 패턴'을 찾아내어 입력하는 것이다.

이러한 어림값으로 정보를 저장하는 것은 학문 분야뿐만 아니라 일상생활에서도 마찬가지다. 따라서 어림짐작이 실용적 지식으로 기능하면 우리가 하는 일에 유용한 지식이 된다. 만일 그렇지 않고 모든 것을 과학적 정확성만으로 추구한다면 우리의 삶은 너무나도 힘들어질 것이다.

우리가 길을 갈 때에도 우리가 편하게 인식할 정도의 거리 단위로 생각하고 출발하며, 목적지에서도 대략 이런 일들이 벌어질 것이라고 생각하고 찾아간다. 만약 그렇지 않고 도착지까지 거리를 밀리미터로 환산하고 목적지에 도착하여 분, 초 단위로 해야 할 일과 벌어질 일을 생각한다면 심리적으로 문제가 있는 사람으로 취급받게 될 것이다. 우리가 만약 몇 년, 몇 월, 며칠, 몇 시에 죽을 것이라고 생각하다면 그 스트레스 때문에 빨리 죽게 될지도 모른다. 지금처럼 언젠가는 죽는데 그것이 평균 수명 이상을 살 것이라는 막연한 생각으로,

아니 어림짐작으로 살아가기 때문에 살 수가 있는 것이다.

우리의 일상적인 삶이 지나치게 정확성을 추구한다면 아마도 숨이 막혀 살지 못할 것이다. 그런 방식으로 살아가는 사람 곁에는 아무도 가지 않으려 할 것이다. 그렇게 어림짐작으로 살아갈 때 우리는 인간적이라고 부른다. 그러니 이 복잡하고 짜증나는 세상 너무 따지지 말고 대충 방향이 맞으면 수용하는 것이 현명하다.

미래를 생각하고 기획하는 전략은 그야말로 어림짐작이다. 미래를 정확하게 예측할 수 있다면 그것은 더 이상 미래가 아니고 현실이 된다. 단지 그 어림짐작이 가급적 근사치가 되도록 애를 쓰는 것일 뿐이다.

역사 변화의 우연과 필연

역사가 우연이냐 필연이냐 하는 문제는 그리 쉬운 문제가 아니다. 우연과 필연의 구분 자체도 분명하지 않으니 더욱 그렇고 어쩌면 고도의 철학적 문제이기도 하다.

그러나 이 문제를 좀 더 단순화해 보면, 변화의 근본 원인은 필연이고 변화의 결정적 순간의 모멘트는 우연이다. 예를 들어 제1차 세계대전은 산업혁명에 따른 산업의 발달로 시장과 원료공급원으로서 식민지가 필요해서 발발한 것은 필연이고, 그러한 기운이 부글부글 끓어오르고 있는 시대적 상황에서 1914년 6월 28일 보스니아 사라예보에서 오스트리아 · 헝가리 제국의 제위 계승자 프란쯔 페르디난트(50세)와 소피크텐크 부인(43세)이 세르비아의 한 청년에 의해 암살을 당하여 전쟁으로 비화한 것은 우연이다.

또한 1989년 11월 9일 베를린 장벽 붕괴사건도 같은 맥락이다. 공산주의를 떠받치고 있었던 '노동시간'이 더 이상 '가치'를 창출하지 않는다는 것을 인식한 것은 필연이었다. 마르크스의 잉여가치론은 '지식'이 가치를 창출해 내는 새로운 시대를 설명하기에는 부족한 낭만적인 이론이었다. 이러한 필연을 바탕으로 한 상황에서, 우연은 갑자기 준비 없이 마이크를 잡은 동독 공산당 대변인이 당의 여행 자유화 결정 사항을 잘 모르고 "여행 자유화가 언제부터냐?"는 이태리 기자 질문에 "바로 지금."이라고 말한 데서 비롯되었다.

바로 뉴스를 타고 퍼진 '여행자유화' 발표는 곧 바로 파도처럼 밀려드는 동독인들의 물결에 베를린 장벽은 여지없이 무너졌다. 이를 시작으로 동구권의 공산주의는 종말을 고하고 마침내 공산주의 국가의 대부 격인 소련마저도 해체되고 말았다. 이처럼 역사의 변화는 필연과 우연이 함께 손잡을 때 이뤄진다.

세상은 위기의 연속이다

우리는 살아가면서 크고 작은 위기를 만나게 되는데, 그것을 잘 극복하면 성공한 인생을, 그렇지 못하면 실패한 인생이 된다. 다른 말로 하면 큰 위기를 만난 사람이 그렇지 못한 사람보다 성공할 확률이 높다. 큰 위기를 만나야 그 위기를 극복하는 과정에서 위기관리 능력이 발휘될 것이고 그 능력은 인생살이에서 만나는 위기 때마다 그 능력을 발휘할 것이기 때문이다.

이렇게 보면 인생이란 파도처럼 밀려오는 크고 작은 위기를 관리하는 과정의 연속이다. 그리고 우리가 공부하고 훈련하는 것도 알고 보면 우리 앞에 닥칠 위기를 극복하기 위한 노력이다. 그렇다면 우리 인생에 떼려야 뗄 수 없는 위기는 도대체 무엇인가?

위기란 여러 가지로 정의가 가능하지만 가장 간단하고도 포괄적으로 정의한다면 "모든 유기체가 지켜야 할 핵심적 가치가 위협에 처한 상태."로 정의할 수 있다. 무기물에게는 위기가 있을 수 없다. 왜냐하면 무기물은 가치라는 것을 인식할 수 없기 때문이다. 설사 어떤 무기물이 파괴되거나 훼손될 경우, 그것은 그것을 소유하거나 관리와 관련이 있는 유기체의 문제이다.

만물은 변한다. 세상에 변하지 않는 것은 없다. 유기체는 이처럼 변화하는 환경 속에서 생존과 번영이라는 가치를 추구하는데, 이 변화하는 환경이 유기체의 핵심가치에 부정적 영향을 주는 상황이 되면 위기다.

대체로 유기체는 생존의 가치를 확보한 후에 번영의 가치를 추구하는데, 그 번영의 가치도 지속적으로 상향 발전하지 않으면 위기다. 이것은 마치 자전거가 앞으로 굴러가야 넘어지지 않는 것과 같다. 성장률을 유지하지 못한다는 것은 상대적으로 퇴보를 의미하며 그 자체가 유기체의 핵심가치가 위험한 상태로 떨어지는 징후다. 그러한 성장의 둔화는 그 원인을 쉽게 알아채지 못한다. 개인이나 조직의 CEO가 그 만성적 위기의 조짐을 잘 알아채지 못하는 이유는 환경의 변화에 둔감하거나 변화를 알았다고 하더라도 그것을 아전인수 격으로 해석하거나 또는 낙관적 해석으로 그 변화 사실을 무시하기 때문이다.

위기는 누구에게나 온다

정도의 차이는 있지만 사람이나 조직체가 가지는 역량에 따라 같은 위기라도 느끼는 어려움의 강도는 각기 다르다. 그러한 위기를 어떻게 관리하느냐에 따라 성공과 실패로 확연히 구분된다.

위기관리 전문회사의 중역인 '알 토로렐라'는 "위기 상황 역시 하나의 경영환경에 지나지 않는다."라는 말을 했다. 위기관리에 있어 상당히 의미 있는 말을 했다고 생각한다. 누구나 위기에 봉착하면 크게 당황한다. 따라서 마음의 평정심을 잃게 되며, 그 결과는 많은 실수를 하게 된다. 그러한 상황에서 위기도 그냥 발생할 수 있는 하나의 현상으로 담담하게 받아들이는 것은 위기관리를 잘할 수 있는 첫 번째 조건이 된다.

세상은 항상 예기치 못한 일이 일어날 수 있는 불확실한 상황이며, 인간의 능력 역시 불완전하기에 모든 상황에 완벽하게 대처할 수 없는 약점을 가지고 있다. 나아가 세상 자체가 음과 양으로 이뤄져 있어, 좋은 환경 다음에는 어려운 환경으로 변하도록 되어 있다. 따라서 위기가 닥치면 그것이 세상의 이치라고 받아들이고 그 위기를 슬기롭게 헤쳐 나갈 궁리를 하는 것이 마땅하다.

박인비 선수가 캘린더 그랜드 슬램을 할 것이라고 세계가 들썩였는데, 영국을 거쳐 프랑스에서 벌어진 에비앙에서도 거의 꼴찌를 하였다. 많은 기대를 한 몸에 받으면서 받은 심리적 스트레스를 이겨 내기도 어려웠겠지만 자연의 이치가 주는 저항을 이겨 내기도 정말 어려웠을 것이다.

우리 조상들은 좋은 일이 있을 때마다, 근신하고 조신하는 마음으로 세상을 살았다. 자기 아기가 예쁘지 않을 이유가 없겠지만, 주변에서 아기가 예쁘다는 말을 하지 않기를 바랐다. 그래서 외출을 할 때에는 아궁이 솥검정을 얼굴에 칠했다. 주말 골퍼에게 OB가 나면 적어도 3 내지 4개 홀을 지나야 회복이 되지만, 프로 골퍼는 당장 회복한다. 아마도 프로 골퍼는 많은 경험을 통해서 그 OB를 흔히 있는 일로 받아들이고 바로 평상심을 회복한 결과가 아닐까 생각한다.

위기는 나쁜 습관 탓이다

사람이 겪는 위기는 정신적 위기와 신체적 위기로 나눌 수 있다. 정신적 위기는 평판에 대한 위기를 말한다. 다른 말로 하면 인격적 위기다. 예를 들어 고귀한 인격을 가지고 있는 줄 알았는데, 알고 보니 탈법하고, 위법하고, 비신사적 행위가 드러났다. 이것은 평소 좋지 못한 생활 습관이 누적된 결과가 세상 밖으로 드러난 것이다. 바르지 못한 언행이 부지불식간에 습관이 된 결과다.

신체적 위기 또한, 나쁜 습관에 의해서 만들어진다. 암이나 당뇨 등은 오랜 식습관, 운동습관, 일하는 방식, 사고방식 등의 결과다. 난폭 운전습관을 가진 사람은 교통사고 가능성이 높으며, 바르지 못한 자세는 척추를 상하게 할 수 있다. 흡연습관은 폐암 발생 가능성을 높이고, 폭음 폭식은 위암 발병 가능성을 높인다.

흔희들 착하게만 살았는데, 왜 암에 걸렸느냐고 한탄하는 경우도 있다. 그런 사람은 평소에 걱정을 많이 하는 습관 때문이다. 모든 것을 부정적으로 생각하거나, 여러 가지 원인에 의해 스트레스를 받으면 아드레날린류의 호르몬이 다량 분비되어 암을 유발할 가능성이 높다. 따라서 나쁜 습관에 길들지 않아야 하고, 만약 그러한 습관이 생겼다면 가능한 빨리 바꿔야 한다.

조직의 경우에도 좋지 않은 문화가 위기를 발생시킨다. 문화란 조직의 성원인 사람의 습관이 모여서 만들어진 것이므로 결국은 한 사람 한 사람의 습관이 위기의 원인인 것이다. 비합리적, 비도덕적 행위나 폐습 등이 사고를 유발하고, 그것이 발전하여 위기가 된다. 세월호 참사는 안전 불감증문화를 핵심으로 하여 뇌물, 횡령, 감독부실, 책임회피, 무사안일주의 등의 악습 문화가 총체적으로 결합하여 나타난 것이다.

나태와 무리는 위기의 어머니다

모든 위기는 대체로 나태함으로부터 찾아온다. 기업인이 세상이 변하는 것을 모르고 그냥 안주하다가는 곧바로 위기를 맞는다. 나라도 마찬가지다. 변화에 민감하지 못하고 상대에 대한 적절한 대응력을 키우지 못하면 위기가 닥친다.

나태보다 더 큰 원인이 무리인데, 오만을 어머니로 한다. 오만은 세상의 변화 원리를 무시하고 자신이 무엇이든지 할 수 있다는 자만심에서 나온다. 가을이 지나 겨울이 오는데도 자신의 건강만 믿고 여름옷을 입고 나서는 것은 오만이다. 그렇게 오만하면 감기에 걸리고 심하면 폐렴으로 넘어간다. 그다음은 죽음이다.

이러한 무리를 식별하는 방법은 '상식의 기준'에 비춰 보는 것이다. 다시 말해 어떤 행위가 상식의 기준을 넘어선다고 하면 그게 무리다. 그러면 왜 상식이 무리와 순리를 구분하는 기준이 될 수 있을까? 그 이유는 호모 사피엔스가 지구상에 나타나 지금까지 진화하는 과정에서 만들어진 진화의 산물로 생존과 번식을 하는 과정에서 최선의 선택을 한 결과의 축적으로 만들어져 우리 인간의 뇌에 쌓여진 DNA이기 때문이다.

잘나가던 기업이 사라지는 이유

핀란드 기업 노키아가 사라지고 세계 굴지의 기업 코닥도 사라졌다. 우주적 관점에서 보면 모든 것은 그에 합당하는 라이프 사이클 즉, 생장수장(生長收藏)하는 과정을 거친다. 이러한 라이프 사이클을 거치는 과정에서 수많은 도전이 앞을 가로막는다. 이때 CEO의 현명한 판단으로 그 도전을 극복하고 발전을 이룩해야 한다.

조직의 생존과 번영을 가로막는 도전은 예기치 않은 '사고로 인해 발생하는 긴급한 위기'가 있는가 하면 '주변 상황의 변화로 인해 서서히 생기는 위기'도 있다. 사고로 인한 위기는 평소 준비해 둔 위기관리 절차에 따라 기계적으로 대응하면 되지만 세상의 변화로 인해 생기는 위기는 전적으로 CEO 역량의 문제다. 따라서 CEO는 세상의 변화를 읽고 자신이 관리하고 있는 조직이 그 변화에 어떻게 대처해야 하는가를 알아야 한다.

세계적 경영의 구루로 칭송되는 피터 드러커는 "조직을 이끄는 리더의 가장 중요한 임무는 위기를 예측하는 일이다. 위기를 피할 수는 없더라도 예측할 수는 있어야 한다."라고 말했다. 《판단력》의 저자 웨런 베니스 역시 "위기를 정확히 예측할 수는 없으나 무언가 불길한 일이 벌어질 것 같은 조짐은 느낄 수 있으므로, 유능한 리더는 그 조짐이 현실이 되었을 때를 대비해 자신뿐 아니라 조직도 준비를 시킨다."라고 주장하였다.

인간은 불안할수록 자기 합리화 방안을 찾는 경향이 있다. 기업 전략 연구가 마이클 맥도날드와 제임스 웨스트 팰은 "기업의 실적이 악화될수록 CEO들은 '자신과 같은 시각을 가진 친구'와 동료들로부터 자문을 구한다는 사실을 발견했다."라고 말했다. 옳은 말이다. 사람들은 자신이 틀렸다는 것을 인정하기 싫어한다. 그것은 '자존심'일 수도 있고 자리를 지키기 위한 '욕심'일 수도 있다. 문제가 생겼을 때

객관적인 입장의 전문가에게 의뢰하여 자문을 구하는 경우가 쉽지 않다. 설사 그러한 전문가를 만나더라도 자신의 의견을 '합리화할 수 없는 대안'은 받아들이지 않는다. 이러한 성향은 결국 문제점을 찾아내지 못하고, 문제점을 찾아내지 못하니까 답은 당연히 찾지 못한다. 이러한 결과는 점점 구렁텅이로 빠져 위기로 간다.

이것은 인간이 가지는 심리적 특성 중의 하나인 '확증편향'과도 깊은 관련이 있다. '사람은 자신에게 어떤 선호도가 있을 때, 자신의 선호도를 뒷받침해 주는 정보만 받아들이고 자신의 의견에 반박하는 정보는 무시 한다'는 것이 확증편향이다. 이러한 현상이 반복되면 주변에 반대의견은 점점 사라지고 '용비어천가'만 부르게 된다. 독재적 또는 권위적 조직에서 자주 일어나는 현상들이다.

다른 하나는 '지속편향' 속성이다. 세상은 항상 변해 가는데, 그것을 인지 못하고 '어제 아무 일이 없었으니 오늘도 아무 일이 없을 것이고, 내일도 아무 일이 없을 것'이라는 것이다. 절대 그렇지 않다. 정도의 차이는 있지만 항상 변하고 있다. 여기에 '설마주의'가 편승하면 문제는 더욱 심각해진다. 어떤 변화가 감지되었는데도 '설마 무슨 일이 일어나겠어?'라고 자위하면서 그냥 가려고 한다. 이러한 결과가 합쳐지면 아무리 강건한 조직일지라고 균열이 생기고 이어서 기울어지기 시작하며 마침내 이 세상에서 흔적도 없이 사라진다.

위기관리의 적은 자기보호 본능이다

위기를 잘 관리하여 원상회복을 하거나 더 나아가서 전화위복의 기회로 삼는 것이 유능한 관리자다. 위기를 위험에 빠지지 않고 기회가 될 수 있도록 하려면 어떻게 해야 하는가? 가장 간단한 방법은 '필사즉생' 전략을 쓰는 것이다. 그런데 필사즉생 전략이 위기관리에 좋은 줄을 알지만, 실행하는 데 필요한 결단력이 부족해서 대부분 실패한다.

필사즉생 전략 실행을 방해하는 가장 큰 요인은 자기보호 본능이다. 자기를 보호하려고 하는 본능이 그 위기를 불러온 원인에 대하여 책임을 지지 않고 모면해 보려고 갖은 이유와 변명을 대고 시간을 끌다가 기회를 놓쳐 버리게 만든다.

위기가 발생하면 가장 먼저 '해야 할 일'이 핵심적 가치와 연관성을 확인하는 일이다. 그런 다음 그 핵심적 가치를 지키는 가장 최선의 방안이 무엇인지를 찾아야 한다. 그런데 우리와 같은 합정적 사회에서는 그 핵심적 가치와 관련된 사람의 '책임'을 가장 먼저 요구한다. 따라서 그 위기를 초래한 원인 제공자 또는 그 유기체 관리자로서 책임을 통감하고, 자신의 희생을 통하여 핵심가치를 구하거나 손상을 최소화하겠다는 생각을 먼저 해야 한다.

그러한 책임의식을 실천하기 위해서는 가장 성실하게, 가장 빠른 시간 내에 알아야 할 사람들에게 위기 상황을 공표하는 것이다. 자기 보호 본능을 뛰어넘어 필사즉생 전략을 구사한 미국의 타이레놀 사건이나 우리나라의 GS 칼텍스 개인정보 유출사건은 성공적 위기관리로 알려져 있다. 반면에 어떻게 하면 책임을 모면해 볼까 하는 얕은 수작으로 대응했던 미국의 엔론 사태, 일본의 도요타 자동차 사태 등은 실패한 위기관리의 전형이다.

사실, 보통 사람이 자기보호 본능을 뛰어넘기란 그리 쉬운 일이 아니다. 따라서 책임질 자리에 가는 사람은 자기보호 본능을 넘어설 수 있는 능력이 필요하다. 특히 긴박하고 어려운 상황에서, 자기보호 본능을 뛰어넘어 올바른 판단을 하는 것이 쉽지 않다. 그러므로 개인은 훌륭한 멘토를 두거나 조직은 전문 컨설팅 회사를 선정해 두는 것도 좋은 방법이다.

두려움은 파멸의 예방장치이다

두려움이란 위협이나 위험을 느껴 마음이 불안하고 조심스러운 느낌을 말한다. 두려움은 우리 생활에 부정적인 것이지만 반대로 두려운 마음이 없으면 문제가 생긴다. 세상의 이치가 그렇듯이 두려운 마음으로 조심조심 행동하면 사고를 미연에 방지할 수 있지만 두려움 없으면 방심과 오만을 불러와 사고를 낸다.

우리 인류가 20만 년의 역사에서 99%는 생존을 위협받는 수렵생활이었다. 아프리카 사바나에서의 수렵생활은 매일매일 생존을 위협받는 두려운 생활이었다. 생체적 생존이 가장 우선적 가치인 원시 수렵생활에서 '먹을 것을 구하지 못하면 어떻게 하나?' 하는 두려움이 가장 컸다. 그리고 다음으로는 공동생활에서 자신의 생존과 번영을 위해 필요한 사회적 관계에서 '남들이 나를 어떻게 생각할까? 나를 나쁜 사람으로 생각해서 따돌림을 하지 않을까?' 하는 두려움이 있었다.

두려움 마음으로 살아온 자들은 생존했고 그렇지 못한 자들은 도태되었다. 오랜 시간을 거쳐 그것은 우리 인간의 DNA가 되었다. 이러한 두려움에 대한 DNA는 지금도 마찬가지다. 21세기를 사는 오늘날에는 이것은 돈과 평판으로 대치된다. 돈을 벌지 못할 것에 대한 두려움과 평판이 좋지 못할 것에 대한 두려움이다.

'돈을 벌지 못하면 어떻게 하나?' 하는 두려움 때문에 열심히 일을 하게 되고 '평판이 나쁘면 어떻게 하나?' 하는 두려움 때문에 바른 생활을 하고자 한다. 만약 두려운 마음이 없다면 아무렇게나 행동하면서 살아갈 것이다. 먹을 것이 있거나 말거나, 가족이 굶거나 말거나 아무 생각이 없다면 그것은 정상적인 사람이 아니다. 남들이 뭐라고 평가하거나 상관이 없다면 공동체 생활을 하지 못할 것이다.

두려움 없이 편안하게 평화롭게 살아가는 것이 꿈이지만, 두려움이 있기 때문에 그 두려움을 방지하기 위해 노력한 결과가 편안함과 평화다. 두려움이 없다면 방종한 생활로 번영은커녕 생존도 담보하기 어렵다. 그러므로 두려움은 반드시 필요한 생존과 번영의 점화장치다.

정의는 영화나 드라마에서만 승리하는 이유

우리의 삶에서 옳다고 배우는 정의는 패배하고 불의가 승리하는 것을 보면 화가 난다. 착하고 정의롭게 살면 손해 보고 거짓말 하고 사기 치고 뻔뻔한 놈들이 잘사는 모순 속에서 많은 사람들이 분노하고 좌절한다. 그런데도 학교는, 선생은, 선각자들은, 성현들은 정의롭게 살라고 가르친다. 가르치는 대로 살면 손해 보면서 가난하게 살고, 반대로 살면 떵떵거리며 호의호식하며 산다.

그렇다면 위 가르침이 틀린 것일까? 아니다. 가르침이 맞다. 우리의 삶은 짧고 뿌린 씨앗을 수확하는 주기는 길어서 결실 확인이 어려워 그렇게 보이는 것이다. 씨를 뿌려 결실에 이르는 가장 빠른 주기가 30년이고 긴 주기는 다음 세대에 나타나기도 한다. 영화나 드라마는 그 순환 주기가 짧다. 영화는 길어야 2시간이고 긴 드라마라고 해도 1년이 채 안 된다. 그러니 정의로운 행동이 승리하는 것을 쉽게 확인할 수 있다. 그래서 영화나 드라마에서만 정의가 승리하고, 우리 삶은 아닌 느낌이 드는 것이다.

그러나 세상의 법칙은 분명하다. 콩 심은 데 콩 나고 팥 심은 데 팥 난다. 마찬가지로 정의는 반드시 승리한다. 지금 세상모르고 거짓말 하고, 위법하고 뻔뻔하게 파렴치한 짓을 하는 것들

반드시 대가를 받는다. 본인이 아니면 자식이 받는다. 그게 세상의 법이다.

영화나 드라마는 끝부분이 재미있는 이유

영화나 드라마에서 대개 악역을 맡은 배우는 온갖 모략으로 주인공을 괴롭히고 주인공은 전략으로 이에 맞선다. 작가는 드라마에서 선악 간에 갈등을 조장하여 재미를 증폭시키고 주인공이 온갖 어려움과 악역의 모략에도 극적으로 벗어나서 마지막에는 선이 승리하도록 구성한다. 그래야만 시청자가 감동하고 좋아하기 때문이다.

그러면 왜 사람들은 악당을 물리치고 착한 사람이 승리하는 것을 보고 재미를 느끼는가? 그것은 우주의 의지와 관련이 있다. 인간에

내재한 우주의지에서 비롯되었다. 비록 육체적 형구가 협착하여 우주의지를 다 구현하지는 못하지만 인간의 의지가 우주의지의 영향하에 있는 것은 분명하다.

우주의 의지가 진선미이기에 인간도 그 진선미에 대한 가치에 순치되어 있다. 인간이 보고 느끼는 것들이 진선미에 반하면 짜증나고 긴장이 된다. 그러나 진선미의 가치를 만나게 되면 기분이 좋아져서 재미를 느끼는 것이다. 사람은 자신이 실제 그런 진선미의 가치를 제대로 추구하지 못하지만 스토리 속의 주인공을 통하여 그 대리 만족으로 재미를 느끼는 것이다.

관중들이 약자를 응원하는 이유

우리가 스포츠 경기를 참관하거나 TV로 중계방송을 시청할 때에 자신도 모르게 누군가를, 또는 어느 편을 응원하고 있다. 양 팀의 경기를 객관적으로 평가하면서 즐기는 사람은 별로 없다. 사람들은 자기도 모르는 사이에 본인이 경기를 하는 것처럼 행동하면서 대리 만족을 하고 있다. 자신이 그 팀의 소속인 양, 자신이 경기장의 선수인 양 흥분하면서 응원을 하고 있다.

우리나라 선수들과 다른 나라 선수들 간의 경기이면 당연히 우리나라 선수를 응원하고, 국내 경기일 경우에는 연고지나, 아니면 자신이 좋아하는 선수가 있는 팀을 응원한다. 그런데 자신과 관련이 없는 경우에도 응원을 하고 있다. 이런 경우에는 대개 약자를 응원하고 있다. 노사대립에서도 대중은 노동자를 응원하고, 반정부 시위가 있을 경우에는 특별한 관련이 없는 사람은 시위대를 응원한다. 그리고 정당 간의 경쟁에서는 기본적으로 야당이 국민들의 동정을 받는다.

왜 그럴까? 우리의 DNA에 비밀이 있다. 원시 채집경제시대부터 진화한 DNA가 바로 그 주인공이다. 인간은 생존과 번식을 위해 경쟁을 했고 강자를 이겨야 생존과 번영이 가능했다. 그 경쟁에서 살아남은 자가 지금의 우리들이다. 그러니까 강자에 대한 적개심과 경쟁심이 항상 마음속 깊이 자리하고 있는 것이다. 강자는 이겨야 할 대상이므로 약자는 자연스럽게 내 편이 되는 것이다. 그러니까 약자를 응원할 수밖에 없다.

주목받지 않았던 선수가 금메달을 따는 이유

올림픽을 보면서 항상 느끼는 아주 재미있는 현상이 있다. 언론의 주목을 받고 세인의 관심을 받았던 선수는 거의 예외 없이 실패하고 생각지도 않았던 선수들이 금메달을 목에 건다. 왜 기대주는 메달을 따지 못하고 기대하지도 않았던 선수가 메달을 따는 걸까?

언론에 알려지고, 많은 사람들의 입에 오르내리게 되면 그 선수는 경기 외적인 요소에 신경을 쓰게 된다. 인터뷰에 시간을 빼앗기는가 하면, 기대에 미치지 못했을 때 자신이 받아야 하는 대접에 대한 걱정 등이 심한 스트레스로 작용한다. 사람은 누구나 자신에 대한 평판에 대해서 아주 민감하다. 그러니 인기 선수는 잘하면 본전이고 조금만 잘 못해도 비난을 감수하거나 백안시된다. 그런 걱정 때문에 시합을 앞두고 잠이라도 편히 잘 수 있겠나?

이에 비하여 무명의 선수들은 오직 자신의 경기에만 신경을 쓰면 된다. 다른 선수들이 받고 있는 인기는 무명의 선수에게는 성취하고 싶은 목표일 뿐이다. 그러니 열심히 노력하게 되고, 그 노력한 결과를 시합에서 쏟아부으면 된다. 즉, 심리적 부담을 갖지 않고 경기를 할 수 있다. 심리적으로 긴장하면 근육이 경직되어서 실수를 하거나 기량을 다 발휘할 수 없다.

학교의 우등생이 사회의 열등생이 되는 이유

학교생활에서 우등생이 되려면 두 가지를 잘해야 한다. 하나는 당연히 공부를 잘해야 하고, 다른 하나는 선생님 말씀을 잘 듣는 것이다. 공부를 잘하려면 우선 머리가 좋아야 하고 동시에 성실하게 노력해야 한다. 머리가 좋다는 것은 지능지수가 높다는 의미인데 지능지수가 높으면 상식을 거스르는 경향이 있다고 심리학 전문가인 가나자와 사토시는 그의 저서《지능의 역설》에서 말하고 있다. 머리가 좋은 사람은 새로운 것에 도전하려는 의식이 강하고 타인보다 머리가 좋다고 생각하여 남들과 다른 행동을 하려는 경향을 보인다. 머리가 좋으니까 상식을 넘어서는 생각을 하게 되는 것이다.

사람들은 상식에 어긋난 행동을 하면 바보스럽다고 한다. 똑똑하다는 말이 곧 머리가 좋다는 말이 아니고, 똑똑하다거나 그 반대인 바보스럽다는 말은 상식과 관련된 말이다. 똑똑하다고 하면 상식에 잘 맞춰서 행동하고 있다는 뜻이다. 상식은 진화적으로 익숙하고 그래서 자연스러운 것이긴 하나 반드시 옳은 것은 아니다.

지능지수가 높은 학생은 원칙을 지키려고 애를 쓰고, 선생님이 정해 주는 규칙을 잘 따른다. 선생님은 그러한 규칙을 잘 따르는 학생에 대해 좋은 점수를 주는 것은 자명한 일이다. 그러니까 학교에서는 머리가 좋아 시험점수를 높게 받고 학교가 정한 규칙을 잘 지키기만 하면 우등생이 될 수 있다.

그러나 사회라는 세계는 다르다. 우선 평가 기준이 다르다. 사회의 우등생을 평가하는 기준이 무엇이 되어야 하나부터 생각해 보면, 이것은 사회학적 문제를 넘어 철학적 문제에 이른다. 그럼에도 불구하고 그 평가 기준은 '사회적 성공'에 두고 하는 말일 것이다. 즉, 지위가 높거나 돈을 많이 번 경우를 성공의 기준으로 하고 이것들을 달성한 사람을 사회적 우등생으로 생각한다.

이러한 사회적 기준에 맞게 살아가려면 상식에 맞는 삶을 사는 것이 좋다. 이런 사회적 상식에 준해서 살아가려면 머리가 좋은 것보다는 보통 수준의 지능지수를 가진 사람이 유리하다. 자신이 머리가 별로 좋다고 생각하지 않는 사람은 쉽게 사회적 통념과 상식에 타협하고 그 범위 내에서 이득을 취한다. 이런 평범한 사람은 고상한 정신적 가치에 대해서는 별 관심이 없다. 옳고 그름의 원칙에 대한 가치보다는 내가 편하게 살고 나를 내세울 수 있는 당장 눈에 보이는 물질적 가치가 더 좋다. 대다수의 사람들이 추구하는 이 가치가 바로 상식인 것이다.

그러니 학교가 추구하는 가치 기준으로 살아가는 사람이 어떻게 사회가 추구하는 상식에 기반한 가치 추구를 잘할 수 있겠나? 물론 학교에서 추구하는 가치에서도 성공하고, 사회적 가치 추구에서도 성공한 사람들이 없지는 않다. 그들은 자신의 가치 기준을 상황에 따라 변경할 수 있는 융통성 있는 사고를 가진 사람이다. 좋은 머리를 가지고 좋은 대학을 졸업하고 좋은 직장에서 성공한 사람들이 많다. 그들은 적어도 그 좋은 직장 내에서 좋은 머리를 활용하여 상식을 초월한 일을 하면서 동시에 상사의 의도를 거스르는 일을 하지는 않았을 것이다. 만일 그들이 자신들의 좋은 머리만 믿고 상식을 벗어난 행동을 했다면 연구실에 처박혀 있거나 최악의 경우에는 그 회사에서 쫓겨났을 것이다.

동창회에 가 보면 이런 현상을 잘 볼 수 있다. 학교 우등생들은 직업이 대개 선생님 아니면 공무원들인 경우가 많고, 학교에서 우등생이 아니었던 사람들은 대개 기업가, 은행가, 투자가 등 돈을 많이 벌었거나 훌륭한 정치가가 되어 있다. 그들은 학교가 가르쳐 주는 원칙에만 매달리지 않고 다양한 사회 환경에 적극 대처하면서 도전을 해서 성공한 사람들이다. 원칙보다는 상식을 중시하면서 살아온 사람들이다. 동창회에서 밥값을 내는 사람은 바로 이들이다.

이런 현상을 세상의 이치인 음양에 대비해 보면 지극히 자연스럽고 평등하다고 생각된다. 머리 좋은 사람이 학교에서 우등생이었으면 그렇지 않은 사람은 사회에서 우등생이 되는 게 지극히 공평한 것이 아닌가? 세상은 이렇게 큰 프레임으로 보면 평등하다. 그러니 학교의 우등생이 사회의 열등생이 되는 것은 너무나 자연스러운 일이다.

입소문의 영향력이 큰 이유

인터넷이 판을 치고 있는 지금도 입소문만큼 광고효과가 큰 것은 없다고 한다. 많은 기업이 유명 연예인 또는 유명 인사를 이용하여 광고를 하고 있다. 하지만 사람들은 광고는 그냥 광고일 뿐 그것에 대한 확신을 갖지 못한다.

광고를 믿지 못하는 가장 큰 이유는 사회 전반에 확산되어 있는 불신 때문이다. 광고를 보고 물건을 사거나 어떤 활동을 하고 난 후 결과가 기대에 미치지 못하거나 심지어는 사기를 당하기도 한다. 사람은 직접 대면하지 않으면 믿을 수가 없고, 대면하지 않으면 자신의 속마음을 드러내지 않으니까 속이기 쉽다고 생각하고 실제 그렇게 생각한다.

가장 신뢰를 받아야 할 정부마저도 신뢰를 받지 못하고 있다. 정부를 구성하는 정치인들의 식언 때문이다. 미국 하버드대 경영대학원 교수인 죠셉 나이마저도 《국민은 왜 정부를 믿지 않는가?》라는 책을 썼다. 이처럼 정도의 차이는 있겠지만 직접 대면하지 않고 얻은 정보에 대해서는 신뢰를 부여하지 않는다. 그러니 자신이 믿을 수 있는 이너서클 내의 사람들에게서 직접 들은 정보만 신뢰할 수밖에 없다.

자주 만나서 그 사람의 평소 성품과 행동에 대한 평가가 내려진 사람이므로 그리고 '얼굴에 나타나는 표정'으로 그 정보에 대한 진위를 파악할 수 있기 때문이다. 또한 입소문은 그 정보를 전달하는 방법이 투박하고 세련되지 못하지만 정보 전달자가 겪은 실제 경험을 이야기해 주니까 더욱 믿음이 간다. 사람들은 자신의 신뢰도를 높이기 위해 대개 어떤 정보를 제공할 때 구체적인 상황을 상세히 이야기한다. 그 이야기를 들으면서 그 사람의 표정을 보고 그 사람의 평소 행동을 고려해서 판단해 보면 그 이야기의 진위를 파악하기가 쉽다. 그러니까 입소문에 의한 정보의 진실도는 대화 당사자 간의 친밀도에 달려 있다.

또 다른 이유는 남이 좋다고 하는 것에 대한 심리적 동조 현상이다. 사람은 다른 사람이 선택하는 것을 선택하는 경우 심리적 안정을 유지한다. 자신의 판단이 보편타탕하다고 느낄 때 안심하고 자신의 결정을 즐길 수 있기 때문이다. 이러한 현상은 뇌 공학에서 증명하고 있다. 우리의 뇌는 보편타당하다고 느낄 때 쾌감보상회로인 측핵이 활성화된다고 한다. 반대로 다른 사람과 다른 결정을 할 때에는 혹시 부적절한 선택을 하는 것이 아닌가 하는 회의 때문에 불안해진다. 이런 불안한 마음이 생기면 안쪽 전두엽이 활성화된다고 한다. 왜냐하면 보편성에 동조하지 않고 자신만의 색깔을 보여 주고자 할 때에는 내적 갈등이 일어나기 때문이다. 그러므로 갈등중추인 안쪽 전두엽이 활성화되는 것이다.

가까운 사람으로부터 인정을 받기 어려운 이유

우리는 흔히 잘 아는 가까운 사람의 능력을 잘 인정하지 않는 경향이 있다. 특히, 우리 사회가 심하다. 동향이나 동창은 아주 친하기는 하지만 잘난 것은 인정하려 들지 않는다.

왜 그럴까? 사람은 기본적으로 보수적 경향이 있어 조금씩 변하는 것은 인정하기 어렵다. 큰 변화는 느끼지만 조금씩 변해 가는 모습은 변화로 인식하지 못한다. 이러한 현상들은 가족 간에 심하게 나타난다. 가족 중에 누군가 상당히 괄목한 일을 했다 치더라고 그것을 인정하지 않으려는 경향이 있다. 그 자체가 대수롭지 않게 생각되기 때문이다. 같이 지내는 가족이나 자주 만나는 사람은 얼굴의 변화를 잘 알지 못하는 것과 유사하다.

다른 하나의 문제는 그 사람의 과거를 알고 있는 경우, 현재 그 사람이 크게 성장했다고 해도 그것을 인정하지 않으려는 경향이 있다. 과거 어린 시절 자신과 같은 수준이었기에 지금도 자신과 같은 수준이라고 생각하고 싶다. 더 심한 경우는 그 사람을 깎아내림으로써 자신을 더 돋보이게 하고 싶은 치기가 작용하기도 한다.

어린 시절 같이 코흘리개로 보냈던 시절에 열등했던 사람이 꾸준히 노력하여 상당히 유능한 사람이 되어 있어도 그 노력을 인정하려

들지 않는 경향이 크다. 따라서 주위로부터 인정을 받으면서 무언가를 하려면 모르는 사람들이 있는 곳에서 약간의 신비감을 간직한 채 활동하는 것이 능력을 인정받기가 쉽다.

여자들이 명품 백에 목을 매는 이유

대다수의 여자들은 명품 백을 한두 개 가지고 있거나 그것이 안 되면 짝퉁이라도 산다. 왜 기능성보다 명품 브랜드에 집착하는 걸까? 한양대 경영학과 홍성태 교수는 "명품을 사는 고객은 제품의 기능이 필요해서가 아니라 남들이 알아봐 주고, 동경해 주는 시선을 원하기 때문."이라고 했다.

물론 남자들도 명품을 좋아하는 사람들이 있다. 그러나 그 정도가 여자들만은 못하다. 그러면 왜 여자가 상대적으로 명품 백에 더 관심을 가질까? 아마도 그것은 여자들에게 백은 외출 시 필수품이면서 눈에 잘 띄는 특성이 있고, 여자들이 남자들보다 자랑할 기회가 더 많기 때문일 것이다.

일반적으로 여자들은 같이 모여서 관계를 즐긴다. 그러므로 여자들은 자신이 여러 사람들에게 노출되는 기회가 잦으므로 상대적으로 비교 우위에 서고 싶은 욕망이 크게 발동한다. 모임에서 명품 백에 대해 남들이 알아주고 그것을 자기도 갖고 싶다는 동경심을 나타낼 때 큰 행복감을 느낀다. 그러니 비교 우위의 행복감을 주는 명품백이 필요하다.

우정과 비즈니스가 같이 가기 힘든 이유

동서고금을 막론하고 창업을 할 때 친한 친구와 동업을 하는 경우가 많다. 그러나 어느 정도 사업기반이 잡히고 성장이 눈에 보이면 그 막역한 친구가 더 이상 친구가 되기 힘들다. 친구란 우정을 나누는 사이이지 물질적 가치를 나누는 관계가 아니다. 그럼에도 불구하고 창업을 할 때에는 투자자를 찾기가 힘들기 때문에 친구와 같이 시작하기 일쑤다. 그렇게 창업을 해서 동업을 하게 된다.

최초 자그마한 회사는 그렇게 심각한 의사결정을 할 일도 없고 업무가 단순하기 때문에 권력관계가 형성되지 않는다. 그러므로 동업을 해도 전혀 문제가 없다. 그러나 어느 정도 회사가 성장하면 의사결정에 많은 문제가 생긴다. 그렇게 되면 권력과 물질적 가치에 대한 욕구가 생긴다. 먼저 '권력이란 원래 아버지와 아들 사이에도 나누어 가질 수 없다.'는 것이다. 그래서 왕권을 다툰 사례는 가까운 이조 500년 사에도 수없이 일어났다. 그리고 금전적 가치라는 것은 서로 많이 가지려고 욕심을 내는 요소다. 그것들은 가치의 분할이 가능하기에 언제나 쟁탈의 대상이다.

물질적으로 분할이 가능한 가치가 있을 때에는 반드시 분란이 일어난다. 심지어 유산을 많이 남기고 떠난 고인의 상가에는 애도의 분위기보다는 살벌한 분위기가 감돈다. 형제간에 그 유산을 더 많이 차지하려는 암투가 상가의 분위기를 감싸고 있기 때문이다. 하물며 동업자관계에서야 말해 무엇 하겠나?

같은 맥락에서 우정과 비즈니스는 같이 가기가 힘들다. 그러므로 창업 당시 자금 때문에 동업을 시작했다면 어느 정도 시간이 흐른 뒤, 사업 성공의 기반을 닦고 나면, 동업자는 현실을 직시하고 서로 이해하는 선에서 헤어지는 것이 맞다. 그래야만 사업도 성공하고 우정도 잃지 않는다. 그것이 세상의 이치다.

인센티브는 내재적 동기를 좀먹는다

인센티브가 소기의 목적을 달성하려면 최초 의도하는 범위를 초월하지 않도록 설계되어야 한다. 즉, 인센티브가 작동하는 과정이 의도와 다른 방향으로 전개되지 않도록 해야 한다는 것이다. 인센티브를 제공하는 측은 인센티브를 목적으로 하지 않고 그 이면에 다른 목적을 달성하기 위해 표면적으로 내놓은 것이다. 그러나 인센티브에 끌리는 사람은 그 원래의 목표보다는 보이는 인센티브 목표에 관심을 보인다. 그 가까운 목표가 더 현실적이고 이익을 주기 때문이다.

2010년 4월 미국 하버드대학의 경제학자 프라이어는 금전적 보상이 학업 능력 향상에 미치는 효과를 알기 위해 뉴욕, 워싱턴, 시카고, 댈러스 등지에서 학생들 1만 8천 명을 대상으로 2007년부터 3년 동안 무려 630만 달러를 사용하여 실험했다. 성적 우수자에게 25달러에서 50달러까지 포상금을 주었고, 또한 독서, 출석, 수업 태도 등에서 다양한 기준을 세워 놓고 현금을 지급했다. 돈이 걸렸으니 당연히 아이들은 공부에 열을 올렸다. 그런데 문제는 그 효과가 매우 단기적이었다는 것이다. 결국 3년에 걸친 프로젝트는 '현금 보상이 학습 능력을 눈에 띄게 향상시키지는 못한다.'는 결론만을 얻었다.

보상이 학습에서 가장 중요한 흥미와 자발성을 떨어뜨린다는 사실은 1970년대 미국 스탠포드대학의 심리학자 레퍼가 한 실험의 결과이기도 하다. 연구자는 유치원 아이들을 세 집단으로 나눈 뒤 그림을 그리게 했다. 첫 번째 집단의 아이들에게는 그림의 대가로 상을 주겠다고 약속한 후 실제로 상을 주었고, 두 번째 집단의 아이들에게는 아무런 예고 없이 갑작스럽게 상을 주었으며, 세 번째 집단의 아이들에게는 아무런 상을 주지 않았다.

2주 후에 아이들에게 자유 시간을 주었고, 자신이 원하면 언제든지 그림을 그릴 수 있었다. 세 집단 중 어느 집단의 아이들이 자유 시간에 그림을 그렸을까? 우리는 일반적으로 아이들이 어떤 활동을 할 때 보상을 약속하고, 약속대로 보상을 해 주면 그 활동을 더욱 좋아하게 될 것이라고 생각한다. 그래서 세 집단 중에서 첫 번째 집단을 꼽을 것이다. 하지만 결과는 정반대였다. 첫 번째 집단은 9%가 그림을 그렸고, 두 번째 집단은 17%, 세 번째 집단은 18% 더 많은 아이들이 그림을 그렸다. 이상의 실험 결과는 '외재적 동기를 받았을 때 내재적 동기가 사라진다.'라고 요약할 수 있다.

외재적 동기란 어떤 활동에 대한 대가로 주어지는 금전이나 선물 같은 보상을 의미하며, 내재적 동기란 활동 자체에 대한 흥미와 호기심 등 사람 안에서 자연스럽게 발생하는 동기를 의미한다. 두 동기는 종종 부정적 관계성(negative relationship)을 보이기도 한다. 특히 어떤 활동에 대한 내재적 동기가 있는 상태에서 보상을 받게 되면 내재적 동기는 급격히 감소하는데, 이를 '과잉정당화 효과'라고 한다. 자신의 행동의 원인을 보상으로 정당화시키는 과정이 지나쳤다는 의미다.

왜 이런 일이 발생할까? 그 이유는 귀인(attribution) 때문이다. 보상을 받는 경우에는 자신의 행동원인을 보상에서 찾지만, 그렇지 않았을 경우에는 호기심이나 활동 자체의 즐거움에서 그 원인을 찾기 때문이다. 보상 때문에 공부를 하거나 그림을 그렸다고 생각했으니,

보상이 없다면 더 이상 할 이유가 없다고 판단하는 것이다.

외재적 동기와 내재적 동기의 부정적 관계성은 아이들에게만 해당하는 이야기가 아니다. 우리 주변에서도 쉽게 찾아볼 수 있다. 매우 높은 연봉을 받는 사람과 낮은 연봉을 받는 사람들 중 어느 쪽이 자신의 일이나 직장에 대한 자부심이 높을까? 개개인의 상황마다 다르고, 극단적인 상황에 처한 사람들은 다르겠지만 평균적으로는 낮은 연봉을 받는 경우가 더 높다.

이처럼 외부의 환경과 심리 내적인 현상은 종종 반대로 작용한다. 다른 사람들이 보기에는 남부러울 것 하나 없는 사람들이 심리적으로는 우울한 것도, 환경이 너무 어려워서 다들 성공하지 못할 것이라고 생각했던 사람이 큰 성공을 이루어 내는 것도 같은 맥락이다. 그런데도 우리는 능률과 성과를 내기 위해서 인센티브제를 여기저기에 적용한다. 그런데 그 제도가 장기적 효과를 가져오지 못한다는 것이다. 그 인센티브제는 점점 강도를 높여야만 현상유지가 가능하다.

위에 열거한 것과 같이 금전적 보상을 하면 본래의 일을 하기보다는 금전적 보상을 얻기 위해서 일을 하게 된다. 그렇게 되면 목적과 수단의 혼란이 발생한다. 목적을 생각하지 않고 수단을 향해 몰두하는 일이 잘될 리가 없다. 행동의 동인이 보상보다는 호기심이나 즐거움에 찾게 해야 좋은 성과를 얻을 수 있다. 공부를 하더라도 지적 호기심이나 아는 즐거움을 얻기 위해서 책을 보면 머리에 쏙쏙 들어간다. 그러나 책을 한 권 읽고 나면 어떤 보상을 해 준다는 조건이라면 머릿속에 책의 내용은 들어가지 않고 책장만 넘기게 될 것이다. 집중이나 몰입과 같은 경지는 상상할 수도 없다. 그러므로 보상제를 택할 경우에도 그것이 본래의 목적을 훼손하지 않을 범위에서 시행되어야 소기의 목적을 달성할 수 있다.

모든 거래는 등가성이 성립한다

우리는 사회적 관계와 인간적 관계를 유지하며 살아간다. 이 두 가지 관계를 구분하는 기준은 거래 행위에 대한 등가성이 성립되는가 여부이다. 어떤 사람이 상대에게 제공하는 행위에 대하여 동등한 가치를 돌려받기를 원하면 그 관계는 사회적 관계이고 그렇지 않다면 인간적 관계이다.

그런데 이러한 관계는 상대에게 느끼는 친밀도에 의해 결정된다. 물론 그 사회의 정서가 조금 작용하지만 크게 봐선 그렇다. 친밀도가 제로인 관계는 엄격한 등가성을 요구한다. 심할 경우는 법정 다툼까지 간다. 반대로 친밀도가 최고인 관계에서는 등가성이 성립하지 않는다. 오히려 제공한 가치나 행위에 대하여 등가성으로 돌려주면 서운해하거나 화를 낸다. 상대는 내가 생각하는 만큼 나에 대한 친밀도가 없다는 반증이기 때문이다. 우리의 주변 사람들과의 관계가 위 양 극단 사이에서 어느 지점에 놓여 있다. 내가 누구를 얼마나 좋아하는지는 내가 바라는 등가성의 바늘이 어느 지점을 가리키는지 보면 알 수 있다.

등가성을 따지는 가치는 물질뿐만 아니라 마음까지 포함한다. 음인 물질의 등가성을 요구하거나 바라면 그건 완벽한 사회적 관계로 전혀 모르는 사람과의 관계다. 그것이 조금 발전하면 물건을 살 때 덤을 주는 고객관계로 발전한다. 양의 가치인 마음까지도 등가성을 바라지 않는다면 최고의 친밀도다. 아마 이런 관계는 청춘 남녀가 눈에 콩깍지가 씌어 있을 때 일 것이다.

오늘 주변 사람들을 머릿속에 담아 놓고 나는 그 사람에게 기대하는 등가성의 바늘이 어디를 가리키고 있는지를 확인해 보기 바란다. 그 바늘이 비등가성 쪽으로 가도록 애쓰는 것이 바람직하다. 그것은 감정의 계좌에 붓는 적금 통장이 될 것이다. 모르고 오래 부을수록 이자는 복리로 계산될 것이다.

우리는 어떻게 관계를 만들고 유지하는가?

현생 인류인 호모사피엔스는 약 20만 년 전에 아프리카 사바나에서 태어나 약 7만 5천 년 전에 전 세계로 이동하여 지금까지 살고 있다고 한다. 우리 오랜 선조 역시 이렇게 저 먼 아프리카 사바나에서 이주해 왔다.

생물학적으로 보면 호모사피엔스는 맹수들에 비해 생존력이 크게 떨어진다. 그럼에도 불구하고 만물의 영장으로 지구를 지배하고 있다. 호모 사피엔스라는 말은 '사회적 인간'이라는 의미이고 이것은 '사람과 사람간의 관계를 유지하는 능력'을 가지고 있다는 것을 의미한다. 험난한 자연환경에서 살아남기 위해서는 서로가 협력하는 사회적 관계에 대한 필요성을 인지하고 그것이 가능하도록 진화했다고 보여진다.

그 증거가 우리 뇌에 고스란히 남아 있다. 우리의 뇌는 3층 구조로 되어 있는데 맨 아래 층은 본능적 기능을 관장하는 뇌간이 있다. 이 뇌간은 파충류 수준의 능력을 가지고 있기 때문에 '파충류 뇌'라고 부르기도 한다. 생존의 기본적 욕구를 충족하는 생존과 번식의 기능에 관련되어 있다. 생존과 번식만을 기능하는 뇌만으로는 위험한 자연환경에 적응하여 살아가기가 어려워서 뇌는 진화하였다.

그것이 다음 층에 있는 대뇌 변연계다. 감정을 관장하는 뇌로 '포유류 뇌' 수준이다. 이 뇌로 감정과 배려심 등을 느낀다. 무리 지어 살면서 관계를 유지하는 데 유용한 기능이다. 인간은 맹수와 대적하고 부족한 식량을 해결하는 데 있어서 서로 협력하고 배려하는 기능이 요구되었을 것이다.

마지막으로 뇌의 가장 외부에 위치한 대뇌피질이다. 우리 인간의 뇌 70%를 차지하고 있다. 논리와 이성의 뇌로 영장류의 뇌라고도 한다. 이 뇌가 우리 인류의 문화와 문명을 건설하고 학문을 발전시키는 역할을 하였다. 현대 문명 발전에 가장 큰 공헌을 한 뇌라고 볼 수 있다.

이러한 인간의 뇌는 상황에 따라 그 기능이 적절하게 발휘된다. 이성적 작용이 요구될 때에는 대뇌피질이, 감성적 작용이 요구될 때에는 대뇌피질 아래에 있는 대뇌 변연계가, 본능적 작용이 요구될 때에는 맨 아래에 있는 뇌간이 기능한다. 따라서 사업이나 공적 업무를 수행할 경우에는 대뇌피질이 활동을 하고, 친구나 가족 등 사적 관계를 돈독히 할 필요가 있으면 감정의 뇌인 대뇌 변연계가 활동을 하고, 이성적 관계와 같은 인간의 기본 욕구의 충족이 필요할 때에는 뇌간이 활동한다.

사업관계나 공적 업무 처리를 잘하기 위해서는 뇌의 가장자리에 위치한 대뇌피질을 자극하는 것이 좋을 것이므로, 논리적이고 이성적 판단을 할 수 있는 분위기를 만들면 좋다. 사람을 만나는 장소와 시간을 이에 맞도록 정하면 도움이 될 것이다. 예를 들어 뇌의 작용이 활발한 오전 시간에 사무적 분위기가 나는 공간에서 미팅을 한다면 도움이 될 것이다.

친한 친구관계를 만들고 싶다면 감정의 뇌인 대뇌변연계를 자극해야 하는데, 동일한 정서를 유발하면 가능하다. 예를 들어 동향, 동창, 동성 등 동일한 정서를 이용하면 좋다. 사회관계에 유능한 사람들을 보면 첫 대면부터 위와 같은 연줄을 찾아 확인함으로써 이성적 관계를 정서적 관계로 발전시킨다. 가급적 긴장을 풀고 만날 수 있는 장소가 좋으므로 오후 시간이나 퇴근 후가 좋을 것이며 장소는 주점이나 음식점이 적당할 것이다.

마지막으로 이성적 애인관계를 맺고 싶다면 뇌간을 자극하는 행위를 하면 된다. 생존과 번식의 욕구를 충족할 수 있는 가능성을 제고하도록 상대에게 매력을 제공하는 것이 바람직하다. 관능적 자극이 필요하므로 상대에게 최대한 본능적 매력을 보여 주어야 한다. 가급적 다른 사람의 눈을 피해서 두 사람만의 관계를 유지할 수 있는 시간과 장소가 적절하다.

인간 사회 집단의 크기

마이클 가자니는 자신의 저서 《왜 인간 인가?》에서 "조직적인 계층 구조 없이 관리할 수 있는 사람 수는 150명에서 200명."이라고 했다. 개인의 충성과 일대일 접촉이 질서를 유지하는 부대의 기본적인 군인의 수라고 부언하였다. 또한 이 수치는 비공식적으로 운영할 수 있는 현대 비즈니스 조직의 최대 크기라고 말했다. 한 개인이 사회적 관계를 맺을 수 있고 기꺼이 도움을 주고자 하는 사람의 수도 최대 150~200명이라고 했다.

그런 것 같다. 대체로 보통 사람들의 결혼식에 가면 150~200명의 하객들이 모인다. 그 이상 하객이 모이는 경우는 혼주의 사회적 위치에 따른 결과로써 그중 상당수는 혼주와 별로 친분관계가 없는 사람이 차지하는 부분이라고 보면 맞다. 그들은 아마 현실적 이해관계에서 어떤 이득을 보거나 아니면 손해를 보지 않기 위한 보험금을 내러 온 사람들일 것이다.

확증편향이 집단화하면?

확증편향은 감정적 주제를 다루거나 굳은 신념을 갖는 경우에 명백하게 나타난다. 어떤 주제에 대해 자기만의 견해를 갖는 즉시 그 견해를 강화시키고 옹호하려고 한다는 실험결과가 많다. 그 견해가 올바른지 여부는 평가하지는 않으며 확증편향이 뇌의 주인이 된다. 이렇게 되면 진짜 사실은 중요하지 않다. 사실보다 더 중요한 것은 자신들이 생각하는 세계상을 지탱하고, 과거에 내린 결정들에 대해 의문시하지 않는 것이다.

왜 그럴까? 자신의 실수를 스스로 인정하는 것은 아주 고통스러운 일이다. 이러한 고통을 피하기 위해 옳다고 인정해 주는 정보들에 반사적으로 주의를 기울이게 된다. 자신의 옳음을 확인받는 것은 좋아하는 음식을 먹을 때처럼 아주 달콤하기 때문이다.

이 확증편향이 집단화되면 크게 문제가 된다. 같은 생각을 가진 사람들로 집단을 구성하면 확증편향을 강화하는 정보로만 가득하여 실수를 인정해야 하는 고통스러운 일은 나타나지 않는다. 따라서 확증편향은 더욱 확대 강화되고, 그 동력은 자신들에게 유리한 모든 분야로 확증편향이 확대된다.

거기다가 집단을 이탈 시 겪을 피해에 대한 생각까지 더하면 가식적 확증편향이 추가된다. 이러한 집단 확증편향은 거대한 모래탑으로 올라가서 그 탑이 붕괴되기 전에는 고칠 수 없는 심리상태가 된다.

물건의 가치

우리는 물건의 가치를 무엇 때문에 부여하는가? 홀인원 골프공이 그냥 골프공과 무엇이 다른가? 그리고 다 같은 홀인원 골프공이라고 해도 유명인의 홀인원 골프공과는 어떤 차이가 있는가? 이 뿐만이 아니다. 유명인의 땀내 나는 속옷이 비싸게 팔리는 이유는 무엇이며 심지어 유명인이 버린 담배꽁초마저 소더비경매장에서 팔리는 이유는 무엇인가? 이에 대한 답은 단 하나다. 희소성이 답이다. 그런데 희소성은 왜 가치를 가지는가? 일반적으로 소유하고 싶은 사람에 비해서 물건이 부족할 때 그 가치는 증가한다. 이것이 보편적인 경제적 측면에서 물건의 가치다.

그런데 세상에는 이 경제적 논리로 설명이 되지 않는 것들이 있다. 그것은 골동품이나 개인 소장품들이다. 경제적 재화로서의 가치와 다른 특정한 가치를 지닌다. 어떤 물건이 그 나름의 역사를 지닐 때 그것은 특별한 가치를 지닌다. 사람들은 그 물건에 입혀진 스토리에 열광하고 그 스토리를 배경으로 그 물건을 더욱 사랑하게 된다. 따라서 그 스토리를 아는 사람과 모르는 사람 간에는 물건의 가치가 전혀 다르다.

그리고 그 역사성도 보통 사람보다는 유명인과 관련된 것을 더 좋아한다. 여기에는 스토리의 극적인 면도 있지만, 그 유명인에 대한 관심은 여러 사람들의 공통적 관심사이기에 의미가 있다. 그 스토리가 있는 역사성의 인물에 대한 인지 범위에 따라 그 가치는 등락한다. 아무리 잘 그린 그림이라도 그것이 위작일 경우에는 가치가 없다. 사실 진품이나 위작이나 그 기능상에는 아무 문제가 없는데도 말이다.

왜 그럴까? 이 문제는 우리 인류가 지구상에 나타나서 생존과 번영 과정에서 생긴 DNA 탓이다. 수렵채취시대에 진짜가 아닌 가짜 때문에 생명의 위협을 느낀 나머지 생긴 결과라고 보여 진다. 그러므로 인간은 근본적으로 본질주의자다. 그렇다면 결론적으로 인간은 물건을 볼 때 그것이 진짜인지? 그리고 남에게 자랑할 만한 역사성을 지닌 물건인지? 이 두 가지 결과에 의해서 발생하는 희소성의 정도에 따라 가치가 결정된다.

그러므로 우리는 어떠한 물건이든지 나름의 역사성을 부여하여 스토리를 만들 수 있다. 그렇게 되면 사소한 물건일지라도 시장적 가치가 아닌 규범적 가치로서의 물건을 얼마든지 만들 수 있다. 예를 들어 온 정성을 모아 자기가 직접 만든 것은 자그마한 소품일지라도 그것을 준 사람과 받는 사람 간에는 가늠할 수 없는 큰 가치가 있을 수 있다. 만일, 기도하는 마음으로 온 마음을 모아서 한 올 한 올 만든 물건은 시장적 가치를 훨씬 능가하는 규범적 가치가 생긴다. 예를 들어 시험에 꼭 합격하기를 기원하면서 소원을 담아 만들어 준 반지는 수험생 당사자에게 많은 격려가 될 것이다.

선물하는 데 많은 돈을 쓰는 것보다는 마음을 모아 보내는 규범적 가치를 만드는 데 힘쓰면 사회가 더 윤택해질 것 같다. 예전에는 명절에 집에서 만든 특별한 음식을 만들어 이웃에 선물하곤 했는데, 이제는 모두가 돈으로 해결하는 시대가 되어서 뭔가 멋이 없어진 느낌이다.

양보는 강한 자만의 특권

갈등을 해결하는 방법에는 두 가지가 있다. 하나는 갈등하고 있는 현재의 가치보다 상위의 가치를 개발하여 그 상위가치에 합의하는 것이다. 그런데 이것은 상당한 지적 작용을 요구하고 갈등 당사자들 역시 지적 수준이 높고 합리적이어야 가능하다.

다음으로 가능한 방법이 강한 자가 양보하는 것이다. 우리 사회는 아는 사람들끼리 사소한 싸움이 있을 때 “어른이 참아야지!” 또는 “형이 참아라!”라는 말을 한다. 이것은 강한 자가 양보를 하는 것이 갈등을 해소하는 길이라는 것을 단적으로 보여 주고 있다.

강한 자는 양보할 마음의 여유가 있지만 약한 자는 양보할 마음의 여유가 없다. 강자가 양보를 하면 관용이 되지만, 약자의 양보는 굴복 또는 비굴이 되기 때문이다. 강자가 양보를 하면 멋있어 보이지만, 약자가 양보하면 궁상스러워 보인다. 그러니 양보는 강한 자만이 누릴 수 있는 특권이다.

2부

일상에서 얻은 지혜

다른 사람이 살아가면서 얻은 지혜에 공감하고
자기화하는 것이 지혜롭게 사는 방법이다.

삶과 생각

산다는 것은?

우리가 살아 있는 과정은 천운의 결과다. 우리의 세포 수보다 많은 세균과 바이러스가 우리 몸속에 있다. 그것들을 우리의 면역 체계가 막아 내고 있는 것이다. 지금 공포의 주인공인 코로나 바이러스(COVID19)에 대한 항체가 지금 우리 몸에 없기 때문에 힘든 것이다. 전체적으로 면역력이 큰 사람은 걸려도 이겨 낸다.

어디 그뿐이랴? 교통사고로 죽는 사람은 얼마나 많은가? 우리나라에서 교통사고로 죽는 사람이 1년에 4천 명을 넘는다. 그런가 하면 이런저런 이유로 자살하는 사람은 더 많다. 1년에 1만 4천 명 정도가 자살한다고 한다. 38분 만에 한 명씩 죽는다는 통계가 있다. 그 외에도 우리의 생명을 위협하는 것들은 무수히 많다. 모험을 즐기는 스포츠를 하다가 죽는 사람도 있고, 재수 없게 나쁜 짓하는 사람들 근처에 있다가 죽는 사람도 있다. 그래서 지금 내가 살아 있다는 것은 정말 운이 엄청 좋은 것이다.

이렇게 좋은 운을 가지고 살아가는 내가 어떻게 살아야 좋은가? 그냥 아무 생각 없이 그저 내 몸 하나 유지하려고 의식주에 돈을 써 가며 살아야 할까? 그렇게 산다면 짐승과 다를 것이 무엇인가? 짐승과 다르게 살아가려면 어떻게 해야 할까? 그 답은 자연의 순리에 따라 누군가를 위해 도움이 되는 일을 하면서 우주의 가치와 같이하는 삶을 사는 것이다.

많은 사람들이 왜 사는지도 모른 채, 그저 자신이 생존하는데 필요한 것들을 가지는 데만 온 힘을 쏟는다. 그것을 위해 거짓말하고, 속이고, 싸운다. 자기의 몸은 생명을 유지하는 데 필요한 것만 채우면 되는데, 더 좋은 것으로 더 많이 채우려 하다 보니 남을 해하고 피해를 주는 삶을 산다. 그런 삶을 살다 보면 몸을 지키려는 행동이 오히려 몸을 망치게 되는 결과를 낳는다. 좋은 옷, 좋은 음식, 좋은 집에서 살려고 애쓰다 보니 나쁜 짓을 하게 되고 그 욕심이 스트레스를 유발하여 건강을 해친다.

지혜로운 삶

지혜란 지식을 삶의 현장에 적용하여 내가 원하는 바를 얻게 만드는 생각이다. 얼핏 보면 바보 같고, 손해 볼 것 같았는데 나중에 보니 득이 되는 행동을 하는 사람을 보고 지혜롭다고 한다. 지혜로운 것과 꾀를 부리는 것은 다르다. 꾀를 부린다고 할 때 그 꾀는 잔꾀를 말한다. 그래서 잔꾀는 상대를 속이거나 옳지 못한 짓으로 이득을 취하는데 쓰이는 것이다. 그런 잔꾀를 부리면 사람들로부터 신뢰를 상실한다.

지혜는 전략적 사고와 맥을 같이한다. 지금 당장 이로운 것보다 미래의 원하는 시점에서 이로운 것이어야 하고 지금 당장 얻는 이익보다 더 큰 이익이 나도록 행동해야 지혜롭다고 한다. 그러려면 관련되는 것들을 전체적으로 파악하여 그것들을 어떻게 관리하는 것이 최적인지를 찾아내야 한다. 단편적으로 얻어 머리에 저장되어 있는 지식을 시공간적으로 가장 알맞게 배치하여 관리하면 지혜로운 것이 된다.

요컨대, 지식에 생명력을 불어넣어 지혜로 바꾸는 효소는 바로 전략적 사고다. 강한 태풍으로 90%의 사과가 떨어졌지만, 떨어지지 않고 달려 있는 10%의 사과를 '합격사과'로 개념을 재설정하는 지혜를 발휘하여 손실을 극복한 아오모리의 농부들은 정말 지혜로운 사람들이었다. 이처럼 우리 모두가 지혜롭게 산다면 지금 가진 것을 가지고도 얼마든지 행복하게 살 수 있다.

무리하지 않는 것도 지혜로운 삶이다. 교통사고는 무리한 운전으로부터 나오고, 회사의 부도는 무리한 사업 때문에 발생하고, 골프도 무리한 스윙 때문에 OB가 나거나 헤저드에 빠진다. 건강에 이상이 생기는 것은 몸을 무리하게 사용한 결과다. 치매 환자는 대부분 젊은 시절 무리하게 술을 많이 마신 결과이고, 성인병은 무리하게 음식을 많이 먹은 결과다. 유전적 소인이 있지만, 대부분은 자신의 몸을 너무 무리하게 사용한 결과다.

감방에 들어가 있는 대부분의 사람들은 무리한 욕심을 부린 결과이고, 태풍에 벼가 쓰러지는 것은 무리한 소출을 얻겠다고 시비를 무리하게 한 결과다. 따라서 이러한 위기를 미연에 방지하기 위해서는 자신이 가진 능력의 80% 정도만 쓰는 것이 좋다. 그래야만 무리하지 않게 되고 의외의 사태를 만나더라도 여유 있게 대처할 수 있다.

자신이 가진 능력을 초과해서 욕심을 부리는 원인은 타인을 너무 의식하는 데서 나온다. 타인과 비교하여 뒤떨어지는 것을 참을 수 없어 하고 남에게 자신을 과시하고 싶은 욕심 때문에 생긴 현상이다. 이 욕심을 버리면 무리할 일이 없을 것이고 무리하지 않으면 위기는 오지 않는다.

소유에 대한 인간의 한없는 탐욕 역시 무리한 삶이다. 물질에 대한 소유욕을 다시 한번 생각해 봐야 한다. 좋은 것을 먹어야 하고, 좋은 옷을 입어야 하고, 좋은 집에 살아야 하고, 좋은 차를 타야 잘 산다고 생각하는 것이 문제다. 물질이 필요한 것은 그 물질이 우리의 삶에 주는 효용성 때문이다. 그런데 그 본래의 목적은 어디 간 곳이 없고 그 물질을 소유하는 것에 목적을 두고 있다. 그렇다 보니 값비싼 것을 소유하고 그것을 과시하는 것이 잘 사는 것으로 오해되고 있는 것이다.

좋은 것도 너무 많이 먹으면 반드시 배탈이 나고, 좋은 것을 너무 많이 가지면 그것을 지켜 내기 위한 근심이 생긴다. 좋은 집에 살면 편리하기는 하겠지만 많은 사람들의 질투를 받게 되고, 좋은 차를 가지면 차가 손상될까 봐 걱정이 이만저만이 아니다. 다이아몬드 반지를 가진 사람은 그것을 보관하는 데 전전긍긍한다. 그러니 물질을 소유하는 데 드는 걱정과 근심이 너무 크다. 이런 근심과 걱정에서 벗어나려면 물질 본래의 가치를 다시 한번 숙고하여 사용하는 데 목적을 두는 것이 좋다.

사실 자기가 소유한다고 해도 영원히 자기 것이 되는 것이 아니다. 한 사람의 인생을 길게 잡아야 100년이다. 자기 이름으로 등기를 해 두어도 자기가 살아 있는 시간 내에서만 자기 것이다. 그러면 그 물질을 자식에게 물려주기 때문에 영원하지 않느냐고 말할지 모른다.

그건 모르는 소리다. 자식에게 물려준 재산은 얼마가지 않아서 다 날아가 버리고 자식은 오히려 부모에게 물려받은 유산 때문에 불성실한 사람이 되기 십상이다.

그러니 소유하기 위해 애쓰지 말고, 있는 그대로 사용하는 데 목표를 두고 산다면 훨씬 세상이 여유로워지고 편안해질 것이다. 물건을 사는 것은 원래 그 물건이 가지고 있는 기능을 활용하기 위함이다. 그런데 사람들이 그 원래의 기능성보다는 그 물건 자체를 가지고 있는 데 더 의미를 부여하고 있다. 소유보다 그 물질의 원천적 가치를 잘 활용하는 데 관심을 갖는 것이 더 윤택한 인생을 살아가는 방법이다.

우리 인생이라는 것이 따지고 보면 별것이 아닌데, 누구는 대단한 것처럼 포장하고, 누구는 너무 초라하게 생각하고 살아간다. 남보다 돋보이지 않으면 못 견뎌 하는 인간들은 어떻게 해서든지 남을 밟고 올라서려 하고, 그것이 안 되는 인간들은 자신을 너무나 비참한 상황이라고 좌절한다.

그런데 생각해 보면 우리가 살아가는 이 세상이 그리 대단한 것도 없고 그리 비참한 것도 아니다. 세상의 순리에 따라 돌고 돌면서 사는 건데, 지위가 좀 더 높고 낮은 게 무슨 문제일 것이며, 돈이 좀 더 있고 없고가 무슨 문제일까? 눈을 감으면 모든 것이 공으로 돌아가는데, 높지도 낮지도 않게 그저 그렇게 살아가는 평범함이 진정 위대함이다.

인생은 영혼을 성장시키는 학교

한 인간이 이 세상에 태어나면 오행의 사이클을 거쳐 죽음에 이른다. 이것이 바로 사람이 한평생 살아가는 수명주기(life cycle)다. 이러한 라이프 사이클은 인간의 수명에만 적용되는 것이 아니고 세상만사에 다 같이 적용된다.

한 사람이 이 세상에 태어나서 영혼은 육신이 라이프 사이클을 거치면서 변화하는 동안 무엇을 하는가? 여러 가지 세상의 일을 경험하면서 생각이 더해져서 변화 성장한다. 그러니 한 사람의 영혼은 인생을 통하여 성장하고 육신이 소멸하는 순간 즉, 죽음에 이르면 성장을 마친다. 이것은 마치 학생이 학교에 입학하여 일정기간 정해진 과정을 마치면 졸업하는 것과 같다. 학교는 학생을 받아서 지 · 덕 · 체 교육을 통해서 학생을 성장시킨다. 그리고 소정의 기간을 마치면 졸업을 시키고 상급학교에 진학시킨다. 학교에 입학하여 기간만 지나면 졸업을 시키는 것이 아니다. 소정의 평가를 거쳐서 합격한 학생만 졸업을 시켜 상급학교에 입학시킨다.

인생도 마찬가지다. 사람이 세상에 태어나면 인생이라는 삶의 노정에서 갖가지 도전을 받고 그 도전을 극복하면서 살아간다. 그 살아가는 과정에서 영혼이 성장하는 것이다. 그러니 '인생은 영혼 성장의 학교'인 것이다. 성공적인 인생이란 결국 영혼이 크게 성장한 것을 의미한다.

그러면 영혼 성장의 평가 기준은 무엇인가? 학교의 평가 기준은 학업성적이 되지만 인생의 평가 기준은 우주의지인 진, 선, 미다. 진선미의 가치에 부합하게 인생을 살았다면 높은 점수를 받을 것이다. 영혼이 높은 점수인 A학점을 받으면 천당을 가거나 극락왕생할 것이고 그렇지 못하면 다시 영혼 성장학교에 재입학해야 한다. 즉, 다시 태어나는 것이다.

인생이 학교와 같다는 것은 그 과정이 결코 쉽지 않다는 면에서도 비슷하다. 원하지 않은 일, 하고 싶지 않은 일이 생기기도 하고, 열심히 했으나 성적이 좋지 않은 경우도 있고, 그 어려운 과정을 거치고 나면 좋은 결실이 있는 것도 같다. 인생을 이렇게 학교에 비유해 보면 인생관과 사생관이 쉽게 정리가 된다.

인생이 고해라고 하지만, 영혼을 수련하는 학교라고 생각하면 그 힘든 장애가 영혼 수련을 위한 과제가 된다. 아무리 어려운 일이라고 하더라고 긍정적인 마음으로 도전하여 해결하면 된다. 어렵고 힘든 일이라도 진실하고 착한 마음, 아름다운 마음을 가지고 대처하면 좋은 결실을 맺을 수 있다. 그리고 죽음이라는 것이 육신만이 소멸될 뿐 영혼은 영생한다는 것을 알면 두려울 것이 없다. 즉, 죽는다는 것은 단지 지금 인생의 졸업이며 다시 새로운 학교에 입학할 기회를 얻는 것으로 생각하면 오히려 기쁨이다.

학교 졸업식장이 눈물바다가 되는 것은 헤어진다는 석별의 정 때문이지, 결코 비극이 아닌 것처럼 죽음이라는 것 역시 이생에 같이했던 인연과 헤어지므로 서운하기는 하겠지만 비극적인 일은 아니다. 영혼을 담는 그릇이 닳아서, 더 크고 좋은 새 그릇으로 옮기는 것이므로 오히려 기뻐할 일이다. 그러니 죽음을 슬퍼하거나 두려워할 필요가 없다. 죽음이 두렵지 않게 되면 아픈 것도 걱정이 되지 않는다. 인생에서 닥치는 어려움이 영혼을 성장시키는 도구라고 생각하면, 병도 긍정적으로 받아들이고 설사 그 병이 낫지 않아 육신이 소멸하게 되면 영혼은 더 좋은 육신을 얻을 기회를 얻게 될 것이니까 걱정할 필요가 없지 않은가?

세상을 살다 보면 어려움이 많다. 죽음을 영혼 성장학교 졸업이라고 생각하면 지금 삶이 즐거울 것이며, 어려움은 훌륭한 영혼 성장의 교재로 받아들일 수 있을 것이다. 이 생각을 받아들이기만 하면 하루하루가 천국이, 극락이 될 것이다. 해탈이 별거 아니다. 이 생각을 받아들이기만 하면 해탈이 된다. 모두 이 생각을 자기 것으로 만들어

하루하루를 행복하게 살아가면 만사형통이다.

사람은 죽지 않고 영원이 사는 것이므로 육신이 죽고 사는 문제는 사실 별것이 아니다. 다만 걱정해야 하는 것은 한평생을 살아가면서 자신의 영혼이 긍정적 방향으로 성장하는가 여부일 뿐이다. 그러니 어려움이 부닥치면 자신의 영혼을 성장시킬 수 있는 좋은 기회라고 생각하고 긍정적 생각으로 헤쳐 나가면 된다. 그러면 영혼이 성장하는 것이다. 그렇지 않고 부정적 생각으로 퇴폐적 생활을 한다면 영혼은 성장이 아니라 퇴보의 길을 걸어 영혼의 성장학교를 오래오래 다녀야 하는 것이다. 그러므로 죽고 사는 문제를 걱정할 것이 아니라 어떻게 하면 자신의 영혼이 성장할 수 있느냐를 걱정해야 한다.

과대한 환대는 조심해야

살아가면서 가끔은 예상외의 환대를 받을 때가 있다. 그럴 때는 정말 조심해야 한다. 서양 속담에도 "세상에 공짜 점심은 없다."라는 말이 있다. 생각지도 않은 공짜가 있을 때 정말 조심해야 한다.

이러한 것을 실증적으로 들려주는 중국의 고사가 《관자(管子)》에 나온다.

제나라 환공이 이웃 나라인 노량에 눈독을 들이자 관중이 말하기를 "우선 공께서 먼저 제견(즉 두꺼운 비단 옷, 노량에서만 나는 특산물)으로 갈아입으신 뒤, 신하들도 모두 입게 하십시오. 그러면 백성들이 따라 입게 될 것입니다." 관중은 노량의 장사꾼을 불러, "제견 1천 필을 가져오게. 황금 3백 근을 주지. 앞으로 우리 제나라에서 제견의 수요가 많이 늘어날 테니 그리 알게."라고 말했다. 노량 사람들은 신이 나서 온 나라가 농사를 포기한 채 제견만 생산했다. 1년 후, 관중이 "이제 되었습니다. 노량은 전하의 손에 들어온 것이나 진배없습니다. 이제 제견을 벗고 얇은 비단을 입으소서. 노량과의 교역도 끊으십시오."라고 환공에게 보고했다.

다시 10개월이 지나자 노량은 온통 난리가 났다. 제견을 생산하느라 농사일을 돌보지 않아 온 나라가 굶주리고 있었다. 날개 돋친 듯 팔려 나가던 제견은 쓸모없이 창고에 가득 쌓였다. 제나라에서 10전밖에 안 되는 곡물이 그곳에서는 1천 전을 주고도 살 수가 없었다. 2년 만에 노량 땅의 6할이 제나라로 넘어왔다. 3년째 되던 해에는 노량의 임금이 직접 와서 항복했다.

또 《손자병법(孫子兵法)》에 나오는 고사가 있다.

> 정나라 무후가 호나라에 눈독을 들이고, 그는 먼저 자기 딸을 호 왕에게 시집보냈다. 어느 날 왕이 신하들에게 물었다. "과인이 다른 나라를 치려 하는데 어디를 먼저 치는 것이 좋을까?" 한 신하가 말했다. "호나라가 좋겠습니다." "내 딸이 그곳으로 시집갔는데, 사위를 치란 말인가?" 무후가 펄펄 뛰며 그 신하를 죽였다. 그 말을 들은 호 왕은 완전히 마음을 놓았다. 정나라에 대한 대비를 일절 하지 않았다. 무후는 그 틈에 호나라로 쳐들어가 단번에 빼앗았다.

상대가 환대를 할 때에는 다 그만한 이유가 있는 것이다. 그러니 상대에게 휘둘리지 말고 항상 자기중심을 잡고 기본에 충실해야 한다. 전략적 차원에서 보면 제나라의 관중은 노량과 무력으로 경쟁하는 틀을 택하지 않고 경제를 수단으로 하는 경쟁의 틀을 만들어 노량이 고대 경제의 원천인 농사를 망치게 만들어 쉽게 노량을 수중에 넣었다. 정나라 무후의 속셈을 간파하지 못한 호 왕은 설마 장인이 자기를 칠 것이라고 생각하지 않았고, 더구나 호를 치는 것이 좋겠다는 신하를 죽인 것을 보고 너무나 철석같이 믿었다. 권력은 부자간에도 나눠 가질 수 없다.

상대가 이유 없이 지나치게 잘 대해 줄 때에는 반드시 경계심을 가져야 한다. 특히, 공직에 있는 사람들은 반드시 유념해야 할 것이다. 사업가들은 틈만 나면 공직자를 만나 뭔가 환심을 살 만한 게 없는가를 노리고 있다는 사실을 명심해야 한다.

사람은 시시각각 거듭난다

불교에서 흔히 쓰는 '무상(無常)'이라는 말은 변하지 않는 것은 없다는 말이다. 일찍이 서양의 대철 아리스토텔레스도 "만물은 변한다."라고 설파하였다. 그렇다. 자연의 변화는 우주 변화의 원리에 의해서 큰 오차 없이 변하는데 우리 인간은 제멋대로 변하는 것이 문제다.

그렇다면 사람은 어떻게 변하는가? 사람은 정신과 육체로 구성되어 있는데, 양 개체가 모두 스스로 경험한 결과에 의해서 변한다. 그 경험은 직접적 경험과 간접적 경험 모두를 포함한다.

큰 경험을 하면 크게 변하고 작은 경험을 하면 작게 변한다. 그런데 그 변화를 자신은 잘 인식하지 못한다는 데 문제가 있다. 자신보다 남이 먼저 그 변화를 감지한다. 특히 의식의 변화는 더 그렇다. 그래서 사람은 어제의 '나'가 오늘의 '나'가 아니다.

어제 내가 본 세상과 오늘 내가 본 세상은 전혀 다르다. 어제와 오늘 사이에 경험한 것들이 별것이 아니더라도 내가 보는 시각은 이미 달라져 있다. 어제보다 오늘은 나의 몸이 더 성숙했거나 늙었을 것이고 밤새 읽은 책이나, 드라마, 영화, 누구로부터 들은 이야기, 각종 뉴스 그리고 자연 환경의 변화 때문에 나의 관점은 바뀌어 있다. 만난 사람, 겪은 일, 읽은 책, 들은 이야기, 맡은 일 등의 모든 경험들이 경험하기 전의 나를 새로운 나로 변화시킨다. 하루라는 긴 시간이 아니라도 그렇다. 조금 전에 충격적인 일을 당한 사람은 시각이 완전히 달라져 있을 것이다. 좋은 일을 경험한 사람은 핑크빛 세상을 볼 것이고 좋지 않은 일을 경험한 사람은 회색 세상을 볼 것이다.

먹는 것에 따라서도 다르고, 운동을 하는 것에 따라 다르고 사고를 당하면 크게 다르다. 살아가면서 겪는 여러 가지 경험들이 정신과 육체를 변화시킨다. 내가 그렇고 내 주변 사람들 또한 그렇게 변한다. 그 변화가 좋은 쪽으로 변하면 좋다. 그러려면 좋은 경험을 해야 한다. 좋은 경험은 좋은 사람을 만들고, 성공한 인생을 만든다.

경험을 위한 선택의 기준은 자연의 이치라고 본다. 그래서 순리, 합리에 따른 기준을 정해서 경험하면 좋게 변해 갈 것이다. 누구도 피해갈 수 없는 변화의 물결 속에서 기준의 끈을 꼭 잡고 있어야 한다. 역리하거나 불합리, 무리를 따르면 나쁜 경험을 할 것이다. 누구도 대신해 줄 수 없는 경험의 결과는 당연히 본인들 몫이다. 그러므로 좋은 경험을 하도록 노력해야 한다. 말년에 노욕을 부리다가 자신의 정체성을 팔아먹는 어리석은 사람들은 불행한 인생의 졸업장을 받게 될 것이다.

너무 완벽하려고 하지 말라

우리는 언제나 너무 완벽하고자 애쓴다. 그런데 세상의 이치는 완벽을 허용하지 않는다. 아니 잠시만 허용한다. 그런데도 많은 사람들이 완벽해지겠다고 애를 쓴다. 달도 차면 기울고, 열매도 익으면 떨어진다. 그러니 종착점에 도착하면 변해야 함을 실증한다. 항상 조금 모자라는 것을 남겨 두고 살아가야 희망이 있다. 아쉬움과 부족함이 우리가 살아가는 데 필요한 것들이다.

정조대왕은 명궁이었는데 활을 쏠 때 '마지막 화살'은 과녁을 향해 쏘지 않고 허공을 향해 쏘았다고 한다. 보통 활을 낼 때는 한 순에 5대씩 열 순을 낸다고 한다. 그러니 마지막 순에서 4발을 명중시켜 도합 49발을 명중시킨 다음에는 50번째 화살을 허공으로 날려 버린 것이다.

왜 그랬을까? 정조대왕은 50발 전부를 명중시킨 다음, 일어날 일을 경계한 것이다. 먼저, 자신이 교만해지는 것을 경계하였고 둘째, 백발백중하고 나면 다음부터 활을 쏠 때마다 50발을 다 맞춰야 하는 부담을 져야 하는 것을 피한 것이다. 49발만 맞춰도 명궁인데 굳이 50발을 다 맞춰서 주변의 기대감을 부풀려, 만에 하나 일어날 실수를 모두 본인이 감당해야 하는 어리석음을 회피하고자 한 전략이다.

이러한 사례는 우리 선조들의 삶에서 많이 볼 수 있다. 계영배는 아무리 술을 따라도 70% 정도밖에 차지 않도록 만들어졌다. 사이펀 원리를 적용하여 잔이 넘치면 바깥 보조 잔으로 흘러넘치게 만들어진 것이다. 실제 술을 마실 때 사용하고자 한 것이 아니고 지나침을 경계하기 위해 가까운 데 두고 보면서 경계심을 유지하기 위한 도구였다.

꽃은 다 피기 전에 보는 것이 좋고 술은 약간 얼큰한 정도가 좋다. 문제는 그 좋은 상태를 너무 오래 가지려고 하다가 문제가 생긴다. 사실 좋을 때 무대를 내려오기란 쉽지 않다. 그렇지만 후세에 좋은 역사로 기록되려면 약간의 아쉬움을 남기고 떠나는 것이 좋다. 그 경쟁의 틀에서 오래 좋은 위치에 있고자 한다면 정상을 얼마 정도 남겨두고 머무는 것이 좋다.

결과보다 과정이 더 소중하다

인생의 최종 결과는 그저 죽음일 뿐이다. 그러니 하루하루 살아가는 과정에서 재미를 얻고 행복감을 느껴야 한다. 그런데 우리는 그저 그 하루하루, 순간순간을 희생하면서 그 무엇을 얻겠다고 달려간다. 그렇게 열심히 달려가 보니 앞에는 죽음이 기다리고 있다.

산을 제대로 오르는 사람은 정상을 향해 내닫는 것이 아니고, 정상을 향해 올라가는 길목에서 보이는 것들을 하나하나 찬찬히 즐기면서 오른다. 산꼭대기에 올라 보면, 탁 트인 전망이 가슴을 시원하게 하고 정상을 올랐다는 정복감은 만끽하겠지만, 그 만족은 잠시고 이제는 다시 내려가야 할 일을 걱정하게 된다. 그게 세상사이고 인생이다. 산꼭대기를 정복했다고 해서 그게 다 끝난 것이 아니라는 것이다. 한번 잘살아 보겠다고 억척으로 일을 하고 할 짓 못할 짓 가리지 않고 돈을 벌고 나면, 그 자신의 인생은 어느덧 황혼에 이르고 그 돈으로 자식들은 비뚤어진 길을 가고 있다. 그때서야 땅을 치고 통탄한들 이미 늦었다.

인생에서 올바른 목표를 세우고, 순간순간을 찬찬히 새기면서 나아가는 것이 좋다. 산책을 할 때에도 아무 생각 없이 걷는 것보다 내 몸 구석구석을 느끼면서 걸으면 건강에 크게 도움이 된다. 우리 몸은 정신과 육체가 상호작용을 하는 시스템이다. 그러니 정신으로 몸을 체크하면 몸이 반응한다. 호흡을 할 때 천천히 단전까지 들인다는 생각으로 하면 그게 바로 단전호흡이다. 이때 우주에 충만한 에너지를 내 몸 안으로 빨아들인다는 생각으로 호흡하면, 몸에 에너지로 충만되어 붕붕 뜨는 기분을 느낄 수 있다.

우리 사회는 언제부터인가 과정은 무시하고 결과만 중시하는 사회가 되어 버렸다. 그러니 부조리가 난무하고 부정이 판을 치는 사회가 되었다. 결과보다 절차적 정당성이 더 가치 있게 받아들여지는 사회가 되어야 선진국이 될 수 있다. 그것은 무슨 일이든 결과만 생각해서 욕심 부리지 말고, 그 하나하나 과정에 벌어지는 일들을 재미있게 생각하고 그 과정을 즐긴다면 많은 행복을 느낄 수 있을 것이다.

과정이냐, 결과냐

과정에 집중하면 놀이, 스포츠, 운동이 되고 결과에 집중하면 일, 직업, 노동이 된다. 다 같은 낚시를 하지만, 어부가 하면 일이고, 직업이고, 노동이지만, 낚시꾼이 하면 놀이, 스포츠, 운동이 된다. 주말 골퍼에게 골프는 놀이이고, 스포츠고, 운동이 되지만, 프로 골퍼에게는 일이고, 직업이고, 노동이 된다. 이처럼 과정에 집중하느냐 결과에 집중하느냐에 따라 전혀 다른 현상이 나타난다.

인류문명이 발전하여 생존과 번영을 추구하는 데 시간적 여유가 생겼다. 과학의 발전으로 물질문명이 발달하여 생산이 늘어나니까 인간의 활동에 많은 여유가 생긴 것이다. 그러자 여유 시간을 즐기기 위한 활동이 증가했는데, 그것들은 대부분 '과정을 즐기는 것'들이다. 앞에서 예를 든 낚시는 말할 것도 없고 사냥도 마찬가지다. 취미 활동으로 하는 낚시나 사냥은 포획물에는 관심이 없다. 다만 그 잡는 과정을 즐길 뿐이다.

특히, 기록경기는 모두가 과정을 놀이화한 것이다. 달리기는 목표 지점에 빨리 도달하여 목적하는 바를 수행하는 것이었는데 그 과정을 경쟁시켜 경기화한 것이다. 대표적인 것이 마라톤이다. 마라톤 평야에서 벌어진 전투에서 승리한 아테네군 병사가 승전보를 전하기 위해 달려간 42.195km를 경기화한 것이 마라톤이다.

우리의 활동을 결과에 집중하는 것은 인간의 기본 요건인 생존과 번식이라는 기본적 가치를 충족하기 위해서다. 그런데 이런 요건이 어느 정도 충족되고 나니까 재미를 추구하게 되었다. 이 재미 추구도 결국은 생존에 직접적 영향을 주는 건강을 증진하는 역할을 하지만 말이다. 이러한 현상의 발현이 현대 사회의 직업들이다.

과정을 중시하게 되면 충실한 결과물을 얻을 가능성이 높고 안전성, 책임성, 신뢰성을 담보할 가능성도 높다. 반대로 결과만을 중시하게 되면 무리가 따르기 쉽고 세상의 질서를 왜곡한다. 지금 우리 사회 곳곳에서 예상치 않은 사고들이 빈발하는 근저에는 과정을 소홀히 하고 결과만을 향해 치달았기 때문이다.

사고 현장 조사 결과는 항상 규격품을 쓰지 않았거나 시공과정이 부실했다는 것이고 부조리와 비리의 이면에는 올바른 과정과 절차를 무시하고 결과만을 어떻게라도 거머쥐겠다는 생각이 활개 친 결과였다. 그리고 시험점수만 중시하다 보니, 시험 간 부정행위가 빈발하고, 학교는 죽고 학원만 번성하는 기현상이 벌어지고 있는 것이 오늘의 우리나라 상황이다.

이제 우리도 생존의 욕구가 어느 정도 충족되어 살 만하게 되었으니 결과보다는 과정에 방점을 두고 즐기면서 사는 문화가 필요하다. 그래야만 지나친 경쟁에서 벗어날 수 있고 안전하고 믿음이 가는 건강한 사회로 발전할 수 있다.

성공한 인생과 규범적 가치

인생 전략을 논하려면 인생의 성공이 뭐냐? 라는 것을 정의해야 한다. 성공한 인생이 무엇이라는 것이 규명되어야 그것을 목표로 전략을 구상할 수 있는 것이다. 보편적 관점에서 성공한 인생이란 죽어서 그 사람에 대한 좋은 평판을 받는지 여부다. 이를 위해서 사람은 일생 동안 추구하는 가치를 얻기 위해서 노력한다.

가치는 대개 '시장적 가치'와 '규범적 가치'로 구분된다. 시장적 가치는 가치 등가를 전제로 하므로 기계적이다. 여기에는 인간적 요소가 개입할 여지가 없다. 물질적 세계에서 주로 일어나는 현상이다. 우리가 일상생활에서 생존을 위해서 벌이는 활동의 대부분은 이 시장적 가치를 추구하기 위해 노력하는 것들이다. 장사를 하고, 회사에 다니고, 농사를 짓고 하는 것들이 이에 속한다. 이에 비하여 규범적 가치는 등가성 원칙이 적용되지 않는다. 그래서 주로 인간관계에서 일어나는 과정이다. 기계적이지 않고 인간적이다. 과학적이지 않고 감정적이다. 여기서 중요한 것은 서로 간에 느끼는 감정의 크기다.

대개 형이하학적인 가치 체계에서는 시장적 가치가 주를 이루고 형이상학적 가치 체계에서는 규범적 가치가 주를 이룬다. 형이하학적 체계는 인간이 살아가는 데 있어서 육신의 생존에 필요한 것들을 추구하는 물질적 가치다. 보통 사람들이 추구하는 가치다. 그러나 형이상학적 가치 체계는 정신적 욕구를 충족하는 데 필요한 것을 제공해 주는 세계다.

그런데 실제적 현실 세계는 이 두 체계가 완전히 분리되어 있지 않고 상호 연관성을 갖고 있다. 물질적 가치의 충족이 정신적 가치 충족을 도와주기도하고 그 반대이기도 하다. 그런데 비록 물질적 가치를 추구하더라도 시장적 가치에만 집중하면 그것은 장사꾼 수준으로 전술적 단계에 머물러 있는 것이고, 규범적 가치 체계의 핵심인 비등가성을 적극 활용하면 그것은 기업 수준이며 전략적 단계이다.

선물도 시장적 가치 쪽으로 기울면 뇌물이 되고 규범적 가치 쪽으로 기울면 선물이 된다. 즉 당장의 반대급부를 바라지 않고 사람의 마음을 사는 데 물질적 가치를 제공하는 것이 지혜다. 시장적 가치를 추구하더라도 궁극적으로는 규범적 가치를 지향해야만 진정으로 성공한 인생을 살 수 있다.

NO WHERE와 NOW HERE

행복은 어디에도(NO WHERE) 없다고 투정하기 전에 바로 여기(NOW HERE)에 행복이 있다는 것을 놓치지 말라! 이렇듯 W 한 자를 앞에서 띄우느냐 뒤에서 띄우느냐에 따라 그 의미가 크게 달라진다. 파랑새를 찾겠다고 온 천지를 돌아다녀도 찾을 수 없었는데, 집에 돌아와 보니 집 앞 감나무 위에 앉아 있다는 얘기가 있지 않은가?

멀리서 바라보면 파란 잔디가 가까이 가서 자세히 보면 잔디 사이에 듬성듬성 패인 곳이 있다는 것을 알 수 있다. 멀리서 바라보면 예쁜 미인도 가까이 다가가면 얼굴에 죽은 깨가 촘촘히 박혀 있다. 모든 대중의 인기스타도 한 꺼풀만 벗기면 그 안에는 누구나 갖는, 아니 평범한 사람들보다 더 많은 고민과 걱정거리가 있다.

행복을 짓는 것도 마음이오, 행복을 보는 것도 마음이다. 그러니 마음 하나만 다스리면 행복은 바로 가까이 있다. 그런데 그 마음을 가지는 데는 돈이 드는 것도 아니고 남에게서 빼앗아 와야 하는 것도 아니다. 마음은 자신의 안에 있는 것인데 왜 그리 잘 다스려지지 않는 걸까?

사람을 행복하게 하는 그 마음을 가지는 데 권력이 필요한 것도 아니다. 다만 공부가 필요한 것이다. 그러고 보면 세상은 참 공평하고 자비롭다. 행복해지는 마음을 돈을 주고 사는 것이라면 그리고 권력으로 또는 완력으로 빼앗는 것이라면 이 세상은 부자와 권력자만 행복해질 수 있는 것이 아니겠나?

힘없고 가난한 사람도 자신 안에 있는 마음을 다스리는 공부만 하면 행복해질 수 있다는 게 얼마나 다행인가? 세상을 아무리 둘러보아도 행복은 어디에도 없고(NO WHERE) 자연의 섭리에 따라 우주의 의지대로 살아가면 바로 여기(NOW HERE)에 있다.

시간에 대한 생각

세상을 살아가면서 누구에게나 지극히 공평한 자원이 있다. 그것은 시간이다. 그런데 그 시간을 자신의 것으로 하지 못하고 남에게 빼앗기는 사람들이 이외로 많다. 우리가 살아간다는 것은 시간을 사용하는 것에 다름 아니다. 무엇을 하며 살든지, 얼마나 오래 살든지 우리는 단지 시간을 사용하는 것이다. 살아가면서 사용하는 각종 재화도 결국은 그 한정된 시간을 이용하는 것이다.

시간은 그저 흘러가는 것, 우리는 그저 그 흘러가는 시간에 올라타고 가는 것 정도로 생각하는 경향이 있다. 다만 시간의 가치를 경제적 관념에서만 제대로 파악하고 있다. 과거에 저명한 학자가 "시간은 돈이다."라는 말을 했다. 그렇다. 시간을 어떻게 활용하느냐에 따라 돈으로 환산이 가능하다. 돈에 대한 이자의 개념이 시간과의 관련성이다.

그런데 시간의 개념은 경제적 개념에서가 아니라 그 시간 사용의 주인이 되어야 행복하다는 점이다. 누구에게나 골고루 주어진 시간을 누구는 자신을 위해 가치 있게 쓰는데, 누구는 남이 시키는 대로 하면서 시간을 흘려보낸다. 그 차이는 '세상을 자기 생각대로 사느냐? 그렇지 않으냐?'이다.

회사에서 일을 할 때에도 상사가 시키니까, 또는 직책이 그런 일을 하게 되어 있으니까 어쩔 수 없이 그 일을 한다고 생각하면 그 시간은 자기 시간이 아니다. 같은 그 일을 하더라도 이왕지사 하는 일인데 '이 일을 어떻게 하면 더 스마트하게 할까?' 또는 '이 일은 나 자신뿐만 아니라 사회를 위해서도 보람된 일이다. 또는 이 일을 더 잘하는 방법은 없을까?'라는 생각을 하면서 일을 하면 그 모든 시간은 자기 시간이 되는 것이다. 같은 행위를 하면서 시간을 보내더라도 생각하기에 따라서 그 시간의 자신의 것이 되느냐? 남의 시간이 되느냐? 차이가 난다.

같은 일을 하더라도 남이 시켜서 하면 노동이고 자신이 좋아서 하면 운동이나 창작 활동이다. 그러니 전자는 자신의 시간을 남이 쓰는 것이고 후자는 그 시간을 자신이 쓰는 것이다. 우리 인간이 이 세상에서 사는 시간이 100년이 채 안 되는데, 그 시간을 남의 시간으로 살다간 사람은 100년을 산다 한들 무슨 의미가 있겠나? 생물학적으로 얼마의 시간을 살더라도 자신의 의지로 살아가는 삶이 진정한 삶이다.

사람이 행복하게 산다는 것은 시간을 행복하게 쓴다는 것이나 다름없다. 맛있는 음식을 먹을 때는 포만감과 미각 때문에 행복한 시간을 즐기는 것이며, 좋은 집에 살 때는 그 아늑하고 포근함을 즐기는 시간들이다. 선물을 받았을 때는 그 선물을 받는 순간이 기쁜 것이다. 부자가 재물을 아무리 단단하게 갈무리한다고 해도 그의 수명이 유지되는 한의 제한성을 갖는다. 그러니 소유가 중요한 것이 아니고 '존재의 가치를 즐기는 시간'이 중요한 것이다.

그리고 시간은 때가 중요하다. 그때를 잘 알지 못하면 일을 그르치거나 성공하더라도 많은 대가를 지불해야 한다. 그때라는 것은 너무 빨라도 너무 늦어도 안 된다. 그것을 결정하는 것은 일이 전개되는 시스템에 달려 있다. 일의 성숙도가 그것을 결정한다고 보면 된다.

막걸리를 예로 들면 술이 채 익기도 전에 먹으면 술이 미끈거리면서 단맛이 난다. 그러나 너무 오래 두면 쉬어서 먹을 수가 없다. 알맞게 익었을 때 먹어야 제대로 된 막걸리가 된다. 우리의 음식은 대부분 발효 음식이기에 그때를 잘 맞추어야 한다.

일을 함에 있어 적당한 때가 올 때까지 기다리는 느긋함이 필요한 시기다. 협상에서도 상대방의 이야기를 느긋하게 들어 보고 천천히 판단을 하는 여유가 필요한 시기다. 여유로움 속에서 통찰력을 발휘하여 문제의 사안에 관련된 시스템을 찬찬히 뜯어 본 뒤에 올바른 판단을 하는 것이 낫다.

변화와 인식 간의 시간적 격차

뭔가가 변했지만 그 변화를 인식하는 것과의 간극은 항상 존재한다. 변했지만 그 결과가 영향을 미쳐서 사람이 그것을 인식하는 데까지 걸리는 시간 때문이다. 예를 들어 절기상 입춘은 대개 2월 4일 또는 5일인데, 그때 봄기운은 전혀 나지 않는다. 분명 황도와 지구와의 관계에서 봄의 시작인 입춘 절기인데 말이다.

그것은 겨우내 얼었던 지구가 데워지는 데 걸리는 시간 때문이다. 대개 그 시간이 한 달 정도 걸린다. 그러고 보면 음력이 우리가 느끼는 절기와 상당히 맞다. 음력으로 춘삼월이라고 하면 정말 봄의 느낌이 확실하다. 음력은 달의 변화를 보고 일자를 계산한 것이기에 계절의 변화와 직접 관련을 맺지 못하고 있음에도 그렇다.

천문관측 장비가 발달하지 못했던 옛날에는 지구가 중심에 있고 천체가 움직이는 것으로 알았다. 그 본래적 우주의 운행주기보다는 지구의 입장에서 눈에 비치는 대로만 이해했기 때문이다. 즉, 달이 차는 데 15일, 기우는 데 15일 정도 걸리니 합하면 한 달이 되는 것이다. 이렇듯 기본적 변화와 그것을 감지하는 인간의 인식 간에는 항상 격차가 발생하는 것이다.

정책도 마찬가지다. 새로운 정책을 시행하더라도 그 정책이 안착해서 성과를 보기까지는 상당한 시간이 걸린다. 이처럼 변화와 인식 간의 시간적 격차를 인정하고 생활에 적용하는 지혜가 필요하다.

가끔씩 눈을 감고 세상을 보자

세상을 보는 방법에는 눈을 뜨고 보는 방법과 눈을 감고 보는 방법이 있다. 눈을 뜨고 보는 것은 육안 즉, 눈으로 보는 것이고 눈을 감고 보는 것은 심안, 즉 마음으로 보는 것이다. 이렇게 사람이 육안과 심안으로 볼 수 있는 것 역시 세상을 지배하는 원리인 음양의 원리가 적용되고 있기 때문이다.

육안은 육신이 필요로 하는 것을 찾아 헤맨다. 생존과 번영을 위해 먹을 것을 찾아다니고, 위험한 것을 식별하고, 번식을 위해 배우자를 찾아다닌다. 그러니까 눈을 뜨면 현실만 보인다. 과거나 미래는 볼 수가 없어 당장의 이익에만 집착한다. 그런데 가만히 눈을 감고 세상을 바라보면 심안, 즉 마음의 눈이 작동한다. 심안은 과거도 볼 수 있고 미래도 볼 수 있다. 그러니까 심안은 정신이 필요로 하는 것을 찾아다닌다. 심안은 시공을 초월하여 제한 없이 볼 수 있다.

눈을 뜨면 '바로 이곳'이 보이고 감으면 지나간 과거와 앞날이 보인다. 눈을 뜨면 앞을 가로막고 있는 벽이 보이지만 감으면 벽 너머가 보인다. 눈을 뜨면 그 사람의 외모가 보이고 감으면 인격이 보인다. 이처럼 눈을 뜨면 물질이 보이고 감으면 정신이 보이는 것이다. 눈을 뜨고 보면 당장의 눈앞의 정경과 사물만 보이지만 눈을 감고 보면 자신이 평생 경험한 정보가 다 보이고 나아가서 그 정보를 종합하여 추론한 미래도 보인다. 뿐만 아니라 이성적 판단도 가능해진다 .

지금 우리가 사는 이 세상이 팍팍한 것은 모두가 눈을 뜨고만 세상을 보고 있는 탓이다. 눈을 뜨고 세상을 보면 당장의 현실에만 집중하게 되어 사욕에 사로잡히기 쉽다. 좋은 집, 좋은 차, 좋은 음식, 좋은 옷, 등 등 눈에 보이는 것을 구하기 위해 애를 쓴다. 내가 먹을 것, 내가 입을 것, 내가 살 곳에 집착하고 내 가족, 내 친구, 내 고향 등등 모든 것을 나와 관계된 것에만 집중하게 된다. 무엇이든지 당장 지금

나에게 도움이 되는 것에 관심을 집중하게 된다. 그러다 보니 현실 중심적 사고와 활동에 집착하게 된다.

눈을 뜨고 세상을 보면, 두뇌는 눈으로 통해 들어오는 정보관리에만 전념한다. 그런데 눈을 감으면 마음의 눈이 작동한다. 당장 육안을 통해서 들어오는 정보가 차단되니 두뇌는 시공간을 초월하여 자유로운 활동을 할 수 있는 것이다. 우리의 뇌는 눈을 뜨면 시각 모드로 전환하고 눈을 감으면 생각 모드로 전환한다. 육안은 육신이 필요로 하는 것을 찾아 헤맨다. 생존과 번영을 위해 먹을 것을 찾아다니고, 위험한 것을 식별하고, 번식을 위해 배우자를 찾아다닌다. 그러니까 눈을 뜨면 현실만 보인다. 과거나 미래는 볼 수가 없다. 당장의 이익에만 집착한다.

심안은 시공을 초월하여 제한 없이 볼 수 있다. 예를 들면, 면도할 때 거울이 없으면 누구나 눈을 감고 손으로 턱과 목을 만지면서 면도를 한다. 눈을 뜨고 면도를 하는 것보다는 눈을 감고 면도하는 것이 낫다. 눈을 감으면 뇌가 평소 거울을 통해 익혀 두었던 정보를 이용한다. 마찬가지로 눈을 감으면 고향의 모습이 보이지만 눈을 뜨면 이 복잡한 서울만 보인다.

좀 더 멋진 삶을 위하여 우리는 가끔씩 눈을 감고 세상을 보는 훈련이 필요하다. 지금 당장의 눈앞에 일에만 매달리지 말고 잠시 눈을 감으면 과거도 보이고 앞날도 보인다. 자신을 되돌아 볼 수도 있고 새로운 것을 만들어 내는 창의적 아이디어도 보인다. 많은 사람들이 자주 눈을 감고 세상을 보는 연습을 한다면 더 정감 있고 창의적 아이디어가 넘치며 불같이 화내는 성미를 절제하면서 이성이 지배하는 살 만한 세상이 되지 싶다. 미래를 차분히 준비하고 위기를 미연에 방지하면서 자연의 순리를 따라 행복이 흐르는 그런 세상을 만들 수 있을 거다.

우리가 세상을 육안으로만 바라본다면 욕심에 매몰되기 십상이다. 현실이 아무리 어렵더라도 가끔 눈을 감고 세상을 바라보면 자신의 잘못된 좌표를 수정할 수 있을 것이다.

세상을 움직이는 기운을 느껴야

"안 되면 되게 하라!"라는 말이 있다. 그런데 안 되는 것은 안 되는 것이다. 무턱대고 고집을 부린다고 되는 것이 아니다. 그런데 서양식 사고의 결과물로 요즘 세상을 판치고 있는 '자기 계발서'는 무조건 열심히 하라고만 한다. 그러면 될 것이라고 생각한다.

그런데 그게 그렇지 않다. 세상을 움직이는 분명한 기운이 있다. 그 기운에 맞춰서 노력해야 원하는 바를 이룰 수 있다. 그 기운을 어떻게 느끼느냐 하는 것이 진정 선지자의 몫이고 그 내용은 철학이다.

이 변화의 기운을 알아차리는 것이 어려운 이유가 무엇인가? 그 이유는 변화가 느리게 진행되기 때문이다. 긴 시간을 두고 천천히 아주 천천히 변하기 때문에 인간의 감각으로는 그것을 알아채기가 힘들다. 인체의 감각기관이 우주 변화를 감지하는 능력이 부족한 탓이다.

가장 쉽게 알아차릴 수 있는 것은 계절의 변화다. 봄이 오면 곧이어 여름이 오고 그다음 가을과 겨울이 이어진다. 이런 계절의 변화 속에서 그 변화를 알아차리고 그에 합당한 일을 하는 농부는 훌륭한 성과를 얻는다.

이 세상의 변화도 분명 1년의 사계절과 같은 변화가 있다. 그것은 봄, 여름, 가을, 겨울과 같은 변화로 나타나고 기, 승, 전, 결의 형태로도 나타난다. 철학적 입장에서 보면 같은 내용이지만 보통 사람들이 보기에는 달라 보인다. 그것은 형과 상의 문제이기 때문이다. 그런데 단견의 직선적 사고에 의식이 고착화된 사람은 긴 시각에서 세상을 보지 못한다. 정치를 하는 사람은 좀 더 긴 호흡으로 민심의 변화를 읽어야 하고, 사업을 하는 사람은 변화하는 트렌드를 한 발짝 먼저 파악해야 한다.

그런데 그 변화를 파악하는 것이 쉽지 않은 것이 문제다. 직선적 사고와 오감으로 체험되는 경험적 과학주의에 의해 철저히 교육받은 지금의 세대로는 세상의 변화 움직임을 미리 느끼는 것이 불가능할 것 같다. 좀 더 긴 호흡으로 세상을 바라보는 동양적 사고의 배양이 필요하다.

수단과 목적의 혼동

우리는 수단과 목적을 혼동하는 경우가 많다. 수단은 분명 목적을 위해 필요한 것이고 목적에 종속되어야 하는데 그렇지 못한 경우가 많다. 가장 큰 사례가 인간의 행복과 돈의 관계다. 세상에 돈을 싫어하는 사람은 없을 것이다. 그런데 그 돈을 너무 좋아하다 보니 목적과 수단이 전도된다. 돈은 행복한 삶을 살아가는 데 수단일 뿐인데, 상당수의 사람들이 돈이 목적이 되어 그 돈이 행복한 삶을 파괴한다.

운동을 목적으로 만보기를 차고 다니면서 만보가 될 때까지 걷는다면 그 만보기는 수단으로써 올바른 역할을 하고 있는 것이다. 그런데 만보를 채우기 위해 만보기를 흔들고 있다면 그것은 목적을 상실한 행동이다.

회의는 문제 해결이나 어떤 사안을 공유하기 위한 것이다. 그런데 회의가 정기화하다 보면 회의 그 자체를 위해 일을 한다. 문제 해결을 위하여 회의를 하는 것이 아니고 그 회의를 하려고 어젠다를 찾아 헤매고 있다. 아마 지금도 총괄 부서에서는 회의 때가 되면 회의록 어젠다를 독촉하느라고 야단법석이고, 관계 실무자는 어젠다가 없어서 입이 바싹바싹 마르고, 남아서 야근을 하면서 회의록을 만든다. 아무리 정기회의라고 하더라도 중요한 의제가 없으면 회의를 생략하는 융통성이 필요하다.

이렇듯 우리는 살아가면서 목적과 수단을 바꾸는 경우를 자주 겪는다. 무슨 일을 하든지 목적을 분명히 하고 그 목적을 항상 머리에 새기면서 그 목적을 이루는 수단을 획득해야 한다. 그리고 그 수단을 구하는 데 너무 지나침이 없는지를 살펴야 한다.

금수저의 아버지는 흙수저

요즘 대학을 나와도 취업이 잘 안되고, 3포, 7포 세대라는 말이 골목을 쏠고 다닌다. 아직 채 피워 보지도 못하고 자살을 한 명문대 학생을 보고 세상이 이래서는 안 된다는 생각이 든다. 이런 세태를 보고 누구는 금수저를 물고 태어나서 아무 노력을 하지 않아도 잘살고, 누구는 흙수저를 물고 태어나서 아무리 노력해도 취직도 못 한다고 한탄하는 세상이다. 평면적 기준으로 보면 맞는 말이다.

그러나 좀 더 시야를 시공간적으로 넓혀 보아도 그럴까? 우리 속담에 "부자, 3대 가지 않는다."라는 말이 있다. 이는 뒤집어 보면 가난 역시 3대까지 가지 않는다는 말이 된다. 지금 금수저를 물고 태어나 세상을 즐기고 있는 사람들은 가난을 향하여 가고 있는 상황이고, 지금 흙수저를 물고 태어나서 힘들게 살아가는 사람들은 부자가 되어 가는 과정에 있다. 다만 현재에만 집중하는 단견적 사고만 하는 사람들이 이 변화의 과정을 느끼지 못하고 있을 뿐이다.

세상은 항상 순환을 기본으로 변화한다. 세상은 양이 다하면 음이 나타나고 음이 다하면 양이 나타난다. 부가 양이라면 빈(貧: 가난)은 음이다. 부와 빈은 태극의 원리와 같이 순환한다. 지금 금수저를 물고 태어난 사람은 그 아버지가 흙수저를 물고 태어나 피나는 노력을 한 결과다. 그 아버지가 아니면 할아버지는 흙수저를 물고 태어났다. 흙수저가 금수저로 변한 것이다. 흙수저 시대가 할아버지냐 아버지냐 하는 그 변화 사이클의 크기는 물려받은 부를 어떻게 관리하였느냐에 달려 있다.

이 세상에는 수많은 난관과 장애물이 앞을 가로막고 있는데 그 장애물을 극복하고 넘어가는 사람들에게는 큰 발전이 있을 것이고, 장애가 나타나지 않는 사람들은 앞으로 그저 나아갈 것이다. 따라서 장애물이 나타나지 않으면 발전을 기대하기 어렵다. 이렇게 보면 극복 가능한 장애물이 있는 경우가 더 행운인 것이다. 따라서 지금 한탄하고 있는 흙수저들이 금수저에 비해 발전할 가능성을 타고난 것이다.

인간은 기본적으로 게으르기 때문에 돈이 많으면 노력할 필요가 없다. 노력할 필요가 없는데 왜 힘들여 돈을 벌려고 애를 쓰겠는가? 사람은 편해지면 더욱 편해지고 싶어진다. 먹고사는 데 문제가 없으면 놀고 싶고, 놀다 보면 쾌락이 유혹한다. 돈이 많으면서 쾌락의 유혹을 뿌리칠 수 있는 사람은 그리 많지 않다. 인간은 근본적으로 사욕의 덩어리이고, 그 사욕은 정신보다는 몸이 요구하는 것을 추구하는데, 그 결과는 파멸에 이르는 길이다.

반대로 돈이 없는 사람들은 곁을 돌아볼 겨를이 없다. 먹고사는 문제가 가장 크기 때문에 열심히 공부하고 일해야 한다. 금수저가 향락을 찾아다니는 시간에 흙수저들은 눈앞에 닥친 장애물을 극복하기 위해 최선을 다하여 금수저가 된다. 지금의 흙수저는 자신의 아들이 금수저를 물고 나올 수 있는 계기라고 생각하고 눈앞에 닥친 장애물을 극복하면 부와 동시에 성취감도 얻을 수 있다. 지금 흙수저라고 낙담하고 포기하면 아무것도 얻을 수 없다.

모든 것이 고마운 일

친구가 카톡으로 아래의 글을 보내왔다.

"자녀가 부모인 당신에게 대들고 심술을 부린다면. 그건 아이가 거리에서 방황하지 않고 집에 잘 있다는 뜻이고, 내야 할 세금이 있다면 그것 내가 살 만하다는 뜻이고, 옷이 몸에 조금 낀다면 그것 잘 먹고 잘 살고 있다는 뜻이다. 닦아야 할 유리창과 고쳐야 할 하수구가 있다면 그건 나에게 집이 있다는 뜻이고, 빨래거리, 다림질거리가 많다면 가족에게 옷이 많다는 뜻이고, 가스 요금이 너무 많이 나왔다면, 그건 내가 지난겨울을 따뜻하게 살았다는 뜻이다.

정부에 대한 불평불만의 소리가 많이 들리면, 그건 언론의 자유가 있다는 뜻이고, 지하철이나 버스에서 누군가 떠드는 소리가 자꾸 거슬린다면, 그건 내가 들을 수 있다는 뜻이고, 주차장 맨 끝, 먼 곳에 겨우 빈자리가 하나 있다면. 그건 내가 걸을 수 있는 데다가 차까지 가졌다는 뜻이다. 온몸이 뻐근하고 피로하다면. 그건 내가 열심히 일했다는 뜻이고, 이른 아침 시끄러운 자명종 소리에 깼다면, 그건 내가 살아 있다는 뜻이다."

공감이 가는 이 글의 전체적 맥락은 부정적 관점을 보지 말고 긍정적 관점을 보라는 뜻이다. 부정적 관점의 반대편에는 반드시 긍정적 관점이 있으니 이것을 찾아내라는 얘기다. 맞는 말이다. 그런데 그것을 찾는 것이 쉬운 일이 아니다. 이해는 되는데, 실제 상황에서 그렇게 생각하는 것은 또 다른 문제다. 머리와 가슴까지의 거리 때문이다. 머리로 이해하는 것을 가슴으로 느끼는 것은 다르다는 의미다.

이해한 것을 공감해야 행동하게 되고, 행동을 반복해야 습관이 된다. 지금 보이는 것의 반대편에 있는, 보이지 않은 것을 찾아내어 공감하고 행동을 반복하여 습관화하면 고마운 일로 넘쳐 날 것이다. 그 다음은 행복이 가득할 것이다.

좋아하는 일하면서 먹고살기

자기가 좋아하는 일을 하면서 먹고살 수 있다면 정말 행복할 것이다. 그런데 많은 사람들이 자신이 좋아하지도 않을 일을 하면서 힘들게 살아간다.

그렇다면 어떻게 하면 될까? 두 가지 방법이 있다. 하나는 현재의 좋아하지 않은 일을 과감히 던져 버리고 자신이 좋아하는 일을 찾는 것이다. 그런데 이것은 대단한 용기를 필요로 한다. 자신을 둘러싸고 있는 환경을 벗어 던져 버리는 일이 쉽지가 않다. 다른 하나는 현재 하고 있는 일에서 재미를 발견하는 것이다. 그 일에 가치를 부여하고 정당성과 소명의식을 부여하는 것이다. 위험이 덜하지만 자신의 생각을 바꾸는 일이기에 어떤 사람에게는 대단히 어렵다. 전자는 혁명적 방법이며 진취적인 사람에게 가능한 방법이다. 후자는 점진적이고 온건한 사람에게 적합한 방법이다. 과정은 차이가 나지만 결과적으로는 자신이 좋아하는 환경으로 만드는 것이다.

좋아하는 일을 하면 능률이 오르고 성과가 난다. 자신이 좋아하니까 성취감이 생기고 만족감이 생겨 도파민이 왕성하게 분비된다. 그러니 아무리 일을 해도 피곤하지가 않다. 싫어하는 일을 억지로 하면 능률이 오르지 않고 성과도 미약하다. 그러니 스트레스만 쌓인다. 매사 짜증나고 모든 것이 남의 탓이라는 생각이 든다. 불행한 삶이 된다.

자신이 잘하는 것을 한다는 것은 그 만큼 경쟁력이 있다. 경쟁력이 있으니까 성공할 확률이 높다. 자신이 잘하는 그 일을 즐길 수 있으므로 행복하다. 핵심은 어떤 방법으로 자신이 좋아하는 일을 하면서 자신이 필요로 하는 돈을 벌 수 있는가? 이다. 그것은 '자신의 능력이 잘 발휘될 수 있는 경쟁의 틀'을 만드는 것이다. 그러면 성취감은 덤이다.

기대하는 마음

개대하는 마음은 삶의 원천이다. 사람은 모두가 그렇게 될 것이라는 생각으로 살아간다. 그런데 기대가 충족되면 기쁘고, 충족되지 않으면 슬프다. 그러니 어떤 기대를 하는가에 따라 기쁨과 슬픔이 결정된다. 그렇다면 기쁨과 슬픔은 내가 정할 수 있다는 말이 된다. 달성 가능한 기대를 하면 기쁨이, 달성 불가능한 기대를 하면 슬픔이 내게 올 것이기 때문이다.

최상의 행복은 기쁨의 연속이다. 그러니 행복하려면 기대치를 낮춰서 살면 된다. 큰일이라도 그걸 잘게 쪼개서 단계마다 달성 가능한 기대치를 정하고 그것을 위해 알맞게 노력하면 된다. 이것은 단순히 기분으로만 끝나는 것이 아니다. 건강과도 관련이 크다. 기쁨은 몸의 진동을 높이고, 슬픔은 몸의 진동을 낮춘다. 진동이 낮아지면 심장을 포함한 오장육부가 굳어져서 작동이 느려지고 마침내 멈춘다. 극단적인 경우가 심장마비다. 기대하지 않았던 나쁜 일이 발생하면 가슴을 쥐어뜯으면서 쓰러진다. 몸의 진동이 낮아져서 그렇다.

불가능한 것을 기대하는 것은 스스로 슬픔을 부르는 것이고 그것은 몸을 저 진동 상태로 몰아가서 굳어지게 한다. 굳어지면 병이 된다. 행복도 불행도 나 자신이 만드는 것으로 일체유심조(一切唯心造)다.

새로운 가치의 발견

인터넷 전화는 이제 요금이 부과되지 않는다. 전에 국제 통화는 그 요금 때문에 마음대로 할 수가 없었다. 그런데 이제 그 비싼 요금을 하나도 내지 않아도 되는 세상이 되었다. 그럼 무엇이 이것을 가능케 한 것인가? 인터넷 세상이 갖는 장점을 최대한 이용한 것이다. 전 세계적으로 깔려 있는 인터넷 망을 그냥 이용하면 되는 것이고 인터넷을 통하여 광고하고자 하는 광고주로부터 수익을 챙기는 구조다. 인터넷 회사는 수익 구조를 과거의 통화 시 빌려주는 회선 사용료의 가치를 포기하고 인터넷의 광고 공간을 새로운 가치로 찾아낸 것이다.

요즘 여성들이 열광하는 핸드백도 유명 디자이너들이 가방에 대한 새로운 가치를 발견한 결과다. 애초에 핸드백은 주머니가 달린 옷이 없으니까 외출 시에 필요한 여러 가지 물건을 넣어 다니는 주머니로서의 가치가 기본이다. 그런데 디자이너들은 여유 있는 여성들이 자기과시의 한 형태로 핸드백을 이용한다는 새로운 가치를 발견한 것이다. 어느 정도 여유가 있는 여성들은 적어도 300만 원 이상 하는 핸드백은 들고 다녀야 체면이 선다고 생각한다. 핸드백은 더 이상 물건을 넣어 다니는 주머니가 아니고 자신의 신분에 어울리게 표현하려는 하나의 중요한 액세서리가 된 것이다.

스타벅스가 성공한 것도 커피를 하나의 기호음료로서의 가치보다는 스타벅스 커피점에서 커피를 사서 마시는 그 분위기를 새로운 가치로 창조하여 고객에게 다가간 것이다. 그 결과 많은 여성들이 스타벅스에 앉아서 고즈넉이 그 분위기를 즐기는가 하면 테이크아웃 스타벅스 커피 컵을 들고 거리를 활보하는 것이다. 라면을 점심으로 때우고 나서도 5천 원짜리 스타벅스 커피 잔을 들고 걸어야 분위기기 산다고 생각한다.

그러면 무엇이 이를 가능하게 하는가? 먼저 문제를 보는 통찰력이다. 그 사안이 가지고 있는 여러 가지 잠재적인 특징들 중에서 변화하는 환경에 맞는 것을 찾아내는 능력이다. 짧은 바지가 겨울에는 별 가치가 없겠지만 여름이 되면 정말 그 가치가 빛난다. 이와 같이 주변 환경이 저절로 변화하는 것에 대해서는 그 변화를 예측하여 그에 맞게 가치를 발견하여 닦으면 된다.

인류 역사의 발전은 다른 말로 하면 이처럼 새로운 가치 발견의 역사라고 해도 지나치지 않다. 세상은 변하고 인간의 생각도 변한다. 이 변화하는 환경에서 가장 적절하다고 생각하는 잠재적 가치를 찾아내어 현재적 가치로 발굴하는 것이야말로 창의성이고 전략이다.

교환가치와 사용가치

사용가치와 교환가치를 구분한 경제학자는 마르크스다. 마르크스는 각 개인의 구체적 필요에 의해 생산된 물건이 화폐라는 교환가치에 의해 평가되면서 자본주의의 문제가 시작되었다고 진단하였다. 이른바 '사용가치라는 질적 가치'와 '교환가치라는 양적 가치' 사이의 모순이라고 본 것이다.

한국 사회를 지배하고 있는 여러 가지 모순은 모든 것을 교환가치로 평가하는 데서 출발한다. 그중에서 가장 심한 것이 주택 문제다. 주택이 '사는 곳(living place: 사용가치)'이 아니라 '사는 것(buying: 교환가치)'이 되면서부터다. 개발 연대에 주택이 '부의 증식 수단'이 되면서 주택은 쾌적한 삶의 공간으로서의 사용가치보다는 더 많은 돈을 받고 교환할 수 있는 교환가치로 평가되기 시작하였다.

이러한 천민자본주의와 맞물린 주택 시장의 팽창은 우리 사회 전반에 영향을 미쳤다. 모든 것이 오로지 돈으로의 교환가치로 평가되기 시작하였다. 사람을 평가할 때에도 돈을 얼마나 버느냐? 얼마나 비싼 집에 사는지? 얼마나 비싼 자동차를 타고 다니는지? 가지고 있는 재산은 얼마인지? 상속받을 재산은 있는지? 어느 대학에 진학하면 더 많은 돈을 벌 수 있는지? 등으로 평가하기 시작하였다.

이렇게 모든 것을 교환가치로 평가하고 그것을 취하려고 하면 무한한 욕심 때문에 결코 행복에 이를 수가 없다. 왜냐하면 소유욕에 대한 인간의 욕망은 끝이 없기 때문이다. 영원히 채워질 수 없는 욕망을 좇지 않으려면 교환가치보다 사용가치에 더 무게를 두고 살면 된다. 우리가 살아가면서 사용하는 데 기능적으로 문제가 없으면 만족하는 습관을 들이는 것이 좋다. 집도 가족이 쾌적하게 살 수 있으면 되고, 옷도 몸을 보호하면서 남들이 눈살을 찌푸리지 않을 정도면 되고, 먹는 것도 몸 건강에 필요한 칼로리를 보충할 정도가 되면 만족하는 것이다. 시계도 시간이 잘 맞으면 되지 비싸야 할 필요가 있겠는가?

이처럼 사용가치에 집중하여 살아가면 굳이 많은 돈을 벌려고 노력하지 않아도 될 것이고 그 여유 시간을 인간다운 삶에 투자한다면 오늘과 같은 각박한 세상이 되지 않을 것이다.

미래 가치

좋고 나쁨은 오로지 지금의 시공간적 상황에서 그렇다는 것이지 영원히 그런 것은 아니다. 얇은 옷이 여름에는 시원하고 좋겠지만, 겨울에는 추위에 떨어야 한다. 그러한 이치를 충분히 느끼기에는 인간의 생각이 모자라고 사는 기간이 너무 짧다.

세상의 일을 장기적으로 바라볼 줄 아는 시각이 필요하다. 그러나 현대의 자본주의 시스템은 매우 근시안적이다. 진시황은 만리장성을 만들기 위해 10년간 매년 100만 명의 사람을 동원했다고 한다. 그렇게 힘들게 만든 벽이 막상 국가 방위에는 별 쓸모가 없었다. 그러니 만리장성 프로젝트는 돈 낭비였다고 할 수도 있다.

그런데 오늘날의 관점에서 보면, 만리장성은 중국 문명의 상징이 됐다. 장성이 오늘날 이렇게 관광자원으로 활용되고 문명의 상징이 되리라고는 생각하지 못했을 것이다. 장성은 그대로이나 그 장성의 존재 배경이 변한 것이다. 국경을 넘어 자유로이 이동하는 세상이 된 덕분에 장성이 관광자원으로서 새로운 가치를 얻은 것이다.

세상은 이렇듯 음과 양이 서로 조화를 이루면서 돌아가는 것이다. 그러니 지금 너무 힘들다고 낙담하지도 말고 조금 잘나간다고 뻐기지 않는 것이 좋다.

죽음에 대한 생각

'웰 다잉'이란 나 자신에 대한 정의만 정확하게 하고 나면 끝이다. "'나'가 정신이냐? 육신이냐?"에 대한 답을 얻고 나면 해결 완료다. '나'가 정신이고 육신은 '나'인 정신을 담는 그릇이라고 보면 살고 죽는 문제가 쉽게 정리된다.

즉, '나'인 정신은 영생한다. 그릇이 낡으면 바꾸어 계속 살아간다. 그러니 죽는 걸 두려워할 이유가 없다. '나'인 정신을 담고 있는 육신이 낡아서 고통스러우면 버리고 새 그릇을 찾아 옮겨 가는 것이 현명하다. 지금의 그릇이 정이 들어서 옮겨 가고 싶지 않다면 그릇을 평소에 아끼고 무리 없이 관리하라. 그러니 죽는 걸 두려워할 필요가 없다. 죽으면 고통은 존재하지 않는다. 고통을 느끼는 육신이 없어지면 감각이 있을 리 없고 그 감각이 사라지는데 어찌 고통이 있을까?

인간이 살아가는 것은 한편으로는 죽으러 가는 것에 불과하다. 유한한 우리의 인생은 이 세상에 태어나면서부터 죽음이라는 결승선을 향해 달려가는 것이다. 이러한 생각도 결국은 이생에서 살아가는 사람의 시각으로 표현한 것에 불과하다.

윤회설에 입각해 보면 보통 사람들이 생각하는 것과 전혀 달리 생각할 수도 있다. 이 세상에 태어나는 것은 전생의 업장을 소멸하기 위해서다. 그러니 길지 않은 한평생을 살아가면서 선업을 쌓아 전생의 업장을 소멸할 수 있도록 해야 한다는 것이다. 그래서 그 업장이 소멸되면 죽어서 극락왕생하는 것이고 업장이 남아 있으면 다시 태어나서 다음 생에서 업장 소멸을 위한 선업을 쌓는 일을 해야 하는 것이 인생이다.

이렇게 보면 죽는다는 것은 극락왕생할 것인가 아니면 다시 태어나서 영혼 수련을 할 것인가의 문제이지 별다른 것이 아니다. 다만 달라지는 것은 이 세상에서 만난 인연을 마치고 다른 새로운 인연을 맺는 것에 불과하다. 그러니 사는 것과 죽는 것은 별것이 아니고 새로운 생을 만들기 위한 과정일 뿐이니 이런 시각에서 보면 죽는다는 것을 그리 슬퍼할 일이 아니라고 본다.

다만 두려운 것은 생전의 행위에 대한 후세 사람들의 나에 평가다. 정신이 '나'니까 곧 정신에 대한 평가다. 그러므로 올바르게 살다가 떠나야 한다. 죽고 나면 그 사람의 육신에 대한 평가하지는 않는다.

죽음의 공포로부터 해방

세상의 모든 고통은 죽음에 대한 공포로부터 시작된다. 죽음에 대한 공포로부터 벗어나면 고통의 근원이 없어지니까 세상이 편안하고 행복하다. 이 사실을 그냥 지식으로 아는 것으로는 안 되고 느껴서 공감하고 자기화하면 끝이다. 내가 육신이 아니고 정신이고 그래서 영원히 윤회하면서 영생한다고 생각하면 된다.

그렇게 생각하면 세속적 죽음은 슬퍼할 일이 아니고 축하할 일이다. 먼저 축하할 일은 한생을 무사히 공부하고 졸업했으니 꽃다발을 받아야 할 것이고, 낡은 헌 옷을 버리고 새 옷을 고를 수 있는 기회가 되었으니 축하할 일이다. 인연을 맺었던 사람들과 이별은 조금 슬프지만, 새로운 인연을 만나러 가니 이 아니 기쁘지 아니한가? 박수치고 노래하며 춤을 추면서 졸업장을 주면서 그간의 공적을 기리면서 파티를 하는 게 옳다.

죽음에 대한 공포 때문에 배고파 죽을까 봐 밥을 구하러 동분서주하고, 추워 죽을까 겁이 나서 옷을 구하고 집을 구하고, 해를 당할까 봐 울타리를 치고 방비를 하고, 죽으면 끝이라고 생각하니까 유전자를 번식해서 이으려고 배우자를 찾고…. 이런 것을 위해 구하는 것들이 흔치 않고 귀하니까 살벌하게 경쟁하고 싸우고, 별짓 다하고, 그게 마음대로 안 되니 걱정하고 스트레스받고, 아프고 병나고 한다.

그것들만 구하려고 한다면 그래도 고통을 덜 받을 건데, 옆 사람과 비교하다 보니 더 많이, 더 좋은 것에 욕심내고, 그러니 더 해야 할 일이 많아지고, 그러다가 보면 왜 그러는지 이유도 모른 채, 목적도 잃어버린 채 허우적거리고 있다. 이 모든 것이 죽음에 대한 공포에서 비롯되었다는 것을 안다면 고통에서 벗어날 수 있다. 죽지 않고 영원히 살 건데 뭐가 두려워 걱정하나?

조금은 부족한 듯한 삶

사자는 배가 부르면 더 이상 사냥을 하지 않는다. 그러나 사람은 배가 불러도 더 먹을 것을 탐한다. 그래서 사람의 욕망은 다 채울 수가 없다. 아무리 채워도 끝이 없는 것이 사람의 욕망이다. 그러니 적당한 선에서 만족할 줄 아는 것이 현명하다. 어차피 채울 수 없는 욕망이라면 조금 부족한 선에서 만족할 줄 알아야 한다. 달도 차면 기울고 꽃도 피면 진다. 산을 오를 때도 정상에 오르고 나면 반드시 내려와야 한다. 마찬가지로 사람도 욕망을 다 채우고 나면 다시 원점으로 돌아간다.

그러니 조금은 모자라는 듯한, 다시 말해 욕망의 80% 수준에서 만족할 줄 아는 삶이 가장 현명한 삶이고 남들이 볼 때도 아름다운 삶이다. 또한 자신을 들볶지 않고 살아가는 방법이고 스트레스에서 해방되는 삶이다. 뿐만 아니라 비어 있어야 채워야 할 일이 있고 희망이 있다. 사람은 원래 뭔가 해야 하는 개체다. 일이 없는 것은 정말 힘든 것이다. 사람은 태어나면서 일을 하게 되어 있는데, 할 일이 없는 것은 불행한 일이다.

무엇이든지 꽉 차 있다는 것은 답답함이다. 조금은 비어 있어서 여유가 있어야 한다. 너무 많이 먹어 위가 꽉 차 있을 때 너무 힘들다. 그래서 욕망을 조금 줄이고, 하고 싶은 것도 조금 줄이고, 약간 불편하게 살아가는 것이 좋다. 법정 스님의 무소유처럼 꼭 필요한 최소한의 것만 소유하고 살아가는 방법이 좋다.

욕심을 부리지 말고 8할쯤 오른 것에 만족할 줄 알면 여러 가지로 편안하다. 우선 정상처럼 바람이 불지 않고, 불더라고 그렇게 세지도 않을뿐더러 피할 장소가 있다. 올라갈 목표가 있으니 계속 긴장할 수도 있고 스스로 자만해질 염려도 없다. 특히, 다른 사람이 시기하거나 질투를 하지 않는다. 7은 서양에서 좋아하는 행운의 숫자라고 하지만 너무 낮은 수준이고, 9가 좋긴 하지만 그를 이루려면 너무 노력이 많이 든다. 남에게 피해도 주지 않으면서 자신에게 성실하면 도달할 수 있는 숫자가 80%가 아닐까?

어떤 직책이 주어질 경우에도 자신의 모든 능력을 다 발휘해야 하는 자리는 너무 부담스럽다. 자신의 능력에 비하여 약 80% 정도면 되는 그런 일을 하는 것이 좋다. 그래야만 20% 정도 여유를 가지고 일을 하면서 자신의 생활도 어느 정도 즐길 수 있는 것이 아니겠나? 자동차도 경제속도라는 것이 있는 것과 마찬가지로 사람의 능력도 대개 그런 수준이지 않나 싶다. 적어도 20% 정도의 예비력을 가지고 있어야 좀 여유롭고 느긋하게 일을 하지 않을까?

그런데 사람들은 자신의 모든 노력을 다 투입해도 해 내지 못할 자리를 욕심낸다. 그것은 본인에게도 불행이고 조직에도 불행이다. 자신의 역량과 전공 분야가 맞지 않는데도 아집으로 밀어붙여 실패하는 사례를 여러 번 보았다. 자신의 능력을 잘 알고 일자리를 맡는 것이 현명하다. 능력의 80%로 해 낼 수 있는 그런 자리를 맡아야 한다.

사람이 사는 시간이 그리 많지도 않아서, 뭔가를 이룬다고 해 봐야 우주적 관점에서 보면 티끌 하나만큼도 못한 것인데 왜 그리 아웅다웅하면서 살아야 하는지를 찬찬히 생각해 볼 일이다. 살아가면서 가장 중요한 것이 욕심을 버리는 것인데 범인이 욕심을 버리기는 어렵고 하니, 욕심을 80% 정도로 낮춰 잡는 것이 좋다.

가까워지고 싶으면 자유를 희생할 각오를 해야

연애 시절에는 죽고 못 사는 관계가 결혼 후에는 툭하면 싸우고 난리다. 많은 사람들이 결혼 생활도 연애 시절과 같기를 바란다. 그런데 그건 정말 불가능한 일이다. 왜 그럴까? 두 가지 이유가 있다. 하나는 관심의 대상 차이이고 다른 하나는 친밀감에 대한 욕구와 자유에 대한 욕구라는 상반된 가치가 공존하기 때문이다.

먼저 관심의 대상 차이다. 연애 시절에는 서로 감정이 좋을 때만 만난다. 서로 보기 싫은데 만나는 연인들은 없다. 그러니 무슨 일을 해도 이견이 있을 수 없고 그저 모든 것이 사랑스러워 보인다. 오직 관심의 대상은 만나서 사랑을 속삭이는 것뿐이다.

그런데 결혼 생활은 현실에서 같이 생존과 번영을 위해 노력해야 한다. 그러다 보니 좋은 일보다는 힘들고 어려운 일을 해결해야 하는 대상에 관심이 집중된다. 연애 시절보다 더 좋은 감정의 환경이 조성될 수가 없다. 무엇이든지 더 나아져야 행복을 느낄 수 있는데, 해결해야 할 문제가 많아지니 불만이 증가할 수밖에 없다.

다음으로 친밀감에 대한 욕구와 자유에 대한 욕구의 상반관계 존재다. 관계란 가까우면 가까울수록 갈등도 더 일어나기 쉽다. 사람과 가까워지고 싶다는 친밀감에 대한 욕구 반대편에는 자유에 대한 욕구가 함께 있기 때문이다.

두 사람이 가까워짐에 비례하여 관계 유지를 위해 조금씩 자신의 자유를 유보해야 한다. 가까워질 것이냐 자유로워질 것이냐 하는 선택의 문제다. 혼자서 밥을 먹으면 메뉴 선택의 자유가 있는 반면에, 외로움 때문에 친구랑 함께 먹으면 메뉴 선택권을 양보해야 할 경우도 생긴다. 선택의 자유도 갖고 외로움도 덜 수 있는 그런 경우는 세상에 없다. 물도 좋고 나무 그늘도 좋은 곳이 없는 것처럼 말이다.

갈등을 즐겨라

전진과 발전을 자세히 음미해 보면 그 의미에는 상당한 차이가 있다. 전진이란 순탄한 상황에서 앞으로 나아가는 것을 말하고 발전은 장애를 극복한 결과 크게 확장하는 것을 말한다. 그러니까 발전이 전진에 비해 더 다이내믹하고 더 적극적인 것이다. 그런데 많은 사람들이 발전은 바라면서도 갈등은 싫어한다. 갈등 없는 발전은 존재할 수 없는데, 그것을 받아들이지 않으려 한다. 발전은 반드시 갈등을 수반한다는 보편적 원리를 이해하고 받아들여야만 한다.

특히, 리더는 갈등을 피하려 하지 말고 즐겨야 한다. 리더십이란 곧 갈등 관리에서 발휘하는 능력이다. 순조로울 때는 리더의 능력이 잘 나타나지 않는다. 어려움에 처해졌을 때 그 어려움을 헤쳐 나가는 능력을 보고 리더십을 평가한다. 갈등은 자신이 맡고 있는 조직의 발전을 가져오는 과정인데 그것을 피하려고 해서 말이 되겠는가? 오는 갈등을 적극적으로 관리하는 것은 당연하지만 리더라면 오히려 조직의 발전을 위해서는 어떤 의미에서 적극적으로 갈등을 조장하는 것도 필요하다.

그런데 왜 많은 리더들이 갈등을 피하거나 외면하려고만 하는가? 만약, 리더가 갈등을 회피하려고 한다면, 그 리더는 의욕이 없거나 능력이 없는 자임에 분명하다. "피할 수 없으면 즐겨라."라는 말이 있다. 이 말은 팔로어에게 해당되는 말로서 소극적이고 피동적 상황에서 쓰는 말이다. 그래도 그 상황에서는 어느 정도 긍정적이다. 그러나 리더는 발전을 위해서 갈등을 찾아다녀야 한다. 세상의 변화에 대하여 발 빠르게 새로운 것에 대한 도전을 시도함으로써 갈등구도를 만들어 가야 한다. 그래야만, 큰 발전이 있다. 갈등은 '도전과 응전 사이에서 벌어지는 현상'인데, 만약 도전보다 응전의 능력이 크기만 하다면 그 사이에서 벌어지는 갈등의 크기에 비례하여 발전이 있다. 다른 말로 하면 갈등구도를 만드는 것은 다른 면에서 본 발전전략이다.

흐르는 강물을 그냥 이용하면 그것은 전진이고 강물을 둑으로 막고 쓰는 것은 발전이다. 흐르는 강물은 언제나 변함이 없어서 순조롭고 단조롭게 흘러서 그 물에서 물고기 잡고 농사에 물대는 그렇고 그런 평범한 일상들이 모이고 모여 조금씩 살림이 나아지는 것, 그것은 전진이다.

이에 비해 댐을 막아 수력 발전소를 만들고 그 댐으로 인해 생긴 대형 호수를 관광 자원화하는 것은 발전이다. 우리나라가 이렇게 급속 발전한 것도 우리에게 닥친 거대한 도전을 슬기롭게 극복한 결과다. 다른 말로 하면 그 과정에서 벌어진 엄청난 갈등을 잘 관리한 결과인 셈이다.

이런 원리를 아주 잘 설명하고 있는 것이 주역의 오행론이다. 즉,

오행의 상생작용을 통해 전진을, 그리고 상극작용을 통해 발전을 이룬다. 상생작용만으로는 큰 발전을 기대할 수 없다. 빠르게 성장하기 위해서는 상극작용이 필요하다. 음양이 서로 모순하고 대립하는 과정이 상극작용인데, 이것이 발전을 이루는 것이다.

그러므로 사회 도처에서 여러 가지 형태로 일어나는 갈등을 두려워하거나 걱정하지 말고 더 큰 기회가 될 수 있는 갈등을 즐길 필요가 있다. 그런데 문제는 그 갈등을 즐기려면 그 갈등을 해결할 수 있는 역량이 있어야 가능하다. 갈등을 슬기롭게 관리하면 그 갈등의 크기만큼 발전할 것이요. 그렇지 못하면 퇴보할 수밖에 없다. 그렇기 때문에 지도자의 리더십이 대단히 중요하다.

갈등을 즐기려면, 먼저 갈등을 발전을 위해 좋은 계기로 생각하는 인식의 변화가 필요하다. 그 갈등을 일으킨 도전에는 반드시 참고할 만한 요소가 있기 마련이다. 대승적이고 객관적 차원에서 관조하여 개선점을 찾아서 적용하면 된다.

그리고 전략적 차원에서 그 갈등의 구조를 풀어나가는 지혜가 필요하다. 갈등 주체 간의 주장을 포용하는 상위의 가치를 설정하여 상대의 이해를 구해야 한다. 막무가내의 주장을 하는 경우도 있지만 우리의 정서는 상당히 감정적이어서 상대의 기분을 맞춰 주고, 자존심을 세워 주고, 말을 들어 주기만 해도 기분이 풀어져서 합리적으로는 도저히 이해가 되지 않는 손실에도 불구하고 자신의 주장을 철회한다.

끝으로 그 갈등의 핵심 사안을 수혜자에게 올바르고 쉽게 설명하여 자신이 추구하는 것에 대한 지원 세력화하는 것이다. 특히 여기서 쉽게 설명하는 문제가 중요하다. 절박한 심정으로 수혜자의 눈높이로 설명을 해야 한다. 말하고자 하는 사람의 눈높이로 어려운 논리나 언어로 설명해서는 수혜자의 동조를 구하기 힘들다.

결론적으로 그 갈등을 긍정적으로 받아들이고 이 갈등을 발전의 계기로 생각하여 그 해결과정을 즐기라는 것이다. 약이 몸에 좋다는 것을 알기에 쓴 것도 마다하지 않고 먹지 않는가? 이제부터는 갈등을 피해야 할 대상으로 생각하지 말고 그 갈등이 관리여하에 따라 발전을 가져온다는 것을 이해하고 적극적인 갈등 관리에 나설 일이다.

되는 이유를 찾아라

일이 주어지면 되는 이유보다 안 되는 이유를 찾는 사람이 많다. 직장에서 '이런 것을 한번 시도해 보라!'라고 지시를 하면 대개 안 되는 이유를 가지고 온다. 무슨 일을 하든지 안 되는 이유를 찾는 사람보다 되는 이유를 찾아내는 사람이 성공할 확률이 높다. 흔히 겪는 일이지만 '이런 것은 어때?'라고 물으면 대개 부정적인 얘기를 늘어 놓고 공상가라고 몰아붙이는 것을 많이 봐 왔다. 고 정주영 회장은 이럴 때 "해 봤어?"라고 했단다.

세상은 어차피 음과 양으로 구성되어 있기 때문에 되는 이유와 안 되는 이유가 반반이다. 단지 안 되는 이유를 가지고 오는 사람은 인식의 체계가 '되는 이유'를 보지 못하기 때문이고, 되는 이유를 찾아내는 사람은 인식 체계가 되는 이유를 보기 때문이다. 지금 안 되는 이유가 시간이 지나면 되는 이유로 변하기도 하고 그 반대가 되기도 한다. 그것이 우주 변화의 원리다.

그러니까 타인과의 경쟁에서 이기고 싶다면 안 되는 이유를 찾아 부정적인 방법으로 경쟁하지 말고, 되는 이유를 찾아 긍정적인 방법으로 경쟁의 구도를 만들면 당장은 힘이 들겠지만 결과적으로 승리의 영광을 얻을 것이다. 남들이 기존의 관념에 빠져서 안 된다고 포기하고 있을 때 되는 이유를 찾아서 진취적인 사고로 경쟁한다면 반드시 대성할 것이다.

단순함이 좋다

잭 트라우트의 《간결의 힘(THE POWER OF SIMPLICITY)》이라는

책의 핵심 내용은 복잡함보다는 단순함이 좋다는 것이다. 글은 단순하게, 강의는 쉽고, 보고서는 간단해야 한다는 것이다. 사실 무엇을 복잡하게 설명한다는 것은 그 내용을 정확하게 모른다는 의미다. 복잡하고 어려운 말로 설명함으로써 유식한 체하려는 가식에 불과하다. 간단하고 명쾌하게 설명하려면 그 내용을 잘 알지 않고는 불가능하기 때문이다.

책 내용 중에서 단순함을 칭찬한 유명인들의 말들을 소개한 것이 있다. 영국 수필가 토머스 헤이즐릿은 "단순한 성격은 심오한 사고의 자연스런 결과다."라고 했으며, 2차 대전 시 영국의 명재상 윈스턴 처칠은 "지독하게 복잡한 것으로부터 지독하게 단순한 것이 나온다."라고 했다.

로열 더치 오일 회장인 헨리 디터링은 "나는 단순화할 수 없는 비즈니스 문제들을 만날 때마다 고심한 끝에 그대로 내버려 둔다."라고 했고, 물리학자 에드워드 텔러는 "인생과 세상, 그리고 미래에서 단순함을 추구하는 것은 매우 값진 것이다."라고 했을 뿐만 아니라 너무나도 유명한 물리학자 알버트 아인슈타인도 "소유와 외형적인 성공, 세상에 알려지는 것, 그리고 사치 등은 내가 항상 경멸하는 대상이었다. 우리들 몸과 마음에는 단순하고 겸손한 삶의 방식이 최고다."라고 강조해서 말했다. 이렇듯 단순함이란 유치한 것이 아니라 문제를 가다듬고 다듬어서 최후에 나오는 결정의 결과다.

현명한 소비

우리는 많은 시간과 노력을 뭔가를 소유하는 데 쓴다. 좋은 집, 좋은 차, 좋은 옷, 등등 좋은 것을 가지려고 온갖 애를 쓰고 심지어는 하지 말아야 할 짓도 한다. 그게 필부가 사는 세상이다. 그런가 하면 다른 한편에선 그런 것들은 다 부질없는 것이라며 그냥 흘려버리는 도인들도 있다. 그들은 눈에 보이는 물질은 시간이 지나면 모두가 사라지는 것들이라는 것이다. 세상은 원래 이렇게 존재하는 것이다. 앞의 것이 음의 세계이며 뒤의 것이 양의 세계다. 물질과 정신이 그렇게 존재하는 것이다. 그것들이 모여서 또 한 면의 세상을 이루는 것이다.

소비는 두 가지가 있다. 하나는 '재화 소비'이고 다른 하나는 '경험 소비'다. 재화 소비는 물건을 사는 것을 말하고, 경험 소비란 여행과 같이 무언가를 경험하는 데 돈을 지불하는 것을 말한다. 재화 소비는 시간이 지날수록 가치가 떨어지고 경험 소비는 시간이 지날수록 가치가 올라간다. 무슨 물건이든지 시간이 지나면 낡고 낡다가 마침내 없어진다. 그런데 경험 소비는 시간이 지나면서 기억에 남아, 그것도 좋은 기억으로 채색되어 오래 남는다. 그 기억이 진, 선, 미적인 것일 땐 더욱더 오래 남는다.

반드시 재화 소비는 나쁘고 경험 소비는 좋다는 것은 아니다. 양자가 균형을 맞추는 것이 좋다. 무엇이든지 지나치는 것은 좋지 않다. 너무 재화 소비에만 골몰해도 좋지 않고, 그렇다고 경험 소비에만 집중에도 우리네 필부들의 삶은 균형을 상실한다. 재화 소비는 우리가 살아가는 데 꼭 필요한 것만으로 만족하고, 경험 소비를 많이 하는 것이 좋다. 과시욕 때문에 그게 쉽지가 않지만, 우리 사회가 소비의 균형을 잡아 가는 그런 분위기가 된다면 좀 더 품위가 있는 사회가 될 수 있을 것이다.

요즘 수명이 길어졌다고 하지만 그래야 기껏 100년이다. 100년이란 시간은 우주적 관점에서 보면 찰나에 불과하다. 그 짧은 시간에 많은 재화를 가졌다고 뭐가 그리 대단할까? 역사는 재화를 많이 가진 사람을 기록하는 데는 인색해서 아마도 한 줄 정도도 할애하지 않을 것이다. 그것보다는 경험 소비를 많이 한 사람, 즉 이 사회를 위해서 뭔가를 열심히 한 사람을 기록할 것이다. 아마도 고래 등 같은 집에 살고 비싼 외제차를 타고 다녔다고 해서 그 사람을 역사가 기억해 주지는 않을 것이다. 설사 기억한다고 해도 나쁘게 기억할 공산이 크다.

인생을 좀 더 멀리 크게 보고, 우리네 인생 100년은 찰나에 불과한 시간이니 너무 현재의 물질적 재화에만 집착하는 것은 한 번쯤 생각해 볼 일이다. 그렇다고 물질을 완전히 등한시해서 너무 힘들게 사는 것도 바람직하지 않다. 살아가는 데 필요한 어느 정도의 물질은 검소한 수준에서 기능적으로 꼭 필요한 것은 있어야 한다.

그 바탕 위에 많은 사람을 위한, 그리고 자기 자신을 위한 경험적 소비에 돈을 쓰는 것이 옳다. 우주적 가치인 진, 선, 미를 추구하는 데 돈을 쓰면 더 없이 좋다. 남을 위한 봉사, 사회를 위한 봉사, 인류 역사 발전을 위한 활동 그리고 그러한 인생을 풍요롭게 할 갖가지 경험에 돈을 쓰는 그런 사회가 된다면 이 사회는 살 만한 세상이 되지 않겠나?

무소유의 삶

무소유란 아무것도 안 가지는 것이 아니고, 꼭 필요한 것만큼만 가지는 것을 말한다. 욕심을 내서 가지지 말라는 의미다. 조금 부족한 듯한 삶에서 발전이 있다고 한다. 필요한 것에 대한 기준이 사람마다 다를 수 있다. 따라서 필요한 범위를 크게 잡으면 욕심의 영역까지 넘어갈 수도 있다.

그러면 필요한 수준과 범위는 어떻게 정하는가? 필요한 물질의 기본적 사용 목적을 충족하는 수준과 범위다. 예를 들어 생존의 필수 조건인 의식주의 경우, 식(食)은 건강을 유지할 정도의 소박한 음식이면 된다. 맛을 지나치게 추구하거나 포식을 추구하는 건 욕심이다. 더 먹고 싶다고 느낄 때 수저를 놓는 정도가 알맞다. 의(依)는 몸을 가리고 체온을 유지할 정도면 된다. 남에게 결례가 되지 않을 정도의 소박하고 정갈한 의복 정도다. 그 이상은 돈 자랑하고 싶은 욕심의 발로다. 주(住)는 잠자고 안전하게 쉴 수 있는 설비와 공간 정도의 수준이다. 식구 수에 따른 공간의 차이는 있겠지만….

무조건 큰 집에 호화가구를 들여놓는 것 역시 남에게 과시하기 위한 돈 자랑이다. 필요 이상의 고가의 물질을 가지면 그 물질을 떠받들고 사는 노예가 된다. 세상에 진짜 다이아몬드 반지를 끼고 다니는 여자는 없다. 진짜는 안전하고 깊숙한 곳에 보관하고, 모조품을 끼고 다닌다. 고급 밍크코트를 입은 여자는 절대 대중교통을 이용하지 않는다. 고급 승용차를 타면 밍크코트가 필요 없다. 꼭 필요하다면 호텔 앞에서 파티장 입구까지다. 단 몇 번 입을 뿐이다. 비싸게 사서 옷장에 보관하다가 해마다 비싼 돈 주고 드라이 세탁해야 한다.

이런 사례는 수도 없이 많다. 스스로 삶을 복잡하게 만들어 그걸 유지하려고 정신없이 살다가 죽는다. 간소한 삶이 여유로움을 준다. 소유의 가치에서 사용의 가치로 전환하면 된다.

세잎클로버와 네잎클로버

세잎클로버는 행복을 의미하고 네잎클로버는 행운을 의미한다고 하는데, 사람들이 세잎클로버는 거들떠보지도 않고 네잎클로버만 찾아 헤맨다. 세잎클로버가 정상이고 네잎클로버는 돌연변이다. 정상적인 것을 외면하고 비정상적인 것을 찾아 헤매는 것이다. 행운은 돌연변이인 네잎클로버만큼 귀하기 때문일 것이다. 주변에 감사할 일이 하고 많은데…. 내 손안에 든 행복이 많고 많은데…. 그것은 이미 차지한 것이니까 더 새롭고 귀한 것을 찾아 헤매고 있는 것은 아닌지?

사람은 남과 비교하여 우위를 차지하지 못하면 불행하게 느낀다. 왜 그렇게 남과 비교하여 우위를 차지해야만 직성이 풀릴까? 비교 우위를 차지해야 사회적 활동에서 더 많은 것을 얻을 수 있기 때문일 것이다. 배우자 선택에서, 자기 만족감에서 그렇다.

그런데 조금만 더 생각해 보면 반드시 그렇지 않다는 것을 알 수 있다. 세상의 이치는 모든 것은 상대적이고, 공평하게 균형을 유지하고 있기 때문이다. 최근 일어난 엽총 살인 사건은 돈 때문이다. 돈은 행복의 수단일 뿐인데, 그것도 한계효용이 가장 많이 적용되는 것인데 그 돈 때문에 가장 불행해졌다. 더 많이 가지려다가 모두를 잃어버렸다.

오슬로 국립대학 토마스 휠란 에릭센 교수는 자신의 저서《만약 우리가 천국에 산다면 행복할까?》에서 "우리가 천국에 산다고 해도 행복하지 않을 것."이라고 했다. 왜냐하면 천국은 너무 지루할 것이기 때문이란다. 인간은 잠시도 가만히 있지 못한다. 사람은 변화가 없으면 지루해한다. 그래서 뭔가를 저질러야 직성이 풀린다.

사람이 행복해지려면 극복이 가능한 정도의 도전 앞에 서야 한다. 그 도전을 극복하면서 희열을 느낀다. 그리고 주변의 모든 것에 너무 시들해하지 말고 하나하나를 새롭게 바라보고 그에 대해 감사하면 행복을 느낄 수 있다. 주변의 범사에 감사하면 모두가 행복이다. 내가 살고 있는 이곳에 천재지변이 일어나지 않은 것에 감사하고, 내가 살고 있는 이곳에 강도가 들지 않은 것에 감사하고, 오늘 운전을 했는데 아무 일 없이 무사히 집에 올 수 있었던 것에 감사하고, 어제는 버스를 타고 지하철을 타고 다녔는데 계단에서 넘어지지도 않았고 내가 탄 차들이 아무 사고 없이 정시 운행해 준 것도 감사하면 된다.

그 무수히 많은 세잎클로버는 쳐다보지도 않고 좀체 보이지 않는 네잎클로버를 찾아다니는 것처럼 주변에 수많은 감사할 일은 잘 보지 못한다. 귀한 비정상을 찾으려 하지 말고 지천에 깔린 정상을 찾아서 행복을 느끼면 좋다.

목표 설정의 중요성

흔히 우리들은 분명한 목표를 설정하여야 한다고 한다. 그리고 자신이 하고 싶은 것들을 정하고 그것을 종이에 쓰면 기적이 일어난다고 한다. 목표를 적으면 왜 이뤄지는가? 그것이 무의식의 세계와 어떤 연관이 있는가? 목표를 적으면 안 적는 것보다야 낫겠지만 그것을 종이에 적는다고 해서 정말 이루어지겠나? 기껏해야 그 목표를 적어 두면 그것을 상기하게 되니까, 아무래도 적어 두지 않는 것보다는 목표를 자주 상기하게 되지 않겠나? 정도의 생각을 한다. 이것은 우리 인간의 의식 세계에서의 이야기다.

실제로, 목표 설정은 우리가 통제할 수 없는 무의식의 세계에서 커다란 작용을 한다. 목표를 적기 시작할 때에는 그것들이 어떻게 성취될 것인지 전혀 알 수 없다. 그런데 이것은 중요하지 않다. 중요한 사실은 매번 목표를 적을 때마다 그것이 잠재의식 속에 더욱더 깊이 새겨진다는 점이다. 그리고 어떤 특정한 시점에 다다르면 목표를 성취할 수 있으리라는 확신이 분명히 설 것이다. 잠재의식은 일단 목표를 의식의 명령으로 받아들이고 나면 모든 말과 행동을 그러한 목표에 일치하는 패턴으로 바꿔 나간다. 잠재의식은 목표를 성취하는 데 도움이 될 사람들과 상황들을 삶 속으로 끌어들이기 시작한다.

이것은 매우 신기한 일이다. 우리가 일상생활을 하면서는 의식 세계 중심으로만 살아가기에 그리고 분명하게 감지되지 않는 것에 대한 불신이 크기에 잘 믿지 않으려는 경향이 있다. 그렇지만 이것은 여러 번 반복적으로 증명이 된 것이니 생각 있는 분들은 당장 시도해 봄직하다.

Identity(정체성)와 Brand(상표)

아이덴티티를 확립한다는 말을 쉽게 설명하면, ~다운 것을 말한다. 학생은 학생다워야 하고 선생은 선생다워야 한다. 의사는 의사다워야 하고 농민은 농민다워야 한다. 그렇게 ~다우면 아이덴티티가 확립된 것으로 그들 내부 커뮤니티에서 인정되는 유·무형의 놈(norm)이 있다.

브랜드란 제품의 이름인데, 제품의 질이 좋을 때 상표라는 말이 감히 붙는다. 요즘처럼 정보화 사회에서는 제품뿐만 아니라 모든 개인 또는 단체도 브랜드가 중요하다. 한 번 들으면 긍정적인 이미지가 떠오르는 브랜드가 좋다. 개인도 누구하면 성격은 어떻고, 능력은 어떠하며 등등…. 호불호를 판단하는 절대적 기준이 된다. 더군다나 이제는 개개 상품보다는 회사대표 브랜드를 개발하여 그 회사가 만드는 제품은 모두 좋게 생각하도록 브랜드를 발전시키고 있다.

아이덴티티가 자기 자신의 내부지향적 활동이 강한 데 비해, 브랜드는 외부 지향적이다. 그리고 아이덴티티가 긍정적이면 브랜드는 저절로 상승한다. 그러나 아이덴티티만 확실하게 확립되었다고 해서 브랜드가 키워지는 것은 아니다. 신뢰성을 동반한 적절한 광고 선전이 필요하다. 광고 카피보다는 진실성이 내포된 입소문이 더 강한 브랜드를 키운다. 브랜드를 키우기 위해 과대 포장을 했다가 진실성이 허구로 판명이 났을 때는 영원히 추락한다는 사실을 알아야 한다.

그래서 우리는 자기답게 사는 관을 세우고 그 삶을 진실하게 살아가면서 차근차근 나아가다 보면 브랜드 이미지가 제고될 것이고 그 이미지가 자기 삶을 성공적으로 이끄는 징검다리가 될 것이다.

사람의 정체성

이것을 아주 쉽게 그냥 몸에 확 와닿게 표현하면 도대체 '나는 또는 우리는 무엇인가?'에 대한 답이다. 정체성이 있다는 것은 '~~~~답다.'는 말이다. '학생답다', '군인답다', '선생님답다' 등등…… 이렇게 '~~~~다우려면' 자기 자신 또는 자신들의 단체가 어떤 의미와 가치가 있고 어떤 역할과 기능을 해야 하는지를 알아야 하고 그 아는 바대로 행동했을 경우, 주변에서 그것을 인정해 주어야 한다. 그래야만 정체성이 확립된다.

한 사람의 정체성은 외부적 이미지와 함께 내부적 자질이 결합되어 결정된다. 그런데 그 정체성은 내부적 자질이 외부적 이미지로 표현되며 타인으로부터 평가된다. 사회적 가치의 기준과 부합 여부를 따져서 판단한다. 쉽게 말하면 '그 사람은 그런 사람이야!'라고 평가하고 판단한 결과다.

그런데 이러한 사람의 정체성은 대개 40세 전후로 형성된다. 공자가 말한 불혹의 나이다. 세상의 변화에 휩쓸리지 않고 자신의 중심을 잡는 나이가 불혹이니, 그 나이가 되면 세상의 이런저런 경험을 다 하고 얻은 결과물이라고 할 수 있다. 이렇게 한 번 형성된 정체성은 그 사람을 대표하는 인격이 된다. 그렇게 알려진 정체성과 어긋나는 언행을 하면 주변 사람들은 그에 대한 평가가 부정적으로 바뀐다. 지금까지의 행위가 가식이라고 평가하는 동시에 눈앞의 사리사욕에 눈이 멀어 버린 소인배, 변절자라는 정체성으로 고착된다.

따라서 불혹 이후에 자신의 언행에 일관성을 상실하면 정체성이 없는 실패 인간으로 낙인을 받게 되고 특히, 고위직이면 더욱 역사적으로 매장된다. 정치권으로부터 요청을 받을 때 자신의 정체성을 지키는 데 문제가 없는지 따져 보고 수용 여부를 결정하는 것도 지혜다. 그렇지 않고 눈앞의 유혹에 넘어가면 죽은 후까지도 오명을 쓰고 있을 수밖에 없다.

허물의 무게

허물은 위로 올라갈수록 무거워진다. 아마도 높이의 제곱에 비례한 중력이 작용할 것이다. 사람은 살다 보면 이런저런 허물을 갖게 마련이다. 그 허물의 정도에서 차이가 나겠지만…. 인사 청문회가 있을 때마다 청문 대상자들은 보통 사람이 용납하기 힘든 허물이 드러나 곤욕을 치른다. 그런 자리 욕심을 내지 않았으면 그저 그냥 묻혀서 사는 건데….

높은 곳으로 올라가 있으면 모든 사람들의 눈에 잘 띈다. 남들과 같은 높이에 살면 그 허물 보따리가 보이지도 않고 무게감도 느껴지지 않지만, 높이 올라가면 허물 보따리가 중력을 받아 그 무게 때문에 견디지 못하고 추락할 수밖에 없다.

현명한 사람들은 자리 제안을 받으면 고사한다. 자기 성찰이 되는 사람이다. 그러나 자기 수양이 부족한 사람들은 그 허물이 보이지 않기 때문에, 그 무거운 허물을 껴안고 올라갔다가 추락한 후에 후회한다. 그렇게 되면 살아온 과거를 몽땅 먹칠하게 된다. 자신의 허물을 가늠해 보고, 이미 저지른 허물은 봉사나 기부를 통해서 그 무게를 줄이는 것도 고려해 볼 만한 방법이다.

성공과 훈련

성공하려면 올바른 가치를 반복 지속하여 훈련하면 된다. 훈련이 되면 행동들이 무의식화되어 조건만 발생하면 자동적 행동으로 나타나게 된다. 운동선수는 훈련을 통하여 경기에서 조건 반사적 행동이 무의식적으로 나타나도록 하면 되고, 군인은 훈련을 통하여 적과 싸워서 이길 수 있는 조건 반사적 행동이 무의식적으로 나타나도록 하면 된다.

훌륭한 사람이 되는 데 필요한 덕목은 훈련하지 않고, 그저 돈이 되는 기술만을 가르치려고 애쓰면 문제가 생긴다. 밥상머리 교육 없이, 부모의 모범 없이, 돈을 가지고 학원을 전전하는 아이들이 어떻게 훌륭한 사람이 될 수 있겠나? 개인 교육이 정규교육보다 지식 함양 측면에서는 더 경제적이거나 효율적일 수 있다. 그럼에도 불구하고 정규교육을 받는 것이 중요한 것은 학교생활을 통하여 민주시민으로 살아갈 덕목을 훈련할 수 있기 때문이다.

훈련을 통하여 조건 반사적 행동이 무의적으로 나오게 되는 결과가 습관이며 한 사람 한 사람의 습관이 합쳐지면 문화가 된다. 결국 훌륭하고 좋은 사회를 만들려면 각 개인에게 훌륭한 덕목을 훈련시키면 된다. 머리로 아는 것만으로는 안 되고 머리로 생각하기 전에 몸이 먼저 움직이도록 해야 하기 때문에 훈련이 필요하다.

그냥 내버려 두면 몸은 편한 방향으로 훈련이 돼 버리는 경향이 있다. 좋은 덕목을 훈련하는 데는 몸이 피곤해하고 나쁜 짓을 하는 데는 몸이 좋아한다. 주역에 의하면 육신은 그 자체가 욕심의 덩어리이기 때문에, 덕목에 대한 훈련을 하지 않고 그냥 내버려 두면 몸이 게을러지는 쪽으로, 육체적 쾌감 쪽으로 훈련이 된다.

성인병은 식습관의 문제이고, 교도소를 들락거리는 사람은 생활 습관의 문제다. 습관은 훈련의 결과라고 말했듯이 먹는 것에 대한 방식이 좋지 않은 방향으로 훈련이 된 결과가 성인병으로 나타난 것이며 사회생활을 하면서 법과 규정을 위반하는 것을 대수롭지 않게 생각하도록 훈련이 된 결과가 교도소 행이다.

훌륭한 사람으로 만들고 싶다면 올바른 가치관을 생각하고, 그 생각을 행동으로, 그리고 반복적으로 시도함으로써 그 올바른 생각이 무의식의 세계로 넘어가도록 훈련하면 된다. 의식은 항상 옳은 것, 새로운 것을 찾아 나서고 사소한 것들은 무의식의 통제하에 자연스럽게 행동하도록 맡겨 두면 된다.

역지사지의 어려움

역지사지란 간단하게 말해서 입장을 바꾸어 생각해 보는 것이다.

말은 쉽지만 제대로 잘되지 않는다. 리더십이나 전략에 꼭 필요한 것이다. 남호탁 예일 병원장(조선일보, 2013. 7. 6.)이 자신의 환자에게 큰소리치다가 막상 자신이 진찰을 받으면서 겪은 생각들을 비교하면서 반성한다는 글은 역지사지의 어려움을 너무나 생생하게 보여주고 있다.

무슨 일을 하든지 남의 입장이 되어서 일을 추진하면 성공할 가능성이 높지만, 많은 사람들이 자신의 입장에서 일을 한다. 어느 소도시를 처음 방문하게 되어 주변관광을 하고자 관광안내 센터에 들러서 안내 책자를 얻었는데, 버스 노선과 운행시간을 아무리 읽어 봐도 이해가 되지 않았다. 분명 그 안내책자는 처음 오는 외지 사람들을 위하여 만든 것일진대, 도무지 이해할 수가 없었다. 일선행정 현장에서 일어나는 일도 행정공무원 자신들의 입장에서 설명하고 발표하고, 법률가들은 자신들만 아는 전문 용어로 말하면서 입으로는 대국민 서비스라고 말한다. 정부발표도 자신들만 아는 전문 용어가 대부분이고 고객을 통하여 돈을 버는 회사도 마찬가지다.

약국의 약봉지에 '복약지도서'라고 쓰여 있다. 무슨 말인가 싶어 한참 생각해 보니 '약 먹는 법'을 한자말로 써놓은 거다. 한자를 모르는 사람들도 많은데, 참 어이없는 일이다. 약을 사러 오는 환자의 입장에서 생각해 보면 구태여 그렇게 쓸 이유가 없을 텐데…. 그것을 눈여겨보는 고객이 없다면 아예 아무것도 쓰지 않았으면 좋으련만….

그것도 아마 보건복지부 규정에 그렇게 되어 있나 보다.

즐기는 사람이 최후의 승리자

"피할 수 없다면 즐겨라."라는 말이 있다. 세상에 가장 좋은 것은 일 속에서 재미를 찾아 즐기는 것이고 그것이 가장 좋은 성과를 얻는다. 가장 어려운 싸움은 자신과의 싸움이다. 그런데 자신과의 싸움을 재미로 바꿔 즐긴다면 그는 타인과 또는 다른 대상과의 경쟁에서 플러스알파의 힘으로 싸울 수 있다. 즉, 자신과의 싸움을 하는 대신 그 자체를 즐긴다면 자신과의 싸움에 드는 에너지를 절약함은 물론 즐기면서 나오는 엔도르핀이 다른 대상과의 경쟁에서 더 큰 경쟁력으로 나타난다.

그러니까 보통의 사람들은 상대와의 경쟁과 동시에 자기 자신과의 경쟁을 벌이는 이중고를 안고 있다. 그런데 처해진 상황에서 재미를 찾아 즐기면 자신과의 경쟁은 없어지고 상대와의 경쟁만 하면 된다. 만약 일을 즐기기만 하면, 복수의 경쟁의 틀을 단수의 경쟁의 틀로 바꿀 수 있는 것이다. 두 상대와 싸우는 것과 하나의 상대와 싸우는 사람 중에 누가 승리할 것인가는 불문가지다.

양용은 선수가 2009년 미국의 자존심이 걸린 PGA 챔피언십에서 세계 랭킹 1위인 타이거 우즈를 3타 차로 따돌리고 우승한 적이 있다. 미국의 자존심과 타이거의 자존심을 한 방에 날려 버린 쾌거다. 마지막 라운드에서 타이거 우즈와 같은 조에서 플레이할 경우 거의 모든 선수가 주눅이 들어 실패했다. 그러나 양용은은 오히려 4라운드가 시작될 때 타이거 우즈에 2타 차로 지고 있는 상태였는데 이를 역전시킨 것이다. 미국의 언론 매체들도 대 이변으로 묘사하면서 양 선수의 선전을 대서특필하였다.

이것은 양용은 선수가 타이거 우즈를 의식하지 않고 자신만의 플레이를 한 결과다. 그는 인터뷰에서 기자가 "상대가 골프 황제 타이거 우즈인데 주눅이 들지 않았냐?"고 질문한 데 대하여 그의 대답은 "져도 되니까, 제가 타수 좀 잃고 성적 몇 등 떨어진다고 큰일이라도 나는 위대한 선수가 아니잖아요. 미국 PGA에서도 평균 이하인데…. 그래서 제 맘대로 쳤더니 공도 훨씬 잘 맞던데요."라고 했다. 그렇다. 그는 상대를 의식하지 않았다. 그러니 우즈와 경쟁한 것이 아니라 그냥 골프를 제 맘대로 재미있게 치고자 했던 것이다. 이것이 양용은 선수가 타이거 우즈를 이긴 비결이다.

힘들 때는 상위 목표를 생각하라

넬리 코다는 LPGA 세계 1위로 빼어난 미모에 힘 있고 시원한 샷

등 매력이 많은 선수다. 그런 그녀도 US 오픈에서 2년 연속 탈락으로 힘들어했던 때가 있었다. 그런데 버바 왓슨과 매슈 울프의 인터뷰를 보고 나서 극복하고 2주 연속으로 우승했다. 두 사람 인터뷰의 공통점은 골프를 '너무 잘하려고 하지 말라'는 것이었다. 골프는 골프일 뿐인데, 골프가 잘 안되면 인생이 끝나는 것처럼 생각한 집착이 문제였다는 것을 알아차린 것이다.

그렇다. 골프를 잘하는 목표에 너무 집착해서 생긴 문제였다. 골프 목표는 더 행복해지기 위한 목표의 하위 목표일 뿐이다. 그 상위 목표를 달성하는 데 필요한 여러 목표 중의 하나일 뿐이다.

그녀는 '골프는 그냥 골프일 뿐이야!'라고 생각하고 나니 골프가 잘 되었다고 한다.

골프를 너무 사랑해서 심각하게 생각하니까, 더 잘하려고 긴장하고, 긴장하면 스트레스가 되어 몸이 긴장한다. 그러면 샷이 흐트러지게 된다. 우리 인생 매사가 그렇다. 너무 힘든 일이 있으면, 그 목표의 상위 목표를 생각해 봐라. 답이 보일 것이다.

걱정보다는 대비를

걱정은 미래 일어날 좋지 않은 일에 대한 불안한 생각이다. 그런데 대비 없는 걱정은 무용지물이다. 걱정이 된다면 그에 대해 미리 대비하고, 어쩔 수없는 일이라면 미리 걱정하지 않는 것이 좋다. 유비무환이라는 말이 정답이다.

전략적 사고로 미리 대비하는 것이 최선이고, 걱정이 일어나기 시작하면 걱정하는 그 시간에 조금이라도 대비하는 것이 차선이고, 대비할 수 없는 일이라면 미리 걱정하지 않는 것이 차 차선이다. 아무것도 하지 않고 걱정만 하는 것은 스트레스로 몸만 상할 뿐이다. 그러니 걱정할 시간에 조금이라도 대비를 하고 그것도 안 되면 일이 닥치면 그때 가서 처리하라. 걱정은 전혀 도움이 되지 않는다.

그런데 걱정이 나쁜 것만은 아니라고 한다. 큰 불행을 예보해 주는 기능을 하고, 그 불행에 대비하라는 신호이기도 하다는 것이다. 미국의 심리학자 케이트 스위니는 걱정에 대해 3단계로 대비하라고 충고한다.

첫째, 걱정의 원인을 찾아보고
둘째, 걱정에 대한 대비책을 연구하여
셋째, 대비책을 강구한 후에는 명상을 하라….

그렇지! 걱정이 없으면 좋겠지만 걱정은 어쩔 수 없이 찾아오는 것. 그 걱정을 도전으로 받아들이고 바르게 응전하여 도약의 계기로 삼으면 된다.

인생에서 꽃길을 잠깐

사람이 한평생을 살아가면서 크고 작은 일을 겪는다. 즐거울 때도 있고 슬플 때도 있고 괴롭고 힘들 때도 있다. 사실 그러한 일들은 서로 균형 있게 나타나지만 그걸 잘 모른다. 세상은 음양이 교차하면서 나타나기에 좋은 일 다음에는 나쁜 일이 일어나고 그 반대도 마찬가지다. 그럼에도 불구하고 사람들은 즐거운 일들이 많지 않다고 생각한다.

물론 인류가 진화하면서 생존의 문제 때문에 나쁜 일이 좋은 일보다 더 강하게 인식되는 점이 있기도 하지만 그것은 인간의 적응력 때문이기도 하다. 즉, 좋은 일이 생기면 금방은 좋지만 얼마 가지 않아서 그 좋은 상태가 '그저 그런 것'으로 인식이 되어 버린다. 당연히 예전에도 그랬던 것처럼 말이다.

수돗물도 잘 안 나오는 허름한 주택에 살던 사람이 고가의 아파트에서 살게 되면 한 서너 달은 만족하겠지만 곧 더 좋은 집을 찾게 된다. 우리 속담에 "말 타면 경마 잡히고 싶다."라는 속담처럼…. 좋은 환경에 익숙해지고 나면 뭔가 더 좋은 것에 대한 욕망이 꿈틀거린다.

그 욕망을 채우기 위해서 애를 쓰다 보면 불만이 생기고 힘든 일이 생긴다. 그러니까 적응 속도가 빠른 사람일수록 행복한 시간보다는 불행한 시간이 많아지게 되어 있다.

그러므로 인생이 '행복한 꽃길'을 걷고 싶다면 두 가지 방법이 있다. 하나는 초심을 잃지 않고 그 좋아진 상태를 오래오래 음미하는 것이고, 둘은 욕망의 목표를 잘게 쪼개어 연속적으로 욕망을 달성하게 만드는 것이다. 어차피 사욕의 덩어리로 만들어진 인간이기에 꽃길을 오래 걷고 싶다면 말이다.

상실감 극복

상실감을 느끼는 것에는 내외적인 원인이 있다. 먼저 외적인 원인으로는 권한이 없어짐으로 상대방이 나로부터 취할 이익이 없다고 판단하여 대하는 태도가 달라지는 것이다. 이것은 어쩌면 지극히 당연한 세상의 이치다. 그 자체를 탓하고 있으면 마음에 상처가 크게 생긴다. 우선 그게 너무나 정상적이라고 스스로 인정하는 것이 필요하다. 역지사지를 해 보면 그래도 좀 쉽게 이해가 될 것이다. 물론 이해한다고 해서 그게 가슴으로 느껴지는 것은 아니다.

다음으로는 상대의 태도는 동일함에도 본인 스스로 자격지심에서

'뭔가 달라졌다.'고 느끼는 것이다. 이것은 자신의 생각 울타리에 갇혀 있어서 생기는 문제다. 자기 자신에게는 아주 심각한 문제이지만 타인이 볼 때에는 대수롭지 않은 것들이다. 그러므로 남의 평판을 너무 심각하게 걱정하는 데서 생기는 결과다. 남들은 나에 대한 좋고 나쁜 점에 대해 별 신경을 쓰지 않고 있으며 설사 신경을 쓰더라도 그것은 잠시 잠깐일 따름이다.

누구나 겪게 되는 이 상실감을 극복하는 방법은 아주 어려울 수도 있고 쉬울 수도 있다. 왜냐하면 그것은 자신의 마음에 달려 있는 문제이기 때문이다. 자신이 세상의 이치를 이해하고 달라진 세상에 대해 가슴으로 받아들이면 쉬운 것이고, 그러지 못하면 어려운 것이다. 자기 자신의 맘을 움직이는 문제이기 때문이다. 모두가 자신에게 달려 있는 것이니 '일체 유심조'가 맞는 것이다.

그리고 새롭게 펼쳐진 새 세상을 살아가는 것이다. 달라진 주변 환경에서 자신이 가장 잘할 수 있는 것을 만들어서 살아가는 것이다. 세상의 가장 원초적 원리인 음양의 법칙은 상실한 만큼의 이득이 어디엔가 도사리고 있다. 그 이득을 찾아내는 눈과 마음이 요구될 뿐이다.

마음의 상처에는 글쓰기

텍사스 대학교의 제임스 페니베이커는 글쓰기에 치유의 효과가 있다고 다음과 같이 말했다.

"살면서 겪은 일들에 대한 내면의 감정을 표현하는 글쓰기는 신체의 특정한 기능을 개선시킨다. 창조적인 글쓰기를 한 후 에이즈 환자들은 백혈구 수치가 높아지고, 천식 환자들은 폐 기능이 좋아졌으며, 관절염 환자들은 고통이 줄어들었다. 또 다른 환자들은 간과 관련된 문제점들이 개선되었다. 그리고 공통적으로 모두들 스트레스가 줄어들었다.

이 밖에 정신적인 측면에서도 많은 이점이 있었다. 글쓰기를 하면 이내 기분이 가라앉기도 한다. 하지만 시간이 지날수록 기분이 좋아지면서 고통과 우울함이 줄어든다. 글쓰기를 하면 학업 능률이 올라가고, 기억력, 즉 복잡한 문제를 해결하는 능력이 향상된다.

더욱 흥미로운 것은 신기술 분야에서 일하다가 해고당한 중년 남자들에 관한 연구다. 해고당한 사람들 중 52%가 창조적인 글쓰기를 한 지 8개월 만에 새 직장을 찾았다. 반면, 창조적인 글쓰기를 하지 않은 사람들은 단지 20%만이 새 직장을 구할 수 있었다. 글쓰기를 했던 참가자들이 해고라는 트라우마를 극복하고, 그 어려움을 새로운 경험으로 받아들일 수 있게 된 것이다."

이처럼 글쓰기는 자신의 화를 삭이고 스트레스를 풀 수 있는 좋은 수단이다. 살다가 보면 화가 나는 일이 많다. 이럴 때 자신을 잘 다스리지 못하면 크게 상하게 된다. 살다 보면 힘든 때가 반드시 있는 법이다. 특히, 퇴직을 앞둔 분들이 상당히 힘들 것이다. 높은 계단을 올라가서 한꺼번에 바닥으로 내려오려고 하면 그것이 쉽지 않다. 그러한 마음을 추스르는 데는 글쓰기가 아주 효과적이다.

나도 글쓰기를 통하여 나 자신을 치유하였다. 정권이 싫어하는 지역 출신이라는 이유로 한직으로 밀려다니던 시절 하소연할 곳이 없어서 텅 빈 공관에서 울분을 삭이느라고 글을 썼다. 글쓰기가 치유능력이 있는지 모르고 거의 매일 습관적으로 테마를 잡아서 글을 썼다. 그러한 과정을 통하여 나는 전역식에서 아주 담담한 전역사를 할 수 있었고 전역 후 아무도 나를 알아주지 않아도 서운해하지 않았으며, 마티즈를 몰고 대중 속에 묻혀서 소시민으로 살아가는 데 조금도 불편함을 느끼지 않고 지냈다.

글을 쓰면서 "인생이란 것이 잠깐 지구에 소풍 나왔다 간다."라는 천상병 시인의 심정을 이해했고 아무리 많은 재물을 소유해도 그것이 반백 년도 못 간다는 데까지 생각이 미쳤으며, 남이 탐을 내는 것을 갖지 않는 것이 편하게 산다는 것도 알았고, 서운해하지 않으려면 아무것도 기대하지 않으면 된다는 것도 알았다.

힘들고 괴로우면 글을 써라. 그러면 거기서 모든 괴로움이 사라지고 세상을 긍정적으로 바라보는 힘이 생길 것이다. 자신을 조용히 돌아보고 관조해 볼 수 있는 좋은 기회다. 사는 것이 힘들 때 자신의 내면에서 갇혀서 신음하는 자아를 끄집어내어 글로 써 보라. 위대한 작품이 나올 것이다.

공부하는 이유와 방법

우리가 공부를 하는 이유는 사람마다 저 마다의 이유가 있겠지만, 기본적으로는 세상사를 이해하기 위해서다. 그런데 세상사를 전부 공부를 해서 알아낸다는 것은 너무나 시간이 많이 걸리고 힘이 든다. 그래서 터득한 것이 원리를 깨우치는 것이다. 우리 속담에 "구슬이 서 말이라도 꿰어야 보배다."라는 말이 있다. 여기서 구슬은 세상사를 이름이고, 꿰는 수단이 진리고 원칙이고 개념이고 정의다. 그 구슬을 꿰는 그 무엇을 찾기 위해 공부를 한다.

공부를 잘하는 사람은 구슬을 꿰어서 보배로 만드는 그 무엇을 잘 찾아낸 사람이다. 몇 년을 공부하고도 번번이 낙방하는 사람이 있는가 하면 단 한 번에 합격하는 사람도 있다. 어떤 사람은 여러 곳에 동시에 합격하여 3관왕이니 뭐니 하면서 세인의 주목을 받기도 한다. 그런 사람은 그 무엇을 쉽게 찾아내어 모든 구슬을 꿰어 내는 능력을 가진 사람이다.

동양에서 공부라고 하면 공자를 따를 사람이 없다. 공자가 학문하는 방식이 바로 이것이다. 즉 일이관지(一以貫之)다. 공자가 제자인 자공에게 "내가 많이 배워서 아는 사람이라고 생각하느냐?"고 묻자 자공이 "그럼, 아닙니까?" 하고 되물으니 공자는 "그렇지 않다."고 답하면서 "자신은 모든 것을 일이관지(一以貫之)로 알고 있다."라고 하였다.

일이관지란 '하나로 꿰뚫는다.'는 의미다. 이 일화에 따르면 공자는 '콘셉트에 의한 사고(conceptual thinking)'를 했던 분이다. 콘셉트에 의한 사고란 핵심을 꿰뚫는 사고이다. 공자는 인간사의 핵심이 되는 원칙을 하나로 꿰뚫고 있기 때문에 제자들의 질문에 그때그때 맞춰 가르침을 주었던 것이다.

훌륭한 사람으로 키우기

많은 부모들이 자식 잘되게 하려고 애쓴다. 특히, 요즘 우리나라 어머니들의 노력은 눈물겹다 못해 두렵다. 영어 유치원 교육비가 웬만한 대학 등록금에 이른다. 그 많은 사교육비를 충당하기 위해 별짓을 다한다. 그렇게 한다고 그 아이들이 훌륭한 사람이 될까? 그 답은 고개 갸우뚱이다. 물론 훌륭한 사람의 기준을 어떻게 세우느냐에 따라 다를 것이다. 그러나 적어도 훌륭한 사람이 돈을 많이 벌어서 호의호식하거나 고관대작이 되어 큰소리치며 사는 사람이라고 정의하지는 않을 것이다. 정치적 출세를 하든, 사회적 출세를 하든, 그리고 역사적 출세를 하든 적어도 인격이 훌륭해야 훌륭한 사람이라고 할 수 있다.

그렇다면 훌륭한 인격은 어떻게 하면 만들 수 있는가? 올바른 생활 습관을 들이는 것이다. 습관은 성격이 되고, 그 성격은 곧 인격이 되며, 그 인격이 자신이 된다. 그러니까 올바른 습관을 들이면 되는 것이다. 습관이란 개인행동의 반복에 의해서 만들어진다. 사람이 어떤 생각을 하게 되면 그 생각을 행동화하게 되고 그 행동을 반복하면 습관이 된다.

좋은 생각을 하면 좋은 행동을 하게 되고, 그 좋은 행동이 반복되면 좋은 습관을 가지게 된다. 그리고 그 좋은 습관은 좋은 성격이 되고 다시 그 좋은 성격은 좋은 인격이 되어 좋은 사람이 된다. 따라서 훌륭한 생각을 하게 되면 같은 과정을 거쳐서 훌륭한 사람이 되는 것이다.

만일 나쁜 생각을 가지게 되면 결과는 나쁜 사람이 될 수밖에 없다. 그러므로 좋은 생각, 훌륭한 생각을 갖게 하는 것이 중요하고 그 생각을 행동화하고 반복하도록 만드는 것이 중요하다. 이를 위해서는 환경 즉, 분위기가 가장 큰 역할을 한다. 세상의 이치가 나쁜 생각은 가르치지 않아도 잘하지만 좋은 생각, 좋은 행동은 지도와 훈련이 필요하다. 특히, 좋은 생각을 반복적 행동으로 유도하는 것은 상당한 노력을 요한다.

요즘 극성 어머니들이 아무리 많은 돈을 들인다고 하더라도 아이가 좋은 생각을 하도록 하는 환경을 만들지 못하고 그 생각이 행동으로 반복되는 인센티브를 주지 않는다면 학원비 등의 사교육비는 시쳇말로 '헛돈' 쓰는 격이다.

이 또한 지나가리라!

이 말은 솔로몬의 반지에 새겨진 말이다. 사람들이 어려움을 겪고 있을 때 자타가 들려주는 위로의 말이기도 하다. 아무리 어려운 일이라도 반드시 지나가게 마련이다. 더구나 그 최악의 상황이라면, 그것은 경기가 바닥을 쳤으므로 더 이상 나빠질 것은 없고 오로지 나아질 일만 남았다. 그러니 이 또한 지나가지 않겠는가?

사람은 어느 환경에서나 적응을 잘한다. 상황이 나빠지면 시간이 지남에 따라 그 상황에 적응이 되어 버린다. 이것은 비단 나쁜 상황만 그런 것이 아니고 좋은 상황도 마찬가지다. 나쁜 상황에 적응하여 잘 견디는 것은 아주 바람직한 일이나, 좋은 상황에 적응하여 버리면 화를 부른다. 세상의 변화는 '사이클 오브 사이클'로 변한다. 상황이 힘들다고 낙담만 해서 안 되고, 상황이 너무 좋다고 희희낙락만 해서도 안 된다. 사이클은 언제나 반대방향을 향하여 움직이고 있으니까 그 반대방향으로 움직일 것에 대비하는 것이 현명한 처사다.

아무리 힘들어도 시간이 흐르면 다 지나가게 되어 있다. 어려움이 닥칠 때, 지혜로서 잘 헤쳐 나가야 하겠지만, 이도 저도 안 될 때는 그 닥치는 어려움을 담담히 받아들이고 시간이 해결해 줄 것이라는 생각으로 인내하는 것이 좋다. 어려움을 이기지 못해 극단적 선택을 하는 사람들이 있는데 이런 사람들에게 가장 적절한 말이 "이 또한 지나가리라."이다. 더 이상 나빠질 것은 없고 좋아질 것만 남았으니 때를 기다려 보는 현명함이 필요하다.

산도라지로부터 얻는 지혜

밭에 심은 도라지는 3년이 지나면 옮겨 심어야 한다. 그렇게 하지 않으면 뿌리가 썩어 버린다. 그래서 21년생 장생 도라지는 7번이나 옮겨 심어 얻어 낸 고급 약재다. 그런데 산도라지는 왜 그렇지 않은가? 오래된 나의 궁금증이었다.

실제로 DMZ 수색 정찰 동행 시 불모지 작업을 해 둔 양지바른 지역에서 수십 년은 됨 직한 도라지를 보았기 때문이다. 그런데 얼마 전 친구로부터 해답을 들었다. 산도라지는 다른 여러 가지 식물과 섞여서 자라다 보니 서로 경쟁과 조화를 통해 강해져서 썩지 않는다는 것이다.

경쟁하는 과정에서 생존력이 증가하여 세균의 공격을 막아 낸 것이다. 온실 속에서 키우는 화초는 병충해에 약하지만 산야의 잡초는 병충해가 없다. 마찬가지로 여러 형제 속에서 자란 아이는 아프지도 않고 밖에서도 또래 아이들과 치고 박고 싸우면서 강하게 잘 자란다. 집집마다 하나둘 정도의 아이만 키우고 있는 현실은 과잉보호 속에서 자라 허약하다. 이들을 강하게 키우기 위해서는 산도라지처럼 다른 아이들과 많이 어울리도록 환경을 만들어 주어야 한다.

조직도 마찬가지다. 한 목소리만 내는 조직은 오래가지 못한다. 밭도라지처럼 외부 공격으로부터 취약하다. 우리나라 정당들이 그렇다. 밭도라지 같다. 다양한 목소리를 받아들여 때로는 경쟁하고 때로는 조화롭게 융합하는 조직문화가 요구된다.

열심히보다 제대로

미국 실리콘 밸리 신세대 대표 기업 '넷플릭스'의 기업문화에 대한 기사를 보고 푸른 제복으로 몸을 감싸고 오직 임무 완수만을 위해 뛰어다녔던 젊은 시절이 생각난다. 넷플릭스의 CEO 리드 헤이스팅스는 세 가지를 강조한다고 한다.

"'열심히'보다 '잘'해라."
"자유를 누리되 책임을 져라."
"최고의 몸값을 불러라."

위 세 가지 중에서 첫 번째 구절이 예전의 시절로 나를 이끈다. 부하들을 격려 차원에서 악수를 청하면 하나같이 "열심히 하겠습니다."라고 외친다. 그런데 나는 그때마다, "열심히 하지 말고 제대로 해라."하고 정정해 주었다.

우리는 그저 열심히만 하면 되는 것이라고 생각한다. 그래서 격려도 '열심히 하라!'이고 다짐도 '열심히 하겠습니다!'이다. 그러다 보니 성과가 없어도 열심히만 하면 칭찬을 받고, 상을 받고, 진급을 할 수 있었다. 그 결과는 할 일이 없는데도 윗사람에게 열심히 한다는 것을 보이기 위해 야근을 하고, 일이 없으면 일을 만들어서 야근을 하고, 더 요령을 부리는 사람은 일도 없는데 저녁 식사하고는 들어가서 야근 도장 찍고 퇴근하는 사람들을 만들었다. 공연히 자원만 낭비한다. 사무실 에너지 낭비하고 자신은 피곤에 찌들고 퇴근을 기다리는 집에서는 가족이 함께 저녁 식사도 못하고 그렇게 힘든 하루하루를 보내고 있는 것이다. 이것이 모두 열심히 하면 된다는 생각에서 나온 부작용이다.

과거 단순 노동으로 생산성이 올라가는 일은 열심히 하면 성과를 낼 수 있었을 수도 있다. 그때에도 일하는 방법을 개선하는 것이 그저 열심히 하는 것보다는 낫다. 그런데 오늘날과 같이 고도의 창의성이 요구되는 업무에서 무조건 열심히 하는 것은 아무 의미가 없다. 우리의 머리는 쉬어 주어야 창의적 아이디어가 떠오른다. 샤워를 하거나, 산책을 하거나, 심지어 화장실에 앉아 있을 때 좋은 아이디어가 잘 떠오른다.

따라서 이제 우리도 그냥 열심히 하는 문화는 버려야 한다. 열심히 하는 것보다는 창의적 아이디어로 맡은 바 임무를 제대로 하는 것이 옳다. 그렇게 해서 업무 평가의 기준은 성과를 기준해야 한다. 죽치고 앉아서 날밤을 새는 체력만 튼튼한 사람을 높게 평가하는 문화는 버려야 한다. 물론 성과측정 지표를 잘 개발해야 하겠지만 말이다.

영어는 훈련을 해야

영어를 수십 년 공부했어도 영어가 마음대로 되지 않는다. 왜 그럴까? 그 이유는 너무나 단순하다. 공부를 했기 때문이다. 언어는 공부를 해서는 안 되고 훈련을 해야 한다. 그런데 우리는 중고등학교 6년간 영어 공부를 했다. 지금은 초등학교 때부터 영어를 한다고 하니…. 영어 학원에서도 공부를 하고 있으니 공부를 더 많이 하면 할수록 더 어렵다. 말은 상대가 하는 말에 즉각적으로 반응해야 한다. 그러므로 그 반응은 무의식 세계에서 조건 반사적으로 일어나야 한다. 이렇게 조건 반사적으로 반응이 일어나려면 반복적 훈련이 필요하다.

우리의 뇌는 의식 세계와 무의식의 세계로 작동한다. 논리적 사고는 의식 세계에서 이뤄지지만 동작의 반복은 무의식의 세계에서 이뤄진다. 의식의 세계는 반응이 느리기 때문에 대화의 맥을 이어 갈 수가 없다. 상대가 말하면 무의식적으로 그에 합당한 말이 나와야 한다. 비록 논리적 사고는 의식 세계에 있다고 하더라도 말을 하는 것은 무의식의 세계에서 이뤄져야 한다.

그런데 왜 이렇게 되었나? 우리나라 시험제도 때문이다. 시험 성적으로 우열을 가리려고 하다 보니 문법에 크게 의존하게 되고 길고 어려운 단어로 구성된 문장을 읽어서 이해하고 그에 대한 답을 찾는 공부를 한 것이다. 그러다 보니 10년을 공부해도 영어권 사람을 만나면 입에서 영어가 나오지 않는 것이다. 영어가 무의식 세계에서 작동하는 것이 아니고 의식의 세계에서 작동하기 때문이다.

간단한 생활 영어를 하면서도 무슨 말을 할까를 모국어로 생각하고 그것을 영어로 번역하여 말하려고 한다. 그 번역 과정에서는 시제는 맞는지? 단어는 맞는지? 단어 스펠링은 맞는지? 등등을 시험 볼 때와 같이 생각한다. 그리고 혹시 틀리면 어쩌지? 하는 걱정을 하면서 말을 하다가 보니 입이 떨어지지 않는다. 그리고 겨우 한마디 하고 나면 상대가 다음 말을 하는데 그에 대한 답을 이런 과정을 거쳐서 하려다 보니 맥이 끊어져 버리는 것이다. 이런 곤혹스러운 경험을 몇 번하고 나면 외국인을 피하게 된다.

미국인은 어렵다는 우리말을 겨우 6개월 정도 배우고 나면 제법 하는데 우리는 10년을 더 배워도 영어가 안 되니 이게 문제다. 우리는 학교에서 시험을 잘 보는 영어 공부 따로 하고 회화를 위해서는 영어 회화 학원에서 따로 하는 이중 구조다. 그러니 우리가 1년에 영어 공부에 쓰는 돈이 어마어마하다고 한다. 이것을 바꿔야 한다.

이제 영어 교육 현장에 있는 사람들이 생각을 바꿔야 한다. 영어를 공부시키지 말고 훈련을 시키라고. 그래서 한 1년 훈련하고 나면 생활 영어는 자유롭게 할 수 있도록. 영어 발음이 좀 다르면 어떤가? 3인칭 단수 s 발음을 좀 빼면 어떤가? 우리말은 문법에 완벽하게 맞게 말하는가? 아니지 않는가?

교육과 훈련의 차이를 정확히 이해해야 한다. 처음 이해를 위해 교육을 한 다음에는 무의식적으로 영어가 튀어나오도록 훈련을 해야 한다. 영어는 교육의 대상이 아니고 훈련의 대상이다.

NO라는 단어에 익숙해져야

창조경제가 잘 안되는 이유는 사람들이 'NO라는 단어'에 익숙해져 있지 않기 때문이다. 미국의 '칼라일그룹' 창업자이자 CEO인 데이비드 루벤스타인은 "비즈니스 세계에서 아직 한 번도 해 보지 않은 시도를 할 때, 사람들은 흔히 '너 미쳤다. 아무도 안 한 것을 왜 하려고 하느냐'고 합니다. 그런 건 일상으로 받아들여야 합니다."라고 말했다.

그렇다. 아무도 하지 않는 것을 하려는 것은 모험이다. 그 모험을 하려면 용기가 필요하다. 그런데 지금 세대들은 성장과정에서 모험을 모르고 자랐다. 그러니 누가 어떤 용기를 가지고 아직 아무도 가

보지 않은 길을 가려고 하겠는가? 그러다 보니 누가 조금 잘된다고 하면 '그냥 우르르 몰려 따라간다.' 그 결과는 모두가 망한다.

지금은 세계적으로 대성공을 거둔 빌 게이츠도 사람들로부터 "넌 소프트웨어 회사를 만들 수 없을 거야."라는 말을 들었고, 사람들은 스티브 잡스에게는 "컴퓨터 회사를 만들 수 없을 거야." 제프 베조스에게는 "인터넷으로 책을 팔 수 없을 거야."라고 했다.

이것은 새로운 것에 대한 무지와 두려움이 작용하기 때문이다. 그러나 아무도 하지 않는 새로운 영역이야말로 '유리한 경쟁의 틀'이 만들어진 곳이다. 다른 말로 하면 '블루오션'인 것이다. 블루오션에서는 당연히 리스크가 크다. 새로운 영역이다 보니 당연히 참고할 만한 경험칙이 없다. 오로지 용기만이 자산이 된다. 그런데 세상은 그러한 용기에 대한 충분한 보상을 해 줄 준비가 되어 있다.

인천상륙작전을 지휘한 맥아더 장군도 인천에 상륙작전을 하겠다고 하니까 지리적인 문제점을 거론하면서 많은 참모들이 반대하였다. 그때 맥아더 장군은 "여러분이 반대하는 그 이유가 바로 내가 인천을 상륙 지점으로 택한 이유다."라고 말했다. 누구나 생각하는 상륙 지점을 택했다면 과연 성공할 수 있었겠는가?

자신이 합리적 판단으로 내린 결론에 대해 주변에서 NO라고 하면,

그것은 성공의 가능성이 높다고 판단하면 된다. 어쩌면 NO는 용기가 없는 자들이 하는 핑계이거나 시기심에서 나온 말일지도 모른다.

전략적 골프

골프를 하다 보면 인생의 축소판 같다는 생각을 하게 된다. 18홀을 돌면서 좋은 일이 있는가 하면, 나쁜 일도 있고 또 그것을 잘 극복하다 보면 생각지도 않은 좋을 기회를 갖기도 하고….

누구나 좋은 스코어를 내길 원한다. 그런데 대부분의 골프가 순간에 집착하다 보니 실수가 나오고 그 결과 원하지 않은 결과 때문에 속이 상한다. 그런데 이러한 골프를 전략적으로 하는 방법을 생각해 볼 수 있다. 즉, 골프를 전략적으로 치는 것이다. '판을 키우면 전략이 보인다.'

이를 골프에 대입해 보면, 골프를 전략적으로 할 수 있다.

흔히, '골프는 마지막 장갑을 벗어 봐야 안다.'고 한다. 그렇다. 언제 어떤 상황이 일어날지 모르기 때문에 하는 말이다. 그런데 전체 스코어를 좋게 하고 그날 동반자와 즐거운 시간을 가지고자 하는 만남의 목적이 이뤄지려면 순간에 매달리지 말고 골프 전체 라운딩을 생각하고 그날 골프 모임의 목적에 맞게 행동하고 공을 쳐야 한다.

대개 골프를 할 때 가장 기본적인 목적은 동반자와 우의를 돈독히 하고 나아가 운동을 통해 건강을 증진시키는 것이다. 또한 부차적으로 좋은 스코어를 기록해서 기분이 좋아지는 것이다. 그렇다면 한 타 한 타에 일희일비할 일이 아니다.

먼저 골프의 판을 키우면, 가장 신경을 써야 할 부분은 동반자와 좋은 관계를 유지해야 한다. 이를 위해서는 매너가 좋아야 하고 신사적 행동을 해야 한다. 그리고 상대의 기분도 고려해야 한다. 사람은 평판을 먹고사는 것이기에 라운딩을 통해서 동반자로부터 좋은 평판을 얻어야 한다. 너무 스코어에 집착하거나, 내기에 골몰하거나, 플레이를 지연시키거나, 자신의 실수에 대해 너무 심하게 감정을 표현하거나 남의 플레이에 대해 지나친 비판을 하거나, 잘난 체하거나, 플레이 도중 속임수를 쓰는 등의 행동은 라운딩을 같이하지 않음만 못하다. 스코어가 나빠지더라도 신사적 매너를 지키는 것이 전략적으로 옳고 이익이다.

기술적인 면에서도 판을 키우면 좋다. 티 박스에 서면 사람들은 무조건 거리를 멀리 보내고 싶어 한다. 특히 남자들은 장타에 목을 맨다. 그리고 세컨드 어프로치 샷은 핀에 가까이 붙이고 싶어 하며 숏 어프로치 마찬가지다. 퍼팅은 언제 어느 때를 막론하고 홀인하고 싶어 한다.

그러니까 드라이버는 무조건 멀리 치고, 어프로치 샷은 최대한 가

깝게 붙이고 싶으면서, 멀리 친다는 것을 과시하기 위해서 오히려 짧은 클럽을 잡고 온 힘을 다해 친다. 이게 현실이다.

그런데 이를 전략적으로 생각해 보면 달라진다. 먼저 2m 이내 퍼팅은 100% 성공시킨다는 생각을 갖고 짧은 퍼팅 연습을 충분히 해 둔다. 이것이 보장되면 롱퍼팅이나 숏 어프로치가 쉬워진다. 그냥 2m 내에만 붙이면 된다고 생각하고 퍼팅 또는 숏 어프로치 샷을 하면 긴장이 되지 않고 쉽게 처리할 수 있다. 이런 사항을 전제로 세컨드 어프로치 샷은 그린 중앙을 향해, 클럽을 여유 있게 잡고 가볍게 샷을 하면 좋다. 아마 온 그린 아니면 그린 가장자리로부터 적어도 20m 이내에 떨어질 것이다.

이렇게 하기 위해서는 먼저 드라이버 샷이 페어웨이에 떨어져야 한다. 거리는 그리 중요하지 않다. 드라이버의 거리는 '잘 맞은 것과 그렇지 못한 것'의 차이는 20m도 채 안 된다. 그러니 아이언 클럽의 1 내지 2번 길이의 클럽 차이밖에 안 난다. 러프에 떨어진 공은 거리 가늠이 안 될 뿐만 아니라 정확히 치기도 어렵다. 그렇다면 결론은 거리가 짧더라도 페어웨이 중앙에 공을 보내는 것이 가장 좋은 드라이버 샷이다.

그러므로 전략적 샷은 티 박스에서 페어웨이 중앙으로 가볍게 쳐 두고, 거기서는 편한 거리의 아이언으로 그린 중앙을 향해 샷을 날린다음, 온 그린 하면 더할 나위 없지만 그린 주변에 떨어져도 실망하지 말고, 핀 2m 정도에 붙이겠다는 편한 마음으로 스트로크 내지 샷을 하면 된다. 아마 운이 좋으면 볼이 바로 홀로 들어가 버디를 할 것이고 아니면 파는 충분히 할 것이다. 설사 이런 샷들이 '일곱 번 정도 실수'를 한다고 해도 주말 골퍼의 꿈인 '싱글'은 충분히 할 수 있다.

결론적으로 골프의 원래 목적을 고려하여 동반자와의 관계를 좋게 유지하는데 신경을 쓰고 볼을 칠 때 장타 경쟁을 하지 말고 편안함에 초점을 맞춰 준다면 좋은 결과를 얻을 수 있을 것이다. 이것이 전략적 골프다. 볼치는 순간에서 골프 라운딩 전체로 판을 키워 생각하면 좋은 결과를 얻을 수 있다.

내 아이를 먼저 꾸짖는 이유

아이들이란 아직 미성숙한 상태이므로 사소한 것으로도 싸운다. 그것은 어쩌면 자연스러운 성장과정이다. 그래서 "아이들은 싸우면서 자란다."라는 말이 있다. 요즘은 신문에 "아이들 싸움이 어른 싸움이 되었다."라는 기사를 종종 보곤 한다. 심지어는 내 아이가 맞았다고 상대 아이를 심하게 질책하여 법적 처벌을 받았다는 보도를 본 적도 있다.

그런데 예전에 우리가 어릴 적 엄마들은 달랐다. 그때 엄마들은 내 아이보다 먼저 상대 아이를 챙겼다. 어디 다친 데는 없는지 살펴보고 옷에 흙이 묻었으면 털어 주고는 내 아이를 나무랐다. 그리고는 집으로 데리고 와서 아무도 보지 않는 데서 꼭 안아 주었다. 세상에 어느 엄마가 자기 아이가 맞아서 울고 있는데 마음 아프지 않겠나? 그런데 그렇게 했다.

왜 그랬을까? 엄마는 당장의 아픈 마음보다 먼 미래를 생각했다. 엄마 자신과 아이 그리고 집안의 평판을 먼저 생각했다. 아이에게 역성을 드는 것보다 상대를 배려하는 것을 어릴 적부터 가르치려는 것이고, 엄마 자신의 인품을 손상시키면 안 되기 때문이다. 그래야만 내일 또 동네 골목길에서 만나 놀 때 내 아이가 '왕따'를 당하지 않을 것이라는 것을 생각한 결과다. 그리고 가장 중요한 것은 가문에 대한 평판이다. 동네에서는 서로가 모든 것을 소상히 알고 있다. 그리고 그 집의 평판이 인근 마을로 자연스럽게 퍼진다. 가문의 평판이 좋아야 혼인도 할 수 있다. 가풍과 법도가 살아 있다는 평판이 있어야 그 사회에서 살아갈 수가 있었던 것이다.

도시화되면서 아파트문화가 자리 잡아 이웃 간에는 왕래가 없어졌다. 동네 사람들이 모두 모르는 사람이 되었다. 그러니 평판에 대한 신경을 쓰지 않게 되었다. 그러다 보니 미래를 내다보는 전략적 사고보다는 당장의 아픈 마음을 그 자리에서 풀어내는 각박하고 천박한 모습이 연출된다. 이렇게 된 것을 보는 마음이 아프다. 적어도 내 아이를 더 훌륭한 사람으로 만들기 위해서는 남의 아이보다 내 아이를 꾸짖는 것이 삶의 지혜다.

말과 행동

말 잘하기

말은 생각의 표현 방법 중에서 으뜸이다. 말하는 것을 보면 그 사람의 수준과 마음의 상태를 알 수 있다. 때로는 품격까지 알 수 있다. 그래서 그 사람이 하는 말의 내용과 표현방식을 들어 보면 말하는 사람에 대해 많은 것을 알 수 있다. 그래서 말은 잘해야 한다.

'잘하는 말'이란 적재적소에 맞게 간단명료하게 말하는 것을 이른다. 요컨대, 쉽고 짧게 말하면 된다. 길고 비비꼬인 말은 내용을 잘 모르거나, 뭘 숨기고자 할 때 둘러대는 모습이다. 횡설수설하는 교수는 한마디로 실력이 없는 자다. 마찬가지로 국회에서 의원의 질문에 답변자가 말을 이리저리 꼬거나, 긍정적으로 표현하면 될 것을, 부정에 다시 부정을 하는 방식으로 말하는 것은 진실을 은폐하려고 애쓰는 모습이다.

진실을 말하면 말이 길어질 필요가 없다. 있는 대로 사실대로 말하니까 상대도 쉽게 알아듣는다. 그렇게 말하는 사람들의 얼굴은 편안하고 눈은 안정되어 있다. 신문 방송에 나오는 사람들, 정치인, 언론인, 평론가들이 하는 말이 진실인지 아닌지 확인하는 가장 쉬운 방법은 말이 긴지, 짧은지만 보면 된다. 거짓을 진실로 포장하려니까, 중언부언, 억지, 궤변을 늘어놓는다. 장황하고 앞뒤가 뒤틀린 말을 하는 사람들의 얼굴, 특히 눈을 주목해 보라. 크게 흔들리고 있다.

사람이 말을 한다고 해서 다 말이 아니다. 그 말에 신뢰성이 없으면 그냥 소리에 불과하다. 한자 믿을 신(信)은 사람 인(人) 변에 말씀 언(言)이다. 즉, 사람의 말은 믿을 수 있어야 한다는 의미를 내포하고 있다. 그래서 믿음이 안 가는 말은 헛소리라고 한다. 헛말이라는 말도 있지만 헛소리라는 말이 더 많이 쓰인다. 우리는 은연중에 믿음이 가는 말은 말이라고 하고, 믿음이 안가는 말은 소리라고 생각하는 묵계가 있다.

말을 할 수 있다는 것은 인간이 가진 특권이다. 서로의 의사를 소통하는 수단으로써 말은 더할 수 없이 편리하다. 이렇게 좋은 의사소통 수단이 부적절하게 사용되어 화를 부르는 일이 많다. 인사 청문회를 앞둔 후보자가 곤욕을 치르고, 마음에서 우러나오는 진정성 있는 사과 한마디면 넘어갈 수도 있을 일을 오만 불손한 말 때문에 감방에 갇히기도 한다.

그래서 옛 현인들은 "말은 어눌하게 하고 행동은 민첩하게 하라." 라고 일렀다. 말을 어눌하게 하라는 것은 생각을 해 가면서 말하라는 의미를 가지면서, 동시에 말에 대한 신뢰를 주기 위함이다. 비단 장사 왕 서방처럼 번지르르한 말에 대해서는 신뢰를 주지 않는다. TV 홈쇼핑에 나와서 떠드는 쇼 호스트의 말을 듣고 있으면 사기꾼 이야기를 듣는 것 같다.

모임에 가서 아무 말도 안 하고 그냥 있다가 오기가 쉽지 않다. 처음에는 분위기 파악을 하느라 가만히 있다가도 자신이 아는 주제가 나오면 자신도 모르는 사이에 끼어들어 있다. 아마 잘난 체하고자 하는 속물근성 탓이지 싶다.

말을 해야 할 경우에는 마지막에 하는 것이 가장 좋다. 다 듣고 나서 말하면 그 분위기와 맥락을 완전히 파악한 다음에 말을 하게 되니까 잘 모르던 것도 다른 사람의 말속에서 내용을 들어 알게 되어 자신의 생각을 더 잘 표현할 수 있다. 말을 먼저 하는 사람이 항상 손해를 본다. 상황이 완전히 파악되기 전에 자신의 속내를 드러내기 때문이다. 시간이 지나면서 상황은 변하기 때문에 할 수만 있다면 말은 마지막에 하는 것이 좋다.

결별을 선언하는 경우에도 누가 먼저 선언하는가에 따라 후속하는 책임이 전혀 달라진다. 먼저 선언하는 사람이 소요 비용을 대는 것은 물론 여러 가지 문제에서 책임을 지고 양보해야 할 것들이 많아진다. 전세를 살다 이사하는 경우도 마찬가지다. 집 주인이 먼저 나가라고 하면 세입자는 여러 가지로 조건을 건다. 이사 비용을 달라고 하든지, 새집을 구하는 데 드는 복비를 달라고 하든지 등등…. 그러나 세입자가 먼저 나가겠다고 말하면 사정은 전혀 달라진다. 전세금의 일부를 덜 받고 갈 경우도 생기는 것이다.

말의 앞과 뒤

말의 앞에는 생각이, 뒤에는 행동이 있다. 그래서 말하는 것을 보고 그 사람의 생각을 짐작하고, 그 사람의 행동을 예측한다. 그런 연유로 말에 대한 금언이 많은데, 대체로 말을 적게 하고, 조심하라는 내용들이다.

말과 행동은 일치해야 한다. 그 일치 정도가 격을 결정한다. 말과 행동이 일치하는 사람은 격이 있는 사람이라고 해서 인격자(人格者)라고 부른다. 인격자는 신뢰가 있는 사람이라는 뜻이다. 그 신뢰는 하나의 자본이다. 개인도 그렇고 사회도 그렇다. 신뢰가 있는 사람은 말 한마디로 자신이 원하는 것을 구할 수 있고 신뢰가 있는 사회는 기회비용이 적다. 과거 유교적 사회에서는 언행일치(言行一致)가 중요한 덕목이었다. 지금도 지켜져야 할 덕목임에 틀림없다. 자신의 말은 자신이 책임을 져야 한다. 그럴 수 없다면 말을 하지 말아야 한다. 언행일치가 되지 않으면 사기가 되고 반복되면 신뢰를 잃게 된다. 그러면 아주 큰 무형 자본을 잃게 된다.

말을 잘한다는 것은 청산유수처럼 빠르고 유창하게 하는 말이 아니다. 말을 잘한다는 것은 상황파악을 잘하여 상대를 헤아려 하는 말이 잘하는 말이다. 흔히들 말하기로 "칼로 베인 상처보다 혀로 베인 상처가 치유도 어렵고 더 오래간다."라고 한다. 말을 잘하려면 상대를 배려하는 마음이 있어야 한다. 그러니 말을 잘하려면 고매한 인격을 갖추어야 한다는 뜻이 된다. 말은 곧 자신의 생각을 표현하는 것이고, 자신의 생각은 자신의 인격에서 나오는 것이기 때문이다.

말은 그 사람의 사람됨이다. 그러니 말을 아껴야 하고 조심해야 한다. 말은 진실이 배어 있어야 하고 상대가 듣기에 나쁘지 않아야 한다. 상류사회냐 하류사회냐 하는 것도 그 구성원들이 쓰는 말의 품격에 연유한다. 영어에 존칭어가 없다곤 하지만 영어에도 상류사회에서 쓰는 고급 영어가 있다. 옛날에는 양반이냐 상놈이냐 하는 것도 말로 구분되었다. 비록 출신이 상놈이라고 해도 말을 양반처럼 점잖게 하면 대접을 잘 받을 수 있었다. 지금처럼 신분이 없는 자유민주주의 사회에서 제대로 대접받기 위해서는 말을 잘해야 한다.

대화에서의 지혜

대화를 하다 보면 어느 일방의 언성이 높아지면 상대도 높아지고 어느 일방이 목소리를 낮추면 상대도 낮춘다. 그러니까 대화의 방식도 대개 균형을 이루려고 노력한다. 상대의 목소리 톤에 따라 흥분하게 되면 감정적이 되어 이성적 합리적 판단이 결여된다. 그 결과는 나중에 후회로 돌아온다.

그래서 누구와 말을 하더라도 조곤조곤 말하는 것이 좋다. 그런데 그렇게 하려면 훈련이 필요하다. 상황을 잘 파악하고 전후사정을 이해한 다음 논리적 전개를 하도록 마음을 다잡아야 한다. 절대로 상대를 따라 같이 흥분하지 않겠다는 다짐을 하면서 말을 해야 한다. 특히 다혈질인 사람은 허벅지를 꼬집어 가면서 더 많은 훈련이 필요하다. 말을 조곤조곤하게 하면 이성적 뇌가 작동하기 때문에 논리적이 된다. 그리고 흥분을 하지 않으니 여유가 있어 전체 맥락을 파악하기가 쉽다.

이렇게 말하는 습관을 들이게 되면 어느 누구도 만만하게 보지 않는다. 자신의 위치를 지키면서 대화에서 자신이 목적한 바를 얻을 수 있다. 흥분하지 말고 차분하게 분위기를 잡고 조곤조곤 말하는 훈련을 하면 손해 보지 않고 큰 이익을 얻을 것이다.

이러한 현상은 심리학에서는 거울 뉴런효과라고 한다. 그 효과도 크게 보아 균형을 추구하는 우주의 기본 원리 내에서 작동한 결과다. 그러니까 상대가 아무리 흥분하더라도 한 템포 죽이고 조용하고 부드러운 목소리로 대화를 이끌어 가면 상대도 균형을 맞추기 위해서 목소리가 낮아질 것이고 대화는 좋은 결과를 얻을 것이다.

사과의 말은 특히 잘해야 한다. 잘못했다고 사과를 할 때에는 첫째, 진정으로 미안해하며 죄송스런 마음이 표정에 나타나야 하고 몸가짐은 다소곳해야 한다. 둘째, 목소리에 반성하는 톤이 배어 있어야 한다. 입으로는 '잘못했다'고 하면서도 큰 소리로 '그래 어쩔래?' 하는 식이면 안 된다. 셋째, 그 잘못한 것을 원상복구를 했거나 원상복구 약속을 하고, 그 약속이 지켜질 것이라는 믿음을 주어야 한다. 이런 기대가 충족되면 그 사과는 성공이다.

흥분하지 말고 차분하게 분위기를 잡고 조곤조곤 말하는 훈련을 하라. 그러면 손해 보지 않고 큰 이익을 얻을 것이다.

사실보다는 친절한 말을

바른 말이라고 해서 다 좋은 것은 아니다. 세상은 혼자 사는 것이 아니므로 아무리 바른 말이라고 해도 상대가 좋게 받아들이지 않으면 곤란해진다. 따라서 바른 말을 전략적으로 바꿔서 친절하게 하는 것이다. 즉, 전략적 속성을 대입해서 바른 말을 친절한 말로 바꾸면 그 효과로 인하여 좋은 관계를 만들 수 있다. 지금 당장 바른 말을 하면 속이야 시원하겠지만, 친절한 말로 바꾸어 말하는 것이 좋다. 전체적 속성을 적용하여 인간관계 전체를 고려하고 미래성을 고려하여 장차 벌어질 결과를 생각하고, 기만성을 발휘하여 상대방이 싫어하지 않을 말로 진실을 상대에게 전달하는 것이다. 우리 속담에 "천냥 빚도 말로 갚는다."라는 말이 있지 않은가?

인제대 우종민 교수는 '인간관계 클리닉 코너'에서 이런 예를 들어 설명하고 있다. 남을 속인 적도 없고 거짓말을 하지도 않는 진실한 사람이 있다. 그는 회사에서든 집에서든 또 상대가 누구이든 잘못된 점이 있을 땐 반드시 지적하고 즉각 건의를 한다. 그는 항상 학교에서 배운 대로, 책에서 읽은 대로 틀린 것은 보고 넘어가지 못한다. 그리고 직언을 한다. 그런데 그에 대한 평판은 그리 좋지 않다. 일은 열심히 하지만 독선적이라는 말을 듣는다.

왜 그럴까? 그의 문제는 바른말 때문이다. 바른말을 한다는 건 사실을 그대로 말한다는 뜻이다. 예를 들어 부하 직원이 체중이 좀 는 것 같으면, "요새 배 나왔네. 살쪘구나." 이렇게 말한다. 바른말이다. 사실이다. 하지만 상대방으로서는 감추고 싶은 사실이고 듣고 싶지 않은 말이다. 이런 말은 상대방 감정에 상처를 입힌다. 평소에 아무리 관계가 좋았더라도 순식간에 원수가 될 수 있다.

심리학에 '최종 정보효과(recency effect)'라는 것이 있다. 마지막 정보가 더 큰 영향을 끼치는 현상을 말한다. 예전에 들었던 좋은 말은 까맣게 잊고 마지막에 들은 기분 나쁜 말만 기억한다. 그러니까 아무리 잘해 주었더라도 마지막에 말을 잘못해서 상대의 기분을 상하게 했다면 다 된 밥에 코 빠뜨리는 격이다.

목적은 달성할 수 있지만 상대방이 진저리를 내고 다시 듣고 싶어 하지 않을 말도 있다. 학생들의 결석률이 높아서 고심하던 어느 학교 교사가 결석률 '0'이라는 경이로운 목표를 달성했다고 한다. 그는 학생들을 큰 소리로 야단치거나 벌을 주지 않았다. 한마디 말로 모든 학생이 학교에 나오게 만들었다. 그는 결석했던 학생에게 다가가 눈을 바라보며 조용히 말했다. "네 부모님을 꼭 만나보고 싶구나. 부모님이 그렇게 가르쳤느냐?" 자존심이 상한 학생들은 그 소리가 듣기 싫어서 결석을 하지 않았다. 하지만 학생들은 졸업 이후 다시는 이 교사를 만나려 하지 않았다.

좋은 인간관계의 비결은 상대방의 귀가 열리고, 또다시 듣고 싶어 할 말, 즉 친절한 말을 하는 것이다. 가령 병원에서 검사를 받았는데 결과가 좋지 않다고 치자. 어떤 의사는 "암입니다. 연구 결과에 따르면 6개월 생존율은 5%입니다. 현재로서는 치료법이 없습니다."라고 말한다. 사실이다. 바른말이다. 하지만 그렇게 야박하고 정떨어지는 바른말을 하는 의사보다 "어려운 상황입니다. 하지만 현대 의학이 계속 발전하고 있으니까 조만간 좋은 치료법이 나올 것입니다. 그때까지 저하고 함께 버텨봅시다." 이렇게 말해 주는 의사에게 신뢰가 간다. 그 말이 또 듣고 싶고, 기꺼이 자기 몸을 맡기고 싶을 것이다.

골프장에서 드라버 샷을 날렸는데 볼이 슬라이스가 나서 OB 지역으로 날아갔다. 이때에도 캐디나 동반자가 "나갔어요!" 하는 것보다 "걸려 있을 것 같은데요!" 아니면 적어도 "가 봐야 알겠는데요!"라고 말하는 것이 낫다. 최소한 현장을 확인하기 전까지 희망을 빼앗아 버릴 필요는 없는 것이다.

약점이 극렬한 언어를 부른다

《희생자의식 민족주의》라는 책을 펴낸 임지현 서강대 교수는 "경력에 오점이 많은 사람일수록 극렬한 언어를 쓴다."라고 말했다. 크게 공감한다. 사람은 기본적으로 자신의 오점이 드러나는 것을 감추기 위해 더 큰 소리로, 더 자극적이고 격렬한 말을 한다.

대개 모임에서 큰 소리로 떠드는 사람은 상대적 열등감을 극복하기 위한 것이고 과도한 제스처로 도에 넘는 언사를 하는 사람은 뭔가를 감추려는 사람이다. 자기의 약점, 오점, 잘못을 감추려면 평범한 방법으로는 안 될 것 같은 불안감이 그런 행동을 하게 만든다.

따라서 결렬한 언사와 행동을 보이는 정도에 비례해서 나쁜 사람이라고 보면 맞다. AI에게 어떤 사람의 말하는 모양새를 입력하면 그 사람이 얼마나 약점이 많은 사람인지를 측정할 수 있는 점수를 알 수 있는 날이 머지않아 올 것이다.

남자는 무용담을 조심해야

기본적으로 남자는 허세가 좀 있다. 그래서 자신의 무용담 늘어놓기를 좋아한다. 특히, 술이 한 잔 들어가면 더 심하다. 술자리에서 누가 무용담을 꺼내면, 이에 질세라 입에 거품을 물고 자신의 무용담을 소리 높인다. 그 무용담은 회를 거듭할수록 거품이 많아진다. 그런데 그 무용담은 대부분 위법이나 탈법인 경우다. 법과 규정을 지킨 스토리는 별 재미가 없기 때문이다.

그런데 그 무용담이 자칫하면 자신을 잡는 족쇄가 되기 십상이다. 특히, 나중에 리더가 되어 보겠다고 생각하는 사람은 더욱 조심해야 한다. 어떤 분이 친척 동생을 진급시키기 위해 거금을 주었다는 얘기를 하는 것을 자랑삼아 얘기하는 것을 들었다. 비록 시간이 지났다고 해도 그 사실이 알려져도 괜찮을까? 진급자의 명예는, 돈을 받은 사람과 준 사람의 비리는 어떻게 되나? 그런 일 때문에 진급을 도둑맞았다고 생각하는 사람은? 심각한 문제를 야기할 수 있다. 무용담은 잠깐의 자기 과시와 재미를 큰 화와 바꿀 수 있음을 알아야 한다.

약속도 말도 적게

사람에 대한 평가가 여러 가지 있지만 신뢰에 대한 평가가 가장 무겁다. 외모나 능력에 대한 평가는 외부로 드러나서 쉽게 간파할 수 있지만 신뢰는 그렇지 않다. 신뢰에 대한 평가는 거래 또는 교제 당사자 간에 일어났던 언행의 기록에 대한 평가 결과이기 때문이다.

신이 아니고 사람이기 때문에 약속을 지키지 못할 경우도 있고, 잘 모르고 과장해서 말할 수도 있다. 하지만 약속을 지키고, 진실을 말하기 위해서 최선을 다해 노력을 해야 한다. 그렇지 않으면 자신이 딛고 서있는 기반이 무너진다. 그래서 약속은 반드시 지켜야 하고 부득이한 경우에는 진실하게 상황을 설명해야 한다. 그러니 약속은 가급적 하지 않는 것이 좋다. 약속을 지키지 못하면, 아무리 상황을 설명해도, 상대가 납득을 했다고 해도, 이미 그것은 세탁을 한 옷이지 새 옷은 아니다.

말을 할 때도 마찬가지다. 진실이 아닌 것을 말했을 때 신뢰가 바닥으로 떨어지는 것은 말할 것도 없지만, 모르고 한 말은 경솔함 때문에 그 사람을 믿지 않는다. 살아가면서 쌓이는 아주 사소한 '불신의 꺼리'는 불신의 산을 만들어 결국 본인의 가치를 떨어뜨리고 마침내 관계에서 배제된다.

큰 약속보다 사소한 약속이 더 무섭다. 별것 아니라고 생각해서 어긴 약속이 더 무섭다. 한 번 어기면 두 번 세 번으로 이어지는 것은 쉽다. 아무리 사소한 약속이라도 상대는 기억한다. 반복되면 약속을 지키지 않는 사람의 묶음 속에 넣고는 실없는 사람으로 취급한다. 약속 시간에 자주 늦는 사람에게는 모르는 사이에 약속을 잘 지키지 않는 사람으로 자리매김된다. 약속 시간에 조금 늦는 것을 대수롭지 않게 생각하는 사람들이 있는데, 자신은 이미 못 믿을 사람으로 분류되어 있다는 사실을 알아야 한다.

누가 "그 사람 어때?"라고 물으면, "글쎄!"라고 답할 거다. 그런 평가를 받으면 사회생활은 끝난 것이다. 가급적 약속도 말도 적게 하는 것이 좋다. 그래서 "침묵은 금이고 웅변은 은이다."라는 말이 있다.

화내면 지는 거다

누구나 부당한 일을 당하면 화가 난다. 특히, 우리나라 사람들은 욱하는 기질이 있어서 잘 참지 못한다. 그렇지만 속이 부글부글 끓어서 화를 내고 보면 그 결과는 좋지 않다. 그런데 그 화를 자세히 들여다보면 대부분 큰일에는 화를 내지 않는다. 자신에게 큰일이 닥치면 화를 낼 마음의 여유조차 없다. 닥친 그 위기를 해결하는 해법을 찾느라 분주하기 때문이다. 대개 화를 내는 경우란 핵심적 가치문제가 아니고 기분이 언짢은 정도의 일을 당한 경우다.

그런데 참지 못하고 화를 내 버리면 나중에 후회한다. 그렇지만 그 화를 참는 게 참 힘들다. 그럼에도 불구하고 참아야 하는 것은 화를 내고 나면 전략적 차원에서 손해를 감수해야 하기 때문이다. 왜냐하면 화를 냄으로써 화를 나게 만든 원인과 상쇄작용을 일으켜 반격의 정당성과 지지기반을 약화시킨다. 그리고 상대가 방어태세를 갖출 준비를 하게 만든다. 상대가 나를 공격할 때 그것을 참으면 더 이상 지불할 것이 없는데 상응한 화를 내고 나면 상대의 공격과 상치되어 화를 낸 것에 대한 비용과 노력을 지불해야 한다.

그러니 결론은 어찌되었든지 화는 안 내는 것이 좋다. 화를 내고 나면 그 수습에 더 많은 비용과 노력이 들기 때문이다. 화를 내면 그 문제를 해결하는 것이 아니라 더 악화되는 방향으로 증폭되기 마련이다. 상대가 그 화에 대하여 더 이상 공격을 하지 않으면 그 수습을 위해 노력과 비용이 들고, 그 화에 대해서 다시 공격을 하게 되면 싸움으로 발전한다. 싸움으로 발전하게 되면 그다음 상황은 걷잡을 수 없게 된다.

어떻게 하면 좋을까? 심호흡을 한 번 하면서 화나는 그 순간을 조금만 참으면 된다. "화내면 지는 거다."라는 말을 되뇌면서 단 2초만 참아라! 연구에 의하면 대부분의 감정 표현은 2초 정도 지속된다고 한다. 짧으면 0.5초, 길면 4초까지 지속되는 것도 있지만, 그보다 짧거나 긴 경우는 드물다고 한다. 2초만 참으면 미래에 유리하다는 전략적 생각을 하고 참아 보자. 이러한 노력이 쌓이다 보면 습관이 된다. 습관은 타고난 기질보다 강하기 때문에 참을 수 있다.

이렇게 하면 화를 참은 대가만큼의 이익이 대인관계에서 생긴다. 인격 수양이 되어야 가능하다고 하는데, 인격 수양 같은 거창한 것을 하려면 오랜 시간의 노력이 필요하다. 그러지 말고 좀 더 멀리, 크게 생각하는 전략적 사고를 한번 발휘해 보기 바란다. 화를 내고난 다음 벌어질 일을 생각해 보고, 그 손익을 계산해 보는 현실적 계산을 해 보기 바란다. 그게 현명하지 않겠는가?

그렇다고 무조건 참으면 안 된다. 그것이 스트레스로 발전하면 안 된다. 스트레스는 암을 유발하니까. 그 불만을 해소하는 나름의 방법을 하나 만들어 놓는 것도 삶의 지혜다. 아무도 안 보는 곳에서 소리를 지르거나, 깨지지 않는 물건을 집어던지는 것도 하나의 좋은 방법이다.

성질대로 해 대면 속이야 시원하겠지만…

사람이 세상을 살아가다 보면 화가 나는 경우도 있고 억울한 경우도 있다. 그렇다고 해서 그 화나고 억울한 일에 대응해서 성질대로 해 대면 속은 시원하다. 하지만 그렇게 하고 나면 후회한다. 속상하고 화나고 억울한 일을 당했을 때도 언제 어느 곳에서 표시해야 하는지를 잘 선택해야 한다.

화난다고 막 해 대거나 때려 부수고 나면, 채권이 다 날아가 버리고 부채를 짊어지게 된다. 화나고 억울할 때는 채권자이지만, 해 대고 나면 그 채권을 다 써 버린 꼴이다. 그것이 오히려 지나쳐 부채를 지게 되는 것이 세상의 이치다. 성질이 나서 해 댈 때는 감정적이 되어 흥분상태다. 흥분하면 무리하게 되고 도를 지나치게 된다. 그래서 생각지도 못한 부채를 지게 되는 것이다.

그런데 우리나라 사람들의 성정이 대개 이렇다. 화가 나면 참지 못하고 그냥 해 대고 본다. 나중에 후회를 할 거라는 생각 같은 것은 아예 하지 않는다. 그런 성정을 부추기는 문화가 우리 곁에 있다. '화끈해서 좋다'고 부추긴다. 정말 좋을까? 우선 당장은 좋겠지만, 엄청난 직접적 간접적 손해를 보게 된다. 지금 좋으면 나중에 이자를 붙여 크게 손해를 보게 된다.

'욱'하는 성질을 어떻게 하면 좋은가?

우리나라 사람들을 화를 많이 낸다. 그 화를 참지 못하면 화병이 된다. 유일하게 우리나라 사람들에게만 있는 병이라고 한다. 그래서 세계 의학계에서 사용되는 용어도 우리말 그대로 'WHABYUNG'라고 쓴단다.

지금 우리 사회는 그 화를 참지 못하여 많은 문제를 일으키고 있다. 땅콩회항 사건도 '욱'하는 성질을 참지 못하여 생긴 것이고 부천 백화점에서 모녀가 차량 관리 알바생을 무릎 꿇리고 폭력을 행사한 것도 마찬가지다. 주차 문제와 같은 사소한 것을 참지 못하고 '욱'하는 마음에 살인까지 저질렀고, 자기를 앞질러갔다고 화가 나서 방해 운전을 하다가 교통사고를 내고 마침내는 법의 심판을 받은 경우도 있다.

화가 날 때 눈을 감고 셋까지만 세어도 화가 진정된다고 한다. "참을 인(忍) 세 번이면 살인도 면한다."라는 격언도 있다. 그렇다. 잠깐만 참으면 된다. 전략적으로 사고하면 '욱'하고 화가 나서 저지르는 불행을 미연에 막을 수 있다. 좀 더 크게, 멀리 생각하여 행동하면 된다. 화를 내고 나서 벌어질 미래의 일들을 잠깐만 생각해 보면 화를 내지 않을 것이다. 화를 내고 나면 결국은 자신에게 손해다. 그러니 세상을 살아가면서 세상이 돌아가는 것을 폭넓게 이해하고 역지사지의 입장에서 사고하도록 하는 전략적 사고를 몸에 길들이는 것이 현명한 처사다.

누가 서운하게 하거든!

누가 나를 서운하게 하거든 모른 채하고 잠자코 있어라. 대신 산꼭대기에 올라가서 '나쁜 놈!'이라고 크게 소리 질러 가슴속 스트레스를 날려 버려라. 그럴 사정이 안 되면 자기만의 공간에 적어 둬라. 대꾸하거나 표현하면 감정의 채권이 날아가 버리고 관계가 더 악화된다. 모른 채하고 있으면 상대는 감정의 부채 때문에 표현은 안 해도 안절부절한다.

나중에 사과하면 너그럽게 받아 줘라. 그러면 관계가 더 좋아진다. 나이가 들면 서운해질 일이 많다. 사람은 자신이 최상의 위치에 있을 때의 생각과 기분을 그대로 가지고 있기 십상이다. 나이가 들면서 힘은 빠지고 관계의 추가 이동한다. 그걸 머리로는 이해하지만 가슴으로는 잘 받아들여지지 않는다. 그래서 자기 혼자 서운해지는 일이 많아진다. 그럴 때 힘들지만 모른 체하는 것이 좋다. 서운함을 표시하면 피해가 더 커질 가능성이 높다.

차동엽 신부가 쓴 《무지개 원리》라는 책에 보면 이런 이야기가 나온다.

> "살다 보면 미운 사람이 생기기 마련이다. 미움은 대부분은 나와 가까이 있는 사람 속에서 생긴다. 미운 사람을 보면 마음이 편할 수가 없고 기분이 나빠진다. 불행한 일이다. 그래서 이 불행에서 벗어나려면 용서해야 한다. 용서는 꼭 상대편을 위한 것이 아니다."

그렇다. 용서는 상대를 위한 것이라기보다는 나 자신을 위한 것이 맞다. 상대를 놓아줌으로써 그와 나, 두 사람이 해방된다. 그런데 사실은 상대편의 해방보다 나 자신의 해방에 더 비중이 실린다. 상대에 대한 미운 감정으로부터 내가 더 자유로워지는 것이다. 그렇지만 알면서도 잘 안되는 것이 사람이다. 남에게 이렇게 충고하기는 쉽지만 이것이 본인의 이야기가 되면 쉽지 않다. 그런 일은 미움의 원인이 한 번 각인되면 잘 지워지지 않는 편도체가 사고하기 때문이다. 객관적 사고를 하는 전전두 피질이 사고하게 만들어야 해결이 되는데 그게 잘되지 않는다.

그럼에도 불구하고 노력하면 좋아진다. 봉사단 일로 어려웠을 때 그 경험을 했다. 나를 힘들게 한 사람에 대하여 연민의 마음을 가져 보기도 하고 용서를 한다고 해도 언뜻, 언뜻 떠오르는 그 미움 때문에 스트레스가 온몸을 엄습했다. 아드레날린이 나오는 것이 몸으로 느꼈다. 몸이 아프고 입이 말랐다. 생각은 용서를 해야 한다고 하면서도 몸이 말을 듣지 않았다.

'그럼에도 불구하고 용서하자! 그리고 또 용서하자! 누구도 아닌 나 자신을 위해서 용서하자! 이러한 과정이 나를 더 성숙하게 만드는 과정이라고 생각하자. 죽는 날까지 배우고 익혀야 하는 영혼의 성장학교에 재학 중이니까. 이 힘든 과정을 거치고 나면 더 성숙한 영혼으로 거듭나 있을 것을 기대하면서. 이러한 고통의 기간에 대해 감사해 보자!'라고 생각하면서 견뎠다. 한 3년 지나니까 견딜 만했다.

잡담의 효과

사람은 깨어 있는 시간 중 평균 80%를 다른 사람과 함께 보낸다고 한다. 보통 하루 6시간 내지 12시간 대화를 하는데 그중 대부분은 아는 사람과의 일대일 대화라고 한다. 런던경제대학의 사회심리학자

니콜러스 에믈러가 조사한 바에 의하면 80~90%가 특정인과 지인에 관한 것으로 잡담을 하고 있다고 한다.

잡담은 상대방과 관계를 돈독히 하고 특정 집단에 소속되어 인정받고 싶은 욕구를 충족시키며 정보를 이끌어 내고, 평판을 쌓고, 사회 규범을 유지 및 이행하고, 다른 개체와 비교를 통해 스스로를 평가할 수 있게 해 준다. 또한, 집단 내에서 지위를 높여 주기도 하고, 단순히 즐거움을 주기도 한다. 그리고 자기 의사를 표시하고 조언을 구하며 찬반을 표현한다.

흔히 잡담을 여자의 전유물로 생각하는데, 그렇지 않다. 남자들은 잡담을 '정보 교환' 또는 '인맥 관리'라고 부르길 좋아할 뿐이고, 여자들의 잡담은 '수다'라고 비하하여 부르고 있을 뿐이다. 남자가 여자보다 잡담을 덜할 때는 그 자리에 여자가 있을 때뿐이라고 한다. 남자들은 여자가 있으면 전체 대화 시간 중 15~20%는 고상한 이야기를 한다고 하는데 여자들에게 잘 보이기 위한 것이다.

여자와 남자의 잡담에는 약간의 차이가 있다. 남자는 대화 내용의 2/3가 자기 자신에 관한 것인 데 반해 여자는 자기에 관한 이야기에는 1/3 정도만 할애하고 나머지 시간에는 다른 사람에 대해 이야기한다고 한다. 아마 이것은 남자는 양성으로 능동적인 데 반해 여자는 음성으로 수동적이라서 자기를 감추려는 의도에서 나타난 현상으로 보인다. 아마도 빨래터에서 아낙네들이 남의 흉을 많이 보는 데서도 이것은 증명이 되지 않나 싶다. 교양 있는 여자가 되기 위해 남의 이야기를 자제하는 것도 한 방법이 될 것 같다.

리버풀 대학의 인류학자 던바(Robin Dunbar)가 말하기를, 대화 집단은 무한정 커지는 것이 아니라 대부분 네 명 정도로 제한된다는 사실을 연구에서 발견하였다. 모임에서 많은 사람들이 대화에 끼었다 빠졌다 하지만 일단 모인 사람이 네 명을 넘으면 자연스럽게 대화가 둘로 나뉘는 경향이 있다고 한다.

모임은 어떤 환경을 만들어야 소기의 목적을 달성할 수 있을지 참고가 된다. 많은 정보를 교류할 목적의 모임이라면 스탠딩 뷔페가 바람직하다. 한국식의 좌식 모임에서 대화는 한 테이블 네 명으로 한정될 수밖에 없다. 그 결과 술이 몇 순배 돌고 나면 적극적인 사람은 소주잔을 들고 자리를 이동하기 시작한다. 나중에 식사를 할라 치면 서로 자리가 바뀌고 수저가 바뀌어 곤란한 경우가 많다.

그러므로 친밀한 대화를 나누려면 4명이 적당하고 아무리 많아도 6명을 넘어서면 곤란해진다.

모임이 밥 먹는 것이 목적이 아닐진데, 잡담의 목적이 달성되는 모임의 크기를 정하는 것이 좋겠고, 나아가 잡담의 기술을 쌓는 것도 세상을 살아가는 데 중요하다.

어려울 때 유머가 진짜 여유

진정으로 여유 있는 사람은 어려울 때 웃을 수 있는 유머를 할 수 있는 사람이다. 말이야 쉽지만 그게 그리 녹록한 일이 아니다. 우리가 이런 유머에 익숙하지 못한 이유는 여러 가지가 있겠지만 우리의 유교문화가 한몫을 하고 있다고 생각한다. 우리의 유교문화는 엄격한 자세를 강요하고 있고, 감정의 기복을 얼굴에 나타내는 것은 양반답지 못하다고 생각했다. 그러니 얼굴에 표정이 있을 수 없다.

또 다른 하나의 원인은 군사문화라고 생각한다. 차렷으로 시작하는 제식 훈련은 웃는 것을 허용하지 않는다. 그저 근엄한 표정이 표준으로 설정되어 있다. 독일의 유명한 표현주의 희곡작가 베르톨트 브레히트가 "스스로 정의롭다고 자부하는 사람은 유머 감각이 없다."라고 말한 것과도 맥이 통한다.

미국의 제16대 대통령인 에이브러햄 링컨이 의회에서 한 야당 의원으로부터 비난을 받았다. 그 의원은 링컨 대통령에게 "당신은 부도덕한 데다 두 얼굴을 가진 이중인격자요."라고 말하자 링컨은 "만일 나한테 얼굴이 두 개라면 이런 중요한 자리에 하필 이 못생긴 얼굴을 갖고 나왔겠습니까?"라고 답했단다. 링컨의 여유와 재치가 돋보이는 대목이다.

야당의원은 비유적 의미로 정신적 얼굴을 말했는데, 링컨은 얼른 짐짓 육체적 얼굴로 맞받아서 자신의 못생긴 얼굴을 인정함으로써 상대방 공격의 예봉을 꺾어 버렸다. 통상, 상대방이 못생겼다고 했을 때 '아니라고 부정'하면 공격의 소재를 제공하지만 즉각, 인정해 버리면 공격 목표 자체가 없어져 버리는 것이다.

이런 유머를 하려면 정확한 상황파악이 필요하고, 세상의 이치를 터득하여 자유자재로 의미를 대치할 수 있는 재능이 필요하며 상대보다 더 앞을 내다보는 통찰력이 필요하다. 유머는 상대의 직접 공격을 여유 있게 피하면서 간접적으로 급소를 공격하는 전략적 행위다.

쉬엄쉬엄 가는 게

우리는 너무 바쁘게 살아왔다. "고개 중에서 가장 넘기 어려운 고개가 보릿고개."라는 말이 있을 정도로 우리 모두는 너무나 가난했다. 그런 가난과 북한이 호시탐탐 노리는 적화야욕을 막으면서 우리는 너무나 바쁘게 살아왔다. 그래서 먹고살 만한 나라가 되었다. 그렇다고 해서 행복한 나라가 된 건 아니다. 개인적 삶을 되돌아보더라도 너무나 바쁘게 살았다. 나는 없었고 항상 조직의 일원으로서 그에 충실하기 위해서 동분서주했다.

세상은 더 나은 것을 찾아서 바쁘게 돌아간다. 걸어가는 것보다 더 빨리 가고 싶어서 자동차를 만들고, 철길을 깔고, 비행기를 날렸다. 그런데 그렇게 빨리 가서 여유가 있었나? 사실 그렇지 못했다. 빨리 가서 여유로운 시간에 무얼 할까? 고민하다가 또 거기서 바쁜 일거리를 만든다. 그게 요즘을 살아가는 세태다. 그러다 보니 한가한 것을 견디지 못한다. 이에 대한 반동으로 '슬로우 시티' 운동이 불길처럼 번진다. 아주 자연스러운 현상이다. 자연은 언제나 균형을 유지하려고 노력하고 있고 그러한 방향으로 움직인다. 즉, 너무나 바쁘게 빨리 움직이니까 그 반대의 운동이 생겨난 것이다.

다시 한번 사람이 왜 사는지를 생각해 봐야 한다. 그 살아가는 과정에서 너무 많은 욕심을 부린다. 남보다 더 좋은 집에, 옷에, 먹거리에 그리고 자동차에 더 높은 지위에. 등등 영원히 채울 수 없는 욕심을 이루려고 자기 몸을 들들 볶고 있다. 그냥 자기 한 몸 건강하고 즐거우면 될 것인데, 왜 그리 스스로 복잡하게 만들어 사는지 모르겠다.

자기 한 몸이 살아가는 데 필요한 최소한의 생존 조건만 갖추고, 남과 자기를 비교하지 말고, 주어진 조건에서 행복을 느끼면서 살면 되지 않겠나? 이제 천천히 쉬엄쉬엄 가자. 빨리 가 봐야 별게 없는데, 그리고 높이 올라가 봐야 잠깐 있다가 내려와야 하는데, 허영과 욕심을 걷어 내고 나면 가지고 있던 모든 무거운 것들을 내려놓을 수 있지 않겠나? 생존에 필요한 최소한 것만 남기고 모두를 버리면 인생이 훨씬 가벼워질 것 같지 않나? 주변을 둘러보면서 눈을 들어 산마루에 걸려 있는 뭉게구름도 한번 바라보고, 길섶에 핀 이름 모를 야생화에게도 눈길 한 번 주면서 쉬엄쉬엄 걸어가는 여유가 필요한 삶이 좋지 않겠나?

밥도 천천히 먹고, 자동차 운전도 천천히 하고 그러다가 누가 끼어들겠다면 여유 있게 기다려 주고, 생각도 느릿느릿 천천히 하고, 가다가 다 못 가도 그만이라는 생각으로 여유 있게 걸어가는 삶이 지금껏 지친 몸과 마음을 치유할 거다.

그리 빨리 가서 뭐하려고?

우리네 사는 모습을 보면 참 바쁘다. 전철을 이용할 때 불편한 점은 차에서 내려 오르는 계단이나 에스컬레이터에서 번잡함이다. 모두가 뭐가 그리 바쁜지 우르르 몰려서 오르고 내리는데, 에스컬레이터 계단에서 많이 불편하다. 번잡한 것이 싫어서 두세 계단을 띄어서 오른쪽에 서 있는데, 왼쪽으로 앞질러가는 사람들이 많다. 우당탕탕 뛰어가는 젊은이들도 있다.

그러거나 말거나 느린 걸음으로 나만의 속도로 걸어가 보니, 앞차가 막 떠나고 있었다. '아! 저 차를 타려고 그렇게 서둘렀나 보다.'라고 생각하고 서 있었더니, 다음 차가 이내 들어왔다. 느끼기에 5분도 채 안 되는 간격이었다. '조금만 마음의 여유를 가지면 그렇게 서두르지 않아도 될 터인데.' 하는 생각이 들었다. 한 박자만 늦추면 더 안전하고 여유로운 삶을 살지 않을까?

아주 오래전, 고속철도가 생겼을 때 미국 사람에게 "우리나라도 고속철이 생겼다."라고 자랑했더니, "그 작은 나라에서 그렇게 빨리 가서 뭘 하려고?" 하는 말을 듣고 웃은 기억이 있다. 그래, 빨리 가 봐야 얼마나 빨리 가겠나? 위험한 계단을 뛰어 내려가서, 거리두기하라고 아우성인 이 시점에 다닥다닥 붙어 개찰구를 빨리 빠져나가서 얼마나 큰 도움이 될까?

다른 사람들이 전철에서 내려 계단으로 우르르 몰려갈 때 따라가지 말고 벤치에 1분만 앉았다 가라. 그러면 계단은 혼자 조용히 오를 수 있고 에스컬레이터를 독점할 수 있다. 전부 내 것인 양! 시간차 공격 아니겠나? 여유롭게 즐겨 보시길….

슬기로운 운전 생활

운전은 안전이 가장 중요하다. 운전은 목적지에 가기 위한 수단일 뿐이다. 그러므로 안전이 보장되지 않은 운전은 운전 본래의 목적에 위배된다. 그런데 많은 사람들이 무조건 빨리 가려고만 하고, 다른 차가 끼어드는 것을 싫어한다. 따라서 주로 이 두 가지 경우에서 사고가 난다.

먼저, 빨리 가려는 문제다. 안전하고 정시에 목적지에 도착하기 위해서는 우선 마음의 여유를 확보할 필요가 있다. 이를 위해 날씨와 가는 길의 교통사정 등을 미리 파악한 후, 미리 출발하는 것이 좋다. 출발지부터 목적지 간이 도로와 차선을 알면 안전에 큰 도움이 된다.

빨리 가겠다고 요리조리 차선을 넘나들면서 달려가 봤자, 신호등 앞에서 모두 대기하게 된다. 어떤 기회에 헬기에서 곡예운전하는 차를 내려다볼 기회가 있었는데, 그 차는 결국 신호등 앞에서 정차해 있었다. 설사 그 곡예운전이 성공한다고 해도 겨우 수 분 정도 빠를 뿐이다. 그렇게 빨리 가야 할 일이라면 좀 더 여유를 가지고 출발하는 것이 좋다. 운전자들이 그저 빨리 가지 않으면 무슨 큰 난리라도 나는 것처럼 강박관념에 사로 잡혀 있다.

다음은 차선 변경의 문제다. 도시에서 교통사고의 대부분은 차선 변경 중에 일어난다. 따라서 가급적 차선을 변경하지 않고 운전하는 것이 좋다. 차선을 변경하려고 여유 있게 방향지시등을 켜고 들어가는 데도 불구하고 양보는커녕 더 빨리 달려와 막아 버린다. 그런가 하면 반대로 차선 변경의 여유가 없는 데도 무리하게 밀고 들어온다.

두 경우 모두 사고가 날 가능성이 아주 높다. 아마도 누가 자기를 앞질러 가면 자존심이 상하는 모양이다.

그런데 생각을 바꿔 보자. 끼어들기하려는 차를 보면 "아마도 바쁜 일이 있는가 보다. 아니면 아직 운전이 서툰 초보 운전자라서 도로선을 잘못 탔나? 초행길이라서 그런가?"라고 생각하고, 느긋하게 길을 터 주면 좋다. 이때, 대부분의 운전자들은 '고맙다'는 표시로 후미등을 깜박인다. 이처럼 양보운전으로 고맙다는 인사를 받고 기분이 좋아지면 다른 일도 잘되고, 건강에도 유익하지 않겠나? 하루에 대여섯 번만 양보하면 대여섯 번 고맙다는 인사를 받게 되니 얼마나 좋은가?

운전은 목적지에 안전하게 정시에 도착해서 어떤 일을 하기 위한 중간 단계로써의 수단일 뿐이다. 결코 목숨을 걸고 위험한 운전을 할 이유가 전혀 없다. 양보운전을 한다고 해서 별로 늦어지는 것도 아니다. 아무리 양보운전을 많이 한다고 해도 5분도 안 늦는다. 사실은 모든 사람들이 양보운전에 동참하면 차량 흐름이 좋아져서 더 빨라진다.

그러므로 양보운전은 안전을 확보해서 좋고, 고맙다는 신호를 받아서 좋고, 남을 배려했다는 뿌듯한 생각이 나서 좋고, 전체 교통 흐름이 좋아서 빨리 가서 좋고, 운전문화가 향상되어서 좋다. 그 알량한 자존심을 위한 욕심만 버리면 모든 것이 다 좋아진다. 이렇게만 하면 슬기로운 운전 생활이 된다.

해야 할 때와 하지 말아야 할 때

세상의 일은 해야 할 때와 하지 말아야 할 때가 있다. 아궁이에 불을 땔 때에는 나무를 넣으면서 부지깽이 질을 해야 불이 잘 탄다. 그러나 화롯불은 꾹꾹 다독거려 둔 다음에 가만히 두어야 오래간다. 어릴 때 화롯불을 부젓가락으로 휘저었다가 야단맞은 기억들이 있을 것이다.

가끔 나는 "머리가 나쁘면서 부지런한 사람보다는 머리가 좋고 게으른 사람이 낫다."라는 말을 한다. 물론 조심스럽다. 머리가 나쁘다는 정의는 여기서 사리 판단을 잘못한다는 뜻이다.

왜냐면 사리 판단을 잘못해서 일을 저질러 놓으며 아예 하지 않은 것만 못하다. 차라리 가만히 있어 주면 좋다. 물론 머리도 좋고 부지런하면 더 좋을 수는 없겠지만, 신은 이렇게 모든 능력을 한 사람에게 집중적으로 부여하는 경우는 드물다. 만약 그렇다면 너무 불공평한 일이지.

업무의 성과는 사고방식(사리 판단을 하는 기준) * 능력 이다. 여기서 열의와 능력은 최소 0에서 100 사이이지만 사고방식은 +와 -가 동시에 붙는다. 그래서 -100에서 +100까지의 범위를 갖는다. 사고방식이 -인 경우는 열의와 능력이 크면 클수록 끼치는 손해가 크다.

그러니 올바른 사리 판단이 가장 중요하다. 특히 지도자일 경우는 미치는 영향이 더 크다. 지도자는 아무것도 하지 않아도 사리 판단 능력만 + 쪽으로 발달되어 있으면 열성과 능력은 부하가 대신해도 된다.

바로 갈까? 돌아갈까?

접근법에 따라 전략을 나누면, 바로 가면 직접접근 전략이고 돌아가면 간접접근 전략이다. 대개의 보통 사람들은 바로 가는 것을 좋아한다. 다시 말해 직접접근 전략을 선호한다는 것이다. 전략 사상이라는 것도 역시 그 집단의 문화적 속성의 산물이라고 할진대, 서양의 문화에서는 직접접근 전략이 발전할 수밖에 없었다. 영국의 근대적 전략가라고 일컫는 리델 하트는 《손자병법》에서 간접접근 전략을 배워 갔다. 어느 의미로 보면, 리델 하트는 손자의 제자이지, 세인이 알고 있는 바와 같이 간접접근 전략의 대가가 아니다.

그에 비해서 동양의 사상은 은근하고, 완만한 변화를 추구하는 문화이다 보니 간접접근 전략이 발달하였다. 인간의 문제를 푸는데 물질보다는 정신에서 그 답을 찾으려고 노력했다. 서양이 하드웨어 중심인 데 비해서 어딘가 모르게 동양은 소프트웨어 중심이다. 그런데 우리나라는 근세사에서 서양 문명을 분별없이 받아들이다 보니 사고방식마저 서양식대로 직접접근 전략이 지배적이다.

사회공헌 기금이 세간에 논란이 되고 있다. 당장 직접접근 전략 차원에서 보면 그것은 회사에 손실을 초래할 뿐이다. 그러나 간접접근 전략 차원에서 보면 기업이 이익의 일부를 사회에 환원하여 유익한 곳에 쓴다면 그 회사의 이미지가 오래오래 세인의 뇌리에 기억되어 장수하는 기업이 될 것이며 그 회사는 신뢰성 때문에 나날이 번창할 것이다. 우리나라에는 유한양행이 이에 해당한다고 볼 수 있다.

개인적 삶에도 동일하다. 우리 인간은 궁극적으로 행복해지기 위해 활동한다. 좋은 음식을 먹는 것도, 좋은 옷을 입는 것도, 좋은 집에 사는 것도 승진을 위해 애쓰는 것도 모두가 행복해지기 위해서다. 결국은 이러한 행동이 뇌의 중추신경에 전달되어 행복감을 느끼는 것이 최종 목표다. 그런데 이런 직접적인 방법은 배타적 경쟁을 필연적으로 유발한다는 데 한계가 있다.

사람이 행복해지는 방법에는 다른 방법도 있다. 베풂으로써 얻어지는 행복이다. 이것은 심리적인 것이고 남들이 행복해하는 것을 보고 행복감을 느끼는 이것은 간접적 또는 이차적 접근 방법이다. 그런데 이것은 전자보다는 좀 더 고차원적인 행복감이기에 어느 정도 수양을 필요로 한다. 이 행복을 추구하는 데는 배타적 경쟁이 없다는 장점이 있다.

전략적으로 행동하게 하려면

사람은 보상을 기대하고 행동한다. 그 보상이 강화되면 더욱 그 행위가 강화되고 그 행위가 반복적으로 일어나면 습관이 된다. 전략적 행위는 전술적 행위보다 '행위 - 보상' 사이클이 길다. 대부분의 사람들은 조급해서 그 보상이 즉각적, 또는 단기간에 나타나기를 기대한다. 예를 들어 술을 마시면 당장 기분이 좋다. 내일 아침에 머리가 아플 것을 생각하지 않고 "먹고 죽은 귀신은 때깔도 좋다."라고 기염을 토하면서 마시고 또 마신다.

그러면 어떻게 하면 전략적 행위를 유도할 수 있을까? 가장 좋은 것은 전략적 행위의 보상이 일어나는 직접 경험을 하게 하는 최선이다. 그러나 그렇게 하려면 많은 시간이 걸린다는 단점이 있다. 차선으로 독서나 남의 이야기를 듣는 것이다. 따라서 스토리를 공감력 있게 만들어서 '결과로 나타나는 보상'이 '사이클의 길이에 비례한다는 것'을 이해하게 만들면 된다.

그런데 어떤 사실을 이해한다고 해서 그것을 행동으로 바로 옮겨가지는 않으므로 행동화를 위한 확신을 가지려면 그 사실에 감정적으로 공감해야 한다. 공감은 행동화를 재촉하는 기제다.

그러므로 이해하고, 공감하게 하여 행동하게 만들어, 그 행동을 반복하게 하는 환경 조성이 필요하다. 그 전략적 행위를 격려하는 동시에 주변에서도 같이한다면 개인적으로는 습관이 되고 조직 전체적으로는 문화가 되어 전략적 행동이 일상이 될 것이다.

인간의 편견

사람들은 제대로 알아보지도 않고 제멋대로 생각하고 판단한다. 그러한 편견의 대표적인 사례가 동물에 대한 인식이다. 흔히들 곰은 미련하고 돼지는 먹기만 한다고 생각한다. 그런데 사실은 정반대다.

동물 생태학자들에 따르면 곰의 지능은 야생동물 중에서 최고 수준이라고 한다. 서커스단에서 조련하는 데 호랑이나 사자와는 달리 채찍이 필요 없는 게 곰이란다. 한상훈 지리산 반달곰 관리팀장의 말에 의하면 곰은 벌꿀을 좋아해서 곧잘 양봉 농가를 습격하기도 하는데, 빈 벌꿀 통에 몇 번 허탕을 치면, 그다음부터는 뚜껑을 열어 보고 꿀이 들어찬 것만 건드릴 정도로 학습능력이 뛰어나다고 한다. 돼지에 대한 편견도 마찬가지다. 사람들은 돼지는 종일 먹기만 하고, 배가 불러도 먹는다는 생각을 한다. 그런데 동물학자들의 관찰에 의하면 돼지는 위의 70 내지 80% 정도 차면 더 이상 먹지 않는다고 한다. 사람보다 낫다.

그런데 왜 사람들은 곰은 미련하고 돼지는 많이 먹는다고 생각할까? 그 이유는 사람들이 자세히 알아보지도 않고 겉모습만 보고 판단한 편견이다. 뚱뚱한 사람이 미련해 보이니까 그 생각을 곰에 투사하여 곰도 미련할 것이라고 생각한 것이다. 뚱뚱한 사람과 곰이 외모가 비슷하다고 잘못 판단한 것이다. 곰은 사람들의 이러한 판단에 억울할 것이다. 곰에게 크게 사과해야 한다. 돼지도 마찬가지다. 뚱뚱한 사람들이 많이 먹으니까 돼지도 많이 먹어서 저렇게 뚱뚱할 거라고 판단한 것이다. 그 진실을 알아보려고 하지도 않고 말이다.

객관적 사실을 구하지 않고 그저 자신의 입장에서만 생각하고 판단하고 행동하는 이기적 인간의 양태다. 인간의 뇌는 너무나 영리하고 게을러 자신의 눈에 보이는 대로 고민하지 않고 너무 쉽게 판단해 버리기 때문이다. 객관적 사실과 합리적 사고보다 자기중심적 판단이 더 편하기 때문에 잘못된 편견을 버리지 못하는 것이다.

뚱뚱해서 미련한 것은 사람이지 곰이 아니고, 많이 먹어서 뚱뚱한 것이지, 돼지가 뚱뚱하다고 해서 많이 먹는 것은 아니다. 곰과 돼지가 뚱뚱한 것은 그들이 생존하는 데 가장 알맞게 진화한 결과일 뿐이다. 곰과 돼지는 원래 그렇게 뚱뚱한 것이 프로토타입이므로 지극히 정상이다.

그런데 사람은 돼지나 곰보다 날씬한 것이 정상이기 때문에 뚱뚱하면 둔해 보이고 미련해 보인다. 뚱뚱한 사람들이 많이 먹는 것을 보고는 곰과 돼지도 뚱뚱하니까 많이 먹을 것이라고 생각하고 선부른 판단을 한 것이다. 사람과 곰, 돼지는 분명히 다른데 같다고 생각한 잘못을 저지른 것이다. 진실은 곰은 비록 뚱뚱해도 절대 미련하지 않으며, 돼지가 비록 뚱뚱해도 사람처럼 많이 먹지 않는다는 사실이다.

사과는 빠를수록

사과를 하려면 적극적으로, 빠르게 해야 한다. 그런 다음 실제로 변화를 만들어 내야 한다. 변화를 위해서는 반드시 고객의 이야기를 능동적으로 들어야 한다. 문제가 생기면 해결책을 마련하지만, 그 해결책은 꾸준히 이어 갈 때만 고객의 '신뢰'를 얻을 수 있다.

사람들은 대부분 처음 문제가 생겼을 때 이걸 '사소한 문제'로 여긴다. 그러다 보면 문제는 점점 커진다. 막상 대처하려다 보면 문제는 어느새 더 커져 있고 어느 순간 모든 통제권을 잃어 버린다. 그러므로 할 수 있는 것은 최대한 빠르게 사과하고 대응해야 한다. 즉시 대응하면 문제를 슬기롭게 넘길 수 있지만 잠시만 망설여도 통제할 수 없을 만큼 큰 사건으로 커져 버린다.

고객 충성도는 고객이 제품을 구매하면서 꾸준하게 좋은 경험을 했을 때만 나온다. 그리고 실수를 했을 때, 그것을 고치고 책임을 지는 데서 나온다. 가장 강력한 고객 충성도는 단 한 번도 실수를 저지른 적이 없는 경우보다 저지른 실수를 고치는 모습에서 나타난다. 사고를 치지 않는 것이 최선이지만, 문제가 생겼을 때는 이것을 최대한 빠르게 사과하고 고치는 것이 신뢰를 얻는 길이다.

올바른 메모

"지금부터 아주 중요한 얘기를 할 거니까 노트 덮어!" 회의할 때 가끔 했던 말이다. 회의 참석자들이 뜨악한 표정으로 쳐다본다. 그렇게 말한 이유는 이렇다. 우리나라 회의는 아랫사람은 메모해 온 것을 읽고, 윗사람은 그것을 그에 대한 코멘트를 하거나 잔소리를 한다. 아랫사람은 그것을 열심히 받아 적는다. 그래야 충성스러워 보인다.

그렇게 열심히 적다 보면 여러 가지 문제가 생긴다.

첫째, 받아 적는 데 신경 쓰다 보니 맥락을 파악하기 힘들다.

둘째, 적어 놓았다는 생각 때문에 머리가 기억하려 하지 않는다.

셋째, 회의 후 적어 둔 노트를 잘 보지 않는다.

넷째, 어떤 사람은 받아 적는 시늉만 하고, 실제 노트에는 낙서를 하고 있거나 만화를 그리면서 백일몽에 빠져 있다.

그래서 온 정신을 토의에 집중시키기 위해서 노트를 덮으라고 한다.

메모는 회의가 끝난 후 또는 중간중간에 숫자나 장소 등 정확성을 요하는 것만 적어 두면 된다. 사람의 뇌는 맥락은 잘 기억하지만, 숫자와 명사 같은 것은 잘 기억하지 못한다. 나이가 들수록 명사치매부터 오는 것은 이 때문이다. 메모의 명수는 이야기를 들으면서 자신이 해야 할 과제를 적어 가는 사람이다.

따라서 우리나라 회의문화는 바꾸어야 한다. 국무회의조차 머리를 노트에 처박고 받아쓰는 모습은 정말 아니다. 그러다 보니 국무회의에서도 '적자생존'이란 말이 나왔단다. 적자(適者)가 아니고 쓰는 사람(writer)이 살아남는다는 요상한 말이다. 서로가 얼굴을 바라보면서 문제의 해결책을 진지하게 토론하고, 기억이 잘 안되는 요소만 간단히 메모하는 습관을 들이고, 더 나아가서 문화로 발전해야 한다. 그래야 능력이 안되는 사람은 아예 그런 자리를 탐내지 않을 것이고, 전문가들이 적재적소에 기용될 것이다. 그래야 개인도, 조직도, 나라도 발전할 수 있다.

행동으로 보여 주라

진실은 대체로 "눈에 보이지 귀에는 들리지 않는다."라는 말이 있다. 논쟁을 통해서 어떤 주장을 설명하거나 승리를 쟁취하려고 할 경우, 문제는 그것이 상대에게 어떤 영향을 미쳤는지 결코 확신할 수 없다. 인간의 긴 진화 시간을 통하여 귀보다는 눈이 더 정확한 정보를 확인할 수 있다는 사실이 유전인자화한 결과다.

영국의 르네상스 인물인 크리스토퍼 렌은 1688년 웨스터민스터시의 시청 건물을 설계했다.

그런데 시장은 2층의 바닥이 너무 약해서 1층에 있는 자신의 사무실이 무너지는 것이 아니냐는 걱정을 하면서 과민 반응을 보였다. 그러면서 두 개의 돌기둥을 세워 2층을 지지해 달라고 요구했다.

렌은 뛰어난 공학자로서 기둥을 추가할 필요가 전혀 없으며, 시장의 걱정이 아무런 근거가 없다는 것을 알고 있었다. 하지만 그는 기둥을 세웠고 시장은 무척 고마워했다. 몇 년이 지난 뒤에 높은 작업대 위에서 일을 하던 인부들은 렌이 설치한 두 기둥은 천장에 닫지 않는다는 사실을 발견했다. 두 기둥은 오로지 장식에 불과했던 것이다.

그렇게 함으로써 두 사람 모두 자신이 원하던 것을 얻었다. 시장은 안심할 수 있었고 렌은 자신의 설계에 추가적인 기둥은 불필요하다는 사실을 후세 사람들도 알게 될 것이라는 비밀을 간직하게 됐다. 만약 렌이 시장에게 자신의 공학적 전문지식을 동원하여 두 기둥이 필요 없다는 사실을 이해시키려고 논쟁을 벌였다면 두 사람 모두 불만족스러웠을 것이다. 렌은 시장을 결코 이해시킬 수 없었을 것이며 시장 역시 자신의 권위를 유지하지 못했을 것이다.

상대에게 전달하려는 의미를 물리적으로 느끼게 할 경우, 그것은 몸으로 느끼지 못하는 말보다 훨씬 설득력이 강하다. 진실이 쉽게 눈으로 보이는 행동으로 상대를 이해시키는 것이 가장 현명하다.

적절한 옷차림

분위기와 상황에 맞는 옷차림은 예의의 기본이다. 예전에는 손님이 찾아오면 주인은 손님을 사랑방으로 모시게 한 다음 의관정제하고 나가서 인사를 했다. 그게 상대방에 대한 예의다. 옷의 사회성은 나만 편하면 되는 것이 아니고 남을 배려해야 한다. 그런데 요즈음은 편한 옷차림이 대세다. 따라서 옷차림에 대해 드러내 놓고 뭐라고 말하기가 어려운 세상이 되었다. 여차하면 꼰대소리가 되고, 저차하면 성희롱 발언이 되기 십상이기 때문이다. 그래서 못 본 체하지만 속으로는 평가한다.

분위기에 맞게 검소하면서 단정하게 입은 사람에게는 신뢰감을 주지만 자신의 편안함만 추구하면서 제멋대로인 옷차림에 대해서는 불편을 느끼면서 일을 시켜도 신중하게 처리할 것 같지 않은 기분이 든다. 근무 평정을 할 때나 보직을 고려할 때 어떤 사람을 좋게 생각할지는 불 보듯 뻔하다. 심지어 어떤 단체의 사람들이 옷을 어떻게 입는지를 보고 그 단체의 장과 조직 내의 문화를 평가하기도 한다. 조직의 구성원들이 단정하고 정갈한 옷을 입고 다니는지, 아무렇게나 자유분방하고 꾀죄죄한 옷차림인지를 보고 평가한다. 사람들이 최종적인 결정을 할 때에는 합리성보다는 감정적 판단에 의존한다는 사실은 시사하는 바가 크다.

또 하나, 옷차림은 무언의 자기표현이다. 옷의 모양, 색깔, 배합, 드레스 코드 등으로 자기의 생각과 가치관을 표현한다. 더 깊게는 본인의 심리 상태를 표현한다. 나아가서 이념성을 표현하기도 한다. 정치인들은 브로치, 포켓 손수건, 넥타이 색깔로 자신의 정치적 의도를 표현하기도 한다.

이처럼 옷차림은 말보다 더 자신을 솔직히 표현한다. 말은 거짓이 있을 수 있지만 옷차림은 그 사람의 행위이므로 거짓이 없다. 그 사람의 마음을 그저 정직하게 표현한다. 어떤 옷차림을 할지는 자신의 선택이다. 다만 그 선택에 대한 반대급부는 본인의 몫이다. 시간과 공간의 분위기에 맞는 단정한 옷차림을 하는 것이 자신에게 유리할 것이다. 편한 것만을 추구하다가는 보이지 않는 곳에서 불이익을 당할 수 있다는 것을 아는 것도 지혜다.

공감해야 움직인다

공감의 사전적 의미는 '남의 감정, 의견, 주장 따위에 자기도 그렇다고 느끼는 것'이다. 이 공감은 알고 있는 어떤 것을 행동으로 이끄는 강력한 기재다, 통상 어떤 사실이 좋다는 것을 안다고 해서 바로 행동으로 이어지기는 쉽지 않다. 특히, 그것이 노력이 많이 들거나 내키지 않은 경우는 더욱 그렇다. 그런데 머리로 이해한 것을 감정이 느끼면 그 행위를 하고 싶어진다. 다시 말해 이성적 논리로 판단한 것을 감성적 느낌으로 옳다고 느끼면 행동 동기가 더 커진다.

우리의 몸은 이성적 판단보다는 감정에 의해 행동화한다. 그것은 우리의 인류의 진화 과정에서 뇌가 이성적 활동보다는 감정적 활동이 더 먼저였기 때문이고 감정적 판단에 의한 행동이 더 오래 습관화되었기 때문이다. 인간의 뇌구조를 봐도 증명이 된다. 뇌의 진화 과정이 그렇다. 감정의 뇌인 동물 수준의 뇌인 대뇌 변연계가 먼저 만들어졌고 그 이성적 판단을 관장하는 인간 수준의 뇌인 대뇌 피질이 만들어졌다.

감정이 행동화에 더 큰 영향을 미치므로 같은 행위라도 자신이 좋아하는 사람이 하면 그것을 따라할 가능성이 높다. 광고에서 인기 있는 연예인들을 쓰는 이유이기도 하다.

결단은 반 박자 빠르게, 행동은 신중하게

노래를 잘 부르려면 반주보다 반 박자 늦게 따라가는 것이 좋다고 한다. 그런데 대중을 상대로 하는 정치나 조직원을 이끌고 가는 리더는 반 박자 빠른 결단을 하는 것이 좋다. 이러한 것들을 노래처럼 반 박자 늦게 따라가면 할 것 다하고도 점수를 받기가 힘들다. 떠밀려서 마지못해 하는 형국이 된다. 이렇게 되면 줄 것 다 주고도 생색은 나지 않고 주도권을 빼앗기게 된다.

땅콩회항 사건의 경우, 반 박자 먼저 진실을 담은 사과를 하고 당사자를 인사 조치했더라면 여론의 불길은 초기에 잡혔을 것이다. 그런데 여론보다 반 박자 늦게 반응하니까 최악의 상태까지 갔다. 자기보호 본능을 탈피하지 못한 결과다. 조직구성원 특히 여론을 주도하려면 반 박자 먼저 결심하고 행하는 것이 좋다. 그래야 주도권을 쥐고 자신이 원하는 방향으로 끌고 갈 수 있다.

뭔가 새로운 것을 남보다 먼저 하려면 정말 힘들다. 그래서 창조가 힘들다는 것이다. 아무도 가 보지 않은 길을 가는 것은 아주 사소한 것이라도 힘이 든다. 스케이팅과 사이클, 마라톤과 같은 경주에서 좋은 전략은 선두 뒤를 바짝 쫓아가다가 결정적 순간에 스퍼트를 하는 것이라고 한다. 2등으로 가는 것이 적어도 바람의 저항을 덜 받아서 수월하다고 한다.

경제활동에서도 그런 사례가 많다. 새로운 것을 만들어 보겠다고 온갖 노력을 다하다가 결국 실패하고 나면 그다음 주자는 실패자가 실패한 지점에서 다시 시작하여 대박을 내는 경우가 많다고 한다. 그런데 이런 실무적 이야기는 경영학에서는 좀체 하지 않는다. 그게 사실인데도 말이다. 신문에 도배하는 내용들은 처음에 창의적 아이디어를 가지고 대박난 이야기들만 하고 있다. 실상 그러한 경우는 가뭄에 콩 나는 것보다 힘든 일인데도 말이다.

모임에 가서도 슬기로운 사람은 말을 하지 않고 듣는다. 그러다가 다른 사람이 다 이야기하고 난 후에 간단하게 자기 생각을 말한다. 별 노력을 들이지 않고 마지막 고지를 점령하게 된다. 이렇게 하려면 인간이 가지고 있는 본성인 '잘난 체하고 싶은 욕망'을 자제할 수 있어야 한다. 그런데 그게 그리 쉽지 않다.

창의적 사고와 생각을 하는 것은 얼마든지 좋으나 그것을 깊게 생각해서 갈무리해 두었다가 결정적 시기에 추진하는 것이 좋다. 모든 것은 때가 있는 것이니까. 그러니 너무 서둘지 말고 한 발짝 뒤에서 따라가는 것이 현명하다.

경쟁의 틀보다 협력의 틀을

인간사에는 '경쟁의 틀'과 '협력의 틀'이 있다. 한정된 가치를 서로 차지하려고 하는 경우에는 경쟁의 틀이 만들어지고 가치를 공유하려고 할 때에는 협력의 틀이 만들어진다.

강자는 언제나 경쟁의 틀을 만들려고 하고, 약자는 협력의 틀을 만들려고 한다. 경쟁의 틀에서는 '독점적 가치'가 존재하고 협력의 틀에서는 '공유적 가치'가 존재한다. 그러나 이 두 가지 틀은 상황에 따라서 변한다. 협력의 틀에서 상호 협력하다가 독점적 가치가 나타나면 경쟁의 틀로 바뀐다. 이 두 가지 형태의 틀을 결정짓는 것은 결국 추구하는 목표다.

사람이 살아가면서 어떤 목표를 추구하느냐에 따라 긴장 속에서 살아가야 하는 경쟁의 틀에 갇혀 있을 것인지 여유와 배려 속에서 성숙한 삶을 살아가는 협력의 틀을 즐길 것인지는 자신에게 달려 있다. 항상 어느 일방의 틀 속에서만 살아갈 수는 없다. 가급적 경쟁의 틀보다는 협력의 틀 속에서 살아가도록 자신의 삶을 만들어 가는 것이 좋다.

협상은 감성으로

협상만큼 심오한 전략을 필요로 하는 것은 드물다. 협상이란 물리적 싸움을 하지 않고 상대로부터 마음의 승복을 받아 내는 것이기 때문이다. 전쟁의 마지막 단계 역시 협상이다. 우리나라만 해도 6·25 전쟁의 마지막 단계에서 협상이 잘못되는 바람에 아직도 법적으로는 전쟁상태다.

또한 협상은 상대와 벌이는 두뇌경쟁이다. 전략이 고도의 두뇌활동이기에 협상은 전략에 가장 알맞은 소재다. 와튼 스쿨의 다이아몬드 교수는 합리적 제안으로는 성공적인 협상을 끌어낼 수가 없다고 한다. 상대의 마음을 감동시키는 감성적 협상이 요구되는 결과나 또는 그 이상을 얻어 낼 수 있다고 한다.

우리 속담에도 "말 한마디로 천 냥 빚을 갚는다."라는 말이 있다. 상대방의 입장에서 상대가 기대하는 이상의 감동을 주면 상대는 물질적 손해나 합리적 계산을 따지지 않고 선뜻 양보를 하는 경우를 우리는 종종 본다. 그러기 위해서는 먼저 상대의 입장에 서서 생각해야 하고 다른 한편으로는 대인적 기질이 있어야 한다.

상대의 입장에서 생각하고 상대를 배려하는 차원에서 일을 풀어가면 결과가 좋은 협상이 될 것이고, 생각지도 않았던 덕을 볼 수도 있을 것이다. 사람은 감성의 동물이기 때문이다. 그리고 한국인은 더더욱 다혈질 감정적 특질을 가지고 있으니까. 감성의 경쟁의 틀로 바꾸는 지혜를 발휘하는 것이 좋다.

산다는 것은 새로운 패러다임의 덧씌우기

같은 공기를 호흡하며 살아가더라도 사람마다 다 다른 생각을 갖고 사물을 대하는 태도, 문제 해결방식이 다른 것은 그 사람이 가지고 있는 패러다임이라고 볼 수 있다.

사람이 살아가는 모습을 보면 밑그림에 패러다임을 덧씌우면서 살아간다. 그 덧씌우는 패러다임의 농도에 따라 세상을 보는 패러다임은 변한다. 그러니까 그것이 세상을 보는 패러다임이 사람마다 다 다르게 되어 있는 것이다.

농사꾼은 농사꾼의 눈으로
군인은 군인의 눈으로
학자는 학자의 눈으로.

살아가면서 우리가 경험하는 수많은 이벤트가 패러다임의 중첩으로 나타나게 되는데, 만년(晩年)에는 아름다운 색깔의 균형 잡힌 색깔의 패러다임을 가진 시선을 가져야 하지 않겠나?

‘해 봤어?’의 두 가지 의미

새로운 아이디어에 대한 반응으로 “그거 해 봤어?”라고 질문을 할 경우 상반된 두 가지 의미가 있다. 하나는 부정적 의미로 “그게 되겠어? 해 보지도 않고 그렇게 주장하는 거야!”라고 면박을 주는 경우고 다른 하나는 긍정적 의미로 “왜 해 보지도 않고 안 된다는 거야!”라고 하는 질책성 의문이다.

전자는 인간의 보수성을 대변한다. 인간은 기본적으로 보수적이다. 특히, 가진 자는 더 보수적이다. 그들은 자신이 가진 것을 유지하기 위해서 확실히 믿음이 가지 않으면 변화를 회피한다. 따라서 혁신적인 제안이 들어오면 과거의 사례를 들어서 따져 본다. 신뢰성을 확인하는 것이다. 그러니까 그걸 해 보지도 않았는데 뭘 믿고 동의하겠는가?라는 것이다. 과거의 해 본 경험을 중시한다. 이 경우에는 절대 혁신을 할 수 없다.

후자는 인간의 진취성을 대변한다. 고 정주영 회장이 대표적이다. 그는 입버릇처럼 “임자, 해 봤어?”라고 물었다고 한다. 그때, “해 봤어?”는 새로운 제안을 해 보지도 않고 안 된다고 하는 데 대한 질책성

질문이다. "왜 해 보지도 않고 안 된다고 하는 거야!" 일단 되는지 안 되는지 해 보고 말하라는 것이다.

전자는 위험할지도 모르는 새로운 제안을 어떻게 믿을 수 있나? 하는 보수적 발언이고 후자는 새로운 도전을 해 보지도 않고 안 된다고 말하는 것에 대한 질책으로서 개혁적인 발언이다. 그러니까 정주영 회장은 평생 새로운 도전의 역사를 쓰고 타계한 것이다. 그는 정말 무에서 유를 창조한 신화적 존재다. 소양호 사력댐, 아산 방조제 물막이 공사, 중동의 항만 공사 플랜트 수출 등 헤아릴 수 없을 만큼 많은 혁신적 아이디어를 실현시킨 위대한 기업가였다.

건강

우리는 대단한 행운아

우리가 이 지구상에 태어나 살아간다는 것은 말로 표현이 안 될 만큼 큰 행운이다. 우주가 얼마나 큰가 하는 문제는 너무나 커서 감이 잡히지 않는데, 태양계가 속한 '우리 은하'에만 1천억 내지 4천억 개의 별이 있고, '우리 은하'와 비슷한 은하가 1천억 개 있는 곳이 우주다. 그러니 지구는 1조 개의 100억 배를 넘는 우주 행성 중에 하나다. 그런데 그 지구에 지금까지 나타난 수 조(兆) 생물의 종(種) 중에 99.99%는 존재하지 않는다. 우리가 인생 100년을 긴 시간이라고 생각하지만, 지구에서의 삶이란 지극히 짧은 찰나다.

칼 세이건은 "우주 공간에 인간을 뿌린다면 행성에 떨어질 확률은 1조의 1조의 10억 분의 1보다 작다. 당신은 정말 운 좋은 존재다."라고 했다. 이처럼 우리가 지구상에 태어나 사는 것이 그 말할 수 없는 어려운 확률로 얻어진 행운이다. 갈등이 생기면 언제나 더 높은 목표를 살펴보는 현명함이 필요하다. 그렇게 하면 낮은 단계의 목표는 극복이 가능한 거니까. 그리고 '우리는 행운아다! 이렇게 살아 있다는 사실만으로도 무한히 행복하다.'고 생각하면 진정으로 행복하지 않겠나?

병에 걸리지 않으려면

병은 과음, 과식, 흡연을 포함한 중독과 과다한 신체 활동이 원인이고, 욕심 때문에 생긴 불만 역시 스트레스를 유발하여 신체적 부적응 상태를 만든다. 순리적 활동을 방해하는 모든 정신적 육체적 스트레스가 결국은 병의 원인이다. 우리의 몸도 다른 사물과 마찬가지로 정해진 내구연한이 있고 스트레스에 대한 저항력 역시 한계가 있다. 그러므로 우리 몸의 내구연한과 저항력을 감안하여 그 한계의 70~80% 정도만 쓰는 것이 좋다.

이런 원인을 알고 나면 그 대책은 지극히 간단하다. 원인에 대한 반대 방향을 행동화하면 된다. 그렇게만 하면 아프지 않고 오래 살 수 있다. 즉, 사고를 당하지 않도록 조심하고, 각종 병원균을 멀리하고, 부득이 감염이 되었을 때를 대비해서 면역력을 키워 두면 된다.

마지막으로 진짜 병인 내과적 병인은 모두가 스트레스로부터 연유한 것이고 스트레스는 정신적 육체적 무리수에 의해 만들어지는 것이니까 그 스트레스를 받지 않거나 받더라도 얼른 던져 버리면 된다. 그런데 문제는 그 스트레스를 받지 않는 방법이 중요한데 그게 보통 사람들에게는 쉽지 않다는 것이다. 그러나 누구나 마음공부를 조금 하면 한결 나아질 수 있다. 즉 욕심을 내려놓거나 그것이 안 되면 욕심을 조금 줄여 보는 것이다.

하고 싶은 것도 많고, 가지고 싶은 것도 많고 하지만 그게 다 인간이 가진 부질없는 욕심이라는 것을 깨달으면 되는데, 그게 잘 안된다. 그러나 인생을 길게 생각해 보면 답이 나온다. 미래성과 전체성을 끌어다가 생각해 보면 답이 나온다. 즉, 더불어 가는 세상을 생각하고 죽을 때 나를 돌아보는 생각을 해 보면 욕심을 줄일 수 있다.

그렇게 살다 보면 그 삶의 방식은 자연을 닮은 것을 알게 될 것이다. 장수촌에 대한 르포를 보면 모두가 산간벽지들이다. 이것이 무엇을 말하는가? 물 좋고 공기 좋은 곳에서 큰 욕심 없이 자연의 변화에 순응하면서 검소하게 산 결과가 아니겠는가? 해가 뜨면 일어나서 일하고, 해가 지면 자고, 계절의 변화에 따라 나오는 제철 음식을 좀 부족한 듯 먹고사니까 몸에 무리가 갈 일이 없지 않겠나? 그런 곳에서 사는 사람들이 국회의원이나 대통령이 되겠다고 욕심을 낼 일은 절대 없을 테니까 말이다.

우리의 몸이 순리대로 늙어갈 수 있도록 스트레스를 사전에 배제하는 것이 병에 걸리지 않는 최상의 방법이다. 무리하지 않는 삶은 스트레스를 주지 않을 것이고 스트레스를 받지 않으면 우리의 몸과 정신은 주어진 수명을 다하는 데 탈이 나지 않을 것이다.

건강해지려면?

미국의 유명한 저술가 빌 브라이슨의 《바디(Body)》를 읽고 나서 우리가 지금 살아 있는 이 자체가 엄청난 행운의 연속이라는 사실이라는 것을 다시 한번 알았다. 질병을 일으키는 엄청난 바이러스와 박테리아, 복잡하기 그지없는 몸의 구조, 전기적, 화학적 작용이 적절하게 작동해야 우리의 생명을 유지할 수 있기 때문이다.

외부적 요인도 만만치 않다. 기후 변화, 각종 사고 등으로부터 안전을 유지하여 살아 있다는 사실이 신기할 정도다. 그러니 지금 이 시간 살아 있는 사람은 엄청난 행운아들이다. 그러므로 감사해야 한다. 지금 '코로나19'가 전 세계를 강타하고 있다. 그럼에도 마땅한 치료제가 없어서 증상 완화제만 투여하고 있다. 결국은 백신 투여를 통한 환자 개인의 면역력으로 대처할 수밖에 없다.

사실 병을 치료하는 것은 외부로 나타난 증상을 완화시켜 놓고 기다리는 것에 불과하다. 외과적 수술도 알고 보면 의사가 할 수 있는 일이란 문제 있는 부분을 제거하고 다시 봉합한 후, 감염을 막기 위해 항생제를 투여하고 나서는 기다리는 것이 전부다. 몸의 항상성이 원상복구 시키기를 기다린다.

그러니까 건강하려면 면역력을 키우고 항상성 유지능력을 키우면 된다. 그렇게 하려면 몸을 많이 움직여야 한다. 몸을 많이 움직여 활력을 키우면 된다. 그 활력이 면역력을 키우고 항상성 유지 능력을 키운다. 이를 서양 의학은 바이탤리티라고 하고 동양 의학은 기라고 한다. 우리 몸이 요구하는 에너지원을 투입하여 그것들이 최대의 효율을 낼 수 있도록 신체 각 기관이 활동하게 만들면 된다.

오래전에 강원도 인제군 상남면에 김영수라는 한 의사가 있었는데, 말기 암 환자가 찾아오면 그의 처방은 '쌀 한 말과 소금 한 되'를 가지고 방태산에 올라가 화전민이 살다가 버리고 간 집에서 지내라고 하는 것이 전부였다고 한다. 그런 환자 중에서 김영수 한의사의 말대로 한 사람들은 완치되었다고 한다. 아마도 짐작하건대 몸을 계속 움직여서 바이탤리티가 증가하였고 그것이 면역력을 증가시켜 암을 이겨 낸 것이라고 생각된다.

현생 인류가 지금과 같은 문명을 누린 것은 아주 잠시 잠깐이기에 우리 몸은 원시인들 삶의 DNA가 그대로 남아 있는 상태다. 그 원시인들 삶의 방식으로 살면 면역력이 크게 향상된다. 원시인 삶의 방식 중에서 가장 쉬운 것이 걷기다. 기회 있는 대로 걷고 또 걸으면 좋아진다. 앞에서 말한 것처럼 엄청난 행운을 타고 살아가는데, 많이 걸어서 몸의 활력을 키운다면 하루하루를 더욱 건강하게 살아갈 수 있을 것이다.

그리고 손을 자주 씻는 것이 좋다. 우리 삶에서 가장 많은 접촉을 하는 신체 부위다. 타인과의 악수, 공용 시설물의 손잡이 등이 감염 경로다. 빌 브라이슨은 《바디》 제3장 〈우리 몸의 미생물 편〉에서 "어른은 1시간당 평균 16번 얼굴을 만진다."라고 했다. 하루에 자는 시간 8시간을 제하고 나면 16시간 동안 매 시간당 16번 얼굴을 만진다면 하루에 256번 만진다는 얘기다. 따라서 감염병은 손을 통해서 감염될 가능성은 엄청나다. 의사는 수술을 위해서 손을 비누로 씻는 데 1분이 걸린다고 한다. 그러니 보통 사람도 손을 자주 그것도 꼼꼼하게 씻어야 한다.

장수의 비결

사람은 정신과 육신으로 되어 있다. 다시 말해 육신이라는 그릇에 정신이 담겨 있는 상태다. 대체로 그 그릇이 상하지 않으면 건강하다고 한다. 그런데 그 그릇은 유기체다. 유기체는 무기체에 비해서 지속적으로 움직여야 한다. 기관의 활동뿐만 아니라 수조 개에 달하는 세포가 활동을 원활히 해야 한다.

모든 것은 에너지로 이뤄져 있고 그 상태는 그 에너지 밀도와 진동에 의해 결정된 모습이다. 우리의 몸도 같은 방식으로 만들어져 있으므로 우리 몸의 진동을 높이면 건강해진다. 반대로 건강하지 못하다는 것은 진동이 낮아서 생긴 결과다. 어린아이는 진동이 높아서 잠시도 가만히 있지 못한다. 사람이 노쇠하는 것은 몸의 진동이 낮아져서 그렇다. 진동을 올리면 노쇠를 늦출 수 있다.

건강의 비결을 딱 한마디로 요약하면 “몸의 진동수를 높여라!”이다. 몸 세포의 진동수만 높이면 끝이다. 세포가 진동하면 생동감이 생겨 늙지 않고 면역력도 증가한다. 걸린 병도 쉽게 낫는다. 그러니 세포가 가만히 있지 않도록 진동수를 높이는 것이 좋다. 그렇게 하면 안티에이징과 장수가 가능하다. 진동과 파동은 같은 현상인데, 진동은 주관적 표현이고 파동은 객관적 표현일 뿐이다.

몸의 진동수를 높일 수 있는 방법은 육체적 방법과 정신적 방법이 있다. 먼저, 육체적 방법이다. 운동하면 된다. 비싼 돈 주고 스포츠센터에 가서 애쓸 필요 없다. 그저 많이 움직이면 된다. 몸이 유연할 정도가 딱 알맞다. 유연하다는 의미는 몸의 진동수가 높게 유지되고 있다는 말이다. 보디빌딩은 남에게 보이기 위한 것으로, 오히려 스트레스 때문에 진동수가 떨어질 수도 있다. 운동을 하든, 일을 하든 계속 움직이면 진동수가 올라간다. 좋아하는 음악을 들으면 몸이 흥겨워서 진동수가 올라간다. 몸을 계속 문지르면 피부의 진동수가 올라가고, 좋은 것을 보거나 좋은 생각을 해도 진동수가 올라간다.

다음으로 정신적 방법이다. 몸에 담겨 있는 내용물인 정신이 고상하면 진동수가 올라간다. 자연의 섭리에 맞는 생각을 하면 진동수가 올라가고 그 반대면 내려간다. 좋은 일을 하면 기분이 좋아져서 역시 진동수가 올라간다. 어렵지만 수련을 통해 우주의 기를 흡입하여 몸을 진동시키는 것이 가장 좋다.

진동수가 낮으면 몸이 굳어진다. 굳어지면 작동이 잘 안된다. 작동이 잘 안되면 빨리 노화하고 병이 된다. 스트레스도 몸을 경화시킨다. 외부적 공격에 대응하기 위해 몸을 강하게 하려고 몸을 긴장시킨다. 충격적인 소식을 들으면 뒷목을 잡고 쓰러지는데 심장의 진동수가 떨어져서 심장이 멈춰 생긴 것이다. 육체적 작용보다 정신적 작용이 더 중요하다. 이유는 정신적 작용이 불수의근인 오장육부와 관련이 되어 있기 때문이다.

예쁘게 보이기 위해서도 신체의 진동수를 높이는 것이 고급 화장품, 명품 옷 사는 것보다 낫다. 화장품은 많이 바를수록 피부가 상한다. 피부가 호흡을 못하니 기(氣) 유통이 안 되고, 진동수가 낮으니

탄력이 떨어진다. 어떤 노배우는 얼굴 탄력을 유지하려고 자기 손으로 얼굴을 10여 분간 때린다고 했다. 결국 진동수를 높이기 위한 외부 충격일거다. 또한, 얼굴 피부는 장의 상태에 달려 있다. 좋은 생각, 착한 생각, 아름다운 생각으로 장의 진동수를 올리면 화장대는 치워도 될 것이다. 요컨대, 올바른 생각으로 스트레스받지 말고 부지런하게 살면 덜 늙고 장수할 수 있다.

건강하게 살고 싶어 하면서도 행동은 정반대로 한다. 건강을 위해서 가장 바람직한 것은 몸에 스트레스를 주지 않는 것이다. 정신적인 스트레스를 포함하여 몸에 무리가 가는 행동은 모두 건강을 해친다.

먼저, 정신적 문제부터 살펴보면, 그 원인이 무엇이든지 스트레스를 받으면 그 스트레스를 극복하기 위하여 몸은 거의 독극물 수준의 호르몬을 분비한다. 그 독극물이란 아드레날린과 노르 아드레날린인데 몸을 긴장시키기 위한 체내 호르몬이다. 스트레스의 근원은 외부적 공격에 의해 발생하는데 그 공격에 대비하기 위해서는 몸을 긴장시켜야 하기 때문이다. 이런 과정에서 몸은 '이상 현상'이 나타나게 된다. 독극물을 담은 용기가 오래 유지될 수 없는 것처럼 반복적 스트레스는 몸을 망가지게 하거나 이에 대항하기 위하여 돌연변이 세포가 생성된다.

다음은 육체적으로 스트레스를 받는 경우인데 과음을 하면 소화기

계통이나 간을 포함한 순환계 계통에 스트레스를 주게 되고, 과식만 해도 소화기 계통에 스트레스를 준다. 과도한 흡연은 호흡기 계통에 스트레스를 주고, 무리한 일과 운동도 신체 전체에 스트레스를 준다.

특히, 자라는 과정에 있는 청년기 이전까지는 충분한 영양과 충분한 운동이 필요하다. 그것은 분산하는 기운이 충천하기에 성장하고 팽창하는 시기이기 때문이다. 그러나 장년기와 노년기에는 몸이 계절상 가을과 겨울과 같이 수렴하고 결실을 맺는 과정이기에 알맞은 영양과 운동을 해야 한다. 즉. 몸이 유연성을 가지고 활동할 수 있을 정도라야 한다. 그래야만 몸이 스트레스를 받지 않아서 건강이 유지된다.

매슈 D 러플랜트가 쓴 책 《굉장한 것들의 세계》에 보면 지구상에 사는 모든 생물, 식물까지 포함하여 그들이 오랜 삶을 이어 가는 비법은 단순한 생활, 스트레스 조절, 세포 생존력이라고 한다. 이렇게 살아서 장수 지역으로 불리는 곳이 있는데, 그곳은 중국과 베트남의 국경선 부근, 판양강 양쪽에 위치한 '바판'이라는 마을이다. 그 마을에는 100명에 1명꼴로 100세 이상을 산다고 한다. 116세이신 보신이라는 노인은 지금도 건강하게 활동을 하고 있단다.

이렇게 장수하려면, 생활은 단순하게, 스트레스는 견뎌 낼 만한 정도로, 세포의 생존력을 키우는 방식은 가공처리를 하지 않은 신선한 음식을 먹고, 계속 움직이는 삶을 살고, 세상을 긍정적으로 바라보고, 사랑하는 사람 속에 둘러싸여 살고, 안정적인 리듬에 따라 생활하고, 건강한 환경을 추구하고, 삶의 목적을 찾으면 된다고 한다.

음양의 이치 생활화

세상은 음과 양으로 이뤄져 있다는 것을 그저 머리로만 알고 있지, 그것을 활용하는 사람은 드물다. 그것을 그냥 알고만 있는 것보다는 실제 생활에 적용하면 많은 것을 얻을 수 있다. 지금 벌어지고 있는 일이나 지금 시도하고 있는 일의 반대편을 생각하는 습관을 가지면 실패할 가능성이 낮아진다. 좋은 일이 있으면 그 반대편에서는 나쁜 씨앗이 싹트고 있고, 반대로 나쁜 일이 있으면 그 반대편에 좋은 일이 싹트고 있기 때문이다. 공간적 면에서도 음양이 적용되고 시간적 면에서도 오행이 적용된다.

그러나 이런 생각을 하는 것이 그리 쉬운 일은 아니다. 그렇게 하려면 그러한 사고를 하는 프레임을 찾아야 하는데 판을 키워서 생각하면 된다. 힘든 일이 발생했을 때도 아마 머지않아 좋은 일이 있을 거라고 생각함으로써 심리적 안정을 찾기가 쉽고, 좋은 일이 있을 때는 나쁜 일이 일어날지도 모른다는 생각으로 미리 조심하고 경계함으로써 예상치 못한 피해를 줄일 수 있다.

미래를 계획할 때도 마찬가지다. 장밋빛 계획만 세워서 진행하다 보면 실패할 확률이 높다. 모든 일은 반드시 음과 양이 작용하고 있으므로 부작용에 대한 대비를 미리 해 두면 크게 실패하지 않게 된다. 긍정적 · 부정적 변수를 동시에 고려함으로써 치밀한 계획을 수립할 수가 있으며 실행 시에는 신중을 기해서 침착하게 일을 처리할 수가 있다.

이처럼 일상생활에서 음양의 이치를 적용하면 지혜로운 삶이 된다. 흥겹게 술 마시고 놀고 나면 피곤하고 머리가 아프고, 음주가무 간에 언행의 실수가 있을 수 있고, 금전적 손실도 만만치 않다. 미리 그에 대한 생각을 하면서 즐기면 절대 무리하지 않을 수 있다. 반대로 졸리는 눈을 참아 가면서 공부를 하거나 규칙적으로 운동을 하면 그 고통과 인내의 결과는 달콤한 열매를 얻을 수 있다.

지금 세상이 팍팍하고 말도 안 되는 일이 일어나는 이유가 사람들이 음양의 이치를 생활화하지 못한 결과라고 본다. 모두가 이성적이고 합리적, 그리고 희망적이기까지 한 세상을 만드는 것은 우리가 음양의 이치를 생활화하기만 해도 충분하다.

잘 먹고 잘 살기

사람이 살기 위해서는 먹어야 하지만 요즈음은 너무 잘 먹어서 탈이다. 너무 잘 먹어서 영양과잉 때문에 탈이 난다. 대개의 성인병은 여기서 비롯된다. 그런가 하면 너무 먹어서 살이 쪄 또 그 살을 뺀다고 시간과 돈을 낭비한다.

전략적으로 먹으면 이런 고생하지 않아도 된다. 즉, 먹을 때, 먹고 난 후까지 판을 키워 보면 그렇게 함부로 마구 먹을 수가 없다. 사람은 위의 75% 정도 먹는 것이 가장 건강에 좋다고 한다. 그런데 목에 차도록 먹어 대야 직성이 풀리는 사람이 많다.

왜 그럴까? 여러 가지 이유가 있겠지만 우선 생각나는 것은 두 가지다. 하나는 너무나 가난해서 먹을 것이 귀한 시절을 생각하고 먹는 것에 포원이 져서 마구 먹어 대는 것이다. 그리고 다른 하나는 먹는 즐거움 때문에 먹어 대는 것이다.

우선 맛이 있다고 마구 먹어 대는 것은 전술적 행동인 동시에 비합리적 행동이다. 먹고 난 후에 일어날 일을 이성적으로 생각해 보지 못한 행동이다. 다산은 '사람이 너무 음식 맛 탐하는 것'을 질책하는 얘기를 했는데, "아무리 맛이 있는 음식도 혀끝에서 목구멍까지 6cm가 느끼는 것이 전부."라고 했다. 그래서 음식이 주는 기쁨은 하잘것

없는 '육신의 잠깐 사이의 즐거움뿐'이라고 했다. 조선의 대학자다운 가르침이다.

사실 먹는 것은 육신을 유지하기 위한 것인데, 삶이 나아지니 본래의 목적보다 짧은 순간의 즐거움을 위해 너무 많은 것을 먹고 있다. 우리가 '먹는 즐거움'을 조금만 양보하면 지구상에 굶는 사람이 없을 것이고, 남의 것을 빼앗으려고 애쓰지 않아서 평화로운 세상에 한 발 더 다가갈 것이다.

우선 나의 건강을 위해서 적절히 먹고, 너무 기름진 음식보다는 소박하게 먹고, 이렇게 하여 남는 먹거리를 가난하여 먹지 못하는 사람들에게 나누어 주고, 그렇게 하면 몸도 건강하고 마음도 건강해질 것이다. 개인의 직접 비용 뿐만 아니라 사회적 직접 간접 기회비용까지 절약될 것이다.

몸은 옹기 독과 같이 관리해야!

예전에 상수도 시설이 좋지 않을 시절에는 부엌에 큰 옹기 독에다 물을 길어 두고 사용했다. 그리고 김장 김치는 옹기 독에 담가서 땅 속에 묻어 두고 겨우내 먹었다. 어디 이뿐인가?

된장, 간장은 당연히 옹기 독에 담그고, 저장도 했다. 그러면 왜 때깔 좋고 모양 좋은 청자나 백자 항아리도 있는데 하필 그 못생긴 옹기를 썼을까? 고관대작이나 부자들은 돈이나 위세를 자랑하기 위해 좋은 그릇을 썼을 텐데…. 그 이유는 옹기의 질박한 성질이 그 내용물을 잘 관리하기 때문이다.

전문가들의 말에 의하면 옹기는 숨을 쉰다고 한다. 즉, 공기가 드나든다는 것이다. 옹기가 숨을 쉰다는 것은 옹기 독에 담아 둔 물은 상하지 않는다는 것이 증명한다. 어릴 적 경험으로도 그렇지만 지리산 천은사에 계셨던 종표 스님이 차 달이는 물을 지리산 계곡에서 길어다 옹기 독에 담아 두는 것을 보았다. 왜 그렇게 하시느냐고 물었더니, 물이 순해진다는 대답이었다. 김치의 선도가 오래 유지되는 것도 같은 이치라고 생각한다. 옛날 아낙네들은 날씨가 좋은 날이면 장독 뚜껑을 열어 두고 걸레로 장독을 깨끗이 닦곤 했다. 옹기그릇의 숨구멍에 쌓인 먼지를 제거하기 위해서다.

한 가지 재미있는 사실은 숨을 쉰다는 것은 공기가 드나드는 구멍이 있다는 것인데, 어째서 그 안의 내용물은 새어 나오지 않는가? 하는 의문이 생긴다. 그 답은 옹기의 구멍은 공기는 드나들 수 있지만 물의 분자가 통과하기는 어려운 정도로 작기 때문이다. 우리 민족이 콩을 위주로 한 발효음식을 먹어 내리면서 지금까지 살아오게 해 준 보물이다. 그 볼품없고 허름한 옹기가 오히려 내용물을 신선하게 보관하게 하는 기능을 가지고 있는 것이다.

사람도 마찬가지다. 근래에 많은 사람들이 당뇨, 고혈압 등의 성인병 때문에 고생하고 각종 암에 시달리는데, 이것은 아마도 몸을 청자나 백자와 같이 관리해서서 생긴 것이라고 본다. 몸은 정신을 담는 그릇이다. 그러므로 정신을 잘 간수하려면 옹기와 같이, 담긴 내용물이 잘 간수되도록 만들어야 하는데, 매끈한 외양을 자랑하는 청자나 백자와 같이 몸을 관리하니 그 안에 있는 내용물인 정신이 썩는 것이다.

주역에서 이르는 말을 보면, 육신은 사욕을 추구하고 정신은 공욕을 추구한다고 한다. 사람의 행동이 정신을 따르지 않고 육신의 감각적, 본능적 욕구를 충족시키려고 애쓰다 보니 그렇게 되었다. 행복하겠다고, 잘살겠다고 정신을 담고 있는 그릇만 치장하다가 그 안에 있는 내용물이 썩어 악취가 난다. 그 악취 나는 정신은 다시 몸을 망가뜨린다. 그 결과 고생하는 성인병, 불치병이 생긴다.

좋은 물을 마시려면 질박한 옹기가 제격이듯, 맑은 정신을 가지려면 질박한 몸을 가져야 한다. 정신을 담고 있는 그릇이므로 그릇을 너무 번쩍번쩍하게 만들면, 반드시 정신이 피폐해진다. 그게 음양이 주관하는 세상의 이치다. 몸을 옹기 독과 같이 질박하게 만들면, 항상 맑은 정신으로 병에 걸리지 않고 행복하게 살 수 있다. 기름진 음식보다 거친 음식이 몸에 좋은 이유다. 그것도 조금 모자라게 먹으면 더 좋다.

입에 좋은 것보다 몸에 좋은 것을

건강하게 오래 살고 싶으면 전략적으로 먹으면 된다. 사람들은 건강하게 장수하기를 바라면서도 비전략적으로 먹는다. 전략적 먹기란 입에 좋은 것보다 몸에 좋은 것을 먹는 것이다. 건강하려면 몸이 필요로 하는 영양소를 적당하게 먹고 운동하고 스트레스를 받지 않으면 된다. 몸이 균형을 유지할 수 있도록 몸의 각 구성요소와 기관이 필요로 하는 영양소를 알맞게 섭취해야 한다. 그런데 사람들은 몸이 원하는 것은 생각하지 않고, 입이 원하는 것만 찾아 먹는다. 단것과 자극적인 것, 그리고 고소한 지방을 많이 먹는다.

지금 당장 입이 좋아하는 것만 골라 먹으니 전략적이지 못하다. 전략적으로 먹으려면 몸 전체를 고려해서 먹어야 한다. 우리 속담에 "입에 쓴 약이 몸에 좋다."라는 말이 있다. 입보다 몸이 필요로 하는 것을 먹어야 한다는 말이다. 우리 몸의 시스템이 균형을 유지하도록 균형 잡힌 영양소를 고려하면서 먹는 것이 좋다.

다음은 너무 많이 먹지 않아야 한다. 과식은 아마도 두 가지의 원인이 있는 듯하다. 먼저 하나는 배고픈 시절을 너무 많이 겪어, 있을 때 먹어 두자는 심리가 작용한 것이라고 여겨진다. 얼마나 먹는 것에 포원이 졌으면 "먹고 죽은 귀신은 때깔도 좋다."라는 말이 있겠는가? 경제 사정이 나아진 요즘에도 많은 사람들이 먹을 것을 보면 욕심을 낸다. 다른 하나는 입이 느끼는 맛에 유혹을 이기지 못해서 먹는 경우다. 당뇨가 있는 사람이 단것을 보면 참지 못한다. 먹을 것을 들고 다니면서 먹는 사람들은 대개 비만한 사람들이다.

두 가지 경우 모두가 지금 당장의 욕구를 충족시키기 위한 행위로서 비전략적이다. 많이 먹으면 먼저 위가 고생하고 다음은 장이 고생한다. 우선 배탈이 나서 고생한다. 명절이나 잔치 날에 많은 사람들이 배탈이 난다. 그런데 이러한 행위가 반복 누적되면 비만이 오고, 비만은 당뇨, 고혈압 등 순환계 질환으로 발전한다. 잘못된 식습관으로 평생 고생하고 수명을 단축한다.

술도 마찬가지다. 술이 절대적으로 나쁜 것은 아니다. 알맞게 마시면 건강에 도움을 주기도 한다. 술을 입에 대면 알맞은 정도의 량만으로 만족하지 못하는 것이 문제다. 술이 주는 분위기와 흥분이 자제를 어렵게 한다. 과음이 나쁜 것은 술 자체가 뇌 세포를 죽이고 몸의 각 기관에 스트레스를 부여하지만 술과 함께 먹는 음식이 과식과 바로 연결된다. 술의 마취효과가 포만감을 느끼지 못하게 하기 때문이다. 그런데 몸에 해로운 술과 안주를 폭음 폭식하고는 그냥 잔다. 이렇게 되면 몸에 엄청난 무리를 주게 된다.

대체로 건강을 해치는 것은 영양의 불균형과 몸이 받는 스트레스에 의해서다. 무리하게 먹음으로써 몸이 그것을 소화하고 걸러내느라고 스트레스를 받는다. 그 과정에서 세포는 늙고, 그것을 넘으면 세포가 견디다 못해 돌연변이로 변한다. 세포가 돌연변이로 변하는 것이 우리가 무서워하는 암이다.

입에 좋은 것보다 몸에 좋은 것을 생각해서 먹고 정신적으로 안정되고 편안한 삶을 살면 천수를 누릴 수 있다. 몸의 시스템이 균형을 유지할 수 있도록 여러 가지 음식을 골고루 적당하게 먹으면 좋다. 먹는 당시보다 지금 먹는 것 때문에 몸이 어떤 영향을 받게 될 것인지를 생각해 보고 먹는 습관을 들이면 더욱 좋다.

바른 생각 바른 자세

세상은 위기의 연속이다. 크고 작은 위기를 슬기롭게 극복하면 성공하고 그렇지 못하면 실패한다. 많은 사람들이 성공하겠다고 오늘도 열심히 노력하고 있는데, 중요한 것은 그 성공의 기준과 그 기준의 가중치를 잘 설정해야 한다. 눈앞의 가치만 추구하다가 근본적 가치를 잃어버리는 우를 범하는 경우가 많다.

생존의 가치와 번영의 가치 중에서 생존의 가치가 우선인데, 지나치게 번영의 가치를 추구하다가 생존의 가치를 훼손하고 있다. 쉽게 말해서 돈도 명예도 생명이 있고 난 후의 일인데, 지나친 돈 욕심과 명예욕 때문에 근본을 잃어버린다.

위기가 닥친 후 그 위기를 극복하려 하기보다 현명한 사람은 위기를 사전에 방지하기 위해 노력한다. 일반적으로 위기는 나쁜 습관의 결과다. 좋지 못한 습관을 가지고 있으면 그 결과는 반드시 나쁘다. 거짓말 하는 습관을 가진 사람은 결국 그 거짓말 때문에 위기를 맞는다.

불치병도 결국은 나쁜 생활 습관의 결과다. 나이가 들어 허리가 아프다고 호소하는 사람은 젊은 시절에 나쁜 자세로 생활한 습관의 결과이며, 고혈압, 당뇨, 암 등의 심각한 질병은 잘못된 식습관의 결과다. 긍정적 생각보다 부정적 생각을 하는 습관은 스트레스를 유발하여 불치병을 초래한다. 좋은 습관을 가지도록 노력하면 건강하고 성공한 삶을 살 수 있다.

다리를 꼬고 앉는 습관은 두 가지 문제가 있다. 하나는 좀 건방져 보이고 둘은 골반이 틀어져서 나이가 들면 허리가 아프다. 그걸 모르고 다리를 꼬고 앉는 습관에 길들면 나중에 나이가 든 후에 후회해봐야 소용이 없다.

젊은 사람들과 같은 테이블에 앉아서 얘기를 할 때나 방송에서도 그런 장면을 자주 본다. 〈명견만리〉, 〈월간 커넥트〉의 출연자들이 거의 다리를 꼬고 앉아 있다. 시청자에 대한 예의가 아니라고 본다. 아마도 그들은 그것이 결례인 줄 모르는 것 같다. 그저 멋있어 보인다고 착각하는 건 아닌지….

자기네들이 엘리트라고 생각해서 무의식중에 나오는 태도라면 더욱 문제다. 제작자들이 이를 시정해 주는 것이 좋겠다. 다시 한번 강조하지만 다리를 꼬고 앉는 버릇이 들면 골반이 틀어져서 다리 길이가 차이 난다. 시간이 지날수록 몸의 균형이 조금씩 무너져, 허리 때문에 크게 고생한다.

몸이 아픈 이유

몸이 아픈 이유는 네 가지로 상(傷), 질(疾), 병(病), 빙의(憑依)가 있다.

먼저 상(傷)이다. 사고나 실수로 다치는 걸 말한다. 주로 외상이다. 물론 충격에 의해 뇌가 다치는 내상도 있다. 전쟁터에서 가장 많이 나타난다.

다음은 질(疾)이다. 흔히 말하는 질병의 그 질이다. 주로 바이러스나 곰팡이 등 세균에 감염되어서 생긴다. 예전에는 역병이라고도 했다. 전염성이 매우 강하다.

그다음은 병(病)이다. 마음이 원인이 되어서 생긴다. 스트레스가 주원인이다. 스트레스는 순리에 거역하면 생긴다. 따라서 발병의 원인을 찾기가 어렵고 천천히 생기기 때문에 발병하면 치유가 어려운 불치병이 된다. 암이 대표적이다. 나쁜 생활 습관도 역시 병의 원인이다.

마지막으로 빙의(憑依)는 신병 또는 무병을 말한다. 소위 귀신에 씌웠다고 말한다. 현대 의학으로 치유가 어렵다.

상과 질은 현대 서양 의학이 최상이다. 병원에 가서 치료받으면 된다. 그런데 병이 문제다. 병원은 결과만 가지고 처치한다. 병소를 수술하여 해결한다. 수술이 안 되는 경우는 속수무책이다. 수술을 해도 발병 원인을 고치지 않으면 재발한다. 즉 스트레스 원인을 제거하거나 나쁜 생활 습관을 바꿔야 한다.

따라서 오늘날 병원은 상질원으로 부르는 것이 더 맞겠다. 병원이라 함은 병의 예방과 치료를 잘할 수 있어야 한다. 그렇다면 스트레스를 제거하고 나쁜 생활 습관을 고치면서 수술도 하는 그런 곳이 되어야 할 것이다.

아프지 않으려면 매사 조심해서 다치지 않도록 하고, 몸을 청결하게 하고 불결한 곳에 가지 말고, 운동을 열심히 해서 면역력을 키우고, 스트레스를 받지 않기 위해서 사욕을 줄이고, 순리대로 살고, 좋은 일을 많이 하고, 좋은 생활 습관을 들이고, 기력을 키우고, 즐겁게 살아가면 된다.

산에 들어가면 불치병도 고쳐질까?

답은 예스다. 아니 그럴 가능성이 높다는 게 더 정확한 답이다. TV 프로그램에 산에 혼자 사는 사람을 취재하여 보여 주는 여러 채널이 있다. 자세히 살펴보면 거기에 공통점이 있다. 그것은 사업에 실패하고 병이 생겨서 산에 들어온 경우로 대부분 남자다. 의사도 못 고치는 불치병을 산이 어떻게 고칠까? 말도 안 되는 얘기 같지만 산은 그 병을 고칠 수 있다.

불치병이란 대개 암과 같은 것으로 그 원인이 정신적 요인에서 생긴 것이다. 다시 말해 스트레스 때문에 생긴 것이다. 그 불치병을 고치려면 스트레스의 근원을 없애야 하는데 양의들은 그것을 찾아내려 하지도 않으니 그것을 치유하는 방법을 모른다.

몸 자체에서 생긴 병들은 사고나 실수로 다치거나, 바이러스 또는 곰팡이 등에 의한 것으로 약물이나 수술로 치료가 쉽다. 그러나 정신적 스트레스에 의해 생긴 병은 몸의 시스템에 이상 이 생긴 상태니까 시스템적 어프로치를 해야 한다. 사람의 정신을 담고 있는 육신이라는 그릇이 정신적 스트레스를 방어하고 억제하기 위해 내뿜는 독성 물질인 아드레날린과 노르아드레날린 때문에 망가지거나 세포에 변이가 일어나서 시스템의 균형이 무너진 상태다.

《뇌내 혁명》의 저자 하루야마 시게오의 주장에 의하면 화를 내거나 긴장하면 노르아드레날린이 나오고 공포감이 생기면 아드레날린이 나온다고 한다. 그러므로 병을 낫게 하려면 이 독성 호르몬이 나오지 않게 환경을 바꿔 주고, 이미 그 독성으로 인해 생긴 신체적 변이를 정상화할 수 있게 해 주는 면역세포 증식이 필요하다. 그런데 양의가 하는 일은 변이된 신체적 부위를 제거하거나 약물로 그것을 죽이는 것이 전부다. 그러니 비유하자면 잡초의 뿌리는 그대로 둔 채 이파리만 잘라 버리는 꼴이다.

산에 가면 어떻게 되나? 우선 자신에게 정신적으로 스트레스를 주었던 환경이 없어진다. 병을 만들어 준 그 생활환경에서 벗어나 있는 것이다. 산에 혼자 있으므로 사회적 관계를 유지 관리할 필요가 없다. 그러니 정신적 스트레스의 근원 자체가 없다. 돈을 벌기 위해 사업을 할 필요도 없고, 명예를 추구하려고 애쓸 필요도 없고, 사랑싸움할 대상도 없다. 이런 것들이 없으니 나를 시기할 사람도, 나에게

욕할 사람도, 내 것을 달라고 하는 사람도, 나를 해칠 사람도 없다. 나에게 도전할 사람도, 무엇을 어떻게 해 달라는 사람도 없다. 여태 괴롭히던 원인이 산에는 하나도 없다.

또한 산은 자연의 순리에 따라 봄이면 싹이 나고, 여름이면 무성하게 자라다가, 가을이면 단풍들고 열매 맺고, 겨울에는 겨울잠에 드는 오차 없는 변화를 한다. 이러한 산과 같이 있는 몸도 마음도 자연스럽게 여기에 적응한다. 자연의 법칙에 의해 만들어진 몸은 소우주라고 하는데, 자연의 변화에 순응하는 몸은 저절로 시스템이 회복을 하게 된다. 소우주가 대우주의 변화 리듬에 적응하니까 정상으로 돌아간다. 병의 원인 제공 환경 변화를 통해 더 이상 병이 생기지 않게 하는 것이다.

이미 병이 되어 버린 몸의 비정상은 몸의 활력(Vitality)을 키워 치유할 수 있다. 산 생활이 이것을 가능하게 한다. 산에 살면 신체적으로 활력이 증가하고, 그 활력이 면역력을 증가시킨다. 이 면역력이 이미 변이된 세포나 시스템을 고친다. 왜 활력이 증가할까? 그 이유는 지극히 단순하다. 몸을 부단히 움직이기 때문이다. 있는 것보다 없는 것이 많은 산에서 혼자 사는 사람이 자신이 움직이지 않으면 아무것도 얻을 수 없다. 몸은 부지런히 움직이면 활력이 증가하고 그 활력이 생명력을 키운다. 먹는 것 역시 몸에 이로운 것들만 있다. 영양가는 적을지는 몰라도 몸에 해로운 것들은 없다. 먹을 것이 풍족하지 않으니 적게 먹는다. 그러니 건강이 회복되지 않겠는가?

스트레스를 받는 이유

스트레스를 받으면 먼저 정신적으로 힘들고, 다음으로는 육체적으로 힘들다. 그리고 그 스트레스가 누적되면 병이 되는데, 암은 스트레스가 원인이라는 것은 이제 상식이다. 그러면 우리는 왜 스트레스를 받을까? 스트레스를 받지 않고 산다면 하루하루가 행복할 텐데….

사람이 옳지 못한 일을 했을 때는 마음이 불편하다. 아무도 모른다고 해도 본인 스스로는 알고 있기 때문이다. 그리고 선한 일을 하면 혼자서도 즐거운데, 나쁜 짓을 하면 마음이 불편하다. 아름다운 것을 보면 기분이 좋고, 지저분하고 더러운 것을 보면 불쾌하다. 질서정연한 것을 보아도 마음이 즐겁다.

마음이 불편하다는 것은 스트레스를 받고 있다는 것이다. 그 스트레스를 받으면 몸은 자신을 방어하기 위해 아드레날린과 노르아드레날린은 분비한다. 대신에 우주의지인 진, 선, 미에 합당한 행위를 하면 마음이 즐거워 뇌 내 몰핀이 나온다는 것이 하루야마 시게오의 주장이다. 세상이 음과 양으로 균형을 맞추고 있으므로, 아드레날린과 노르아드레날린의 반대인 뇌 내 몰핀이 당연히 있는 것이다.

그러니까 어느 호르몬을 분비하느냐의 기준은 우주의지인 진, 선, 미다. 인간은 우주의 구성요소와 같아서 우주의지와 같은 생각과 행동을 하면 순리가 되는 것이고, 그 반대로 하면 역리가 되는 것이다. 우주의지는 역리를 행하면 스트레스를 받게 하여 인간으로 하여금 진, 선, 미를 실천하게끔 설계되어 있는 것이다.

사람들의 얼굴을 보면 어떻게 살아왔는지가 보인다. 우주의지에 역행해서 산 사람은 스트레스로 인해 그것을 이겨 내느라고 얼굴이 두꺼워지거나 비틀어져서, 보기에 아름답지 못하다. 탐욕으로 살아온 사람들의 얼굴이다. 그 반대로 우주의지에 따라 순행해서 산 사람은 나이가 들어도 곱다. 우리 주변에 이런 사람을 보고 "그 양반 정말 곱게 늙었네!"라고 한다.

결론적으로 우주의지에 역행하면 스트레스를 받게 된다는 것이다. 그러므로 건강하고 행복하게 살고 싶으면 우주의지에 맞춰서 살아가면 된다. 나이가 들어도 환한 표정으로 곱게 늙고 싶으면 우주의지 진, 선, 미를 추구하면서 살지어다.

유용한 불편을 즐겨라

우리 인류문화 발전의 원동력이 편리함의 추구라고 하면 지나칠까? 특히, 근대화 과정에서 최근에는 건강과 환경을 생각하는 사람들은 오히려 유용한 불편함을 추구하는 경향이다. 그것은 당장은 불편하지만 그 불편함이 궁극적으로는 자신에게 도움이 되는 것을 말한다. 예를 들어, 몸을 많이 움직여야 하는 집에 살면 당장은 여러 가지로 불편하지만 그렇게 몸을 움직이게 되므로 결과적으로 운동량이 많아져서 건강이 도움이 된다.

근래에 우리나라는 서양화가 곧 근대화라는 잘못된 인식하에 전통 가옥을 모조리 아파트로 바꿔 버렸다. 아파트는 효율성과 편리성 측면에서는 경쟁자가 없다. 항상 적정한 실내 온도를 유지할 수 있고 실내에 모든 것이 있으며 몸을 거의 움직이지 않아도 필요한 것을 얻을 수 있는 구조다. 거기다가 전자기기나 제품은 더더욱 몸을 움직이지 않아도 될 수 있게 편리함을 제공한다. 그러니 현대인은 몸을 너무 움직이지 않다 보니 비만해지고 만성 질환이 만연한다. 일상생활에서 몸을 움직이지 않아도 되게 편리함을 추구해 놓고는 운동량이 부족하다고 헬스클럽에 나가고, 많은 시간과 돈을 들여서 별도의 운동을 한다.

그러면 유용한 불편함의 반대는 무엇일까? 무용한 불편함인가? 아마 그런 것은 존재하지 않을 것 같다. 아무 쓸모도 없는 불편함을 인간의 약은 머리로는 추구하지 않을 것이기 때문이다. 아마도 그것은 나쁜 편리함일 것이다. 당장은 무지무지하게 편리하지만 그 편리함을 추구하다 보면 결과적으로 자신에게 나쁜 결과를 가져오는 것 말이다. 가장 현대적인 가구와 설비가 갖춰진 집에서 모든 기기를 오직 손가락 하나로만 조작하는 리모컨을 사용하다 보면 그 결과는 만성 질환에 시달리는 신세가 될 것이다.

따라서 조금 불편하지만 그것이 자신의 건강에 유익하다는 것을 알고 유용한 불편함을 추구하는 사람은 지혜로운 사람이다. 이것은 애초부터 능력이 부족하여 산간에 초막을 지어 놓고 불편하게 사는 것과는 차원이 다르다. 충분히 편리함을 추구할 수 있음에도 건강을 위하여 불편함을 추구하는 경우다.

행복

행복하게 산다는 것

산업사회는 인간의 풍요로운 삶을 가져다주었지만, 그렇다고 해서 그에 비례한 행복을 가져다준 것은 아닌 것 같다. 2008년 세계는 미국발 금융위기로 모두가 불행했다. 가졌던 재산이 연기처럼 사라져 버렸다. 사실 그 재산이라는 것이 금융가의 장난에 의해 만들어진 허구이기도 했으니 그렇게 날아가 버린 것은 어쩌면 당연한 일인지도 모른다. 그 재화는 거의 금융 파생상품에 의해서 만들어졌고 그 시스템이 붕괴됨으로써 사라진 것이다. 그래서 많은 사람들이 자신의 것이라고 생각했던 재산이 공중으로 날아가 버린 데 대해 매우 불행해했다.

프랑스의 영광을 세계만방에 떨친 나폴레옹 보나파르트의 그 찬란했던 영광도 끝내는 세인트 헬레나섬에서 외롭게 죽었다. 죽은 남자

배우에게 사채를 빌려주었다는 악플에 시달리다 목을 매 자살한 여배우가 있다. 세인의 관심 속에서 스포트라이트를 받으면서 돈을 많이 번 그녀가 왜 세상이 싫다고 자살을 했을까?

이것을 보면 분명 돈으로 행복을 살 수 없다는 것은 분명해 보인다. 돈이 없으면 불편한 것은 분명한데, 그렇다고 불행한 것은 아니다. 돈은 언제나 사람의 생활을 편리하게 해 주지만 사악한 인간의 마음과 결합할 때에는 반드시 불행의 씨를 뿌린다. 분명 돈은 행복한 삶을 영위하기 위한 수단에 불과한 것을 돈이 전부인 양 전력 추구하는 과정에서 일어나는 불미스러운 일들이다.

행복하다는 것은 마음먹기에 달렸다. 아주 자그마한 것이지만 웃을 일이 자주 있으면 그것이 행복이다. 지하철에서 내려 마을버스를 타러 갔는데, 바로 마을버스가 오면 행복하다. 운전을 하는데 신호등이 계속 바뀌어 주면 그것도 행복하다. 우연히 길을 가다가 보고 싶던 친구를 만나면 행복하다. 책을 보다가 새로운 지식을 얻으면 행복하고 천진하게 웃는 아이의 모습을 보고 있으면 행복하다. 이러한 일들이 하루 중에 자주 일어나면 그 사람은 행복한 사람이다.

몇백 억의 재산이 있는 사람은 밤마다 밤손님이 들까 봐 걱정이 많을 것이고, 주변에서 친구나 친척이 도와 달라고 할 때 거절할 이유를 찾느라고 고민해야 할 것이고, 자식들은 언제나 돈을 달라고 아우성을 칠 것이다. 아마 이런 사람들은 사소한 것에는 재미를 느낄 마음의 여유가 없을 것이다. 그러니 이런 사람은 항상 불행을 안고 살아가는 사람이다.

행복하고 싶은가?

모든 사람들은 행복해지고 싶어 한다. 그렇다면 행복이란 무엇이고 언제 행복감을 느끼는가?

간단히 말하면, 자신이 기대하는 수준에 도달하였을 때 행복하다. 그런데 보통 사람은 그 기대수준에 도달할 수 없거나 도달해도 행복감을 느끼는 시간이 지극히 짧다.

정글의 왕 사자는 자신이 먹을 만큼만 사냥한다고 한다. 그러나 인간은 먹고 나서 저장할 것까지 생각해서 더 많은 것을 사냥한다. 아마 경제를 한마디로 정의하면 더 많은 것을 사냥해서 그것을 어떻게 저장 관리하는가 하는 것이 아니겠나?

이것을 가능하게 한 것이 인간의 발달된 두뇌인데, 동시에 이것이 인간을 불행하게 하는 한 원인이다. 동물들은 배가 부르면 만족하고 행복감을 느끼지만, 인간은 자신이 설정한 목표에 도달하면 그 행복감은 잠시이고 다시 더 높은 목표를 설정해 놓고는 그에 도달하지 못해 안달하고 있다. 그러니 자신의 목표를 적당히 설정해 두고는 100% 달성하려고 하지 말고 80%쯤 달성하고 나면 만족하고, 남은 것은 쉬엄쉬엄하는 것이 좋다. 달성하지 못해도 그만인 상태로 말이다.

자신을 행복하게 하지 못하는 또 다른 것이 있는데, 그것은 다름 아닌 주변에 대한 지나친 기대심리이다. 가족이나 조직에 대한 기대치를 낮추면 싸울 일도, 서운할 일도 없어서 스트레스받을 일이 없다. 대체로 가족 간의 불화는 서로가 서로에 대한 지나친 기대수준 때문에 일어난다. 형제 중에 돈이 많은 사람이 있다고 치자. 다른 형제들은 그 많은 돈을 조금 나눠 주기를 바라는 반면, 돈이 많은 형제는 '왜 다른 형제들은 자신처럼 열심히 노력하지 않고 자신에게 돈을 달라고 하는가?'라고 생각한다. 그러니 말은 하지 않더라도 서로 상대방에 대한 신뢰와 존경이 무너진다. 가난한 집 형제들이 우애가 있는 것은 애시 당초 서로에게 기대하는 것이 없기 때문에 같은 피붙이로서 정이 제대로 발휘되기 때문이다.

요즘 사회를 어렵게 만드는 불만세력들도 국가에 대한 지나친 기대 때문이다. 자신들의 할일은 다하지 않으면서 국가에 대해서는 무제한적으로 자신들이 원하는 것을 달라는 것이다. 그러니 갈등이 생기는 것이다. 친구 간에도, 회사 동료 간에도 '내가 너를 이렇게 생각하는데 너는 왜 나를 그렇게 대하는가? 친구라면 이 정도는 해 줘야 하지 않는가?'라는 기대치 때문에 서로 서운해하고, 심지어 싸우기까지 하는 것이다.

그러니 이러한 스트레스를 받지 않으려면 아예 주변에 대한 기대치를 낮추거나 아예 설정하지 않으면 된다. 모르는 사람과의 관계에서는 조그만 호의에도 감사하고, 감동하지만 잘 아는 사람과의 관계에서는 그렇지 못하다. 아무것도 기대하지 않았는데 누군가 호의를 베풀어 주면 기쁘다. 기대수준을 바닥으로 해두면 아무 호의나 배려를 받지 않아도 불쾌하지 않다. 생일날 아무것도 기대하지 않았는데 꽃 한 송이를 받으면 무척 행복하지만, 밍크코트를 기대했는데 바바리코트를 선물 받으면 서운하고 화나는 법이다. 행복은 단지 기대수준과 현실 충족도 간에 발생하는 갭의 크기에 의해 결정되기 때문이다.

그러므로 잘 아는 사람들에게 불만이 많고 불화가 많다. 특히, 한국 사회에서는 '아는 사람에게 거는 기대'는 과히 거의 무한대 수준이다. '네가 나에게 어찌 이럴 수가 있나?'라는 생각을 하는 순간 갈등이 생기고 그 갈등이 자라서 언쟁으로 나아가 싸움으로 변한다. 대개 이런 기대를 많이 하는 사람들은 정적인 사회에 익숙한 사람들이다. 서울 사람보다는 시골 사람들이, 젊은 사람보다는 나이 많은 사람들이 그런 경향이 많다. 시쳇말로 이제 '그 놈의 정'을 너무 믿지 말고 쿨하게 살아야 한다.

케네디 대통령의 취임연설 “국가가 당신을 위해서 무엇을 해 줄 것인가를 생각하지 말고 당신이 국가를 위해서 무엇을 할 것인가를 생각하라.”라고 한 말을 원용해서 당신의 주변 사람이 당신에게 무엇을 해 줄 것인가를 기대하지 말고, 당신이 주변 사람들에게 무엇을 해 줄 것인가를 생각한다면 행복해질 수 있다.

요즘 신세대들은 생일날 등 무슨 날이 되면 상호 간에 무슨 선물을 받고 싶은가? 또는 본인 스스로 무슨 선물을 달라고 요청하는 경우가 있는데, 이것은 아마 서로에 대한 기대감의 갭을 사전에 없애는 것이 되기도 하겠지만 전혀 예상치 못한 상태에서 선물을 받는 행복감은 누리지 못할 것이다. 사람의 욕심은 스스로 자라기 때문에 자주 그 싹을 잘라 주고 다듬어서 그 욕심이 지나치지 않도록 하는 것이 좋고, 주변에 대한 기대치도 마찬가지로 스스로 자라기 때문에 자주 돌아보면서 그 싹을 잘라 없애는 것이 좋다. 아무것도 기대하지 않고 살면 언제라도 행복해질 수 있다. 아무것도 기대하지 않았는데, 무엇이 생기면 언제나 횡재수가 되니까 행복한 것이다.

마지막으로 결과보다 과정에 집중하라. 그러면 행복할 것이다. 우리가 살 만한대도 행복하다고 느끼지 못하는 이유는 지나친 목표 지향적 성향 때문이다. 세상에 자신이 설정한 목표를 모두 달성하는 사람은 별로 없다. 설사 그 목표를 달성했더라도 기쁨은 잠깐이고 다시 더 높은 목표를 세우기 때문이다. 더 높이 더 높이 하면서, 만족을 모른다. 그게 인간의 본성이다.

어차피 목표 달성이 어려운 것이라면 과정에 집중해 보는 것이 좋다. 우리가 재미를 느끼는 놀이들은 거의 대다수가 과정이다. 낚시, 사냥, 여행, 등등…이 그렇다. 목표 지향이면 일이 되고 과정 지향이면 놀이가 된다. 같은 근육을 써도 일보다는 운동을 해야 근육이 붙는다. 과정 지향이 좋은 점은 힘이 들지 않는다는 것이다. 목적지만을 생각하고 걸어가면 쉽게 피로해진다. 대신 걷는 것이 운동이라고 생각하고 걷는 과정에 생각을 집중하면 어느새 목적지에 도착해 있다.

음식점 주인은 돈을 벌려고 장사를 하지만 음식을 맛있게 만드는 것에 집중하고 손님을 기분 좋게 해 주는 것에 집중하면 힘이 안 든다. 맛집으로 소문난 음식점 주인들의 공통점이다. 즐거워야 기쁘고, 기뻐야 행복하다. 그러니 목표 달성에 목매지 말고 과정을 즐기면서 살아 보자.

욕심은 감당할 만큼만

사람은 자신이 감당할 수 있는 범위를 벗어나 돈, 자리, 명예에 대한 욕심을 부리면 반드시 망한다. 돈에 대한 욕심이 지나치면, 자신이 돈을 관리하지 못하고 돈이 자신을 관리하려 든다. 더 많은 돈을 가지려다가 사기, 횡령, 탈세, 뇌물 등에 걸려 감방에 가거나 손가락질 당하며 자자손손 욕을 먹게 된다.

자리도 마찬가지다. 능력은 동장 수준인데, 나라를 경영하겠다고 대통령이나 총리 자리에 앉으면 나라도 망하고 본인도 망한다. 나라를 관리할 능력이 되지 않는 인간들이 나라의 중요한 자리를 차지하고 있기 때문이다. 업적이 있어야 훈장이 빛이 나는데 억지로 돈으로 산 훈장이나 상은 세월이 지나면 다 밝혀진다. 돈 주고 받은 노벨상이 무슨 자랑이겠나?

더 많은 돈, 더 높은 자리, 더 빛나는 명예를 탐하려거든 그것들을 관리하기 위해 공부하고 수양하라. 그렇게 능력을 키워 그 능력에 걸맞은 욕심을 부리면 본인도 좋고 나라에도 도움이 된다. 나라가 혼란스러운 이유는 능력이 안 되는 사람들이 과분한 자리에 앉아 자신의 책무를 제대로 하지 못하기 때문이다. 제 분수에 맞게 욕심을 부리는 것이 성공하는 인생의 길이다.

가진 것을 생각하라

얼마 전 후배가 책을 하나 사서 들고 왔다. 아담 제이 잭슨이 쓴

《내가 만난 1%의 사람들》이라는 책이다. 다 읽고 그 후배에게 돌려주었다. 그 책 안에는 아주 좋은 글들로 가득 차 있었다. 400페이지가 넘는 책이지만 일체유심조(一切唯心造) 단 한마디로 요약이 가능하다.

그 많고 많은 내용 중에서 가장 나에게 깊게 각인된 내용이 위 제목이다. 행복해지는 비결은 "내가 가지지 못한 것을 생각하지 말고 내가 가진 것을 생각하라."라는 것이다. 크게 공감한다. 많은 사람들의 이야기를 들어보면 자기가 가지지 않은 것을 가지려고 애를 쓰고 그것이 없다고 불만이다. 그러니 감사할 일이 없다. 자기가 가진 것을 생각해야 감사할 수 있는데 말이다. 지금 이 상황에서 자기가 가지고 있는 것을 생각하면 모두가 고맙고 감사할 일이다. 그러면 불행하려 해도 불행할 수가 없다.

누구에게나 부족한 것이 많다. 그러나 누구라도 그 부족을 다 채울 수는 없다. 그 부족한 것을 다 채우려고 하다 보면 끝없는 스트레스를 받게 된다. 없다고 다 불행한 것은 아니다. 없음으로 해서 '있기 때문에 일어나는 어려움이나 스트레스'로부터 해방된다.

좋은 집에 살면 그 집을 관리하는 데 드는 돈이나 노력이 엄청나다. 그것을 위해 돈을 많이 벌어야 하고, 그렇게 하려면 많은 노력이 들고 또 스트레스를 받게 된다. 좋은 집에 사는 기쁨은 잠시이고 그

집을 유지하는 데 드는 품이 불행을 만든다.

또한, 좋은 집에 살면 돈이 많을 테니, 주변의 친척이나 친구들이 묵시적 또는 명시적으로 돈을 좀 달라고 한다. 안 주면 돈이 많으면서도 안 준다고 구두쇠라고 욕한다. 좋은 집에 살지 않으면 듣지 않아도 될 욕이다. 특별히 잘못한 것도 없는데 욕을 먹으니 억울하다.

조금 부족하게 사는 것이 행복

현생 인류가 이 세상에 나타난 지 20만 년쯤 된다고 한다. 그 많은 시간 중에서 지금이 가장 풍요롭게 산다. 아마 지금 서울에 사는 보통 사람은 조선시대 왕보다 훨씬 잘살 것이다. 그러면서도 그리 행복해하는 사람들은 잘 보이지 않는다. 왜 그럴까? 아마 아무리 채워도 채워지지 않는 허기진 욕심과 남이 잘되는 것을 보지 못하는 시기심 때문일 것이다.

욕심을 조금 줄여, 조금 부족한 상태에서 불편을 감수하면서 살아가는 것이 현명하다. 너무 편리하면 몸을 움직이지 않아 반드시 병이 따라온다. 왜냐면 인간은 20만 년 중에서 최근 한 100년 정도만 편리한 생활을 해 왔다. 특히 우리 한국 사람들은 그 편리함이 불과 몇십 년에 불과하다. 그러므로 원래 몸은 움직이게 되어 있는데, 그것을 움직이지 않으니 병이 생긴다.

조금 부족한 상태에 있으면 시기도, 험담도 없다. 오히려 그 부족한 공간에 다른 사람들이 신뢰와 덕담으로 채워 준다. 꽉 차면 들어갈 공간이 없지만, 공간이 있으면 채워지는 것이 세상의 이치다. 조금 부족하여 생긴 그 빈 공간에 남들이 보내 주는 신뢰, 관심, 배려, 덕담이 채워지면 온전한 자기완성이 될 것이다. 또한 덤으로 부족함 때문에 몸을 좀 더 움직이면 건강은 부수적으로 따라온다.

행복이란 욕심에 대한 충족도인데, 그 욕심이 한계가 없기 때문에 행복하기가 어려운거다. 어차피 충족불가라면 욕심을 줄이고 '약간의 불편함' 감수로 대체하면 된다. 진정으로 행복하려면, 얼마간의 부족함을 느끼는 정도가 좋다. 매스컴이 떠드는 '간헐적 단식'도 배를 채우지 말고 비워 두면 건강에 좋다는 것이다. 어차피 인간의 욕심을 제거할 수는 없을 것이므로 약간 모자라게 빈 공간을 남겨 두는 것이다.

비교 우위로부터 얻는 행복

우리는 경쟁 상대보다 비교 우위에 있어야 마음이 편하고 행복하다고 느낀다. 그래서 사촌이 논을 사면 배가 아프고, 여고 동창회에

다녀와서는 화가 나서 저녁밥 짓기가 싫다. 여자만 그런 것도 아니다. 남자도 마찬가지다. 동창회에 가서 자기보다 공부를 못했던 친구가 돈을 좀 벌었다고 밥값 내면서 으스대는 걸 보면, 구석에서 말없이 그냥 머리 처박고 소주만 마신다. 집에 돌아와서는 괜히 그 친구의 약점만 아내에게 떠벌린다.

자기 아이가 다른 아이들보다 공부를 못하는 것은 그래도 받아들이겠는데, 자기 동서의 아이보다 공부를 못하면 속이 상한다. 또, 동기동창이 출세를 하면 겉으로는 축하를 하면서도 속으로는 시기심이 불타오른다. 심지어 골프 라운딩을 하는데 동반자가 버디를 하면 말로는 축하한다고 손바닥을 마주치면서도 얼굴 표정은 영 딴판인 친구도 있다. 내기 골프도 아닌데도 말이다. 이처럼 자기가 속한 카테고리 내에서 비교하여 자기가 우위를 차지하지 못하면 기분이 상한다. 비교 대상인 같은 카테고리 내에 있는 사람은 누구보다 가까운 사람인데도 말이다.

왜 이럴까? 그 이유는 단 하나다. 우리 인간이 진화하는 과정에서 생긴 유전자 때문이다. 20만 년 전 아프리카 사바나에서 태어나 오랜 수렵생활을 할 때부터 비교 우위를 차지한 사람이 더 많은 가치를 차지할 수 있었기 때문이다. 더 맛있는 음식을, 더 좋은 입을 것을, 더 좋은 잠자리를, 더 많은 재화를, 더 좋은 배우자를, 더 많은 사랑과 존경 등을 차지하거나 부여받을 수 있었기 때문이다.

비교 우위를 차지하면 좋겠지만, 그러지 못하는 사람이 더 많다. 그때 나보다 나은 사람이 바로 내 곁에 있는 가까운 사람이라는 사실을 긍정적으로 받아들이면 된다. 언제가 도움이 필요할 때는 바로 그 비교 우위에서 나보다 앞선 사람의 도움을 가장 많이 받을 수 있다는 것을 인정하면 마음이 편해진다. 쉽지 않겠지만 그렇게 생각하는 연습을 하면 가능하다. 그것이 성공하면 대범한 사람이 되고 다른 사람들로부터 멋진 사람으로 평가받을 것이다.

더 행복해지려고 하다가

모든 사람은 행복해지려고 불철주야 애쓴다. 우리나라에서 부자라고 하면 100억 원 이상을 가져야 한단다. 그런데 그들도 가장 하고 싶은 것이 뭐냐는 질문에 "좀 더 벌었으면 좋겠다."라고 답했다고 한다. 그렇다. 돈이면 거의 다 되는 세상이다. 돈의 교환능력이 높아져서 거의 모든 것을 이룰 수 있는 세상이다.

모든 유기체가 그렇듯이 인간도 가장 기본적 가치는 '생존과 번영'이다. 이 가치를 위해서 인간은 별짓을 다한다. 그럼 누가 이런 짓을 하도록 만들었는가? 그것은 다름 아닌 DNA다. DNA는 인간이 생존하고 번영하는 데 유리하게 행동하도록 뇌를 진화시켰다. 그래서 뇌는 생존과 번영에 유리한 행동을 하면 기분이 좋게 느끼도록 설계되어 있고, 불리한 행동을 하면 공포를 느끼도록 만들어졌다.

인간이 행복하다는 의미는 인간의 뇌가 즐거움을 느낀다는 것이다. 따라서 돈을 벌면 행복한 것은 그 돈이 생존과 번영에 필요한 가치를 교환하는 훌륭한 능력을 가지고 있기 때문이다. 그러므로 오늘을 사는 인간에게는 절대적으로 돈이 필요하다. 그런데 그 돈이 얼마만큼 있으면 되느냐 하는 것이다. 사실 이 질문에 대한 답은 쉽지 않다. 사람마다 기준이 다 다를 것이다. 그러나 가볍게 생각해 보면, 자신의 생명을 유지하고 번영하는 데 꼭 필요한 만큼이지 않을까 싶다. 이렇게 말해 놓고 봐도 어느 정도인지 가늠하기는 쉽지는 않다. 얼른 보면 돈은 많으면 많을수록 행복할 것 같기도 하다. 그런데 그 많은 돈을 벌려면, 많고 많은 난관을 극복해야 한다. 그 과정에서 받는 스트레스가 오히려 생존을 위협하지 않을까?

사실 생존에 필요한 돈은 그리 많지 않다. 사람들이 더 많은 돈을 벌려고 하는 것은 번영, 더 생물학적으로 말하면 번식을 잘하기 위해서다. 진화론의 성 선택설에 의하면 돈을 많이 가진 것도 배우자 선택에서 유리한 위치에 놓이게 된다고 한다.

그런데 문제는 그 수준이 도를 넘는다는 데 있다. 세상의 이치가 다 그렇듯이 도를 넘으면 문제가 생긴다. 더 좋은 것을 먹고, 더 편하면 좋을 것 같지만, 그로 인해서 여러 가지 병이 생긴다. 더 나은 쾌락을 위해 돈을 벌려고 애쓰는 과정에서 고난과 갈등, 스트레스도 있지만, 그 많은 돈이 주는 안락함과 더 많은 쾌락이 오히려 건강을 해치고 사회생활에서 무리를 낳게 된다. 많은 사람들이 너무 많은 돈 때문에 생긴 부산물로 평판이 나락으로 떨어지고 낙마하기도 한다.

현대인의 병은 대부분 과잉 영양에 의해서 생긴다. 입을 통해서 느끼는 맛감각을 충족시키려고 먹은 것들은 목구멍으로 넘어가고 나서부터는 그것들을 처리하는 데 몸이 고생을 한다. 이처럼 우리 오관으로 느끼는 감각을 '조금만 더, 조금만 더' 하는 욕심을 내다가 몸은 망가지고 마음마저 망가져 불행해진다.

웃어서 행복하라!

행복하면 웃음이 절로 나서 참기가 어렵다. 행복해서 웃는 것은 누구나 할 수 있고, 너무나 쉬운 것이다. 그런데 사람이 살다 보면 항상 행복할 수도 없고, 항상 즐거울 수도 없다. 아니 어쩌면 행복하다고 생각하는 시간보다는 불행하다고 생각하는 시간이 더 많다. 그런데 불행한 시간을 행복한 시간으로 바꾸는 방법은 없는가?

아니다. 있다. 억지로라도 웃으면 행복해진다. 그것을 가능하게 하는 것이 뇌다. 우리 인간의 뇌는 아주 스마트하면서도 동시에 아주 멍청하다. 아인슈타인이 물리학의 천재이면서도 계란 하나 제대로 삶지 못하는 것이 좋은 예다. 뇌는 행복하면 웃고, 그에 따라 우리 건강에 좋은 영향을 주는 도파민, 세로토닌, 그리고 엔도르핀을 분비하게 하는데, 그 반대도 가능하다. 억지로라도 웃으면 위에 열거한 세 가지 호르몬이 분비되어 몸이 건강해지고 기분이 좋아져 행복감을 느낀다고 한다. 그러니 힘들고 스트레스를 받더라도 억지로 그것을 털어 버리고 웃어 보자. 그러면 행복해질 것이다.

본인은 아주 심각하고 힘든 일이지만 남들은 아무도 그 사람의 일을 심각하게 생각하지도 않을 뿐만 아니라 그 힘든 일 때문에 반사이익을 얻는 사람은 오히려 표정관리를 하면서 그것을 즐길지도 모른다. 그러니 세상을 주도하면서 살아가려면 긍정적 시각으로 세상을 보고 좋은 점을 생각하면서 상황을 극복하고, 그 좋은 점을 생각하고 웃어 보라. 그냥 웃지 말고 크게 소리 내어 웃어 보라. 기분이 좋아질 것이다. 그것이 세상을 현명하게 사는 법이다.

가짜 웃음 식별법

사람은 기분이 좋으면 웃는다. 그러나 기분이 좋지 않아도 웃어야 할 때가 있다. 감정 노동자에게 강요되는 경우다. 진짜 웃음이냐? 가짜 웃음이냐?를 구별하는 방법이 있다. 그것은 웃을 때 움직이는 근육을 보면 알 수 있다. 웃을 때 입을 벌리는 것은 같은데 눈꼬리 근육 움직임에 차이가 있다.

진짜로 웃을 때 움직이는 근육은 기본적으로 두 가지다. 하나는 입의 양쪽 끝을 당겨 올리는 대관골근이고, 다른 하나는 뺨을 끌어올려 눈가에 주름을 만듦과 동시에 눈썹의 가장자리를 끌어내리는 안륜근이다. 이 안륜근은 의도적으로 움직이는 것은 아니므로 억지웃음을 지을 때는 대관골근을 완전히 수축시켜 뺨을 밀어 올려서 주름을 만들 수는 있어도 눈썹의 가장자리는 내려가게 할 수 없다.

그러므로 정말 진정으로 좋아서 웃으면 눈꼬리가 아래로 처지면서 눈꼬리 근처의 근육에 주름이 생긴다. 이 웃음을 '뒤센 스마일'이라고 하는데, 19세기 프랑스 신경과학자 기욤 뒤센이 웃을 때 눈 주위 근육이 수축된다는 사실을 발견하였고 미국 임상심리학자 폴 에크만이 '뒤센 미소'라고 이름 지었다.

그런데 웃고 싶지 않은데, 직업상 웃어야 하는 경우가 있다. 대개 고객 접점 부서에서 근무하는 사람들이다. 그러므로 입은 웃고 있으나 눈꼬리 근육은 움직이지 않는다. '팬암 스마일'이다. 미국 항공사 팬암이 고객만족 차원에서 직원들에게 강요한 웃음이라고 해서 붙여진 이름이라고 한다.

진짜 웃음이냐? 가짜 웃음이냐를 식별하는 방법은 눈꼬리 근육이 아래로 내려오느냐 아니냐가 결정한다.

생존, 재미 그리고 편리

사람이 살아가면서 추구하는 가치는 기본적으로 생존, 재미 그리고 편리다. 생존은 그 어느 것보다 중요한 기본 가치다. 따라서 우리의 모든 활동은 이 생존을 위해서 이뤄진다. 영양을 보충하기 위해 먹거리를 찾아다니고, 체온을 유지하기 위해 집을 짓고 옷을 만든다. 그리고 외부의 공격으로부터 안전을 확보하기 위하여 병역의 의무를 지고 정부에 세금을 낸다. 화폐경제가 발달하기 이전에는 이러한 것들을 대개 개인이 스스로 하거나 가족 단위로 활동했다. 그러나 지금은 돈이 있으면 이것들을 모두 구할 수 있으므로 돈을 벌기 위해 애쓴다.

육체적으로 생존의 여건만 갖춰졌다고 해서 인간이 행복하게 살아갈 수 있는 것은 아니다. 세상의 이치가 다 그렇듯이 육체적 만족이 있으면 이에 걸맞은 정신적 만족이 요구된다. 이 정신적 만족을 주는 가치가 재미다. 생존을 위한 제반 활동들은 육체적으로 힘이 든다. 이를 극복할 수 있는 것이 정신적으로 느끼는 재미다. 이 재미를 통해서 육체적 긴장을 해소하고 피로도 회복시킨다.

재미란 문화 예술 활동을 통해서도 가능하지만 성취감과 보람을 통해서 얻는다. 자신이 목표로 한 것을 달성했을 때 느끼는 재미가 그것이다. 사실 사람들에게 재미라는 것이 없으면 의욕이 없어지고 의욕이 없어지면 발전과 번영은 있을 수 없다.

마지막으로 편리의 가치다. 이것은 인류의 역사 발전의 원동력이다. 사람들은 생존이나 재미를 추구하는데 이왕이면 편리한 것을 찾는다. 인간의 뇌는 언제나 최적화를 추구한다. 우리의 역사는 이 편리함을 추구하는 과정이었다고 해도 과언이 아니다. 과학의 발달이나 기술의 발달은 모두 인간 활동의 편리성을 추구하기 위한 것이었다. 이 편리성 추구가 극대화된 것이 산업혁명이고 정보화혁명이다. 앞으로도 이 세 가지 기본 가치는 우리 인류가 영원히 추구하는 가치가 될 것이다.

재미로 인생 경쟁의 틀을

보통 사람들이 살아가는 방식에서 많은 사람들이 입신양명하고자 노력한다. 다시 말해, 소위 출세라는 것을 위해 평생을 고생하며 산다. 그렇다면 출세라는 것이 무엇인가? 아마 지금과 같은 세상에서는 지위가 높거나 돈을 많이 버는 것을 출세라고 하는 것 같다.

그런데 출세는 왜 하는가? 그것이 인생의 목표가 되는 것이 정말 옳은가? 이에 대한 답은 상당히 수준 높은 철학적 문제이기 때문에 우선 접어두고 출세를 하는 것이 이 세상을 살아가는 많은 사람들의 목표라고 가정하고 그 출세를 위해서 어떻게 하는 것이 좋은가를 생각해 보자.

지금까지 우리는 출세를 위해서 열심히 공부해서 좋은 직장에 들어가고, 직장에 들어가서는 열심히 일해서 인정을 받아 상위 직으로 승진하는 것이고, 다른 한 가지 방법은 아침부터 저녁 늦게까지 열심히 일을 해서 돈을 모으고 그 모은 돈을 함부로 쓰지 않고 근검절약해서 큰돈을 모으는 것이다. 다시 말해서 출세라는 목표를 위해서 오로지 앞만 보고 나아가는 전투적 삶을 살아왔다. 그리고 우리는 지금까지 각박하고 치열하게 살아야 성공할 수 있다고 배워 왔다. 위대한 전기는 모두 이러한 것을 주 내용으로 하는 책들이다.

그렇게 사는 것이 진정으로 바람직한 삶일까? 생각을 바꾸면 다른 방식으로 목표를 달성할 수 있지 않을까? 지금까지의 출세에 대한 사고방식이 '목표를 향해 옆도 돌아보지 않고 열심히 나아가는 직접적인 전투적 방식'이라면 이제는 그 목표에 이르는 중간 단계의 여러 가지 작은 목표를 만들어 달성함으로써 즐겁게 목표에 도달하는 간접적인 접근 전략을 활용해 보는 것이 더 낫지 않을까?

사람이 살아가는 데는 재미가 있어야 한다. '재미'를 사전에서 찾아보면 "아기자기하게 즐거운 느낌" 또는 "좋은 성과나 보람"이라고 설명하고 있다. 관용구 차원에서는 '재미(를)보다' 는 "어떤 성과를 올리다."로, '재미(를) 붙이다'는 "어떤 일을 좋아하거나 재미를 느끼게 되다."라고 설명하고 있으며 형용사인 "재미있다는 아기자기하게 즐겁고 유쾌한 기분이나 느낌이 있다."라고 설명한다.

목표 달성을 위해서 노력하는 과정에서 각박하고 치열하게 사는 것보다 재미를 느끼면서 노력하는 것이 훨씬 의미 있고 성과가 높지 않을까? 특히, 과거 투입노력과 산출결과가 일정한 비율을 가지는 포드식 경영방식에서는 전자가 바람직하지만 오늘과 같은 지식정보화시대에서 창의성이 가장 중요한 경영성과를 내는 현실에서는 후자가 더욱 바람직하다는 증거가 많다.

마이크로소프트사의 빌 게이츠는 "재능 있는 사람이나 노력하는 사람도 재미있어서 일하는 사람을 이길 순 없다. 흥겹고 신나게 일할 때 위대한 일이 가능하다."라고 말했다. 우리의 자랑스러운 피겨스케이터 김연아도 우승의 비결을 묻는 질문에 "잘하는 것을 즐겁게 계속했던 게 열쇠."라고 답한 바 있고 하루 16시간 이상을 연습실에서 땀을 흘린 세계적 발레리나 강수진 역시 "힘들지 않느냐."고 묻는 주위의 질문에 "아뇨, 이곳에 있을 때가 가장 재미있는 걸요."라고 답했다고 한다.

단일 규모 세계 최대의 단조 공장을 가진 주식회사 '태웅'의 허용도 사장은 일을 재미로 하는 사람이다. 그는 지금 당대 창업으로 한국의 100대 기업에 들며 현재의 그의 재산은 1조 원이 넘는다고 한다. 진주 교대를 나와 초등학교 선생님을 하다가 적성에 맞지 않아 시작한 사업에서 그는 일하는 것이 그렇게 즐거울 수 없었다고 한다. "아침에 눈을 뜨면 공장에 빨리 가고 싶어 안달이 났다. 새벽 4~5시에 공장에서 가열로에 불을 붙이고, 그래도 할 일이 없으면 공장 이곳저곳을 청소하고 기계를 닦았다. 공장 식구들이 출근할 때까지 기다리는 것이 그렇게 즐거울 수가 없었다."라고 말했다. 이것은 고 정주영 회장이 "내가 평생 동안 일찍 일어나는 것은 그날 할 일이 즐거워서 기대와 흥분으로 마음이 설레기 때문."이라고 한 말과 아주 흡사하다.

그렇다. 목표를 위해 열심히 일하는 것도 좋지만 그렇게만 하면 포드식 경영의 결과만 나타난다. 좀 더 나은 성과를 얻기 위해서는 하는 일에 대한 긍정적 생각으로 일에 재미를 느끼면서 일하는 것이 좋다. 그러니 목표 달성을 위해서 노력하는 과정에서 재미를 느낄 수 있는 틀을 만들면 그것이 더 좋다.

먼저 목표를 너무 생각하지 말고 현재의 당면한 일을 재미있게 하는 방법을 찾아라. 자신이 하는 일에 대한 성과나 보람에 대해 크게 기뻐하고 그런 결과가 나오도록 기획하고 추진하면 좋다. 자신의 능력으로 달성 가능한 작은 목표를 세우고 그것을 이룩한 후에 보람을 느끼면 일이 재미있어진다. 일상에서 작은 기쁨들의 반복이 가능하도록 생각하고, 일부러 좋게 느끼면 된다. 건널목에 도착하자마자 푸른 신호등이 켜지면 '아 기분 좋다!'라고 생각하고, 여행을 가는데 오던 비가 그치고 하늘이 개이면 작은 행복을 느끼면 된다. 이렇게 작고 사소한 것에 행복감을 느끼면 세상이 재미있다.

대개 조직에서 크게 성공한 사람들을 보면 승진을 위해서 이리 뛰고 저리 뛰는 사람이 아니고 현재의 일의 성공에 보람을 갖고 현재의 일에 최선을 다하는 사람들이다. 그들에게 그 순간순간의 성과와 노력이 모여서 승진이라는 보상이 주어지는 것이다. 사실 회사에 출근하여 월급을 받거나 승진을 위해서 일한다 생각하면 자신이 얼마나 비참해지겠나? 그것보다는 열심히 그리고 재미있게 일하다 보니 어느새 한 달이 가서 월급을 받게 되고, 몇 년이 지나서 승진이 되어야 자신이 자랑스럽지 않겠나?

출세를 위해 일하지 말고 현재의 일에 재미를 붙여 일하면 그 결과가 쌓여서 저절로 출세를 하게 된다. 만약 하루하루 사는 것이 재미라고는 손톱만큼도 없고 그저 출세를 위해서 모든 것을 희생하면서 각박하게 하루하루를 산다면 비록 자신이 원하는 출세를 한들 그 인생이 무슨 의미가 있겠나? 아마 그 자리에 도착했을 때는 후회 막급한 인생이 될 것이다.

인생에서 출세를 위해 직접적으로 달음박질하면서 모든 것을 희생하지 말고 그 출세의 목표에 이르는 길에서 여러 가지 자잘한 중간 목표를 세워 그 작은 목표를 달성하는 데 많은 재미를 느끼면서 풍요로운 인생을 산다면 더더욱 높은 곳에 이를 수 있을 것이다. 그것은 인생을 각박한 전투적 경쟁의 틀에서 아기자기하고 재미있고 여유 있는 행복감을 느낄 수 있는 가운데 목표를 달성할 수 있는 간접적 접근방식의 전략적 경쟁의 틀로 바꾸는 것이다.

선택의 자유가 있어야

노동과 운동은 같은 근육을 쓰지만 운동은 재미있고 노동은 힘들다. 추운 겨울날 산을 오르는 것은 자신이 선택한 것이기에 즐거운 마음으로 오른다. 인수봉 암벽등반을 하는 사람은 그 무거운 장비를 메고 위험한 그 짓을 한다. 올라 봐야 남는 것은 아무것도 없고 그저 올랐다는 성취감뿐인데 왜 오르는가? 오로지 즐거움을 얻기 위해서다. 차라리 막걸리를 몇 통 들고 북한산 정상에 올라가면 제법 쏠쏠한 수입을 얻을 수 있다. 그런데 그것을 마다하고 그 힘든 암벽을 오른다. 누가 시켰으면 절대 하지 않는다.

높은 산을 땀을 뻘뻘 흘리며 올라가는 것을 누가 시켜서 한다고 생각해 보자. 절대 못 올라간다. 그러나 자기가 선택했기 때문에 사람들은 힘들어하면서도 어떻게든 올라가려 기를 쓴다. 같은 산을 오르지만 등산하는 사람은 자기가 선택한 것이기에 재미가 있어 힘이 들지 않는다. 그러나 같은 산을 오르는 병사들은 힘들어한다. 병사 자신이 선택한 것이 아니기 때문이다.

영하 10도를 오르내리는 날씨에도 아랑곳하지 않고 근 5시간을 추위에 떨면서 골프를 친다. 눈밭에서도 언 손을 녹여 가면서 골프를 한다. 그래도 재미있다. 비가 억수로 내리는 날에도 우장을 하고 골프를 한다. 양말이 다 젖어도 아랑곳하지 않고 친다. 스스로도 '이 짓을 누가 시키면 안 할 거라'고 하면서 골프를 계속 친다. 왜? 스스로 선택했기 때문이다.

프로 골퍼는 아마 이런 날씨에 공을 치라고 하면 죽을 맛이다. 그들은 돈 때문에 싫어도 공을 쳐야 한다. 같은 운동이라도 프로가 되면 즐겁지 않다. 프로는 선택의 자유가 없기 때문이다. 치고 싶을 때 치고 치고, 싶지 않을 때는 안 칠 수 있는 것이 아니다. 즉, 선택의 자유가 없다. 아마추어는 자기가 선택해서 치니까 즉, 선택의 자유가 있으니까 재미있다.

따라서 노동과 운동의 차이점은 선택의 자유 유무가 그 답이다. 노동은 싫어도 해야 하지만 운동은 싫으면 하지 않아도 된다. 다 같이 근육을 쓰는 행위이지만 노동은 하면 할수록 아드레날린이 나오고,

운동은 도파민이나 세로토닌, 엔도르핀이 나온다. 그래서 노동을 하고 나면 피로만 남는데, 운동을 하고 나면 근육이 나른해도 기분이 좋다.

이러한 재미는 자신이 행위의 주체가 되어야 생긴다. 회의를 주제하는 사람은 시간이 짧다고 느끼는데, 참여하는 사람은 지루한 것도 같은 이치다. 책을 읽는 것도 마찬가지다. 시험을 위해 보는 책은 고통이지만 자신이 선택해서 보는 책은 재미가 있다. 책을 누가 그냥 주면 읽지 않는다. 그것은 아마 돈만의 문제가 아닌 것 같다. 자신이 선택한 책이 아니기 때문이다. 이처럼 재미는 '선택의 자유'가 결정짓는다.

삶이란 재미가 있어야 한다. 자신의 취미를 생업으로 하면 가장 좋다. 그런데 그 취미가 생업이 되는 순간 노동이 될 수도 있다는 사실은 알아야 한다. 그래서 그 생업의 강도를 적당히 조절하여 취미의 수준보다 약간만 더 강하게 하는 것이 좋다.

이렇게 하려면 마음의 작용이 필요하다. 불교에서 말하는 '일체유심조'라는 말을 음미해 볼 필요가 있다. 어차피 하는 일이라면 그 일에 몰두하여 성취감을 맛보도록 하고 그 결과에 의해서 보수가 주어지는 것이라고 생각하면 좋다. 혼신의 힘을 발휘하여 제작한 예술품이 나중에 고가로 팔리면 좋은 것처럼…. 그런데 많은 돈을 벌기 위해서 죽자 사자 일한다면 너무 피곤하고, 좋은 영감이 떠오르지 않아 걸작을 만들기는 어려울 것이다.

그런 식으로 살아서, 먹고살 수 있겠냐고? 옳은 말이다. 호의호식하기는 힘들지도 모른다. 그러나 인생을 우주적 관점에서 대관하면 이렇게 사나 저렇게 사나 사실 별 차이가 없다. 인생이라는 긴 시간대에서 살펴보면 별게 아니다. 적수공권으로 태어나 애태우며 살다가 빈손으로 돌아가는 것이 인생 아닌가? 그러니 하고 싶은 것을 하고 살아야 한다. 어쩔 수 없이 해야 하는 일이라면 자신이 선택했다고 생각하고 그것도 안 되면 어떤 일정 부분이라도 잘라서 선택의 자유를 누릴 수 있도록 구도를 만들어 그 일을 하면 즐거워질 것이다.

《놀이하는 인간》의 저자 하위징아는 "노동은 수단과 목적이 분리된 것이고, 놀이는 수단과 목적이 결합되어 있는 것이다."라고 구분하여 설명하고 있다. 다시 말해 노동은 그 어떤 목적을 위해서 지금 행하고 있는 행동이 싫어도 하는 것이다.

그런데 놀이는 그 행위를 하는 시간 내내 즐겁고 그 즐거움 자체가 목적이다. 그러니까 지금 자신이 하고 있는 행동이 수단이면서 목적일 때 우리는 기쁨으로 충만한 현재를 살 수 있는 반면, 자신의 행동이 무엇인가를 위한 수단에 불과하다면 고단함으로 충만한 현재를 견디고 있는 것이다. 하위징어가 말하길 놀이가 노동이 아니라 놀이가 되기 위해서는 인간의 자유, 즉 자발적 행위가 전제되어야 한다고 말했다. 그렇다. 자기가 스스로 하고 싶어 하면 노동도 놀이가 될 수 있다.

어느 회사 사장이 등산에서 즐거움을 얻었다. 정상에 이르는 한 걸음 한 걸음이 수단이자 동시에 목적이라는 것을 느꼈던 소중한 경험을 했다. 일상의 노동에 지친 삶에서 그는 마침내 놀이의 즐거움을 되찾는 데 성공한 것이다. 이 좋은 경험을 부하 직원들과 나누고 싶어서 한 달에 한 번 산행을 가야 한다는 규정을 만들었다.

과연 사장의 의도대로 부하 직원들도 등산의 즐거움을 만끽하게 될까? 아마 거의 불가능한 일일 것이다. 부하 직원들에게 등산은 사장을 따라 오르는 정상을 향한 한 걸음 한 걸음은 '억지로 흉내를 내는 놀이'에 지나지 않을 수 있기 때문이다. 좋은 의도였음에도 불구하고 사장의 의도가 좌절되는 이유는 놀이를 통한 즐거움은 오직 놀이에 참여하는 사람들의 '자발적 행위' 즉, 자유가 없다면 불가능하기 때문이다. 이 자유, 자발적 행위의 중요성에 대한 패러디로 "단체로 가자면 천당도 안 간다."라는 말이 있다. 천당을 가려고 그렇게 애를 쓰는데 단체로 가면 싫다는 것이다. 왜? 자발적 행위, 즉 선택의 자유가 보장되어 있지 않기 때문이다.

참즐거움

우리는 하루하루 살아가면서 즐거움보다는 짜증, 지겨움, 불만, 불행 등의 단어에 더 많이 매몰되어 있다. 서로가 서로에 대한 이해와 공감보다는 불신이 더 많고 남의 불행이 나의 행복이 되는 그런 사회가 된 것 같아 마음 아프다. 이러한 이유는 참즐거움을 모르는 데서 나온다.

그러면 참즐거움은 어떻게 얻을 수 있나? 이것은 어려울 수도, 쉬울 수도 있는 문제다. 즐거움을 얻을 수 있는 목표를 세우면 참즐거움을 얻을 수 있고, 그렇지 못하면 즐겁지 않을 수 있다. 같은 일을 하면서도 즐거울 수 있는 목표를 세우면 즐겁고, 괴로울 목표를 세우면 괴로울 것이다.

예를 들어 청소부가 길을 쓸면서 '이 길을 쓸어야만 돈을 받을 수 있다.'라고 생각하면 즐겁지 않고 힘이 들것이나 깨끗한 기분을 맛보기 위해서 길을 쓸고 있다고 생각하면 즐거울 것이다. 선생님이 학생들에게 앎을 가르쳐 주고 인격을 완성하는 데 도움을 주는 보람에 목표를 세우고 학생을 가르치면 즐거울 것이고, 매달 봉급을 받기 위해서 노동을 한다고 생각하면 즐겁지 않을 것이다. 공무원도 국민들에게 좋은 행정 서비스를 위해 밤을 새운다면 즐거울 것이고, 승진이나 봉급을 받기 위해 밤을 새운다면 힘이 들 것이다.

남의 불행이 나의 행복이라는 평면적 사고를 떠나서, 남이 즐거워해야 나도 즐거울 수 있다는 입체적 사고를 할 수 있어야 참즐거움을 얻을 수 있다. 이것은 달라이 라마가 《행복론》에서 한 말이다. 어떠한 일에도 즐거울 소재가 있고 동시에 괴로울 소재가 있다. 현명한 사람은 항상 즐거울 소재를 찾아 그것을 목표로 삼고 노력하는 사람이다. 우리의 인생은 한정된 것이고 그 생명은 무한히 귀중한 것인데, 가치 있는 삶을 살아야 마땅하지 않겠는가?

순간적인 쾌락을 즐거움으로 착각하지 말고, 진정으로 오래가는 즐거움을 찾는 것이 참 즐거움을 얻는 방법이다. 일시적 쾌락의 뒤에는 그에 상응하는 괴로움이 반드시 따라오게 되어 있다. 모든 일에서 참즐거움을 얻을 수 있는 쪽을 통찰하여 찾아 노력한다면 누구나 즐거운 인생을 살 수 있다.

한 계단만 올라서면

많은 사람이 괴로워한다. 그러나 괴로운 계단에서 한 계단만 올라서면 부여잡고 괴로워하던 그것들이 부질없게 보인다. 죽음을 가장 두려워하고 괴로워한다. 큰 병에 걸리면 병이 무서운 게 아니라 죽을까 봐 낙담하는 그 자체가 무섭다. 아무리 오래 살아도 100년도 안 되는 삶을 부여잡고 안간 힘을 쓰고 있다. 우리는 살아가는 동시에 태어나자마자 죽으러 가는 것이다. 그러니 그리 괴로워할 필요가 없다. 돈을 벌자고 아웅다웅한다. 그런데 그 돈을 아무리 많이 벌어도 반백 년을 자기 것으로 만들기 어렵다. 어차피 죽으면 모두가 빈손인 것이다.

시험점수가 나쁘다고 청춘이 구만리 같은 고등학생이 아파트에서 뛰어내린다. 그 학생이 한 계단만 올라가 생각해 보면 그런 일을 저지르지 않아도 된다. 그까짓 점수가 인생을 살아가는 데 그리 중요한 것이 아니다. 우리나라 최고의 대학 서울대 법과대학을 졸업한 학생 중에서 사법시험에 합격하는 비율이 절반에 못 미친다고 한다. 그러니 서울대도 별거 아니다.

서울대 못 가면 어떠냐? 그보다 세상을 더 재미있게 사는 방법이 얼마든지 있는데, 사회적 성공은 성적순이 아닌 것을 다 알면서도 그런 일을 저지른다. 단지 문제는 생각의 계단을 한 단계 높이지 못한 결과다.

생각의 계단을 한 단계 높이면, 여태 보이지 않던 세상이 보인다. 그 높이에서 보면 지금까지 고민하던 문제는 전체의 한 부분에 불과하다는 것을 알 수 있다. 왜 그토록 고민하고 괴로워했는지 가소로워진다. 그러니 괴로움에 처하면 생각의 계단을 한 계단 위로 올라가라. 아무리 힘들고 괴로워도 죽을 각오를 하면 무엇이 두려우랴!

정상에 올라 보니

산에 가는 사람들은 나름의 이유가 있다. 건강을 위해 가는 사람, 풍경을 감상하러 가는 사람, 남는 시간을 주체할 수 없어서 시간을 보내기 위해 가는 사람 등등 여러 부류의 사람들이 산을 찾는다. 그런데 대다수의 사람들은 산에 도착하면 무조건 정상을 향해 올라간다. 땀을 뻘뻘 흘리면서, 옆 사람과 대화도 없이, 길가에 나 있는 풀 포기나 꽃은 보지도 않고 그저 오르고 또 오른다. 단지 산 정상에 오르는 것이 유일한 목표인 양….

산 정상에 마침내 올랐다. 앞이 탁 트이고 눈앞에 전개되는 전경에 땀 흘리면서 올라온 보람을 느낀다. 성취감에 행복하다. 그러나 그 행복은 잠깐이다. 더 높은 곳으로 올라가고 싶은 생각이 움튼다. 만족감은 이내 사라진다. 인생살이도 마찬가지다. 자신이 오르고 싶은 정상에 올라 보면, 그 기쁨은 잠깐이고 또 다시 올라야 할 정상이 눈앞에 나타난다.

우리는 왜 정상만을 위해 돌진하는 것일까? 정상에 오르면서 만나는 주변에 있는 돌과 나무와 풀들이 보여 주는 아름다움에 취해서도 행복할 수 있는데…. 왜 그런 것들은 무시하고 정상만을 고집하는 것일까? 정상에 올라 맛보는 잠깐의 행복감을 위해, 산을 오르는 전 과정을 고통의 시간으로 보내는 것이 과연 현명한 것일까?

그보다는 비록 정상을 목표로 산을 오르지만 천천히 걸으면서 오르는 길 주변에 벌어지는 천태만상을 감상하면서 그때그때의 즐거움을 느끼는 것이 더 행복한 것이 아닐까? 그렇게 한다면 평생을 즐겁게 살 수 있는데, 정상에서 단 한 번의 짧은 행복감을 위해서 평생을 희생하는 것이 과연 유익한 삶일까?

어차피 다 채워질 수 없는 인간의 욕망일진대, 천천히 과정을 음미하고 그에 따르는 작은 재미를 느끼면서 오르는 것이 어떨까? 오르다가 정상에 오르지 못하면 또 어떤가? 정상에 도착하면 끝 모르는 욕망 때문에 오르고 싶은 정상이 또 나타날 텐데…. 어차피 올라야 할 정상이 끝없이 계속된다면, 오르는 과정에서 작은 재미들을 즐기는 것이 더 현명하지 않을까?

오르고자 하는 정상도 세속적 기준에서 갈망하는 목표라면 인간의 올바른 목표의 수단에 불과하거나 상관이 없는 것일 수도 있는데, 정상을 오르지 못한다고 절대 절망할 필요는 없지 않을까? 올라야 할 올바른 목표를 정하고, 그 목표를 향하여 천천히 주변을 둘러보면서 느낄 것은 느끼고 즐길 것은 즐기면서 뚜벅뚜벅 올라가는 것이 좋지 않을까?

행운은 노력과 준비의 산물

우리는 흔히 잘된 사람을 보면 "행운이 있는 사람이다."라고 말한다. 맞는 말인지도 모른다. 그러나 행운이라는 것이 특정한 사람에게만 오는 것은 아니다. 신은 지극히 공평하기에 모든 사람에게 공평한 기회를 준다. 따라서 행운을 잡는 사람은 그 기회가 오면 자기 것으로 만든 사람이다.

좋은 조건의 아파트가 나왔다고 치자. 평소에 열심히 저축해서 그 아파트 가격의 절반이라도 준비된 사람은 은행의 융자를 얻어서 아파트를 살 수 있다. 그런데 평소에 돈이 생기면 생기는 대로 다 써 버린 사람은 이런 기회에 그 행운을 잡을 수가 없다. 벤치만 지키고 있는 선수일지라도 평소 꾸준히 연습을 해 두고 있으면 팀이 위기에 몰려서 감독이 대타를 기용하고자 할 때 타석에 나아가서 천신만고 끝에 잡은 기회에 홈런을 한 방 날려 주면 그는 단숨에 영웅이 되고 팀의 정규멤버가 된다. 리더십도 마찬가지다. 평소에 자신이 속한 조직을 잘 관리하던 사람은 리더를 필요로 하는 기회에 좋은 자리를 얻을 수 있다. 책을 많이 읽어 두면 글을 쓸 기회가 있을 때 좋은 글을 써서 유명한 사람이 될 수 있다.

그러니 행운이란 준비된 사람을 만나서 꽃을 피우는 결과다. 준비되지 않은 사람에게는 찾아오는 기회를 행운으로 만들 수가 없다. 맞을 준비가 되지 않은 사람에게는 행운이 지나쳐 버버리기 때문이다. 항상 자신이 좋아하는 분야에 최선을 다해 준비해 둔다면 행운은 절대 당신을 외면하지 않을 것이다.

좋은 것만 생각하면

너나없이 모두 행복해지고 싶다. 많은 사람들이 행복을 찾아 헤매고 있지만 만족하는 사람은 별로 없다. 천당을 가거나 극락을 가면 행복이 넘쳐 날 거라고 한다. 그런데 거기를 다녀온 사람이 없으니 증명할 방법이 없다. 그래서 이상향을 찾아서 히말라야 오지 샹그릴라를 찾아 떠나기도 했다는 이야기도 있다. 이상향이라는 서양의 말, 파라다이스는 원래 '없는 곳'이라는 의미도 가지고 있다고 한다. 그렇지, 파라다이스가 없길 천만 다행이지, 그것이 실제로 존재한다면 권력자나 부자들이 죄다 차지해 버리지 않겠나?

행복해지는 방법을 가만히 생각해 보면 물질적인 것이 아니고 정신적 문제다. 물질이 아니고 정신의 문제이기에 천만다행이다. 정신적 문제는 자신이 마음먹기에 달려 있으므로 개인이 마음공부만 하면 된다. 마음공부만 되면 이 세상 어디에 있든지 행복할 수 있고 행복하면 사는 그곳이 바로 파라다이스라고 할 수 있다.

마음공부를 간단하게 하는 방법은 무슨 일을 하든 '좋은 것만 생각' 하면 된다. 어차피 '안 되는 것은 안 된다.' 안 되는 것을 안 되었다고 속을 끓이면 자신만 괴롭다. 무슨 일을 하든지 반드시 과정과 결과가 있다.

첫째, 가장 좋은 것은 과정도 좋고 결과도 좋은 경우다. 이때에는 마음공부고 뭐고 필요 없다. 누구나 행복하니까.

둘째, 과정은 좋은데 결과가 나쁜 경우다. 보통 사람들이 행복해지기 어려운 경우다. 그러나 나쁜 결과는 생각하지도 말고 빨리 잊어버리고 좋았던 과정만을 생각하는 것이다. 과정이 좋은데, 결과가 나쁜 것은 운이 따르지 않은 경우라고 생각하면 된다.

셋째, 과정도 나쁘고 결과도 나쁜 경우다. 보통 사람으로서는 참아내기가 힘든 경우다. 그러나 살아 있다는 사실을 좋아하면 된다. 다시 하면 되니까! 실패를 통해서 좋은 교훈을 얻었으니까.

인생에서 최악은 아마도 죽음일 것이다. 죽음마저도 생각하기에 따라 달라질 수 있다. 죽음이란 육체의 소멸에 불과하고 정신은 영원히 살아 있다고 생각하면 불행할 이유가 없다. 죽음으로써 고해와 같은 인생을 끝내고, 훨훨 날아서 정신세계에 가서 산다고 생각하면 행복해질 것이다. 누구는 인생을 영혼 수련학교라고 했는데, 죽음은 영혼 수련학교의 졸업이다. 졸업을 하고 학교에서 배운 것을 마음껏 발휘할 기회가 생겼는데 슬퍼하거나 괴로워할 일이 아니다.

사람들이 죽음을 무서워하는 것은 그저 두려움 때문이다. 죽으면 육신의 감각이 없어지기 때문에 고통이 없다. 병에 걸렸을 때 살려고 병과 싸우니까 고통스러운 것이다. 고통을 느끼는 육신이 없는데 힘들 것이 뭐 있겠는가?

어차피 세상은 음과 양으로 구성되어 있어 어떠한 일도 좋은 점과 나쁜 점이 있게 마련이다. 그 좋은 점만 생각하고 살면 당신의 삶은 그저 행복뿐이다. 단지, 나쁜 점은 빨리 잊어버리고 좋은 점만 생각하는 연습만 하면 된다. 그러면 항상 행복은 당신 곁에 있다.

장수가 곧 행복일까?

많은 사람들이 장수하고 싶어 하고 덕담으로 장수를 축원한다. 그런데 장수가 곧 행복인가? 하는 것에 대한 의문이 제기되고 있다. 세계에서 장수 나라로 알려진 일본의 요즘 사태는 이 문제를 다시 생각하게 한다. 혼자 사는 가정이 많아지면서 누가 죽었는지 모를 뿐만 아니라 죽고 난 다음 간소한 장례마저 치러 줄 사람이 없어 바로 화장해 버린다는 신문 기사의 보도는 그냥 외면하기 어렵다.

과유불급이라는 말은 어디에나 적용된다. 진시황이 불로초를 구하겠다고 백방으로 사람을 보냈지만 실패했다. 실패하길 잘했다는 생각이 든다. 만약 진시황이 지금까지 살아 있다면 얼마나 힘이 들겠나? 지금 사용하고 있는 문명의 이기를 익히려면 얼마나 힘이 들겠나? 그보다 먼저 민주화혁명 때문에 그는 독재자였으니까 감옥에 갇혔을 것이다. 죽지도 못하고 괴로움과 모멸을 당해야 한다면 그게 지옥이다.

그러니 사람도 적당히 그 시대적 상황에 맞게 살다가 죽어야 한다. 건강하게 살다가 주변 사람들의 애도 속에서 눈을 감는 것이 가장 좋다. 약간의 아쉬움과 미련을 남긴 채 말이다. 사실 자신의 육신을 자신의 의지대로 할 수 없다면, 산다고 해도 사는 것이 아니다. 그러니 건강하게 살다가 타고난 수명을 다하고 죽는 것이 가장 행복하다.

지나치게 오래 사는 것은 그 자체가 욕이다. 몸은 불편한데 누구 하나 돌봐 줄 사람도 없고 경제적 여유마저 없다면 그것 자체가 비극이다. 만약 많은 재산을 가지고 있다면 그것을 서로 차지하려고 하는 자식들을 보는 것도 괴로운 일일 것이다. 지나치게 연로하여 자신의 권위를 유지하지 못한다면 그것 역시 괴롭다.

모든 것은 적당한 것이 좋다. 장수가 무조건 좋은 것이 아니고, 건강한 몸으로 자신의 의지대로 살아갈 수 있는 시간까지 살다가 자식들이나 주변에서 약간 아쉽게 느낄 때 눈을 감는 것이 가장 행복하다. 그리고 한 세상을 살아간 흔적이 아름다운 향기로 남아 있으면 더할 나위가 없다.

상대를 기쁘게 해야 행복하다

경쟁의 시대에는 남의 불행이 나의 행복이라고 하는 말을 서슴지 않는다. 1차원적인 생각과 직접적 접근방식의 사고에서는 경쟁하는 상대를 어떠한 방법으로도 이겨야 행복하다.

모든 경쟁에서 다 이기면 행복할까? 그럴 수도 있겠다. 그런데 전제 사항이 있다. 지극히 일차원적인 사고의 틀 내에서만 그렇다. 파충류 뇌나 개, 고양이 뇌 수준에서 맞는 말이다.

그런데 이것이 고차원의 수준으로 올라가면 이야기가 달라진다. 상대의 불행한 표정을 보고 기뻐하는 사람은 '사람의 수준'에 걸맞은 뇌 작용이 안 되는 사람이다.

21세기 초를 살아가는 현시점에서 우리 인간이 살아가는 방식은 변화를 요구하고 있다. 특히, 상당한 경제적 발전을 이룩한 우리 한국과 같은 상황에서는 더욱 그렇다. 지금은 생존 차원의 생리적 욕구가 상당 수준 충족되는 수준이다. 그러니 이제는 생리적 차원의 욕구가 아니라 더 상위 차원의 욕구를 희구하고 있는 상황이다. 따라서 사람은 만나는 사람이 기쁜 표정을 지어야 행복하다.

경쟁의 시대가 가고 상생의 시대가 오고 있다. 상생의 시대를 살아가는 방법은 상대를 존중하고 상대를 재미있게 해 주는 것이다. 그렇게만 한다면 경쟁해서 이기는 것보다 더 큰 결과를 한꺼번에 얻을 수 있을 것이다. 경쟁에서 얻는 이익이 전술적 차원이라면 상대를 기쁘게 해서 얻는 이익은 전략적 차원이다. 전술적 차원에서 얻은 이익은 상대가 호시탐탐 되찾아 가려고 하지만, 전략적 차원에서 얻은 이익은 시간이 지날수록 배가 될 것이다. 앞으로 우리가 살아가는 삶은 당신이 만나는 상대를 어떻게 하면 기쁘게 할 수 있을까에 집중해야 한다.

모르고 사는 게 좋은 것들

세상을 살다 보면 모든 사람들이 자신을 좋아할 것이라는 착각에 산다. 그런데 실제로 보면 자신을 아는 사람들도 좋아하는 사람과 싫어하는 사람이 반반이다. 정도의 차이는 있겠지만 이것이 보편적 기준이다. 그렇게 되어야만 균형이 맞는다. 왜? 자연은 균형이니까. 사람들은 막연히 '나를 아는 절반의 사람은 나를 싫어할 것이다.'라고 생각하는 것은 그저 그렇지만 구체적으로 누가, 어떤 상황에서 나에 대해 싫어하는 기색을 보이거나 험담을 할 때는 참기가 쉽지 않다.

어제 아이가 나에게 하는 말이 어떤 사람이 아빠 이름 뒤에 '그놈'이 어쩌고저쩌고하는 말을 들어 화가 많이 났다는 말을 했다. 아마 아이가 아니고 어른이었다면 그 말을 나에게 옮기지 않았겠지만, 있는 그대로 옮겼다. 그 말을 듣는 순간 내심 화가 났다. 그러나 화를 내도 별수가 없을 것 같아서, 나는 아이에게 '그런 말을 하는 사람이 나쁘지 뭐! 그 말을 들은 주위 사람들이 그 말을 한 사람의 인품을 의심하지 않겠나?'라고 말했다. 그리고 모른 체하자고 했다.

군에 있을 때 알고 싶지 않은 것이 하나 있었다. 근무 평정결과다. 막연히 나를 잘 평가해 주었을 거라고 생각하고, 그렇게 믿고 있는 상관이 나를 나쁘게 평가했다면 내가 무지무지하게 기분이 안 좋을 것이고, 그 상관에게 충성하고 싶은 마음이 없어질 것이라는 생각 때문이었다. 모를 때는 괜찮은데, 상대가 나를 나쁘게 평가했다는 사실을 알고 나서, 그 사람을 좋아하기란 보통 사람으로서는 대단히 힘들다. 그래서 나는 평정결과를 공개하는 것은 객관성과 공정성을 확보하기 위해서 하는 업무 절차이겠지만 내 생각에는 단결을 저해하는 요인이 될 것이라고 생각했다. 따라서 평정결과는 공개하지 않는 것이 좋다고 생각했다.

언젠가 인사 부서에 근무하는 후배가 나의 평정결과를 보여 줄 수 있다고 선심을 쓰려고 했다. 그때 내가 한 말은 "나는 보고 싶지 않다. 만약 나쁘게 평가되었다면 그것을 바꿀 수 있는 방법이 있는 것도 아니고 기분만 나쁠 것이다. 그리고 나를 좋게 평가할 것이라고 생각한 상관이 나쁘게 평가했다면 그것을 보고나서 그 상관을 좋아하지 않을지도 모른다. 그래서 성의는 고맙지만 나는 보지 않겠다." 라고 말했다.

평정을 하고 나면 대개 만족하는 사람은 극소수이고 나머지 대다수는 불만스러울 것이다. 자신을 나쁘게 평가한 상관을 공정한 사람이라고 생각하면서 존경하고 따르는 사람은 별로 없을 것이다. 우리는 무슨 정책을 만들 때 교과서에 나오는 아주 완벽한 사람을 가정하는 것 같다. 보통 사람들은 합리성과 감정적 판단을 함께 가지고 있다는 사실을 알아야 한다.

이처럼 세상에는 모르고 사는 것이 좋은 경우가 많다. 그러므로 어떤 정보를 알려 줄 때에도 그것이 궁극적으로 좋은 결과를 얻을 수 있을지 없을지를 생각해 보고 전달하는 것이 좋다.

느슨한 구속이 좋다

사람들은 구속을 좋아할까? 해방을 좋아할까? 그 답은 둘 다가 정답이다. 좋아하기도 하고 싫어하기도 한다. 한쪽에 치우치는 극단은 싫어한다. 직장에 다닐 때 사람들은 그 간섭받는 직장의 구속적 생활을 벗어나고 싶어 안달한다. 그러나 막상 직장을 나와서 얼마의 시간이 흐르면 그 구속을 그리워한다.

많은 사람들은 어떤 형태이든지 여러 가지 모임에 적극 참석하고자 애를 쓰고, 이런저런 이유로 자신이 그 참석에서 빠지게 되면 아주 불편해한다. 아무 약속이 없으면 무료해서 어쩔 줄을 모르다가 무슨 약속이 잡히면 그것 때문에 신경 쓰이고 '공연히 약속을 잡았다'고 후회하는 경우도 있다. 정년퇴직을 한 분들도 자신을 구속해 줄 그 어떤 것을 원한다. 이러한 행태는 모든 부류와 계층의 사람들이 동일하다. 사람은 구속이 없으면 구속을 원하고, 구속이 되면 그 구속에서 빠져나오고 싶어 한다.

그러면 그 원인이 무엇일까? 진화론적 생물학에서 찾는 것이 가장 타당하리라 생각한다. 근 20만 년 가까운 시간, 현생 인류가 경험한 채집경제시대의 생존환경에서 그 원인을 찾을 수 있다. 인간은 개별적으로는 정글에서 맹수들과 대결할 수가 없다. 무리를 지어 공동으로 대응해야만 살아갈 수가 있었다. 따라서 무리에 들어가면 심리적 안정을 찾게 되고, 홀로 있으면 외로움을 느껴서 심리적으로 불안하다.

그 불안의 원인은 공포로부터 나오는 것이다. 그러니 무리 속에 들어가야 하는데, 그 무리 속에 들어가면 어떤 형태이건 간에 구속이 따른다. 그러나 한편으로는 구속은 자신의 의사에 반하는 일들이 많기 때문에 불편하다. 어떤 경우에는 희생을 강요당하기도 한다. 그래서 기회만 있으면 그 구속에서 벗어나려고 애를 쓴다.

그러니까 인간은 구속되어 있으면 해방되고 싶고, 해방되어 있으면 구속되고 싶어 한다. 구속과 해방이 적당하게 조화를 이루는 것을 원한다고 할 수 있다. 그렇게 되려면 '느슨한 구속' 상태가 우리 인간이 가장 원하는 상태다. 소속감은 있으되 나의 자유를 속박당하지 않고 행동할 수 있는 상태가 최상의 상태다.

감사가 주는 선물

1998년 미국 듀크 대학 병원의 해롤드 쾨니히와 데이비드 라슨 두 의사의 실험 연구 결과, 매일 감사하며 사는 사람들은 그렇지 않은 사람보다 평균 7년을 더 오래 산다는 사실을 밝혀냈다. 또한, 존 헨리 박사는 "감사는 최고의 항암제요 해독제요 방부제이다."라고 했다. 감기약보다 더 대단한 효능을 가진 것이 감사다. 우리가 기뻐하며 감사하면 우리 신체의 면역 체계를 강화시켜 준다. 우리가 1분간 기뻐하여 웃고 감사하면 우리 신체에 24시간의 면역체가 생기고, 우리가 1분간 화를 내면 6시간 동안의 면역 체계가 떨어진다고 한다.

그러므로 매일 기뻐하고 감사하면서 살면, 몸과 마음의 건강을 잘 유지할 수가 있다. 탈무드에도 보면, "세상에서 가장 사랑받는 사람은 모든 사람을 칭찬하는 사람이요, 가장 행복한 사람은 감사하는 사람이다."라고 한다. 그러므로 건강을 유지하기 위한 노력으로 항상 감사하는 사람이 되면 좋다.

그러면 어떻게 감사하면 좋을까? 지금 숨 쉴 수 있나요? 그러면 감사하고, 햇빛을 보며 걷고 있나요? 그러면 감사하고, 지금 살아서 움직이고 있나요? 그러면 감사하고, 할일이 있나요? 그러면 감사하고, 한 모금의 물을 마실 수 있나요? 그러면 감사하고, 일용할 양식이 있나요? 그러면 감사하고 이렇게 하면 감사할 일만 있다.

그리고 너무나 당연하다고 생각하는 것을 만약 그것이 없다고 가정해 보면 지금 당연한 것들이 모두 감사의 대상이 될 수 있다. 단지 3분간 호흡할 공기가 없으면 사람은 살 수 없다. 그런데 그 공기를 우리는 무한 공짜로 마신다. 그 공짜 공기에 대해 감사하고, 모기가 물면 몸이 느낄 수 있는 신경이 살아 있어서 감사하면 된다.

이렇게 감사하는 마음으로 살다 보면 스트레스는 존재하지 않으며 우주의지와 같이 순행하므로 하는 일마다 잘될 것이다.

기부가 주는 행복

아이티 대지진에 미국의 피트 졸리 부부가 100만 달러를 기부한 것이 화제가 되었다. 우리나라가 100만 달러 기부한 것을 두고 너무 적다는 의견이 나왔다. 마이크로 소프트의 빌 게이츠나 투자의 귀재 워렌 버핏은 자신의 재산 80% 정도를 기부하고 있다.

연예인으로는 차인표 신애라 부부를 비롯하여 션 정혜영 부부도 아름다운 봉사활동에 동참하고 있고, 김장훈은 버는 대로 전액을 기부하고 있다. 이외에도 운동선수들이 번 돈을 여러 가지 경로를 통해서 기부하고 있다. 좋은 현상이다.

이것은 시대가 '경쟁의 시대에서 상생협력의 시대'로 전이되고 있다는 증표다. 세상의 변화가 눈에 보이는 사람에게는 이러한 사회적 트렌드가 확연히 보인다. 그러나 아직도 자신의 욕망 추구에만 매몰되어 있는 사람이 많다. 이들은 시대의 발전에 뒤떨어진 사람들이다.

남을 위해 기부하는 행위는 인류의 가치 중에 가장 지고(至高) 지선(至善)한 가치다. 하버드 의대 팀이 학생들에게 테레사 수녀의 전기를 읽힌 뒤 몸에 일어나는 반응을 쟀더니 면역기능이 높아졌다고 한다. 헌신적인 봉사 이야기를 듣거나 생각하는 것만으로도 착해지고 건강해진다는 얘기다. 하물며 본인이 직접 기부를 하거나 어려운 사람을 위해 봉사를 하면 분명히 몸도 건강해지고 기분도 좋아질 것임이 분명하다. 왜 그럴까? 분명한 이유가 있다. 《뇌내 혁명》의 저자 하루야마 시게오의 이론을 이용하여 설명하면 가능하다.

인간은 명상의 상태가 되면 우주의 의지와 교감이 가능한데, 그러한 상태는 남을 위한 봉사나 기부 행위를 했을 때와 같은 상태가 된다고 한다. 명상의 상태가 되면 뇌에서 모르핀과 분자식이 같은 호르몬이 분비되는데, 그것은 완벽한 면역력을 가지고 있다. 이 호르몬은 면역력뿐만 아니라 암세포를 골라 죽이는 치료의 능력까지 가지고 있다고 한다. 그러므로 명상과 같은 상태가 되면 마음은 즐겁고 몸은 활력을 찾는다.

인간의 DNA는 우주의 DNA와 같다. 그러므로 사람이 우주와 같은 주파수로 동조가 되면 행복해지는 것은 당연한 사실이다. 우주의 절대의지가 사랑과 자비이므로 인간이 타인을 위한 봉사와 기부는 우주 절대의지와 같은 맥락에 놓이게 된다. 그러니 사람이 타인을 위한 기부나 봉사활동을 하면 행복해지는 것이다.

자원봉사와 행복

조선일보가 개인의 행복을 결정하는 요소로 '연골', '인간관계', '할 일'을 들었다. 맞는 말이라고 생각한다. 그런데 이 세 가지 요소를 충족하는 데 자원봉사만 한 것이 없다. 특히, 정년퇴직을 한 노년들의 생활에서는 더욱 그렇다. 먼저, 조선일보가 말하는 연골이 튼튼해야 한다는 의미는 건강을 말한다.

다음으로 인간관계는 인간이 사회적 동물이기 때문에 너무나 당연하다. 특히 늙어서 아무도 찾아오는 사람이 없으면 고독감 때문에 건강도 나빠지고, 아플 경우에도 회복이 잘되지 않는다. 현역 시절 잘나갈 때에는 학연, 지연, 직장 등의 관계가 돈독하고 충분한 인간관계가 유지되지만, 퇴직하고 나면 더 이상 원활한 인간관계가 유지되기 어렵다. 우리 속담에 "정승 집에 개가 죽으면 문전성시지만, 정작 정승이 죽으면 아무도 찾아오지 않는다."는 말이 있잖은가?

마지막으로 할 일이 없다는 것은 정말 괴로운 일이다. 현생 인류가 20만 년의 99%를 수렵생활을 해 온 관계로, 사람은 일을 하지 않고는 못 배기는 DNA가 형성되었다. 만일 일주일 중에서 2일만 일하고 5일을 쉬라고 하면 미쳐 버릴 사람이 많을 것이다. 이처럼 사람은 뭔가를 하지 않고는 견디지 못한다. 그래서 그 휴일 2일 중에도 운동을 하거나 사람을 만나거나 놀이를 하거나 뭔가를 하면서 지낸다. 그러니까 사람이 할 일이 없다는 것은 고문이다.

이러한 인간이 행복해지는 요소, 건강, 인간관계, 할 일을 한꺼번에 해결할 수 있는 방법이 있다. 그것이 바로 자원봉사다. 특히 퇴직 후 노후 생활에서는 더욱 그렇다. 봉사활동을 하면 세로토닌이라는 호르몬이 분비되어 나날이 건강해진다. 뭔가를 나 아닌 남을 위해 일하면 본인도 모르는 즐거움이 솔솔 피어난다. 이타적인 활동은 그 자체가 우주의지와 같은 주파수이기 때문이다. 순풍에 배가 잘 나가듯이 우주의지인 진, 선, 미의 가치와 같은 방향의 주파수에 올라타면 모든 것이 순풍을 탄 돛단배처럼 잘 나가게 되고 건강해진다. 실제 봉사활동을 하는 사람들의 이야기를 들어 봐도 그렇고 그분들의 얼굴을 보아도 생기가 돌고 화사하다.

그리고 봉사활동을 하면 여러 사람과 같이하므로 저절로 인간관계가 만들어지는데, 그것도 아주 선한 인간관계가 형성된다. 나보다 남을, 나의 이익을 희생하면서 공익을 위해 활동하면서 만난 사람과의 관계가 어찌 좋지 않겠는가? 나누는 대화마다, 같이하는 일마다 좋은 것이니 최상의 인간관계가 형성되지 않겠는가? 봉사활동을 하면서 고독감을 느끼는 사람은 없다.

마지막으로 할 일인데, 봉사활동은 어떤 활동을 하든지 일은 무궁무진하다. 스스로 자신의 능력에 맞는 봉사활동을 찾으면 된다. 사람들이 할 일이라고 하면 돈 버는 일만 생각하는데, 그것은 젊은 시절에 많이 했으니까 나이가 들어서는 돈 안 버는 일, 어쩌면 내 돈을 쓰면서 일을 하는 것을 좋아해도 괜찮다.

이 세상에 태어나서 이렇게 살고 있는 것이 어찌 나만의 힘으로 가능했겠는가? 오직 나만이 잘나서 된 것이겠는가? 주변의 여러 사람들의 수고와 도움으로 이렇게 살고 있는 것이다. 그러니 할 일을 봉사활동에서 찾는 것은 아주 좋은 선택이다.

보통 사람이 행복해지는 법

행복해지고 싶다. 어떻게 할까? 그 행복해지는 법은 어떤 사람에게는 아주 쉽고 어떤 사람에게는 절대 불가능하다. 왜냐하면 자신의 마음에 달려 있기 때문이다. 자신의 마음을 주인인 자신이 마음대로 움직일 수 있는 사람은 행복해지는 법이 쉬울 것이고 자신이 주인인 마음을 마음대로 하지 못하는 사람은 어렵다.

먼저 해야 할 것은 기대수준을 낮추는 것이다. 주변의 모든 사람들에게 특히 가까운 사람에게 거는 기대 때문에 불행해지는 경우가 많다. 아무것도 기대하지 않았는데 뭔가가 생기면 행복하다. 그것이 물질적인 것도 좋고 마음도 좋다. 그래서 미리 저 사람이 나에게 이렇게 해 줄 거라고 기대하지 않는 게 좋다. 그러한 기대는 점점 커져서 언제나 불만이 생긴다.

이것은 주변 사람들에게만 해당하는 것이 아니다. 자신에 대한 기대도 마찬가지다. 자신의 능력에 맞는 목표를 설정하고 그것을 달성할 때마다 행복감을 느끼는 것이 좋다. 목표는 손을 뻗으면 닫을락 말락 하는 목표가 좋다. 너무 큰 목표를 세웠다가 실패하여 속상하면 크게 스트레스를 받고 불행해진다. 그러니 목표는 작게 단계적으로 계속 세워 나가는 것이 좋다.

두 번째는 현재에 충실하는 것이다. 현재 이곳, 이 시간에 충실하는 것이 가장 좋다. 파랑새를 찾아 온 세상을 다 돌아다녀도 찾지 못했는데 집에 돌아오니 집 앞마당 감나무 위에 파랑새가 앉아 있었다는 얘기처럼 행복은 바로 여기에 있는 것이다.

시간적으로도 그렇다. 과거에 매여 사는 것은 아무 의미가 없다. 과거의 영화를 회상해도 별 도움이 되지 않고 과거의 잘못을 후회해도 스트레스만 받을 뿐 별로 도움이 되지 못한다. 또한 미래의 문제를 미리 당겨서 걱정하는 것 역시 어리석은 짓이다. 그것보다는 현재 이 시간, 이 장소에서 최선을 다해 보고 그 성취를 느껴 보는 것이 가장 행복하다.

마지막으로 남이 감동할 뭔가를 해 주는 것이다. 상대가 기뻐할 뭔가를 해 주면 상대가 좋아하는 것을 보고 내가 더 큰 즐거움을 느낄 수 있다. 그런데 그런 감동을 주는 방법으로는 너무 잘해 주는 것도 바람직하지 않다. 상대가 기대하는 것보다 조금만 더 잘해 주는 것이다. 《감동예찬》의 저자 히라노 히데노리는 101%가 좋다고 한다.

상대가 생각하고 기대하는 것보다 조금만 더 주면 상대는 감동한다. 그 1%는 아마 물질적인 마음과 정성이 효과를 나타내지 않을까 싶다. 선물을 할 때에도 그 사람만을 위한 것을 마련한다든지, 세상에 하나밖에 없는 것을 어렵게 골라서 선물하는 것처럼….

인간관계

인맥 쌓기

이성용 베인&컴퍼니 서울 사무소 대표가 쓴 〈네트워킹의 황금률〉이라는 제하의 글(조선일보 위클리 비즈, 2012. 6. 9.)에서 공감이 가는 부분은 "사람과 친해지려고 할 때 사업상 나에게 이득이 되는 방향으로 그를 활용하겠다는 의도로 접근하지 말고 내가 그 사람에게 어떤 도움이 될 수 있을 것인가를 먼저 생각하라."라는 것이다.

사람은 본능적으로 내가 저 사람과 친해지면 어떤 이득이 있을까를 생각하게 된다. 특히 사업하는 사람들의 눈을 보면 그것이 보인다. 그리고 음색에서 느껴진다. 대개 그럴 경우 환심을 사거나 자신을 알리기 위해 말이 많아진다. 이것은 당장 현장에서 일어나는 모습으로 전술적 사고 행태이다.

그런데 전략적 사고를 하는 사람들은 먼 후일 큰 이익을 도모하기 위하여 그 사람이 나를 좋아하게 만들기 위해서 '내가 그 사람에게 도움을 줄 수 있는 것이 무엇인가?' 하고 접근한다. 그렇게 되면 이것은 장기 투자가 되는 것이다. 상대가 나를 좋아하게 만드는 방법이다. 상대가 나를 필요로 한다면 그것은 분명 좋은 관계가 이뤄질 것이다. 여기에는 인간적 진심이 작용한다.

상대를 나의 이익을 위해 이용하려고 접근하는 것은 마치 잔고가 없는 통장에서 대부를 받는 격이고, 상대에게 이익을 주기 위해 접근하는 것은 나중에 쓰기 위해서 통장에 예금을 하는 격이다. 전략이란 당장의 작은 이익보다는 장차 큰 이익을 위하여 투자하는 것이다. 여기서 이익이라는 표현은 경제적 이익만을 지칭하는 것이 아니고 도움이 되는 모든 것을 말한다.

그런데 한 가지 조심할 것이 있다. 무작정 상대에게 도움이 되겠다고 다가가면 상대가 의아하게 생각하고 '경계할 가능성'이 높다. 불신이 팽배한 사회적 분위기가 그것을 이해하기 어렵게 만든다. 따라서 그 접근 방법도 전략적으로 시도해야 한다. 그 진행 속도를 아주 천천히 자연의 속도에 맞춰서 진심을 조금씩 보여 주면서 가까워져야 한다.

가까운 사람을 존중하라

데보라 노빌이 쓴《리스펙트》를 읽으면서 리더십과 경영의 핵심적 팩터가 리스펙트라는 사실을 알고 적이 놀라고 공감했다. 그리고 "가장 가까운 사람을 무시하는 것은 인간의 본성이기도 하다."라는 대목이 눈길을 끌었다.

우리의 전통문화 중 특히 유교문화는 자신의 가족이나 자신의 편에 있는 사람을 상대에 비해 낮추는 경향이 있다. 예를 들어 마누라나 자식을 자랑하는 것은 팔불출이라든지… 등 이러한 사고방식의 심화는 자연스럽게 가까운 사람에 대한 존중이나 존경의 마음을 없게 만든 것이 아닌가 싶다. 다른 하나의 이유는 가까이 지내다 보면 장단점을 모두를 알게 된다. 장점보다는 단점이 더 크게 보이는 세상의 이치에 따라 그런 현상이 일어난 결과일 수도 있다.

이제 이것을 의도적으로라도 고쳐야 할 때가 되었다. 사실, 가장 가까이 있는 사람을 존중하는 것이 더 중요하다. 가까이 있는 사람을 존중하면 그 혜택이 바로 온다. 멀리 있는 사람을 존중해 봐야 아무런 혜택이 없다. 한국 사람이 미국의 케네디 대통령을 존경해 봐야 그를 역할 모델로 해서 자신을 성장시키는 데는 도움이 될지는 모르겠으나 실질적으로는 아무런 소득이 없다.

차라리 부부간에 서로를 존중하면 가정이 화목해질 것이고, 자식을 존중하면 그 자식이 바르게 자라고 나아가서 자신의 재능을 크게 발휘할 것이다. 직장에서 옆자리의 동료를 존중하면 본인도 존중을 받을 것이며, 동시에 그의 성품이 저절로 전 회사에 퍼질 것이다. 상관을 존경하면 자신이 하는 일에 재미를 느낄 것이고 상관도 자신을 인정해 줄 것이다. 부하를 존중하면 그 부하는 신이 나서 일할 것이고 자신을 존경할 것이다. 그러니 존중을 제대로 하려면 가까이 있는 사람들을 존중해야 한다.

그런데 인간의 본성을 넘어서 스스로 수양을 통해서 이를 실천하면 그 자체가 리더십이요, 대인관계이며 인품이 될 것이다. 복잡한 리더십 또는 팔로우십을 연구하고 훈련할 것이 아니라 먼저 나와 가장 가까이 있는 사람을 존중하는 습관을 들이도록 훈련을 하는 것이 좋다.

그러기 위해서 가장 중요한 것은 자신이 좋아할 점을 찾아내는 작업이 필요하다. 사람은 반드시 장단점을 가지고 있다. 그중에서 단점 말고 장점을 골라 보는 안목을 훈련하면 좋다. 그러면 그다음은 저절로 된다.

주목은 감시를 부른다

사람들은 많은 사람들로부터 주목을 받고 싶어 한다. 특히, 정치인이 그렇고 연예인들이 그렇다. 평범한 사람들은 술집에서라도 주목을 받기 위해서 큰 소리로 떠들거나 노래방에서 마이크를 잡으면 시간 가는 줄 모른다. 이러한 현상은 인간 본성이 갖는 인정의 욕구가 발산된 것이다. 그런데 주목을 받고자 하면 그것에 반대급부로 따르는 감시의 눈초리가 있다는 사실을 알아야 한다. 그리고 그 감시의 기준이 아주 엄격하다는 것도 알아야 한다.

많은 정치인들이 주목받는 것에만 관심이 있고, 감시망이 도처에 쳐져 있다는 사실을 간과한다. 특히 권력의 주변에는 자신에게 집중되는 감시의 눈초리를 알아채지 못하게 하는 꾼들이 많이 포진하고 있다. 귀를 막으면서 용비어천가를 계속 불러댄다. 주변에 모여 있는 사람들은 기생하는 인생이기 때문에 절대 숙주의 단점을 말하지 않는다. 기생하는 인생은 숙주가 건강하기를 바라지만, 숙주가 건강해지는 보약은 절대 주지 않는다. 자신이 기생할 수 있는 언덕을 만들고 그 밑에 양지바른 곳을 내어주기를 바라면서 쓴 보약보다는 입에 단 사탕만 준다. 그렇게 단물을 다 빨아먹고 나서 숙주가 더 이상 가치가 없으면 다른 숙주를 찾아 떠난다.

그러니 주목을 받는 사람은 자신을 지켜보고 있는 감시의 눈초리를 의식하고 경계의 끈을 절대 놓쳐서는 안 된다. 주변에 몰려드는 아첨꾼들의 속마음을 간파하여 그에 적절히 대처해야 한다. 그러니 자유롭게 살고자 하는 사람은 주목받는 자리에 가면 안 된다. 아무도 주목하지 않는 곳에서 필부로서 자유를 마음껏 누리면서 살아가는 것이 좋다. 많은 사람들의 감시를 받으면서 주목을 받는 자리에 가서 살 것인가? 아니면 그저 자유롭게 살 것인가? 하는 것은 전적으로 본인의 선택이다.

자존심을 세우려고 하면

자존심이란 자기의 인격이 유지되게 하는 사람다운 도리를 지키는 것이다. 자식을 잘 키우기 위해서 아버지는 언제나 작업복으로 1년 내내 지낸다. 자식이 성공하면 주변의 모든 사람들이 그 아버지를 존경한다. 작업복을 입고 지낸다고 해서 그 아버지를 아무도 무시하지 않는다. 반대로 알량한 자존심을 지킨다고 궂은일은 할 수 없어 언제나 신사복만 빼입고 베짱이처럼 노래만 부르다가 자식은 백수가 되어 빈둥거리고 있다면 모든 사람은 그 아버지를 옷 잘 입고 있다고 존경하지 않는다.

가문의 체통을 지키겠다고 호언하면서 멸문하는 가장을 존경할 사람은 아무도 없다. 존경심이란 남이 보내 주는 것이지 스스로 자신을 존경하겠다고 하는 것은 말이 안 된다. 남에게 나는 이렇다고 보이는 식의 자존은 자존이 아니라 허세일 뿐이다. 남이 알아주지 않으니까 스스로 자신을 알아 달라고 때를 쓰는 것일 뿐이다.

허세는 속이 찬 경우에는 하지 않는 것이 속성이다. 속이 차면 석류처럼 저절로 벌어져 내용물이 알게 모르게 알려진다. 그런 실력을 가지고 있으면 굳이 본인이 표현하지 않아도 주변에서 알아서 존경한다.

존경을 받고 싶으면 존경받고 싶은 목표를 세우고는 그에 합당한 실력을 남이 알게 모르게 쌓으면 된다. 실력이 쌓이기만 하면 존경은 부산물로 따라온다. 그 실력은 감추려고 할수록 존경심은 더 커지게 마련이다. 세상의 이치란 묘해서 감추고자 하면 더 보고 싶어 하고 보여 주면 외면한다. 스스로 잘났다고 하면 모두가 약점을 찾아 끌어내리고자 아우성이고 자신을 낮추고자 하면 모두가 올려세우려고 한다.

측근을 조심하라!

배신은 언제나 측근으로부터 나온다. 역사가 증명한다. 측근이 아니면 약점에 접근이 안 되기 때문이다. 칼이 날카로울수록 위험하니 항상 조심해야 한다. 보좌를 받는 만큼 약점의 지수는 올라간다. 그러니 사적 도움은 절대 받지 마라.

보좌관이라고 해서 이것저것 아무거나 시키지 말고, 인격적으로 대하라. 무심코 던진 말 한마디가 나중에 독화살이 되어 돌아온다. 보좌관도 사람이다. 자기 살길을 위해 항상 준비한다. 약점이 될 만한 것들은 자신이 직접 없애라. 보좌관의 입장에서 역지사지로 대하라! 친밀할수록, 의존도가 높을수록 위험지수가 올라간다.

국회의원 보좌관을 했던 사람으로부터 들은 이야기인데, 돈을 쓰는 문제를 잘 처리해야 한다고 한다. 통상 보좌관은 수행 중 쓸 돈을 일주일에 얼마씩 받아서 쓴다고 한다. 그런데 지역구에서 의원이 밥을 꼭 사야 하는 경우에 의원은 "현금으로 계산하고 영수증은 없애라!"라고 지시한단다. 그럴 경우 "네."라고 답하지만 절대 그렇게 하지 않는단다. 영수증을 받아서 비밀장부에 붙여 둔다고 한다.

왜 그러느냐고 물었더니, 의원이 나중에 자신이 준 돈을 어디에 어떻게 썼느냐고 묻는단다. 돈을 준 사람은 많이 준 것으로 기억하는데 반해, 받아쓰는 사람은 항상 부족하게 느끼게 되어 있다. 쓴 내력을 다 증빙하지 못하면 오해를 받는다고 한다. 더 심한 것은 의원 부인이 닦달을 할 때는 아주 곤란하다고 한다. 그럴 경우를 대비하여 영수증은 비밀리에 철저하게 보관한다고 한다. 그러다가 자신이 억울하다고 생각하거나 대우를 제대로 받지 못했다고 생각할 경우에는 그 비밀 장부를 복사해서 바로 검찰로 보낸다고 한다. 얼마나 무서운 일인가?

측근이 원하는 것을 요구할 때, 정당하면 들어주고 그렇지 않으면 들어줄 수 없는 이유를 납득할 만큼 설명해 줘야 한다. 서운하거나 섭섭하게 하면 위험해진다. 품속에 있던 비수가 춤을 출 수 있다. 측근은 최대한 공적(公的)으로 대하고, 항상 조신(操身)하게 행동해야 탈이 없다. 지금 내가 하고 있는 일이 훗날 어떻게 될 것인지 생각해 보고 행동하는 것이 좋다. 측근은 조력자인 동시에 감시자라고 생각하라. 그리고 절대 인격을 무시하지 마라.

권력자 주변의 거울

권력 주변에 서성이는 자들은 권력자의 비위를 잘 맞추는 자들이다. 동서고금을 통하여 권력자는 주관이 뚜렷한 자를 주변에 두고 싶어 하지 않는다. 주관이 뚜렷한 사람은 자신의 소신을 말하고, 그 말들은 권력자를 심적으로 불편하게 만들기 때문이다. 이러한 두 가지 조건이 부합하면 올바른 판단을 기대하기 어렵다. 권력 주변에 있는 사람들은 권력자가 원하는 바를 너무나 잘 알기 때문에 동의는 할지언정 결코 반대를 하지는 않는다. 그걸 알기에 권력자로부터 선택이 되었고 그렇게 하는 것이 권력자 주변에서 오래 생존한다는 것을 너무나 잘 안다.

이 정도는 어린애도 한다. "엄마가 좋아? 아빠가 좋아?"라고 물으면 아이의 답은 묻는 사람 쪽으로 답한다. 엄마가 물으면 "엄마가 좋아."라고 하고 아빠가 물으면 "아빠가 좋아."라고 한다. 하물며 권력을 향해 달려드는 부나비들인 권력자 주변의 인간들이야 말해 무엇하겠는가?

그들은 권력자가 원하는 것을 너무나 잘 아는 사람들이고, 먹거리가 그들로부터 나온다는 것도 잘 안다. 이러한 것은 원초적 생존 전략이다. 본능적 차원의 행동으로 저차원이다.

그러므로 권력 주변의 거울은 권력자가 원하는 모습만 비춰 준다. 때문에 심각한 문제는 그 권력자가 착각에 빠진다는 것이다. 자신이 원하는 모습을 비춰 주는 거울에 비친 자신의 모습을 진실이라고 믿는다. 이런 현상은 시간이 지나면서 더욱 공고해진다. 그리고 권력자의 지위에 비례해서, 이로 인한 피해를 보는 사람이 많다는 것이다. 이러한 일은 비단 현재 권력 주변에만 한정되는 것이 아니다. 많은 사람이 그런 환경이 되면 그렇게 될 개연성이 높다.

권력을 가졌을 때 잘해야 한다. 겸허한 초심으로 돌아가 근신하며 자신을 돌아봐야 한다. 감정을 억누르고 이성의 소리에 귀를 기울여야 한다. 그렇게 하면 올바른 거울을 찾을 수 있다.

왕조시대에는 임금의 성정을 바로잡기 위한 경연이 있었다. 학식이 깊은 유학자가 임금에게 강의를 하고 토론을 하여 임금의 성정이 흐트러지지 않게 했다.

올바른 거울을 갖느냐 아니냐 하는 문제는 권력자 자신이 만든다. 걸러져 올라오는 보고를 믿지 말아야 한다. 권력자가 되면 바쁘다는 이유로 참모들이 신문 스크랩을 만들어 올린다. 이미 그때 정보가 선택적으로 채택되어 왜곡되기 시작한다. 권력자는 가급적 가공되지 않은 원래의 정보를 접할 수 있어야 한다. 신문의 경우에 바쁘면 제목만을 보더라도 전체를 일별하는 것이 낫다. 사실과 진실은 보약 같은 것이어서 당장 입에 쓰다. 자신이 원하는 것만 비춰 주는 거울에 비친 상은 달콤한 초콜릿 맛이다. 그런데 초콜릿에 중독이 되면 끊기가 어렵다.

사람을 잘 써야

평상시에는 사람의 능력과 인품을 알아보기 힘들지만, 비상사태가 발생하여 위기가 도래하면 사람의 능력이 확연히 구별된다. 그러므로 사람을 선발하여 중요한 자리에 앉히는 것은 너무나 중요한 일이다. 어떻게 해야 좋을지 앞이 막막할 때 발휘되는 것이 '전문가 직관'

이다. 그러니까 전문가 직관을 발휘할 수 있는 사람을 써야 사람을 잘 쓰는 것이다.

그러면 위기 시에 발휘되어야 할 전문가 직관이란 무엇인가? 전문가들은 초보자들이 볼 수 없는 것을 인식할 수 있다. 그것은 그 분야에서 쌓은 많은 경험과 지식을 통해서 어떤 일이 앞으로 벌어질 것이라는 것을 인지한 패턴과 전형을 활용할 수 있기 때문이다. 전문가는 한눈에 상황을 가늠해 보고 이전에 그와 유사한 것을 본적이 있다는 사실로부터 해결책을 얻는다.

이러한 전문가적 직관은 순간적으로 느낌이 온다. 위기가 닥치면 그것이 얼마나 위험한지, 그다음 어떻게 해야 하는지 본능에 가까우리만치 안다. 그래서 전문가가 필요한 법이다. 그런데 한 분야에 전문적 지식만 있다고 해서 전문가 직관이 발휘되는 것이 아니다. 직관이란 기본적으로 인간의 능력을 초월하는 어떤 힘의 작용이기에 책임감과 사명감의 연장선상에서 가능하다. 그러니까 직무의 전문성에 부가하여 인품도 훌륭해야 한다.

이런 사람을 만나기가 쉽지 않다. 이미 완성된 사람을 만나기가 어렵다면, 가능성 있는 사람을 찾아서 교육하고 훈련이라도 시켜야 한다. 그것이 리더가 할 일이다. 그러므로 훌륭한 사람을 뽑든지, 아니면 적어도 성장 가능성이 있는 사람을 뽑아야 한다. 그래야만 본인도 편하고 그 영향력을 받는 사람들도 편하다.

마타도어 대응법

유명 연예인이 일본 야쿠자의 여자를 건드렸다가 거시기가 잘렸다는 루머가 나돌아 다녔다. 연예인의 입장에서는 기막힌 일이었다. 이것을 해결하는 방법은 정공법으로 잘렸다는 거시기를 보여 주면 단칼에 해결되는 문제라고 생각한 연예인은 기자회견을 자청하고 기자들을 불러 모았다. 기자들이 모여들자 연예인은 단상으로 올라가서 허리띠를 풀었다. 막 바지를 내리려고 하자, 기자들이 "그만 됐다."고 했다. 단 한 방에 그 루머를 잠재웠다.

또 하나, 코로나 백신 때문에 인기 최고점을 찍고 있는 타이레놀 얘기다. 누가 타이레놀에 독극물을 주입했다. 그 약을 먹은 사람이 죽었다. 미국이 발칵 뒤집혔다. 타이레놀사는 즉각 판매 중지를 선언하고, 이미 시장에 나간 타이레놀 전량을 수거했다. 피해자 보상과 대국민 사과가 즉각 이뤄졌다. 이어서 언론 기자들을 불러 제조공정이 기업비밀이지만 타이레놀 제조 공정 전 과정을 공개했다. 그리고 타이레놀은 독극물 주입이 절대 불가능하게 포장 방법을 바꿨다. 얼마 지나지 않아 소비자들은 타이레놀의 조치에 더 높은 신뢰를 부여했다. 그 후 시장 점유율은 더 높아졌다.

마타도어는 기존의 사회적 구조와 개인적 삶의 구조에 그럴듯한 픽션의 얼개를 엮어 유포시킨다. 제3자가 들으면 '그럴 수 있겠는데….'라는 생각을 할 수 있게 구성하고, 발신지는 애매모호하게 한다. 그래서 자신을 보호하면서 이에 대응하려고 하면 그 진위를 밝히기가 어렵다.

때문에 필사즉생 전략을 써야 한다. 자신의 핵심적 가치를 걸고, 자신을 완전히 까서 뒤집어 진실을 보여 줘야 한다. 그렇게 해서 진실이 밝혀지면 신뢰는 더욱 제고 되어 더 큰 이익을 얻을 수 있고, 그 마타도어를 주장한 측은 구렁텅이로 빠진다. 따라서 올바르게 대응하여 마타도어를 잠재우고, 전화위복으로 삼는 것이 진정 위기관리 전략이다.

가십은 이렇게 대처

가십이 뒷담화 수준에 있을 때는 그래도 낭만이었는데, SNS 시대에는 재앙이다. 가십은 루머와는 다르다. 루머란 아직 다듬어지지 않은 내용이 널리 퍼지는 것을 말한다. 그러나 가십은 실체가 분명히 있고 소수만 그 내용을 알고 있다는 것이다. 그리고 그 내용이라는 것이 대개 '타인의 사생활에 관한 소식'이다. 입소문과는 또 다른 면이 있다. 입소문은 대개 가십보다는 긍정적인 내용들이다.

그러면 왜 사람들은 가십을 좋아할까?

첫 번째는 호기심 자극이다. 뭔가 새로운 것을 알고 싶어 하는 인간의 본성이 작용한 것이고 특히, 보여 주고 싶지 않는 것은 더 보고 싶은 것이 또한 인간의 본성이기 때문이다.

두 번째는 생존의 도구라는 것이다. 가십은 어떤 시각이나, 모략을 공유하는 오래된 방법이다. 가십은 대개 남이 감추고 싶은 비밀을 알고 있는 것이기에 그것이 당사자에게는 약점이다. 이 경우에 그 가십을 알고 있다는 것은 협상의 레버리지를 가지고 있다는 것이 되므로 유리한 경쟁의 틀을 구축하고 있는 것이다.

그리고 그 가십은 소수만 알고 있기에 비밀성을 가지고 있다. 같은 비밀을 공유하고 있을 때는 결속력이 강해진다. 어느 날 외손자가 나에게 다가와서 귓속말로 "비밀."이라고 말했다. 그 일이 있은 후, 나와 외손자는 비밀을 공유한 한편이 되었다. 그 후에도 나는 아무 내용도 없이 손자의 귀를 잡고 "비밀이야!"라고 말하면 그 녀석은 아주 좋아했다. 그리고 나면 우리 둘 사이에는 단단한 결속력이 생기는 것 같았다.

그런데 이 가십의 수명은 그리 길지 못하다. 특히, 지금과 같은 SNS 시대에는 더욱 수명이 짧다. 누군가 표현의 욕구 때문에 몇 줄 쓰면 바로 전 세계가 다 아는 뉴스가 되어 버린다. 그리고 그 폭발력은 그 가십 주인공의 사회적 신분에 비례한다.

그러면 이 가십에 어떻게 대처해야 하는가? 필사즉생 전략이다. 이것은 일반적으로 위기관리전략에서 좋은 효과를 발휘하는 방법이다. 가십이 유포되어 버리면 당사자에게는 평판의 위기가 발생한 상태가 된다. 이때에는 완전히 새로운 판을 짜야 한다. 판을 키워서 필사즉생으로 응대해야 한다.

가십은 감추려고 하면 더 파고드는 경향이 있다. 아예 확 까서 보여 주면 고개를 돌린다. 이미 가십이 퍼지기 시작하면 아예 '자신 납세'하는 것이 현명하다. 그래서 더 이상 그 가십 내용에 대한 호기심을 제거하는 것이 좋다. 더 이상 호기심이 없어지면, 가십꾼들은 다른 호기심을 향해 날아간다. 그리고 시간이 지나면 그 가십은 잊힌다. 사람들은 남의 이야기를 그리 오래 생각하지 않는다. 세월이 지나면 그 가십은 각색이 되어 다른 내용으로 기억되기도 한다.

대개 대중들은 90일 정도 되면 잊어버린다고 하는데, 우리 사회는 이보다 더 짧아서 71일이라는 연구가 있다고 한다. 그 이유는 아마 우리 민족성이 급변하는 다이내믹한 사회에서 진화한 유전인자의 영향인 것 같다. 급변하는 사회에서 살아남으려면 빨리빨리 해야 하는데, 남의 가십을 잊어버리는 것도 빨리빨리 하는 것 아닐까?

가십을 만들지 않는 것이 최상이지만 만약 가십이 생겼다면 그 가십이 더 크게 만들어지기 전에 먼저 털어놓고, 가십이 대중들의 머리에서 사라지기를 기다리는 것이 최상이다.

사촌이 땅을 사서 배가 아플 때

우리 속담에 "사촌이 땅을 사면 배가 아프다."라는 말이 있다. 그냥 단순하게 생각하면 맞는 말이다. 사촌이 나보다 잘되니까 배가 아픈 것이다. 왜 하필 사촌일까? 옛날 대가족 사회에서는 사촌까지 한 지붕 밑에 살았기 때문에 세상에서 가장 먼저 비교가 되는 대상이기 때문이다.

배가 아픈 이유는 비교에서 뒤떨어지면 스트레스가 쌓이고 이 스트레스가 실제로 배를 아프게 한다. 그리고 스트레스가 쌓이는 이유는 인생이 비교 우위자에게 유리하기 때문인 경험의 축적 때문이다. 이 경험이 시기심을 발동시킨 결과다. 그냥 감정선이 그렇게 작용한 것이다.

이것을 이성을 발동시켜 생각하면 달라진다. 생판 모르는 사람이 부자인 것보다 사촌이 부자인 것이 낫다. 어려울 때 도움을 받을 가능성이 훨씬 크다. 이렇게 생각하면 배가 아프지 않을 것이고 아프던 배는 낫는다.

영국에는 "부자가 되려면 부자에게 점심을 사라."라는 말이 있다. 하지만 한국인들은 대체로 "사촌이 땅을 사면 배가 아프다." 사촌을 대접해 그의 지혜를 배울 줄 모르고, 한 발 더 나가서 모함과 비방도 서슴지 않는다.

우리는 넓은 세상에서 큰 외부의 적과 상대해 이길 생각보다는 같은 업종, 가까운 이웃부터 밟고 올라서려는 경향이 크다. 우리는 자기보다 잘난 사람을 봐주지 못한다. 선진국에서는 영웅 만들기를 잘하는데, 우리는 만들어진 영웅도 깎아내려서 바보 만들기 선수들이다.

부자에게서 부자가 되는 법을 배울 생각은 하지 않고 그 부자를 망가뜨려서 자기 수준 이하로 만들려고 안달한다. 결과적으로 모두가 가난해지는 길이다. 부자가 부럽고, 사촌이 땅을 샀을 때 부러운 마음이야 있겠지만, 그 부러운 마음을 활용하여 자기도 부자가 되기 위해 땅을 살 수 있는 방법을 배우는 것이 현명하다. 그리고 부자나 땅을 산 사촌이라도 있어야 뭔가 좀 얻어먹을 것이 있지 않겠나?

감귤이냐 진피냐

감귤은 과일로 쓰느냐 약재로 쓰느냐에 따라 그 활용 부분이 달라진다. 감귤의 껍질이 한약재로 쓰이는 진피다. 진피는 감귤 껍질을 말린 것인데 해열작용이 좋다고 알려져 있어 감기에 쓰인다. 감기에 민간요법으로 진피와 대파 뿌리 그리고 생강을 넣어 달여 먹으면 효과가 있다고 있다.

감귤을 과일로 보고 쓸 때에는 감귤의 과육을 필요로 하고 약재로 쓸 때에는 껍질을 필요로 한다. 같은 감귤이지만 상황에 따라 필요한 부위가 다른 것이다. 이것이 세상의 이치다. 협상을 할 때 대개 동일한 가치를 두고 서로 차지하려고 경쟁하는데, 감귤과 같은 경우 진피의 가치를 깨우쳐서 감기에 걸린 사람은 감귤의 껍질을 갖게 하고 감기에 걸리지 않은 사람에게는 감귤 알맹이를 갖게 하면 아주 훌륭한 윈윈 협상이 된다.

모든 것을 나름의 쓰임새가 있는데 누가 그것을 보느냐에 따라 달라진다. 그리고 그것을 그 상황에 대입하여 활용하는 것이 지혜다. 이러한 것은 곧 창의성으로 연결이 되며 다른 사람이 미처 생각하지 못한 것을 보고 상대와의 경쟁에 활용하면 전략이 되는 것이다. 경쟁 상대가 미처 생각하지 못한 쓰임새를 생각해 낸 다음 그 쓰임새에 맞는 상황의 도래를 기다리거나 상황을 만들어 쓰임새의 활용도를 높이면 경쟁에서 이길 수 있다. 이를 위하여 항상 열린 마음으로 매사 모든 사물을 통찰력으로 바라보는 시각이 필요하다.

약속은 두려움과 수치심을 먹고산다

약속을 잘 지키는 사람은 사회생활을 성공적으로 이끌 수 있다. 그럼에도 불구하고 많은 사람들이 약속을 저버린다. 그러면 어떤 사람들이 약속을 잘 지킬까?

첫 번째가 두려움을 아는 사람이다. 약속을 지키지 않음으로써 발생하는 반대급부를 두려워하는 사람이다. 약속을 지키지 않았을 경우에는 물리적 폭력으로부터 시작해서 법적 압박과 구속, 금전적 손해, 사회적 평판 등의 제재를 받게 된다. 그러한 육체적인 두려움과 정신적 두려움 때문에 약속을 지킨다. 이를 뒤집어 약속을 지키지 않는 사람은 이러한 두려움이 없다는 뜻이다.

두 번째는 수치심을 아는 사람이다. 이것은 인격에 대한 손상을 감수하지 않으려는 마음이 약속을 지키게 한다. 사람들은 남들 앞에서 자신을 자랑스럽게 내세우고자 하는 자존심이라는 것이 있다. 따라서 무시당하고는 살아갈 수가 없는 것이 사람이라는 존재다. 그래서 약속을 지키려고 애를 쓴다. 반대로 약속을 지키지 않은 사람은 지켜야 할 자존심이 없는 경우다.

약속을 지키지 않는 사람들은 두려움도 수치심도 없는 사람임에 틀림없다. 얼굴이 두꺼워야 하고 미래는 어떻게 되든 상관없이 지금 당장 목전의 이익에 급급한 사람들이다. 그러한 부류의 인간들이 있는데 한 부류는 양아치들이고 다른 한 부류는 정치인들이다. 두 부류 똑같이 두려움을 모르고 수치심도 모르는 인간들이다. 평생 성실하게 살다가 정치판에 뛰어든 사람들이 견디지 못하는 것은 그 때문이다.

부러움과 좋아함에서 욕심을 빼라

부러워하되 시기는 하지 말고, 좋아하되 사랑은 하지 마라. 부러움과 좋아함은 혼자 할 수 있지만, 시기나 사랑은 상대가 있어야 한다. 상대가 생기는 순간부터 책임이 생긴다. 부러움이 지나쳐서 시기하게 되면 상대와 긴장관계가 만들어지고, 좋아함이 지나쳐서 사랑하게 되면 책임이 뒤따른다. 시기나 사랑에 욕심이 더해져서 생긴 결과다.

상대와 좋은 관계를 유지하려거든 시기하지 말고 부러워만 하라. 그러면 상향 욕구가 발동되어 성장할 것이다. 그냥 좋아하기만 하면 부담도 책임도 없다. 언제라도 그만둘 수 있는 자유가 있다. 욕심을 내지 않고 남이 잘되어 있으면 그냥 부러워만 하고, 좋아 보이면 그냥 좋아하기만 하라. 그러면 긴장도, 구속도 없이 자유롭다.

인터넷 세상의 평판문화

사람은 두 가지가 좋아야 한다. 하나는 몸과 정신의 건강이 좋아야 하고, 다른 하나는 관계 속에서 이뤄지는 타인으로부터의 평가가 좋아야 한다. 최근 많은 사람들이 이 평판의 문제 때문에 곤욕을 치르고 평생 가꿔 놓은 인생의 밭이 만신창이가 된 것을 본다. '남양유업'의 파렴치한 영업 행위가 도마 위에 올랐고, 회장이 물러났다. 또 유명 기업체의 임원이 비행기에서 승무원을 대하는 태도 때문에 회사를 떠나야 했고 해당 업체 대표는 공개 사과를 해야 했다.

이러한 일들은 그간 도시화에 따른 익명성으로 살아가던 세상이 원래의 제 모습으로 돌아가는 과정이라고 생각된다. 산업화사회 이전의 농경사회에서는 사람들의 이동성이 크지 않아서 대개 한 동네에서 살았다. 그러므로 그 사람에 대한 배경을 마을 사람 누구나 훤히 알았고 그래서 행동을 함부로 할 수가 없었다. 많은 사람들의 눈이 있었다. 따라서 그 동네 사람들의 눈높이에서 사람 됨됨이가 평가되므로 그 기준에 맞게 행동하려고 노력했다. 소위 말하는 사회적 규범(social norm)이 있었던 것이다. 농경사회는 사람들의 활동 반경이 크지 않아서 직접적인 교류를 통해서 평판이 만들어졌다.

산업화 물결에 의해 도시화가 되자, 사람들이 너무 많아 상호간에 직접적인 교류는 불가하였다. 결과적으로 익명성이 증대되어 도시에서 사람들 간의 평판은 형성되지 못하였다. 비록 매스컴이 있었지만 그것은 일방통행이었고, 소수 전문가의 의견일 뿐이었다. 그러나 인터넷 시대가 도래하여 모든 사람들이 인터넷을 통해 자신의 목소리를 분명하게 낼 수 있게 되었다. 따라서 사람들이나 조직의 행태에 대하여 평가를 할 수 있는 조건이 만들어진 것이다. 이제 익명성은 사라졌다. 모든 사람들이 나를 보고 있다고 생각하고 행동에 조신해야 한다. 그래야만 좋은 평판을 유지할 수 있다.

핸드폰 콜백을 잘해야

이제 모든 사람들이 손에 전화기를 들고 다닌다. 기술 발전으로 그것은 전화기를 넘어서 모든 가전제품의 종합이 되어서 사람들의 손에 들려 있다. 1970년대 청색전화기 · 백색전화기 시절을 생각하면 지금은 꿈을 꾸고 있는 것 같기도 하다.

그런데, 세상사는 결코 좋은 것만을 가져다주지 않는다. 과거 유선전화 시절에는 전화를 안 받아도 받지 않는 이유가 수용되었다. 그런데 지금 핸드폰은 말 그대로 손에 들고 있으므로 안 받는 이유가 받아들여지지 않는다. 설사 다른 일을 하느라고 잠시 전화를 받지 못했을 경우에는 걸려온 전화의 기록을 보고 리콜을 해야 한다. 리콜을 늦게 하거나 하지 않을 경우에는 상호간 신뢰에 금이 가기 시작한다.

상대는 무시받았다는 기분이 들거나 관계를 청산하자는 것으로 받아들이기 쉽다.

사람은 더불어 살아가는 사회적 동물이다. 그러므로 세속적 삶에서 성공 여부는 인적 네트워크가 결정한다. 그런 면에서 이제는 전화에 대해서 신경을 쓰지 않으면, 오랜 시간 쌓아 온 신뢰를 무너뜨리고 결국에는 관계마저 끊어지게 된다. 특히, 퇴직한 사람들이 그저 안부 전화를 했는데, 통화가 되지 않거나 리콜이 없으면 매우 서운해진다. 괜히 전화를 했나? 하고 후회하기 십상이다. 편리한 전화기 때문에 이래저래 신경 쓸 일이 더 생겼다. 그렇지! 세상에 공짜가 어디 있겠나?

편한 사람이 되어야

전 삼성투자신탁 증권 사장 조용상 씨가 자신의 경험을 살려 쓴 《생존력》이라는 책에 보면, 직장인들끼리의 식사 자리에서 음식이 늦게 나오자 참지 못하고 상사가 소리쳐 재촉하는데, 부하는 조용히 점잖게 가만히 앉아 있는 장면에 대해 그는 "졸병은 졸병다워야 하는데 이렇게 점잖게 미소 짓고 앉아 있는 부하는 소리 없이 상사의 뇌리 속에서 제거되고 있는 겁니다."라는 대목이 나온다.

그리고 상사에게 질책을 듣는 자리에서 부하 직원이 마지못해 "죄송합니다!" 한마디 하고는 입을 꾹 다물고 있으면, 그때 상사는 속이 부글부글 끓는다. 부하의 실책보다 사과하는 태도에 더욱 화가 난다. "깨질 때는 확실하게 승복하고, 질책하는 사람이 죄의식이 안 들도록 밝은 모습을 보이면 잘못을 저지르고도 오히려 좋은 인상을 남기게 되지요."라고 말한다.

위에 적시한 예는 모두가 자존심을 지키려는 옹졸한 마음에서 나온 것이다. 일반적으로 똑똑하다고 생각하는 사람들의 태도에서 많이 나타난다. 그런데 사람들은 상대의 능력을 보고 경외감을 갖는 동시에 시기심과 두려움을 갖게 된다. 권력자는 주변에 절대 자신보다 유능한 사람을 두지 않는다. 권력의 세계에서 유능한 2인자가 자라지 못하는 것은 이와 같은 이치다.

잘난 사람을 보면, 하나는 시기심에서 같이 있고 싶지 않고 다른 하나는 자신의 위치에 위협을 줄까 봐서 멀리한다. 그러므로 자존심을 죽이고 하심을 유지함으로써 동료나 상사로부터 같이 있고 싶은 사람으로 인식되는 것이 좋다. 일반적으로 자신이 동료들보다 유능하다는 것을 나타내어 상사에게 자기를 드러내 보이고자 하는 경쟁심리가 작용하는데, 이것보다는 자신의 자존심을 죽이고 감춤으로써 경쟁자로 인식하지 않도록 하여 동료나 상사가 같이 있고 싶게 만드는 것이 더 유리하다.

원하는 것을 얻으려면

우리가 세상을 살아가면서 원하는 것을 얻으려면 어떻게 해야 할까? 스튜어트 다이아몬드가 지은 《어떻게 원하는 것을 얻는가?》라는 책에 보면 "내가 상대에게 뭔가를 얻으려면 상대를 기분 좋게 해 주어야 한다."라는 말이 나온다. 맞는 말이다. 원하는 것을 얻으려면 상대가 나에게 뭔가를 주고 싶게 만들어야 가능하다. 그런데 우리는 정반대로 하는 경우가 많다.

우리는 상대로부터 뭔가를 얻으려면 두 가지 방법이 있다. 하나는 탈취를 하는 것이고 다른 하나는 상대의 호의에 의해서 받는 것이다. 상대가 가진 뭔가를 빼앗으려면 상대와 싸워야 한다. 그렇게 되면 그에 걸맞은 대가를 반드시 지불해야 한다. 이러한 상황은 오늘날과 같은 문명화된 사회에서는 전쟁 상황 외에는 없다. 그러므로 상대가 주고 싶게 만들어서 얻어 내는 것이 현명하다.

우리는 흔히 음식점이나 기타 서비스를 받는 현장에서 더 질 좋은 서비스를 받으려고 하는데 상대와 험한 경쟁 상황을 만든다. 서비스는 질적인 것이므로 서비스를 제공하는 자의 기분이 좋아야 좋은 서비스를 받을 수 있다. 그런데 그 사람을 기분 나쁘게 하고 나서 좋은 서비스를 기대하는 것은 연목구어다.

상대가 실수로 나를 기분 나쁘게 했을 경우, 그것을 따지고 떠들면 최소한의 사과는 받아 낼 수 있을 것이다. 그러나 그것뿐이다. 화를 참고 상대를 이해하고 상대의 기분이 나쁘지 않게 또는 좋게 만들면 예상치 않았던 호의를 받을 수가 있다. 상대가 잘못했을 경우 강한 질책은 주먹다짐으로 발전할 수도 있다. 이때 오히려 내가 우호적 분위기의 촉매제가 되어 상대를 이해하는 태도로 나가면 상대와 서로 우호적 분위기가 된다.

우리속담에 "말만 잘하면 천 냥 빚도 갚는다."라는 말이 있다. 그러니 화가 나더라도 한 번 꾹 참고 상대에게 좋은 말을 건네면 의외의 훌륭한 서비스를 얻을 수 있을 것이다.

조직을 결속하려면

조직의 결속을 강화하는 것 중에서 가장 중요한 것이 '정서의 공유'다. 조직 내에서 결속을 강화시키는 정서공유는 어떻게 만들어지는가? 이것은 어려운 시기에 고통을 같이함으로써 만들어진다. 전우애는 생사를 넘는 전장에서 같이 있었기 때문에 고난의 정서공유가 가능한 것이며 훈련을 같이 받거나, 운동을 같이한 경우에도 이런 정서고유가 이뤄진다.

정도의 차이는 있겠지만 정서공유는 같이 고난의 시간을 많이 보내면 보낼수록 정도가 높아진다. 그래서 신입사원이나 신입생들을 대상으로 MT를 한다. MT는 단체로 가서 일부로 사서 고생을 하고 기억에 남는 그들만의 퍼포먼스로 동일 정서를 제공하기 위해 애쓴다.

조직결속을 강화하기 위해서는 정서공유가 된 사람들끼리 모이면 더욱 좋고 그리고 그렇게 모인 조직을 주기적으로 어려운 시기를 같이 경험할 기회를 많이 제공하면 더욱 좋다. 정치단체가 산악회를 많이 결성하고, 같이 산행을 하는 경우를 자주 보는데, 산을 오르면서 같이 겪는 고행을 통해 정서공유의 장을 넓히기 위한 것이다.

에필로그

원고를 출판사에 넘기고 나면 아쉬움과 후련함이 함께 밀려든다. 한편으로는 내 속마음을 모두 드러낸 것 같아 두려운 마음과 부끄러운 마음도 함께 일렁인다. 그러면서도 또 하나 만들었다는 나 혼자의 자부심도 있다. 인생에서 남는 것은 기록뿐이라는 것을 잘 안다. 충무공이 세인의 관심과 찬사를 받는 것은《난중일기》를 남겼기 때문이다.

오랜 시간 전략이론을 연구하면서 보낸 시간 동안 어떻게 하면 지혜롭게 살 수 있을까를 생각했다. 여기 수록된 글들은 전략을 연구하면서 그때그때 생각나는 일상적인 일들에 관해 적다 보니 그 바탕은 전략적 사고다. 적지 않은 시간을 살아오면서 시나브로 읽고, 생각하고, 적어 두었던 글들을 잘 묶으면 누군가에게는 도움이 될 것이라는 생각에 시나브로 정리했다.

전략이란 싸움이나 경쟁하는 꾀라는 말이다. 따라서 우리의 일상은 누군가 또는 환경과의 싸움이나 경쟁이고 그 싸움이나 경쟁에서 이기려면 꾀가 있어야 하는데, 일상생활에서 살아가는 꾀가 곧 지혜이므로 전략을 일반화시켜 한없이 확대하면 곧 지혜가 된다.

이러한 지혜를 얻으려면 세상의 이치와 인간에 대한 깊은 이해가 요구된다. 그러므로 우주 변화의 원리를 이해하는 것이 바람직하고 인간의 심리와 생존과 번식을 위해 환경에 적응하면서 발전한 유전인자의 특성을 아는 것도 필요하다. 그런 맥락에서 조금 생소할지도 모르는 동양학에 대한 약간의 소개와 미래예측을 위한 소강절의 원회운세론도 소개하였다. 그런가 하면 자주 일어나는 주변의 사소한 일들에 대한 지혜도 포함하였다.

이 책은 서문에서도 밝혔듯이 글 제목마다 독립적 성격의 에세이 형태로 되어 있어 전체적으로는 중복되는 부분이 있지만 그러한 것들이 오히려 전체 의미 전달에 도움이 될 것이라는 생각에 중복 부분을 그대로 두었다. 이 책의 목적이 독자로 하여금 단 하나의 지혜라도 얻어 가면 된다는 생각에서 출발하였기 때문이다. 이 책에 포함된 내용은 한 사람의 개인적 경험의 소산이므로 다른 많은 분야에서 더 많은 지혜가 있을 것이다. 따라서 이 책이 다른 분야의 지혜를 찾아가는 데 길잡이가 되길 바라고 또한 벤치마킹하는 데도 도움이 되면 좋겠다.

가장 바라는 바는 이 책에서 얻은 지혜가 실제 생활에 도움이 되면 더 없이 기쁘겠다. 각자 자신이 처한 상황에서 어떻게 처신하는 것이 최선인가를 찾아내는 지침서가 되고, 그러한 지혜를 찾아내는 방법론으로써 시간적으로 멀리 공간적으로 전체를 아울러 보는 전략적 사고가 몸에 배는 계기가 되었으면 좋겠다. 이런 생각을 하는 이유는 우리 사회가 당장 눈앞의 이익에만 너무 몰두하는 원시인 심리가 팽배한 사회 모습을 보여 주고 있기 때문이다. 물질적 풍요를 누리고 있지만 너무 각박하고, 불신이 판치는 세상이다. 이런 세상에서 사는 것은 행복과는 너무 멀리 떨어져 있다. 우리가 조금만 지혜롭게 살겠다는 생각을 한다면 우리 모두 다 같이 행복한 삶을 누릴 수 있을 것이다.

그런 사람들이 우리나라 사람들의 4%가 되면 변화를 시작할 것이고 20%가 되면 지혜로운 사회로 변할 수 있다. 이렇게 변하여 우리나라가 지혜로운 사회가 되면 살 만한 세상이 될 것이다. 범죄, 갈등, 낭비 등이 줄어들고 서로가 화해, 협력, 조화가 이뤄져 질서 있고 균형 잡힌 세상이 될 것이다. 따라서 이 책을 읽은 독자들은 나와 사회를 위해 지혜로운 삶의 주인공이 되기를 바란다. 사실 성현들의 말씀이나 종교의 가르침도 자세히 음미해 보면 세상의 이치에 맞춰서 살아가라는 지혜가 대부분을 차지하고 있다. 가르침, 전략, 지혜는 사실 성공한 삶을 위한 지침의 다른 표현이라고 보아도 무방하다.

창밖으로 보이는 인왕산이 미세먼지와 겨울의 음산한 분위기 탓인지 축 늘어져 보인다. 대통령 선거를 두 달 여 남겨 놓은 시점에 나라는 혼란스럽다. 모두가 자기 욕심을 채우느라고 아우성이고, 내일도 보지 못하고 오늘 당장의 눈앞에 보이는 당장의 이익을 챙기겠다고 아우성치는 모습은 절망스럽다. 제발 정신을 다잡고 그들 모두가 삶의 지혜를 터득하여 아름다운 삶을 누리기를 바라면서 이 책을 만나는 행운을 잡기를 기대해 본다.

시나브로 쓴

삶의 지혜

초판 1쇄 발행 2022년 2월 9일

지은이 구산 김진향
펴낸이 이기봉
편집 좋은땅 편집팀
펴낸곳 도서출판 좋은땅
주소 서울특별시 마포구 양화로12길 26 지월드빌딩 (서교동 395-7)
전화 02)374-8616~7
팩스 02)374-8614
이메일 gworldbook@naver.com
홈페이지 www.g-world.co.kr

ISBN 979-11-388-0626-8 (03810)